魅丽文化　花火工作室

心尖宠

苏清绾
著

贵州出版集团
贵州人民出版社

图书在版编目（CIP）数据

心尖宠 / 苏清绾著. -- 贵阳 : 贵州人民出版社,
2019.11
ISBN 978-7-221-15681-5

Ⅰ. ①心… Ⅱ. ①苏… Ⅲ. ①言情小说－中国－当代
Ⅳ. ①I247.5

中国版本图书馆CIP数据核字(2019)第246034号

心尖宠

苏清绾　著

选题策划　黄　欢
责任编辑　潘　媛
特约编辑　周　周
封面设计　黄　梅
出版发行　贵州人民出版社
　　　　　（贵阳市观山湖区中天会展城SOHO办公区A座贵州出版集团　　邮编550081）
印　　刷　湖南新华精品印务有限公司
开　　本　32开（880mm×1230mm）
字　　数　297 千
印　　张　10.5
版　　次　2019年12月第1版　2019年12月第1次印刷
书　　号　ISBN 978-7-221-15681-5
定　　价　38.60元

目 录
Contents

目 录
C o n t e n t s

第一章
星河滚烫

南城，晚上一点，悦榕庄酒店。

宋予叠着腿坐在酒店大堂的沙发上，挺直脊背，眼神漠然。她抬起纤细的手腕，看了一眼精致的腕表。

已经过去一个小时了，还没下来？

一小时前，宋予找人去十二层总统套房里踩点，在此之前，她只听人说过这个年纪轻轻的风投专家成熟英俊，但她没有见过。思前想后，她决定还是先找人去探探这个人的底细为好。

她以为至多四十分钟就差不多了，没想到一个小时了，那个人还没下来。

宋予心里有些许不安。

此时，一个经理模样的男人走了过来，西装革履，低声询问宋予："请问是宋氏集团的宋小姐吗？"

"我是。"宋予点头。

"12 楼总统套房的江先生让我给您带句话。"

宋予心头突地一跳，他怎么会知道自己就在楼下等着？

"什么？"不好的预感冲上心口，宋予没来由地紧张了一下。

"江先生说，他谈生意只喜欢跟当事人谈。"

宋予眨了一下眼，心脏已经卡在了嗓子眼，她接手宋氏虽不过一月有余，但是她不至于不懂得商人的套路。

"还有，江先生说您派去偷拍的人，已经转送给警察了。"

"什么？！"宋予倏地从沙发上起身，忍不住皱眉，"警察？"

宋予顿时凌乱了，她真是自作聪明，还以为先知己知彼，打探清楚才好跟他谈合作，结果派去踩点的人被当成偷拍者送去了警局。所以，这一个小时，他是在报警，等警察来？

她立刻拿出手机拨通了助理的电话："喂，萧瀚，去一趟南城警局，把那个人保释出来，别闹出动静。"

萧瀚还没消化掉这段话，宋予已经挂断了电话。

宋予咬了咬唇，略微眯眼。

对方不合作也就算了，这样做，欺人太甚。万一他将这件事情说出去，不仅是她没面子，宋氏的面子也没了。

她必须封口。

宋予拎起包，捏紧手机，走向电梯。

电梯停在十二楼，宋予快步走向总统套房，她的手放在门铃上，却不敢按下去。

她对房间里的人不知深浅，进去可能会有危险，不进去，万一事情败露，宋氏危险……

宋予咬咬牙，她宁可选择前者，也不能让宋氏出事。

门被打开，房间内灯光通明，两人四目相对。

她头一次看到他本人。

男人穿着挺括的西装，身高腿长，他单手抄在西裤口袋里，站在玄关处，五官深邃，一双如墨色深海的眼静静打量着她。

宋予如遭雷击，是他……

两年前的记忆像巨浪般汹涌袭来，将她团团困住。她的心脏瞬间紧缩，她紧紧盯着他看，她知道他不认识她……

她也没有想到两年前那个男人，就是江云琛。

他是华尔街炙手可热的风险投资家，有关他的传闻数不胜数，而大家传得津津有味的是他的身世。

据说江云琛十岁时，被南城名门江家所弃，如今江家不复存在，而江云琛从华尔街回来后，却捏着南城金融命脉。

有人说江家的落败跟江云琛有关，也有人说江云琛野心勃勃，在钱的世界里游刃有余。

"宋总。"他开口，将有些愣神的宋予拉扯了回来。

宋总？而不是宋小姐。

宋予心想他还真是生意人，也好，起码说明他只把她当做生意上的人。她暂时应该没有什么危险。

"江先生，您好。"宋予淡淡一笑，眼神锐利，"这个时间点打扰您真是不好意思。"

"派一个不入流的狗仔偷拍我时，你怎么没觉得不好意思？"江云琛的话简单干脆，直言宋予心脏。

他说话还真直接……

她尴尬又局促，隐藏在精致妆容下的五官有一些扭曲。

江云琛看着宋予，她穿着蓝灰色风衣，纤细笔直的双腿下踩着黑色高跟鞋，微卷的头发别在耳后，露出白皙光滑的脖颈，眉眼间有慌乱神色，但她在努力隐藏。

让这样一个女人去管宋氏？

宋予鼓起勇气扯了扯嘴角，一双杏眸里隐忍着不悦："抱歉，是我自作聪明。请江先生忘掉这件事情，当没发生过，可以吗？"

她的眼神恳切中却带着一点点高傲，落入江云琛眼中，让他想起了之前调查到的她的身世。

那种身世出来的千金，竟然还留着骄傲。

"抱歉，不可以。"

宋予微怔，没有想到他回答得这么直截了当。太过直白的话，很容易让人难堪，这种人在商界并不讨喜。

她想起坊间的传闻，不少跟江云琛接触过的人都说他在钱的世界里像在玩游戏一样。但是用玩世不恭这样的词来形容他，又仿佛缺了点什么，他身上成熟的气质压过了玩世不恭。

宋予浑身不自在："江先生怎样才愿意忘掉今晚的事，怎样才愿意跟我合作？"

"要让我选择性失忆，又要让我跟你谈生意，太贪心了。"江云琛压了压薄唇，"先进来。"

后面三个字，让宋予觉得脊背有涔涔冷汗……

一男一女，在套房门口说这样的话，难免引人遐想。

"有什么话还是在这里谈吧。我是女性，请见谅。"她挺了挺脊背，盘算着走廊上好歹是有监控的，江云琛若真的是个色胚也不敢对她怎么样。

她话说得隐晦，但是江云琛猜透了她的心思。她穿着高跟鞋仍比他矮很多，她只看到他抬了一下下巴，他在看走廊上的监控。

宋予的掌心渗出了冷汗，这个男人是人精吗？还是在商场上混久了，能猜透人的心思？

"一男一女站在房门口太久，被人看到，以为我们在做什么交易。我无所谓，但宋总是女性。"

他的最后两个字，是以其人之道还治其人之身。

宋予发现她每说一句话，就被他压一筹……

她权衡了一下，还是进了套房。

房间内灯火通明，没有半点狎昵暧昧的气氛，宋予却觉得喘不过气来。

江云琛在她对面的沙发上坐下，靠在沙发背上，修长的双腿慵懒随意地放着。

反观宋予，她一只手紧紧攥着包带，一只手放在身侧，似是握成了拳。

江云琛拿起面前的烟，熟稔地敲出一根点燃，送到了嘴边。一时之间，房间里烟雾缭绕。

宋予没忍住，咳嗽了两声。她想忍着，但要隐藏咳嗽是一件难事，她忍得脸色涨红也一言不发。

江云琛看到她涨成了猪肝一样的小脸，将烟蒂在一旁的烟灰缸里掐灭。

烟灰碰到水，发出嗞嗞的声音，烟雾在偌大的套房里弥漫开来。

他细微的举动落入宋予眼中，让她有些意外。他明明不是什么好人，却看到她咳嗽就掐了烟，奇怪的人。

她咬了咬牙，从包中拿出一张名片递到江云琛面前："江先生，虽然我们第一次见面很不愉快，但还是请您收下我的名片。我是宋氏集团现任总裁，宋予。"

她用非常普通的官腔做着自我介绍，在商言商，既然他不吃女人那一套，那就用商人这一套。

江云琛接过她的名片，非常简单的一张名片，简洁风格，几乎没有任何设计，"宋予"两个字落入他的眼中。

"是那位靠父亲和继母一家车祸死亡上位的总裁？"江云琛单手把玩着她的名片，修长的手指夹着白色的名片，一双眼睛玩味地看着她。

他是故意的。

她攥着包的手越发紧缩，骨节都变得有些明显："是。"

"我从纽约回来，请我帮忙做风投评估的南城商人数不胜数，我为什么要选择一个靠不干净手段上位的女人？"他的话听上去带着一点玩味，嗓音醇厚成熟，语气却有些孟浪。

宋予深深吸了一口气，勾了勾嘴角，清亮的眸子一点也不避讳地看着他。

"因为我们是一丘之貉，江先生。"她嘴角的讽刺意味很明显，"听闻江先生是江家弃子，有人说你将抛弃你的江家一锅端了，也有人说你把江家人赶出了南城。总之，我们都不是什么好人。"

他直白地说话，她也直白地怼他，没有留半分余地。

从江云琛刚才说的话来看，想必他调查过她了。

"女人像你这样，会嫁不出去的。"他起身，站在她面前。

他人高腿长，在身高上就有压倒性的优势，当他站在她面前时，她感觉到了一股压迫感，像是黑云压城城欲摧一般的窒息感。

他身上的烟草味扑面而来，钻入她的鼻腔，混合着男性荷尔蒙的味道竟有些好闻。

"无所谓，我只希望江先生帮我做一次风险评估，我想让宋氏在我手中重新活过来。"

只是一次风险评估，一次而已……

在金融界，能请到江云琛做一次风评，不知要动用多少金钱和人脉。

但是这些宋予都没有。她父亲宋安在世时，从不让她插手宋氏的生意。继母为了不让她了解宋氏，甚至把她远送到德国学医，让她学根本不喜欢的东西。

这么多年，她哪来的人脉和金钱？她能做的，只是用歪门邪道搏一搏。

江云琛走到一旁，在酒杯中加了冰块倒了两杯威士忌，拿着其中一杯呷了一口，将另一杯递给她。

她讪讪地接过，三心冰凉。

江云琛沉声说："我有自己的判断标准。宋氏目前不在我的考量范围之内。"

"宋氏不差。别的公司能给您的，我们会付出等倍的报酬，甚至更多。"她是下血本了，如果江云琛能拉她一把，就等于是将她从泥沼当中拉了出来。

江云琛的目光一直在她白净的脸庞上，她被看得有些心慌。

"来这个房间求过我的人不少，我想知道你的'更多'指的是什么。"江云琛像是一个拿着刀的绅士，话及之处，处处危险，却又保持着绅士和礼貌，让人挑不出错，"总要让我看到你的诚意。"

宋予不是天真的女孩，知道江云琛口中的诚意指的是什么。她咬了咬牙，额上青筋凸起，眼神微愠。

"我只谈生意。"她没想到江云琛是这样孟浪之人，脑中的记忆像海藻一样再一次将她束缚住，两年前钻心的疼痛让她想起都觉得有些恶心。

什么绅士？是装出来的。这个男人不是绅士，是个彻头彻尾的孟浪之人！

宋予越想越恼，掌心在他看不见的地方紧紧攥成拳，指甲嵌入掌心，生疼生疼的。

江云琛看到她紧张的样子，又走到一旁去倒了一杯酒，一饮而尽，抿了抿薄唇："谈什么生意？谈你吗？"

宋予被反问，像是被钳制住了一样牢牢定在那边，拧起秀眉。她觉得自己被反将了一军！

他在给她下套，把话说得狎昵暧昧，却显得她满脑子都是龌龊念头似的。

宋予觉得谈不下去了，但仍旧保持着礼貌："江先生是不是在这方面特别有经验？"

江云琛不说话，站在离她半米的地方静静看着她。

宋予扯了扯红唇："这样吧，既然江先生想看到我的诚意，可以。我在德国学的是医学，可以免费帮江先生检查一次身体，如何？"

"我身体康健，暂时不用。"

"不是说这几天经常有人来求您吗？您'日理万机'，我个人认为需要检查一下。"

"什么科室？"

"男科。"

宋予很明显是故意的，嘴角的笑意显得很讽刺。

江云琛抿了抿薄唇："你应该继续学医，生意场不适合你。"

"这句话我倒是听身边人说了很多遍，能不能帮我正名，就靠江先生了。您好好考虑一下 早点休息。"宋予脸上挂着客套的笑，非常职业化，没半点真情实意。

她转身走到玄关处，又回头看了江云琛一眼："江先生多年没有回南城了，在南城如果有什么需要帮助的，尽管找我。"

"会的。"江云琛也非常客套。

宋予一出门，脸上的笑意顿时不复存在。

江云琛比她想象中要难搞定得多。

她下了电梯，去了酒店停车场，走到一辆奔驰 G500 旁边，上车之后利落地发动了车子，车子还没有出库，车门便被敲响了。

"咚咚咚。"

宋予侧过脸，看到一名穿着制服的警察站在她的车子外面。她按下车窗，眼里有一丝不耐烦之色。

"警察叔叔，又怎么了？"

这名警察从半个月前开始就一直盯着她，她的一言一行、一举一动，都在他们的"监视"范围之内。

"你现在是犯罪嫌疑人，在这个案子没有查清之前，请你配合我们警方的工作，不要随意走动。"

"犯罪嫌疑人就没有人身自由了？你们这样监视我，我可以去告你们。"宋予敛了笑意，冷冷道，"让开。"

已近深夜十二点，四处寂静无人，宋予的心原本就被江云琛弄得烦乱，现在她更不想多说话。

她睨了一眼站在车窗外并没有动作的警察，板着脸道："麻烦请你有证据了再来抓我，在没有确凿的证据证明我是罪犯之前，别来烦我。"

说完，她一脚油门踩到底，直接将车子开出了停车场。

宋予将车开得很快，不到一刻钟就回了宋家别墅。

管家已经睡下了，她自己开的门，一进客厅，就看到坐在轮椅上的男人。

客厅里面灯光明亮，却寂静得一点声音都没有，只有眼前这位坐在轮椅上的男人静静地坐在那儿，直到宋予进来，他才看向她。

"回来了？"宋知洺开口，"今天警察又来家里取证了。"

宋予走到宋知洺面前停下，笑了笑："小叔今天又跟警察说了什么？是说我平时跟继母一家关系不好，还是说他们一家三口车祸之前我刚跟我爸吵了架？"

宋知洺脸色微沉："宋予，别把人心想得太坏。"

"得了吧。"她精致的脸上绷不住笑意，"你巴不得我被关进去把牢底坐穿不是吗？可是抱歉，小叔，宋氏是我的，你一杯羹都分不到。"

说完，她转过身上了楼，没有去看宋知洺的脸色。

悦榕庄酒店。

巨大的落地窗前，江云琛喝了两口酒，听电话那头的人戏谑道："宋予，你说的是那个宋家的私生女？"

"有问题？"酒杯见底，他放下酒杯，拿起一旁的烟盒燃了一根烟，蓦地想起刚才在抽烟时，那个女人微微皱着的眉心。

"有问题！宋予这个女人太有问题了。"卓决听着江云琛轻描淡写的话，笑道，"你大概是太久没有回南城了，不知道宋予在南城的名气。"

"好的还是坏的？"江云琛问出口就觉得自己不该问这个问题。

那个女人就差把"追名逐利"这四个字写在脸上了，能好？

"不是我嚼人舌根，在南城众所周知，宋予现在是嫌疑犯。"

"有所耳闻。"宋家在南城立足近六十年的时间，算是根底深厚的名门，他一回国就听说了"前任宋氏总裁宋安出车祸，警方怀疑是其女所为"的传闻。

"这个宋予，之前未婚怀孕，没生下来。听说她脾气也不好，就是长得特别漂亮，你今天见了觉得怎么样？"

卓决的笑声让江云琛皱了眉："你很闲？"

"不闲啊。你是不知道我整天盯着股市有多累，压力大得像个总裁。"卓决是一名股票分析师，六年前江云琛在哈佛商学院的同学。

"你不像个做金融的。"

"那像什么？"

"长舌妇。"

"江云琛！我这不是为你好？你想啊，那个宋予有求于你，恰好又出了名的漂亮，你的心难道就一点都没动？"卓决奸佞一般的笑声落入江云琛耳中，让他觉得有些不耐烦。

"收起那些龌龊心思。"出了名的漂亮，也是出了名的坏，江云琛不会跟这样的女人接触。

"行，不说了，明天中午十一点我去酒店接你，给你接个风。"

江云琛挂了卓决的电话，看了一眼手机，短短时间内无数条短信和未接来电，都是求他的南城商人。

比起这些人，刚才那个女人的做法的确要大胆很多。

翌日。

宋予六点起床，开车去了宋氏。

宋氏这半个月来人人噤若寒蝉，有不少猎头公司对准了宋氏的职员，想趁这个动荡时孔挖走人才。

宋予整夜睡不着，头发大把大把地掉，昨晚想了一夜，她还是觉得能救宋氏的，只有江云琛。

请江云琛做一次风险评估，建立一套科学的适应目前宋氏的投资理论和方法，是她开始放手做所有事情的前提。

但是想到两年前的事情，她不想跟江云琛有过多关联，矛盾感将她团团困住，头脑都混乱了。

她到了办公室后简单处理了一下文件，交代了事情之后就跟助理萧瀚一起出发去了证券公司。

宋安在世的时候就在准备融资上市的事情，现在公司到了她手里，她要接手，所以要去证券公司跟负责人商量融资的事宜。

从宋安去世到现在，她没有一分钟是在休息的，而每天头上还要顶着一个"杀人嫌疑犯"的名号。

南城证券公司。

卓决走出办公室拨通了江云琛的号电话："喂，云琛，我这边暂时走不开，你先来证券公司等我吧，待会儿再一起吃饭。"

"已经到了。"江云琛太了解卓决，也太了解金融的这一系列职业，知道卓决忙起来肯定没有时间去酒店接他，早上在酒店看了一会儿股市之后就过来了。

"行。"卓决笑道，"你先来我的办公室坐会儿，进门大厅左转最后一个办公室。"

"嗯。"江云琛挂断电话，他也是刚到，阔步走向卓决的办公室。

此时，门口。

萧瀚替宋予买了一杯美式咖啡，匆匆跑上来递到宋予手中："宋总，刚才我接到证券公司老总的电话，说原本负责接待的总经理有点私事请假了，换了一位来接待您。"

宋予颔首："办公室在哪儿？我自己过去。"

"进门左转最后一个办公室。"

"嗯。"

宋予快步走向走廊，她是急性子，走路也快。高跟鞋在地板上发出吧嗒吧嗒的响声，她喝了一口咖啡，昨晚没睡好，现在眼皮有些胀痛，她揉了揉眼睛。

下一秒，一个焦急的身影从她身边擦过，她在揉眼睛，没有看到，被猛地撞了一下。

宋予穿着细高跟鞋，本就重心不稳，被撞了之后身子往旁一倾，幸好她用手撑住了墙壁才没让自己摔倒。但手中的滚烫咖啡尽数洒在了身后走来的人身上……

她要的是热咖啡，刚刚煮出来，还是烫的。

撞她的是个抱着一大堆文件的年轻女生，见状连忙道歉："抱歉抱歉，我太着急了没看到！"

宋予看了一眼，是实习生模样，她没有责备，只是提醒道："你该道歉的对象不是我，应该是这位先生。"

女生抬头，宋予的视线也跟着抬了起来。

下一秒，她僵在原地。

江云琛？

江云琛也看到了她，眼底没有半分波澜，像是看到一个素未谋面的人。

宋予暗暗自嘲，经过昨晚的事，她本想过几天再去找江云琛，没想到不到十个小时，他们又见面了。

女生连忙向江云琛道歉，塞了一包纸巾给江云琛，匆匆忙忙说要开会先离开了。

女生离开后，走廊上只剩下宋予和江云琛两人。

宋予瞥了一眼他身上的西装，咖啡全部洒在了上面，咖啡渍在质地上乘的西装布料上晕染开，形成了难看的污渍。

毕竟是她做错了，心有歉意，她伸手从他手中拿过纸巾，扯一张出来，轻擦着他西装上的咖啡渍，想着能擦掉一些也是好的。

"不打算跟我道歉？"眼前的人岿然不动，宋予头顶传来醇厚的嗓音。

他的声音很好听，成熟又有质感，但是说的话不怎么好听，带着一点高高在上的感觉。

宋予没有停下手上的动作，这件西装应该价格不菲，咖啡渍全渗进去未免太可惜。

"我会赔偿您的衣物。道歉的话，我请江先生吃饭如何？"她的话里透露着一丝狡黠。

蓦地，从不远处传来卓决震惊的声音："你们在干吗？光天化日的，裤子上是什么东西？！"

卓决刚接到上正的通知，说让他代替同事接待一个客户。

他一出办公室，就看到走廊上突兀的两个人。

宋予见状，将手从江云琛身上拿开，攥着纸巾的手垂下，转向卓决，余光却在打量江云琛。

"你的裤子怎么湿成这样，在公众场合耍流氓？"卓决靠近之后闻到咖啡的味道就猜到是怎么回事了，却故意调侃江云琛。

江云琛的眉心沉了沉："有没有换洗的衣服？"

卓决刚要开口，宋予立刻抢先道："我让我的助理给您买一套新的来吧，就当赔礼道歉了。"

她殷切热络的样子让江云琛很不自在，卓决也感觉到了这个漂亮女人的殷切，他戏谑地伸手摸了摸下巴对江云琛道："人家美女要赔你衣服，怎么这么冷漠？"

"卓决，话太多了。"江云琛烦躁地将身上湿漉漉的西装外套脱下，但是西裤没有办法换，而且咖啡还洒在了最尴尬的位置，引人遐想无限……

宋予在听到"卓决"这个名字时，看了一眼这个年轻男人，将手递给他："卓经理你好，我是宋氏集团，宋予。"

原本卓决还打算再调侃江云琛几句，听到宋予的话，抬头看向她，又扭头看了一眼江云琛。

江云琛脸色如常，只是隐隐有些阴鸷。

"你就是宋予？"卓决笑着，心底想着真是巧了，刚才上头说得匆忙，没说要接待谁。谁知道竟然是宋予。

宋予想着大概是因为自己名气臭所以人尽皆知，便轻轻颔首。

卓决没想到江云琛昨晚跟他提起了这位宋家千金，今天又碰到了。

"巧了。"卓决勾了勾唇，"云琛，你待会儿跟宋小姐一起去我的办公室等我吧，宋小姐，不会介意吧？"

"不会。"宋予巴不得。

"不用了，我在外面等你。"江云琛话落，已经走向了证券公司大厅。

卓决也没有强留，两人一起去了办公室。

卓决的效率很高，他简单跟宋予讲了几个融资方案供她选择，宋予决定先考虑后再答复他。

她刚准备起身离开，卓决也站了起来："宋小姐跟我朋友熟不熟？"

卓决在心底盘算一场恶作剧，然而宋予的头脑中再一次闪现过两年前狂风暴雨般的画面。他们都到那种程度了，应该算熟了。但是再见，他却不认识她，对彼此来说都是陌生人。

"不熟。"她回得干脆。

卓决替她打开门，笑道："其实我朋友昨晚跟我通话时提起过你，所以我知道你是谁时才这么吃惊。"

"提到我？"宋予抬头，精致的脸上有一闪而过的狐疑。

"对。"卓决的恶作剧开始了，"他说你很聪明、很漂亮。"

证券公司门口。

宋予出门一眼就看到江云琛在门口，他朝她的方向喊了一声："总裁。"

宋予愣了一下，他叫她什么？她还是应了一句，因为在宋氏也的确有人这么叫她："嗯？"

下一秒，一只胖乎乎的柯基从她的脚边钻过，扑向了江云琛。

江云琛俯身摸了摸柯基的脑袋，这只柯基竟然直接躺在地上让江云琛摸它。

宋予愣在原地，心底有一瞬冒了火，但很快就被她压住了。她伸手尴尬地捋了一下鬓发，局促得不知所措，只能用东张西望来缓解自己的尴尬……

忽然，她感觉到脚边有一团软绵绵的东西在蹭她，她一低头，竟然是那只柯基。

她连忙缩脚，慌乱中抬头，对视上了江云琛似笑非笑的眸子。

他好像是在嘲笑她。

"我在叫'总裁'，宋总应这么快做什么？"江云琛"补刀"。

扎心了，大抵就是这种感觉，宋予心底难堪万分。

但她还是哂笑："刚才，我好像看见我的助理了，应该是他在叫我。"

她找了一个非常不好的借口，羞愤感让她无地自容，偏偏江云琛这只柯基好像还很喜欢她似的，一直在她腿上蹭。

"你撒的谎只会让你更加丢人。"江云琛一本正经地回应她，看到她被狗蹭得战战兢兢的样子，索性单手将"总裁"从地上捞了起来。

小小的柯基在高大的男人怀中，显得突兀又有些……反差萌。

宋予觉得江云琛说什么话都单刀直入，好像很不喜欢她的样子，她连忙扯开话题。

"原来江先生喜欢小狗，我还以为您会养阿拉斯加这种大型犬。"她别扭地扯开话题的样子，落入他眼中。

他冷冷回了一句："有意见？"

"不敢。"她噙着假笑的嘴角都僵了，"我让我的助理在福瑞阁定了一桌晚餐，一起吃个晚饭怎么样？我想好好赔礼道歉。另外，西装也……"

"不用了。"江云琛单手抱着"总裁"转身准备离开，连说完话的机会都不给她。

宋予正觉得无法挽尊时，江云琛忽然停住，转过身看向她。

"江先生改变心意了？"她立刻露出职业微笑，觉得自己很假，即使因为两年前的事情排斥眼前这个男人，但是还要装作不认识他，向他示好。

商人做久了，喜怒哀乐都会被慢慢磨平，直到没血没肉。

"赔礼不用了，如果宋总真的想道歉，就帮我一个忙。有偿的。"

"什么？"宋予眨了一下眼，盯着他如深海一般的眸子，一片茫然。

"酒店不能带狗入住，卓决不喜欢宠物，如果可以，帮我照顾'总裁'一段时间。"

他还真好意思开口！

宋予很想冷笑嘲讽一下江云琛，但是不行；她也很想假装说自己对宠物毛发过敏，但是也不行。

"一段时间，是多久？"

她的笑很僵，江云琛看得出来她非常不乐意。

"半个月。"还没等宋予同意，江云琛已经将"总裁"放到了宋予的手中。

宋予从小怕狗，现在这只跟她"同职业"的狗就塞在她怀里，她每一个细胞都在排斥！

她将头往后仰，生怕狗蹭到她的脸。

而江云琛好像已经确定她同意了一样，淡定自若地开口："'总裁'刚从纽约空运回来，需要多休息，它的食物和窝我会让我的助理送到你家。"

宋予还真没看出来江云琛是个喜欢小动物的人……商场上的人大多杀伐果断，爱心？不存在的。

忽然，一个念头在她的脑中一闪而过，她扬了扬眉，含笑抬头看向江云琛："既然我帮江先生养狗，我觉得我们之间需要保持联系，把您的联系方式给我，如何？"

她在跟他谈条件。

江云琛沉了脸，伸手，宋予很识趣地将手机递到了他宽厚的掌心中。

江云琛输入了自己的号码，宋予才心满意足地收回手机。

这个时候，一个身材高挑的女人从宋予身后走来，宋予不知道自己身后原来一直站着一个人。

"江先生，华瑞公司的电话。"女人提醒江云琛。

宋予这才想到，这个女人大概是江云琛的助理，应该是这个女人带"总裁"过来的。她就说嘛，这只小狗怎么可能自己从机场过来……

江云琛接过手机走到一旁，没有再理会宋予。

宋予正准备抱着"总裁"离开，却听到身旁的女人压低了声音冷冷地说："想找江先生做一次风险评估的南城商人如同过江之鲫，你算什么？"

宋予看了一眼这个女助理，精致的妆容、得体的套装。宋予轻笑，笑容带着一点高傲："我算帮江先生养狗的人吧？记得把狗粮送到我家来，南城公馆，宋家别墅。谢谢。"

女助理被反将了一军，脸色顿时变得铁青。

宋予带着一只狗回到了宋氏，还没到下班时间，她暂时不能带江云琛的狗回家。

当她拖着一只柯基回到宋氏大楼的时候，的确吸引了不少眼光……柯基鼓着大屁股跺着小碎步跟着宋予上了顶楼，萧瀚帮她推开门，一进门，她就看到宋知洺坐在轮椅上，正在她的办公室里喝茶。

"哪里来的狗？"宋知洺记得宋予小时候是怕狗的。

宋予将牵引绳解开，任由"总裁"在她的办公室里面撒欢，她用湿纸巾擦了擦手，淡漠地看向宋知洺："财主给的。"

"宋予，不要在外面胡来。"宋知洺语重心长，眼神里透露着不信任。

宋予将湿纸巾扔进纸篓："不要总是用长辈的口气跟我说话，你跟我就差了六岁。另外，这是宋氏总裁的办公室，小叔你没有经过我的允许就进来，如有下次，我会直接让保安把你轰出去。"

"你就是对家人太刻薄了。"

"家人？在我的词典中，家人不是那种时时刻刻想拉我下马，也不是把我送到德国不让我回来的人。我不对这样的人刻薄，难道我还应该对他们善良？"

宋知洺缄默了几秒，脸色略显僵硬："这里没有旁人，你跟我实话实说，你父亲他们的车祸，是不是你做的手脚？"

宋予给自己泡了杯大红袍，刚呷了一口就听到了宋知洺这样一句话。

她放下茶杯看着他："小叔你知不知道你现在这副样子，就像在劝未成年罪犯迷途知返。"

她没有正面回答他，给他留足了悬念，她就是要让他挠心挠肺。

宋予哂笑，靠近宋知洺一些："我头上顶着三条人命，没日没夜地工作，头发大把大把地掉，为的就是让宋安知道我是她的女儿，骨子里就适合从商，也是为了告诉小叔像你这样虎视眈眈的人，别想动宋氏一分钱。"

她按了办公桌上座机的快捷键："萧瀚，把我小叔推出去。"

萧瀚很快进来，也不等宋知洺回应，直接推了他的轮椅出办公室。

一分钟后，萧瀚回来，手中拿着一个文件袋。

"宋总，法院的传票。"萧瀚眉心紧缩，看着宋予淡定自若地接过。

对宋予来说，这是意料之中的事情。

"原告是谁？"

"宋知洺，还有您继母徐媛的娘家。"萧瀚替宋予捏了一把汗，这场官司怎么看对宋予都不利。

"这是联起手来欺负我了？"宋予嘴角噙着冷笑，随手将文件夹扔在桌上，"宋知洺这只狐狸，表面说教背后捅我一刀，还敢跟我住在一个屋檐下，他就不怕我真是杀人犯把他也给结果了？"

萧瀚听了，轻笑："宋知洺就是惦记宋氏这块肥肉太久了，利欲熏心，头脑都不清醒了。"

宋予坐在办公桌前，纤细修长的手把玩着钢笔，宋氏现在不仅被宋知洺盯着，还被她继母的娘家盯着，她必须尽快让宋氏在她手中稳固。

宋予的目光落在了撒欢的肥柯基身上，脑中再次浮现江云琛的脸……

她让萧瀚离开，拿出手机拍了一张"总裁"在沙发上趴着的照片，以彩信的方式发给了江云琛。

宋予现在一心要做的，就是跟江云琛套近乎，没有江云琛，她寸步难行。

滨海餐厅。

江云琛放下筷子，看了一眼短信，是一个陌生号码发过来的"总裁"的照片。

宋予虽然没有发一个字，但是一张照片，江云琛就知道这个女人在讨好他，才一小时，就迫不及待地联系他。

她美其名曰汇报"总裁"的情况，实际就是邀功。

江云琛放下手机没有回复。

坐在他对面正吃着牛肉的卓决刚才瞥了一眼他的手机屏幕，看到是"总裁"的照片，扬眉戏谑道："宋小姐发给你的？说实话，她比我想象中更漂亮，不过一看就不是好相处的人。"

"你要跟她相处？"江云琛冷冷地反驳了一句。

"不是我，是你啊。"卓决的恶作剧兴致越发浓了，"刚才宋小姐在办公室夸你呢，说你气质出众，很有男人味。"

卓决很满意自己的恶作剧，抑着笑意低头吃菜。

"眼光不错。"对面忽然传来男人不咸不淡的一句话，让卓决无语。

卓决后悔跟江云琛这么说了，这个家伙一直很自负，关键是还有自负的资本："我说，你把狗给她养，是不是醉翁之意不在酒，为了泡她？"

"她不养，你帮我养？"江云琛喝了一口水，抬起头看向他。

"别，我讨厌猫猫狗狗。"卓决一想到江云琛那只短腿柯基就浑身鸡皮疙瘩，他的狗跟他一点都不像，热情似火，见人就蹭，"不过话说回来，你把狗交给了那位宋小姐，她会不会觉得你对她比较特别，趁机让你帮她做个风投评估什么的？"

"想算计到我头上，她的智商还不够。"江云琛自然是在排除了受她请求的状况下才放心把狗交给她的。

"其实如果你跟宋氏合作，对你在南城扎根还是很有好处的。毕竟……当初你把江家一家老小赶出南城，挺不光彩的。"卓决在替江云琛着想。

江云琛拿着水杯的手顿了顿，他有些烦躁地想拿出烟盒抽烟，这里是包厢，但卓决还是制止了他："医生不是让你戒烟戒酒吗，你不要命了？"

在南城，人人知道江家曾经抛弃年仅十岁的江云琛的原因，是他身患重病，江家人视他为耻，在一个风雨骤袭的夜晚将他扔到了江家的铁门之外……

江云琛抢过卓决的烟盒，拧着眉，烦躁地喝了一些水："我这条命不值钱，死了估计也只有你会来替我哭丧。"

他在开玩笑，但是卓决心底有些不舒服。

卓决扬声，不让室闷的气氛在房间里滋生："你手里捏着的股票值多少钱不用我提醒你吧，你的命还不值钱？"

只有卓决知道，江云琛的身家到底有多少。

这些年卓决一直在替他管理金融库，当初江家在南城独大，但是彼时的财产抵不上江云琛手中的五分之一……

"还有。"卓决笑着补充，"你死了应该不只我会哭丧，那位宋家小姐估计也会很伤心，白替你养狗了。"

江云琛原本紧绷着的脸终于缓和了一些。

宋予，这几天这个名字像是警铃一般，时时刻刻在他耳边响起。

晚上八点，南城公馆。

宋予在别墅区内遛狗，萧瀚养狗经验丰富，告知她狗最好每天都遛，养成在外面上厕所的习惯。毕竟是江云琛的狗，她很上心，记住了萧瀚的话。

她下班之后随便解决了晚餐，以往第一件事情是在书房加班看文件，现在却是遛狗。

别墅区内路灯灯光充足，宋予拿着牵引绳盯着柯基的屁股，想着自己为什么要遭这样的罪？

最让她无法理解的是，江云琛那样一个严谨的金融男，为什么要把柯基的屁股毛剪成爱心？！

"总裁"的屁股一扭一扭的，原本走得平平稳稳，忽然像是看到了什么一样，激动地摇着短小的尾巴，疯狂地朝前方奔去。

宋予猛地被牵引绳一扯，整个人都前倾了，她赶紧小跑着追上"总裁"。

"'大屁股'跑慢点！"宋予真没办法把"总裁"这个名字叫出口，如果是高大威猛的大狗还好，可这是一只肥柯基……太不搭了。

"总裁"并不听她的，小短腿继续狂奔，宋予急急追上去，气喘吁吁地对着前方的"爱心屁股"喊着："'大屁股'你疯了吗？"

忽然，一道沉滞喑哑的男声从前方传来，"总裁"也停下了。

"你叫它什么？"

"总裁"蹭上了一双大长腿，男人俯身，单手将"总裁"从地上单手抱了起来。

路灯将江云琛的脸部轮廓照得清晰了，宋予茫然地看着他，微微皱了一下眉，很快就见反倒舵地舒展开了。

"江先生，您怎么在这儿？"

难道他这么快就想狗了，所以来看狗？

江云琛似乎乃因为她对"总裁"的称呼而不悦，没有回答她的问题，宋予立刻有些尴尬地改口："我觉得，'总裁'的屁股造型做得很好看，所以这么叫它。"

她紧绷着脸，笑不出来。

"如果宋小姐不喜欢我的狗，我可以把它寄养到别人家。"江云琛一句话让她立刻紧张了起来。

别人家，是别的有求于他的商人手里吧？她怎么可能让到手的肥肉丢了？

宋予立刻换了一副面孔，硬是挤出了笑意："没有，'总裁'那么可爱。我以后……再也不随便给它起外号了。"

江云琛似乎满意了，俯身将闹腾的"总裁"放到地上，"总裁"的短腿碰到地，忽然就跑了，宋予手中拿着牵引绳，身体被猛地一拽，差点就栽到地上了。

幸好江云琛伸手揽住了她的腰，才没有让她跌倒在地。

"总裁"也被拖住了。

宋予感觉到，他的手臂触碰到她的腰际时，她如遭雷击一般浑身哆嗦了一下，像是寒夜梦魇一般猛地推开了他的手，退了两步才稍微冷静了一下。

江云琛因她剧烈的反应多看了她一眼。

路灯下的宋予脸色惨白，刚才推开他的那一下，像是遇到了洪水猛兽。

"抱歉……"

她伸手捋了一下鬓发，知道自己刚才失态了。但是她克制不住，当江云琛碰到她的那一秒，两年前那晚的画面顿时出现在她的脑海中，她瞬间觉得胃里翻江倒海，只想远离他。

跟江云琛保持安全距离之后，她的脸色才慢慢恢复了一些："我不怎么喜欢跟别人有肢体接触。"

她找了一个蹩脚的理由，虽然会显得自己矫揉造作，但是应该能瞒过他。

两年前的事，在他们确定合作关系之前，江云琛还是不要知道的好。

江云琛看出她在撒谎，却也懒得戳穿。

"'总裁'，跟这位阿姨好好相处。"江云琛俯身摸了摸"总裁"的脑袋，"跟哥哥再见。"

"总裁"好像听得懂似的，抬起前爪跟江云琛的手碰了一下。

等等，阿姨，哥哥？

为什么江云琛是哥哥，她就要被叫阿姨？她明明比江云琛小一岁！

宋予一脸无语，但还是立刻敛去了脸上的情绪："江先生是特地来看'总裁'的吗？"

"有私事。"

他完全可以说有事，说是私事，是在提醒她不要多问。

宋予识趣地颔首，江云琛一双如墨的眸子看着她，他似是讥讽地道："如果你想在狗身上下功夫让我帮你，死了这条心。"

心思被看穿，宋予讪笑："没有，我只是想跟江先生交个朋友，帮朋友照顾宠物，应该的。"

宋予在心底咬牙切齿，江云琛这人说话怎么这么直白，就算看穿了她的心思，他就不能不说出来吗？

"'总裁'不是我的宠物，是我的弟弟。"他强调了一句。

"喔……"此时此刻她的心理活动非常丰富，已经将江云琛痛痛快快地嘲讽过一遍了。

江云琛应该是真的有私事，说完就离开了，宋予费了好大的功夫才把"总裁"拽回家。

宋予坐在卧室的飘窗上，打开一个盒子，里面是她曾经的产检报告。

所有的检查报告都整整齐齐地放在盒子里，自从孩子没了之后她一直没敢拿出来看。

自从见到江云琛那天起，她夜夜做噩梦，梦见两年前那晚以及六个月后，她在手术室内被注射麻药之前的景象……

她拿出一张B超的检查单，看到图片中模糊不清的一小团阴影的时候，眼角一点点湿润，眼眶里蓄满了眼泪，疼痛蔓延全身。她清楚地记得，从病床上醒来的时候，护士告诉她手术很成功，让她安心。

安心，她怎么安心？

孩子没了之后她没有一日是安心的，她恨透了宋家人，恨他们轻松掌控着她的孩子的生死，孩子的出现是因为宋家人，孩子的离开也是因为他们……

她吸了吸鼻子，拿出手机拨了白芨的号码。

白芨刚刚下手术台，脱下手套就恰好接到了宋予的电话。

"喂，予予，我剖宫产遇到一对龙凤胎，沾了新妈妈的喜气。"

白芨是妇产科医生，也是宋予的闺密，当初听说宋予被宋家人逼着去德国念书，她二话不说就跟家里人说自己想去德国学医。

白芨现在已经做了好几年的医生。

"白芨，我见到他了。"宋予没有忍住，眼泪一下子从眼眶里滚落下来，她立刻擦干，因为太用力脸有些疼。

白芨闻言一顿："你报警了没？"

"报警？"宋予苦笑，"我现在有求于他，报什么警？"

"有求于他？"白芨费解地拧眉，从手术室走向办公室，"他是谁啊，你要求他？"

这段时间宋予忙着宋氏的事情，白芨都没有过问过她的情况。

"江云琛。"宋予提到这个名字就觉得太阳穴疼，矛盾感在心底蔓延，她既想一辈子离这个人远远的，又想靠近他。

远离是因为那件事，靠近是为谋利。

白芨愣住了，在医院的走廊上停下脚步，单手插进白大褂的口袋里："你是说江家那个江云琛？"

"否则？"宋予头疼得厉害，"我刚刚拿出产检报告看，我很想蛋黄……当初孕期检查都是你亲手帮我做的，你知道我有多想留下这个孩子。"

宋予眼前的水汽越积越厚，仿佛有人拿着一把生锈的匕首在一刀刀剜她的心。

白芨的眼眶也渐渐湿润了："不是说好不提起孩子了吗？这个天杀的江云琛，你就该报警把他抓起来！你爸和你后妈已经不在了，只能让他来背锅。"

"宋氏有求于他，我现在还要巴结他。"

"疯了吧？"白芨抓了一把头发，"你觉得他这个人怎么样？"

"不是很友善。"

"这种人能友善到哪里去？听我爸说江家就是因为他脾气古怪，好像还有重病，所以才不要他的，这种人肯定从小心理阴暗。"白芨心疼宋予。

宋予沉默了，白芨深吸了一口气道："予予，不要让他知道孩子的事情，听到了吗？"

"我有分寸。"她怎么可能让江云琛知道？这个秘密她会埋在心里一辈子。

南城公馆，江宅。

南城公馆是三十年前，江老爷子在位的时候建造的高档别墅区。江宅位于南城公馆的中心，也是整个南城的中心。

然而此时的江家今非昔比，除了一个管家之外，空无一人。

"少爷，回来住吧。你刚从国外回来，这里是家，总比住酒店好啊。"老管家江伯已经七十岁了，是江老爷子江儒声的远房表亲，江儒声刚来南城立足时，他就跟着一起来了，转眼已有五十年了。

自从江家人在两年前被江云琛赶出南城之后，偌大的江宅，只有江伯一个人住。

"不了。我过来只是看看，顺道提醒江伯一声。"江云琛看着江宅的铁门，想起了十九年前，他在一群人冷冰冰的视线中被赶出江宅的情形，"如果江儒声要搬回来住，我会直接拆了江宅。"

江氏集团已经在两年前被他贱卖，而江氏旗下所有的产业都已经过到了他的手中，包括南城公馆。

江伯知道，江云琛想拆了江宅轻而易举。他皱眉："少爷，你爷爷其实还是记挂你的。昨天他还打电话给我，问我你是不是回来了。"

江云琛分得清江儒声是害怕还是记挂，打听他是不是回了南城，无非害怕他会再对江家人下手。

江云琛没有同江伯多说，他相信通过江伯，江儒声很快就会知道他的态度。

两天后，宋予意外收到了一张江云琛的请柬。今晚他会在南城丽思卡尔顿酒店举办一场酒会，请柬上没有说是什么性质的酒会，宋予也不知道他发了多少张这样的请柬，但是她能收到，就说明她还算有点分量。

萧瀚拿着一堆文件来找宋予，看到请柬之后笑了："江云琛这是广撒网想捞大鱼啊，南城多半商人肯定都收到了请柬。"

宋予喝了一口咖啡，摇头："他想广撒网是没错，但这哪里是想捞大鱼，分明就是想看大家争得你死我活，鱼死网破。"

"这人心真黑。"萧瀚嗤笑，"宋总，你去吗？"

"去，为什么不去？"宋予不会放弃任何一个能说动江云琛的机会，只有多跟他接触，才有机会。

晚六点，丽思卡尔顿酒店。

宋予选了一件灰蓝色长款抹胸礼服，衬得她皮肤更加白皙，肩颈下是朦胧的薄纱，立本的剪裁显得薄纱柔和美好。她踩了同色系的MB（Manolo Blahnik）高跟鞋，高挑又不过分出挑。

进酒店大堂时她还在跟白芨通话。

白芨怨声载道："我好不容易有了假，结果你倒好，去参加那个江云琛的酒会，我现在更讨厌他了。"

原本她们约了一起吃晚餐，因为临时收到请柬，宋予只能推了白芨的晚餐。

宋予轻笑："等我把他身上的剩余价值榨干了，我就再也不用见到他了，到时候我们皆大欢喜。"

白芨很想翻白眼："你小心没把他榨干，自己先被他这个资本家吸干了血。"

宋予跟白芨开了几句玩笑，身旁忽然传来一道男声。

"宋小姐，你也来了？"

宋予回头，看到是卓决的时候，习惯性地掩了一下手机，朝他颔首："卓先生。"

"白芨，回头说。"她挂断了电话。

卓决看着宋予，略微挑眉："要不要我带你去找云琛？"

宋予对卓决的热情有些狐疑，但想到他是江云琛的朋友，也就放下了警惕心，露出职业微笑："那就麻烦了。"

卓决很健谈，在路上跟宋予说了很多，末了还说了一句："宋小姐，云琛是单身。"

江云琛单身，同她有关系？她茫然地看着卓决。

卓决笑着摸了一下鼻尖："宋小姐是单身吗？"

"嗯。"宋予已经明白了卓决的意思，上一次在证券公司卓决说江云琛夸她聪明漂亮开始，她就知道，这个卓决多半是媒婆属性。

她上次没有当真，这次自然也不会在意。

宋予笑道："我单身，也想一直单身。"

卓决讪笑了一下，带着她走到了宴场中央。

卓决拍了一下江云琛的肩膀："云琛，宋小姐来了。"

宋予听着卓决的这句话，心底一动，他这句话太容易让她产生江云琛在等她的幻觉了。

但是看到江云琛的反应，宋予就立刻打消了这个念头。

江云琛侧身看向她，眼神里的冷漠不加修饰："嗯。"

一个"嗯"字，宋予就知道她对江云琛来说不过是南城商海中的一条小鲤鱼，同其他人没有任何区别。但她还是硬着头皮笑着腾出手跟江云琛握手："江先生，谢邀。"

她不卑不亢，却被江云琛无视了，他又侧过身和别人说话。

和江云琛说话的是一名中年男人，宋予记得他是欧氏实业的总裁，同宋氏在房地产这块是死对头。

欧氏老总瞥了她一眼，见证了她的尴尬，笑着对江云琛说："哈哈，江先生许久没回南城，恐怕不知道南城的一些消息。我好意提醒江先生一句，最近我们南城出现了不少不三不四的女人，要当心，有些蛇固然漂亮，却是毒蛇。"

欧氏老总拐弯抹角地贬低宋予，宋予听着无关痛痒，站在一旁并未离开，而是伸手从侍者手中拿过一杯香槟呷了一口。

卓决低声咳嗽了一声，欧氏老总忽然招呼了一个女生过来，女生穿着鹅黄色的小礼服，少女感十足，见到江云琛的时候眉眼间带着羞涩。

"江先生，这是我女儿楚楚，刚刚高中毕业快上大学了。"欧氏老总笑着将女儿推到江云琛面前，卓决不厚道地笑出了声。

宋予也扯了扯嘴角，靠近江云琛一些，仰头看他："江先生，昨晚你走的时候我忘记跟你说件事了，能借一步说话吗？"

宋予故意的成分非常明显，卓决听到之后会意地悄声离开了。想着宋家这位小姐性子够猛。

江云琛低头看她，双眼微眯，看得她脊背有些发凉。

欧氏老总听到后似尴尬，似恼怒，那个女生也有些失落。

宋予得意地勾起嘴角，祈祷江云琛千万别拒绝她。要是拒绝，她就真的无法立足了。

"欧总，失陪了。"江云琛开口，让宋予心里的巨石落地，欧氏老总也识趣地带着女儿离开了。

宋予捏着高脚杯的手有些发凉。

"看到欧氏总裁宁愿牺牲自己刚刚成年的女儿，我忽然觉得我之前偷拍江先生显得有点小家子气。跟我比起来，欧氏还真是下了血本。"宋予故意说给江云琛听，"其他公司求江先生的方法是不是更加花样百出，更舍得下本钱？"

江云琛喝了一口香槟，神色有些玩味："刚才在欧氏总裁面前，你等于告诉他你把自己迁给了我，现在南城的人怕是都不敢跟你抢了。"

宋予眼角的笑意愈发浓了："不好吗？"

"嘴皮子倒是耍得快，实际行动却跟不上，我最不喜欢的就是言行不一致的人。"

侍者从江云琛身旁过，江云琛将香槟随手放到了托盘上，转身离开。

宋予立刻跟上，生怕被江云琛落下……

"江先生，您想要什么我都会尽力给您，除了我。"

"除了你？"江云琛没有停下脚步，看上去兴致缺缺，"那如果我想要天上的星月，你怎么办？"

她狡黠地笑："哪怕是天上的星月，我也会想方设法摘下来给江先生。"

江云琛终于停下了脚步，回头看着宋予的眼神，带着冷漠和揶揄："这种话一般是男人说给女人听，本末倒置。"

宋予急急停住，定睛看着江云琛。原本白皙干净的脸庞因为急走有些微微泛红："江先生，我……"

"宋小姐，您的活动范围已经超过我们警方的控制，请您出去。"

宋予请求的话刚卡在嗓子眼，耳边忽然响起了警察的声音。

她拧紧眉心，原本殷切的脸瞬间变得沉郁不悦。

她别过头，看到那名警察就站在她和江云琛身后。

阴魂不散，宋予脑中冒出了四个字。

"高警官，我现在连正常的社交都不能有吗？"宋予烦躁，原本就拿不下江云琛，还要被打扰。

"很抱歉，在案子查清楚之前，你不能。"这个警察一心想破案，盯她像是盯苍蝇一样。

宋予无语，更重要的是，她觉得自己在江云琛面前丢了人。

虽然所有人都知道她是杀人嫌疑犯，但是莫名地，她不想被江云琛看到自己这样狼狈的一面。

嫌疑犯这个名号，并不光彩。

她费尽心机才得了与江云琛单独相处的机会，偏偏在这个时候被打扰。她点了点头，转身准备离开，手臂忽然被捏住。

不轻不重的力道，她的衣服是无袖的，他修长的手指直接触碰到了她的皮肤，她脑中的第一个念头就是想逃。

宋予这是条件反射，太怕跟他有任何的身体接触，但是挣扎了一下之后没有逃脱，江云琛反倒是走到了她身前，挡在了她跟警察之间。

"如果想喝几杯，欢迎。但是如果想从这里带走人，很抱歉。"江云琛的话说得平稳而坚定，宋予看向他的侧脸，表情有些狐疑。

他在帮她？

"您是？"警察皱眉。

"江云琛。"江云琛拿出一张烫金名片递给警察，"失陪。"说完，他松开宋予，转身离开。

宋予没有停顿，直接跟了上去。

"江先生为什么要帮我？"她跟着江云琛进了一个房间，是酒会的休息室。

里面灯光相对来说有些昏暗，宋予带上了门。

"你难道不应该先谢我？"

宋予不清楚江云琛的为人，但她能肯定他不是热心肠的人，商场上有几个愿意伸手帮人的人？单是抬起手都没可能。

江云琛却给了那名警察名片，在南城，能收到他的名片的人屈指可数，连她都没有。

"我时时刻刻准备着感谢江先生，但是江先生一直不给我机会。我觉得，口头上道谢太简单了。"

宋予眼底蓄满了虚情假意，看得江云琛很不舒服。

江云琛拿出烟盒抽出一根烟，朝她示意了一下："我进来是来抽烟。"

意思是，她可以出去了。

宋予不喜欢烟味，但高跟鞋并没有挪动半寸："需要我帮您点火吗？"

她上前，也不听他回答，就从他手中拿过火机，笨拙地替他点燃了手中的烟，烟草燃烧发出的声响，在空荡荡的房间里显得很突兀。

她没有替男人点过烟，动作很生疏。

江云琛并没有拒绝，但是也没有答应，他人高腿长，她穿着六厘米的高跟鞋也只到他的肩膀，所以点烟时她微微前倾，柔软的发丝悄无声息地擦过他的手背。

江云琛手背上的触感很真实，他有些烦躁地拧眉，略微俯身，好与她更近一些。

她身上传来淡淡的香水味，尾调是晚香玉，最撩人。

忽然，江云琛扣住了她的手臂，她如同刚才在那名警察面前一样，想挣脱。

"我不需要人帮我点火，灭火倒是可以。"

宋予还没有反应过来，就被推到了身后的沙发上，江云琛俯身，手中被点燃的烟显得多余，但他也未起身掐灭。

宋予被吓得脸色惨白，她本就不是大胆的人，只是在人前装腔作势。

江云琛靠近时，浓浓的男性荷尔蒙味钻入她的鼻端，她猛地清醒，脑中像是电影快镜头一般，两年前的画面一闪而过又不断重复，她胡乱伸手去推他。

"你放开我……"宋予胡乱挥着手推眼前的男人，江云琛没有松开她，下一秒，她的手臂忽然传来一阵灼烧感，白皙的手臂上立刻出现了伤疤，还蒙上了一点烟屑。

"啊……"宋予疼得连忙收手，看向自己被烫伤的手臂，本能地抬头瞪了江云琛一眼，眼眶微红，委屈敛在眼底，唇色很难看。

江云琛也没想到会误伤她，本想道歉，却收到了宋予这样一个眼神。

这一眼才是她对他最真实的看法吧？

他掐灭烟蒂，拧开了一旁的矿泉水，伸手捏住了宋予的手腕，她却立刻缩回："你还想干什么？"

怒意满满的一句话，让江云琛挑眉。小狐狸的尾巴终于露出来了。

之前她在他面前装得端庄得体，现在一句话就暴露了浑身的倒刺。

"别动。"他重新捏住了她的手腕，这一次不是轻握，而是紧扣。

他将矿泉水倒在了她的手臂上，宋予下意识地皱眉："轻点。"她的语气带着不悦。

江云琛没有理她，将一瓶水倒空才松开她的手臂："尽快去医院。"

宋予还是头一次被烟蒂烫到，而且手臂上黑漆漆的一小块，看上去烫得不轻。但是让她这个时候离开，她有点不甘心。

"会不会留疤？"她下意识地问，但更像喃喃自语。

"我不是医生。"他的语气依旧不善，完全不像是烫伤了她的人该有的口吻。

"江先生不送我去医院？"她反问了一句。

"我让我的秘书送你去。"

宋予一想到江云琛那个女秘书尖酸刻薄的样子，立刻拒绝："算了，酒会结束后我自己去。"

她赌气一般的话落入他耳中，显得有些委屈。

"刚才警察的事情谢谢你。"她只字未提是他烫伤了她，脸上的不悦也只是停留了几秒。

她很怕惹恼他，哪怕自己受了委屈。

江云琛看得出来，小狐狸又夹起尾巴做人了……

宋予转身出了房间，出门的时候恰好撞见卓决。

卓决单手系着西装外套的扣子，笑着走过来："云琛在里面吗？"

"嗯。"宋予脸色不佳，点了点头就走开了。

卓决觉得奇怪，推门进去，看到江云琛在抽烟，修长的双腿站在湿漉漉的地板上，场面有些违和。

"嚯，闹洪灾啊？"卓决上前从江云琛手中夺过烟，在烟灰缸里掐灭，

"咱能不抽烟了吗？你不怕死我还怕你死呢。"

江云琛侧身拿起一瓶矿泉水，拧开喝了几口。

"怎么回事啊？刚才我看到宋小姐苦着一张脸出去了。惹人不高兴了？我就说你不会撩妹，这撩妹是讲究技巧的，不是光有一张脸就可以的。"卓决从认识江云琛第一天开始就嫉妒他这张脸，所以每次都会贬他的脸。

江云琛并未理会，卓决继续笑道："刚才宋予来酒店的时候，我听到她跟人打电话。想不想知道内容？"

"不想。"江云琛回答得果断，起身准备出去。他是来抽烟的，之前被宋予打断，现在又被卓决打断。

"关于你的。"

"你开条件。"江云琛蓦地改了口。

卓决打了一个响指："漂亮！给我写几支股票，我下周买入。"

"成交。"

卓决的笑意加深："我听到宋予跟别人说，要把你身上的剩余价值榨干。"

卓决笑得贱兮兮地道："不过到底是把你的钱榨干，还是把你的身体榨干，我就不知道了。"

第二章
你是人间理想

卓决不怀好意地笑着，江云琛的面色沉了下去，卓决伸手拍了拍江云琛的肩膀："出去了。"

江云琛沉默了几秒，也出了房间。

榨干？她还真有本事。

宋予离开房间后没有着急去医院，手臂上留个疤是小事，江云琛才是她的头等大事。

因为刚才在房间里发生的事情，她现在没心情，索性走向角落的沙发准备等酒会结束，结束之后她再找江云琛，就不需要在众人中挤破脑袋了。

她从人前走过，不少人朝她投来异样的目光。

这种目光她再熟悉不过，鄙夷、探究……

她没有理会，听到身后有小声的议论声，也已经习惯了。

那几个议论宋予的人仍在继续。

年长一些的女人冷冷地说道："看到了没？这就是宋予，长得漂漂亮亮的，心肠歹毒得很。听说以前还打掉过一个孩子，啧啧，那个孩子六个月了，一条人命啊，真是不负责任。"

女儿模样的女人皱眉："六个月，引产啊，孩子的父亲是谁啊？"

"不知道啊，有人说是宋予私生活不检点，乱招惹来的男人。"

"怎么会有这种女人？听说引产对身体伤害很大的，也不知道以后还能不能怀……"

这些闲言碎语落入卓决耳中，他睨了江云琛一眼。

卓决低低咳嗽了一声："不知道宋予那个六个月大的孩子是怎么回事。"

"卓决。"江云琛忽然叫他。

"怎么？"

"有时候我会怀疑你是中年妇女。"江云琛说完便有个商人朝他们的方向走了过来。

卓决一愣，几秒后才反应过来，江云琛是在拐弯抹角地骂他长舌八卦！

酒会进行了三个小时，散场的时候有人因为跟江云琛说了几句话而信心满满，也有些人因为挤破了脑袋也没能挤上去怏怏而归。

宋予的心情平静如水，她知道，像江云琛这样的人，不给他一点实际的好处，他只会打太极，并不会真的答应帮忙。

她见人都散得差不多了，起身快步走到了宴会场门口。

"江先生。我没有开车，可以送我回家吗？"她酝酿了很久才说出这句话，她知道她有些恬不知耻，但是她必须厚着脸皮。

"不顺路。"江云琛回绝得很快，沉默了几秒，看着她的眼神带着戏谑，"卓决倒是顺路。"

他明知道她只想让他送，并不是想搭顺风车，还故意揶揄她。

她不能生气："'总裁'昨晚一直在叫，好像是想你了。"

连她自己都觉得这个借口特别可笑，但是这句话好像奏效了。

江云琛停顿了一下，颔首："嗯。"

就这样……答应了，那只大屁股狗就这么好用？

宋予窃喜。同江云琛一道转身准备离开大堂。

此时那位欧总还没有走，带着自己的女儿笑着走过来："江先生，还没走啊？我送你啊。"

宋予下意识地靠近江云琛，试图用距离显示两人的亲密。

她知道这种小动作肯定会被江云琛一眼看穿，也许会让他觉得她幼稚或是矫揉，不过她无所谓，只要能镇住旁人就可以。

"不用了，自己开车。"江云琛不咸不淡地回绝了。

宋予瞥了一眼脸色不大好的欧总和他女儿，笑着对江云琛道："走吧，狗狗在家等我们。"

宋予说出"狗狗"两个字的时候，自己都为自己尴尬……

她从来不是娇俏可爱型的，"狗狗"这样的词从她口中说出来简直尴尬。

欧总听到"狗狗""家"这样的词，震惊了，看宋予的眼神都不一样了。

宋予大大方方地朝江云琛笑了一下，同他一起走出酒店大堂。

停车场。

宋予跟着江云琛走到了他的车子旁边，正准备走到副驾驶座去开门时，他已经伸出长臂帮她打开了副驾驶的门。

这个举动让宋予一惊，这不是江云琛对她该有的态度吧？

"谢谢。"宋予狐疑，但还是说了谢谢，是礼貌，也是奉承。

她坐进车内，顿觉有些寒意。江云琛打开了暖气，车内一下子暖了起来。

"江先生想'总裁'了吧？我早上去公司，家里保姆把它照顾得很好。"宋予觉得不能冷场，淡淡地聊着。

江云琛发动车子，车驶入了车流当中，他才开口："骗我送你回家，得逞了，还想得寸进尺？"

她一顿，敢情江云琛根本就不是因为"总裁"才送她回家的……"大屁股"狗没有那么好用，是江云琛将计就计。

"那江先生大可以不送我回去啊。"她轻笑，心里却是虚的。

"弄伤了你，有点愧疚。"

江云琛说出这句话后，宋予竟然觉得他有点反差萌……

有点愧疚……他说得可真直白。

"没事。"宋予在礼服外面裹了厚重的羽绒服，隔着羽绒服的衣袖碰了一下伤口，还是有点疼，"不过顺路去看看'总裁'也好，去看看我有没有按照你的要求好好照顾它。"

江云琛没有理会她奉承的话，忽然将车子停在了路边。

"怎么？"她觉得奇怪。

江云琛没有说话，打开车门下了车。

宋予的目光顺着他的身影，看到他走进了一家药店，三分钟后出来，手中多了一点东西。

江云琛上车，将买来的药和医用棉签放到了宋予的手上："一天三次涂抹，记得。"

宋予愣了，江云琛帮她买药了？

"谢谢。"她掌心微烫。

江云琛的好意让她有点意外，毕竟在这几次见面中，一直是她在扮演献殷勤的那个角色。

在路上江云琛放着爵士乐，是宋予喜欢听的那几首经典爵士，她听着心情也放松了一些。

两人没怎么说话，她知道急不得。

车子驶入南城公馆，停在了宋家别墅门口，宋予下车，引着江云琛进了宋家花园。

"一个人住？"江云琛忽然问她，她的第一反应是他为什么这么问，后来想想，南城人人皆知她的父亲和继母、妹妹三人车祸身亡，他这么问实属正常。

"哦，还有我小叔。"宋予淡淡回道，不想多解释。

有关家人的一切她都是不喜欢提起的，尤其是在不熟悉的人面前提。

江云琛对她来说，就是不熟悉的人。

她打开门，"总裁"像是嗅到了江云琛的味道，疯了一般撒欢跑出来，一下子扑腾到江云琛的腿上。

江云琛俯身去跟"总裁"玩，没有看宋予一眼，更别说跟她多说话了。敢情他还真的是来看狗的⋯⋯

宋予也没想参与江云琛和"总裁"的玩乐，拿着药和医用棉签坐到沙发上，准备涂抹伤口。

早点涂留疤的概率小一点吧？

她脱掉外套，露出光滑白皙的手臂，室内开足了暖气，她用左手拿着蘸了药水的棉签，别扭地擦着右手臂上的伤口。

她不是左撇子，弯曲着胳膊特别费劲。

当她觉得费力的时候，手中的棉签忽然被拿走，江云琛拿着棉签帮她擦了伤口。

"你不是最喜欢向人求助，这个时候怎么不让我帮你？"江云琛的举动热心，说出来的话却带着讽刺。

他在揶揄她一直求他帮她做风险评估，现在却连擦药这点小事都不愿意求助他。

这人真奇怪……宋予暗想。而且他三番五次地讽刺她，让她心底有些不舒服。

"我求江先生的是重要的事情，像这种小事，我不想麻烦您。"她强调了让他帮忙做一次风险评估对她来说有多重要，她希望江云琛可以听懂。

"总裁"这个时候蹭过来，摇着尾巴看着他们。

江云琛将棉签扔进了纸篓："你把'总裁'照顾得不错，酬劳我会在接回'总裁'那天打给你。"

"江先生觉得我缺钱吗？帮朋友忙，应该的。"

她的意思是——我拿你当朋友帮你忙是应该的，既然我们是朋友了，那你帮帮我也是应该的

江云琛皱眉："你很喜欢玩文字游戏？拐弯抹角地暗示我应该帮你做风评。"

宋予笑而不答，拿过一旁的大衣穿上，即使屋内开着暖气，穿着露肩的连衣裙仍旧有些凉。

这个时候客厅的大门被打开，管家推着宋知洺走了进来，看到客厅里坐着陌生男人时，朝这边看了过来。

宋予立刻对江云琛开口："江先生，我送您出门。"

她急急的样子落入江云琛眼中，他的表情变得有些玩味。

这个女人一会儿一副面孔，对着他是表面端庄实则奉承，当有人来时，就迫切地想让他离开。

他配合地起身，同宋予一起走到玄关处。

宋知洺坐在轮椅上叫住了宋予："予予，不介绍一下你的朋友？"

"你们不用认识。"宋予冷淡地扔了一句话，本想出门，"总裁"却死死地扑在江云琛身上，用四只爪子拽着他的腿，像是知道他要离开一样。

宋予暗自腹诽：四条小短腿再怎么用力拽也没用……

"乖，过几天来接你。"江云琛安慰了几句，"乖乖听阿姨的话。"

宋予："？"

又是阿姨。

江云琛对狗这么有耐心，对她却半点耐心都没有……

宋知洺若有所思地看了江云琛一眼："予予，他就是你说的财主？"

宋予闻言，顿住脚步，有一种被人揭开了皮囊，露出本质的感觉，羞耻感从脚底一直蹿到头顶，令她面红耳赤。

江云琛也听得一清二楚，尤其是"财主"二字。

江云琛盯着宋予的后脑，眸色微沉。财主？她对他的定义还真直白。

"走吧。"她催促江云琛离开，担心宋知洺再说什么话。

宋知洺常常在她面前装作纯良无害关心她的样子，但是在人前又给她难堪。

院子里。

江云琛走到车旁，看着披着外套却露着脚踝瑟瑟发抖的宋予："进去吧。"

宋予感觉到江云琛的目光在她的脚踝上停留了几秒，抬头道："刚才我小叔的话你不要放在心上。"

"在我面前说我是朋友，在别人面前把我定义成财主。宋总有几张脸？"

江云琛果然不是什么好相处的人……

她努力想缓和气氛，他却轻而易举地用一句话毁掉所有的气氛。

宋予讪笑："一玩笑的。江先生路上小心，晚安。"

她在催他走。

江云琛没有多留，上车，离开了宋家别墅。

宋予回到家中，看到宋知洺坐在沙发上看电视，镇定自若，好像什么事情都没有发生过，也好像什么坏事都没有做过一样。

她最厌恶的就是宋知洺这副样子。之前他口口声声说担心她，结果一纸诉状就把她告上了法庭。

"小叔，你什么意思？"宋予上前兴师问罪。

"什么？"

"装蒜是吧？'宋予挑眉，"刚才的事情，还有法院传单的事情。怎么，你要跟徐媛娘家联起手来抢宋氏的财产？"

"予予，你冷静一点。"宋知洺面无表情，嘴上说着平静的话，却给宋予阴森的感觉。

"倒是真冷静。"宋予冷嘲，"小叔，这场官司你们输定了。官司结束后，我会告你们侵犯我的名誉权，还会向你们索赔精神损失费。这是一场亏本买卖，现在收手或许还来得及。"

宋予知道宋知洺和徐媛娘家是拿不出有力证据的，所以有底气。至于底气有多少，只有她自己知道。

"徐媛娘家死了女儿和外孙女，他们想讨一个公道。"

"所以你就插一脚，跟他们联起手来欺负我？小叔，我本来以为你只是腿废了，没想到脑袋也出了问题。"宋予故作叹息地摇了摇头，"改天我可以让白芨介绍一个不错的脑科医生给你。"说完，她上了楼，没再理会宋知洺。

回到房间，宋予觉得烦躁，头脑发热。

也不知道宋知洺刚才的话，会不会刺激到江云琛？原本江云琛就不考虑跟她合作，现在这样，江云琛难免会怀疑她的人品。

宋予烦躁地抓了一把头发，拿了睡衣去洗手间。

悦榕庄酒店，晚上十点。

卓决坐在沙发上，腿上放着电脑，单手拿着酒杯，敲了敲键盘："宋氏集团的市值是七十亿，不怎么样。而且宋予是半路出家，她是学医的，没有工商管理的经验。如果你真的考虑宋氏，需要承担一定的风险。"

卓决不明白，大晚上的，江云琛不让自己回家把自己叫来这里，告诉他宋氏集团的经济状况干什么，难不成他真的要考虑宋氏？

江云琛没说话，他的烟一直没有断，一旁的烟灰缸里面已经有了好几根烟蒂，幸好房间通风，才让烟味得以消散。

"好家伙，宋予给你喝了什么迷魂汤？南城公司这么多，你要吊死在这棵树上？"卓决嘲笑道，"我说，我之前做红娘只是为了好玩，不是真心实意想撮合你和宋家那位小姐的，你跟她不配。"

"不配？"他反问，让卓决愣了几秒。

江云琛竟然会问出这两个字，听口气，带着一点嘲讽。

卓决不知道江云琛是在嘲讽他还是在嘲讽宋予。

"对呀，你们性格都不好，也都不是什么好人，要是真的在一块儿了，南城这商场，还能看？"卓决干笑了两声，心想是不是自己之前恶作剧过头了？

江云琛真对宋予动了心思，不至于吧？她之前也没见过江云琛对女人动心思啊。

在卓决眼中，江云琛就是万年柳下惠。

江云琛听着卓决的话，想到了第一次见到宋予时，她说他们是一丘之貉……

"宋予学医？"江云琛问了一个无关紧要的话题。

"对。据我所知是这样的。"

"什么科？"

"我怎么知道什么科？怎么，你要找她看病？"卓决不知道江云琛哪根筋不对，忽然这么问。

江云琛的脸色沉了沉，他想到那晚，她说的男科。

"上次她说，看你的面色应该需要找她面诊一下。"江云琛开口，又点燃一支烟，"你抽时间去找她，身体健康要紧。"

说完，他用夹着烟的手拍了拍卓决的肩膀，走到落地窗前。

卓决一脸蒙，吓得脸都白了，放下酒杯伸手摸了摸自己的脸："她怎么说的，说我脸色很差吗，说我会死吗？"

江云琛嘴角扬着笑，背对着卓决。

"你找她面诊就知道了。"江云琛故意卖关子。

"好好好。不知道她主修什么科，不知道我哪里出了问题被她看出来了……"卓决是真的被吓得不轻，这些年他工作繁重，加班是常事，他生怕自己熬夜熬出问题了。

江云琛嘴角的笑深了一些，他没有回答卓决。

"上次你说，宋予要融资上市？"江云琛忽然换了话题。

"是啊，融资的事情是我们证券公司在负责，我在跟宋予对接。"卓决惊魂未定，提到宋予两个字的时候都战战兢兢的。

"她缺多少？"

"八千万美金。"不知道为何，卓决有了一种预感……

"我提供四千万美金。其余四千万，她有没有问题？"

卓决蒙了："云琛，你没发烧吧？"

江云琛深吸了一口烟。卓决跟他相处多年，知道他只有在举棋不定时才会不断抽烟，所以猜想他是深思之后做的决定。

"你真的要帮宋予，为的什么呢？"卓决太清楚江云琛了，他是彻头彻尾的商人，不会做亏本买卖，"为财？你不缺。为色？宋予的确挺有姿色。"

"少废话，回答我的问题。"江云琛没有兴致跟他解释。

"你小看宋予了，她也不怎么缺钱。所以如果你是为了色，你这四千万美金扔进去可能就打水漂了，诱惑一般的女明星还可以，但是宋予这样的女人，四个亿放在她面前她眼睛都不会眨一下。"

"你以为人人都像你一样，自带X光？"江云琛冷冷地怼了卓决一句。

卓决笑着喝了一口酒，没有否认。

宋氏，会议室。

一个小时前，这里正在开管理层会议。

人事部的经理看着宋予，起身说："宋总，我决定辞职。我没有办法在这样一个由三十岁都不到的女人领导的企业里做下去。您的思想不够成熟，宋氏的管理体系也很弱，这里不适合我发展。"

话落，会议室一阵死寂。

宋予淡定地喝了一口咖啡，微微挑眉，紧抿着薄唇没有说话。

之后又站起来几个经理："宋总，我们也要辞职。"

萧瀚在一旁拧眉，一个个都想趁火打劫。

宋予停顿了一下，问："还有吗？"

底下一片死寂，宋予颔首："待会儿都去人事部领薪水吧，祝大家前程似锦。留下的，我们宋氏涨工资，管理层月薪翻倍。"

宋予拿起钢笔，合上笔帽："还有别的事吗？没有的话，散会。"

整个会议室一片死寂，宋予随手捞过咖啡快步走了出去，萧瀚笑着跟上："宋总，你看到那些人脸都绿了吗？"

宋予含笑："从我爸去世开始他们就想跳槽，给他们个教训。"

此时，秘书快步跑了上来："宋总，证券公司的卓经理找您，我让他在您的办公室等您。”

卓决？宋予最近对江云琛身边的人都比较敏感，卓决跟江云琛走得近，她紧张了一下。

“知道了。”

宋予回到了总裁办公室，看见卓决坐在里面喝茶，身边是一沓资料。

原来是工作上的事情。

宋予自嘲，她竟然以为卓决来找她可能跟江云琛有关，看来她最近真的被江云琛弄得魔怔了。

“卓经理，早。”宋予拿着咖啡坐到卓决对面，“是融资方面出现了什么问题吗？”

“没有。”卓决的脸色看上去不大好看。

“那……”宋予想到了江云琛，难道卓决真是因为江云琛来的？她心存侥幸，怯怯地问道。

卓决昨晚住在喜榕庄酒店，江云琛那儿是套房，他睡在客房，一晚上没睡好，甚至梦到自己得了绝症，一大早起来没去医院，而是赶来宋氏。

“宋小姐，我是不是得了绝症？”卓决紧张地问道。

宋予愣了一晌，眨了一下眼：“没明白……”

“您有什么话可以直接告诉我，这样我去医院检查就可以找对症的科室了。不然全身检查出结果太慢了。”卓决巴拉巴拉说了一堆，宋予还是没明白。

她讪笑：“卓经理如果觉得身体不舒服，我让助理送您去医院。”

“你不就是医生吗？”卓决眼神认真地道。

“我……曾经是。”宋予当年也是本硕连读的医科大毕业，在医院也实习过一段时间。

“你上次不是说我面色不大好吗？所以我来找你面诊一下。”卓决深信不疑。

宋予想问她什么时候说过，但是转念一想，换了个问法：“你亲耳听我说的？”

“没啊，云琛告诉我的，他说你当着他的面说的。”

江云琛……宋予一想到这个名字，眼前就出现了一张严肃英俊的脸，她一直分辨不清他是好是坏，但是，评价一个人也不能单单用好坏来判定。

她一直不觉得江云琛是一个喜欢恶作剧的人……金融男一般跟"有趣"这两个字挂不上钩。

"云琛说让我注意身体，找你面诊。宋医生，呸，宋小姐，你主修什么，我是哪方面出了问题？"卓决对江云琛的话深信不疑，对宋予也很信任。

宋予嘴角噙着笑，她忍不住笑道："你确定要知道我主修什么科？"

"要啊，我总得知道我哪儿出了问题吧？"

"男科。"

"江云琛你个浑蛋！"

卓决被气得瞬间炸了，他觉得自己丢人丢大发了，没有男人愿意在女人面前丢人。

宋予嘴角扬着笑，她想到自己之前同江云琛说过自己主修男科，没想到他记下了，还用来捉弄卓决。

卓决闭了闭眼，拿出手机："等一下。"

他拨通了江云琛的号码，那边声音嘈杂喧闹，他皱眉："你在哪儿，怎么这么吵？"

"江氏。"

卓决怔了半晌，想起来了，江云琛在回国之前将江氏大楼买下来了。那边那么吵闹，应该是在准备新的风投公司入驻。江云琛动作够快啊。

但这些都不是卓决关心的，他怒意未消："江云琛，我现在在宋小姐的办公室。你最好给我解释清楚，你让我来找宋小姐看病到底是几个意思？"

宋予没忍住，"噗"的一声笑出来了。

江云琛听到女人的一声低笑。

宋予真的不是为了引起江云琛的注意才笑出声的，她是因为卓决的话和他丰富的面部表情才没有忍住。

卓决见江云琛沉默，继续说："你诚心捉弄我是不是？我告诉你我男科没问题！宋小姐。"

"嗯？"宋予努力憋着笑。

"我告诉你，江云琛的男科才有问题！"卓决为了报复江云琛，铆足劲在宋予面前抹黑江云琛。

那头，女秘书看到江云琛的脸色瞬间黑了下来，细声问道："江先生，怎么了？"

江云琛没有理会，走出了正在修葺的办公室："卓决。"

"怎么？"卓决因为宋予帮了他非常得意，"觉得丢人了吧？"

"把手机给宋予。"江云琛的嗓音里带着一点不悦。

卓决冷哼一声："怎么，你要找人家宋小姐麻烦？还是你觉得她在这方面是专家，想咨询一下男科方面的事情？"卓决继续嘲讽。

"给你三秒钟。"

江云琛声音坚定，卓决低低咳嗽了一声，还是乖乖将手机递给了宋予。

宋予有些意外，不知道江云琛找她做什么，但还是接过手机，放到了耳边。

"喂。"她想江云琛不会是因为她刚才说的玩笑话生气了吧？她可惹不起他。

"胳膊肘往外拐，还想让我帮你？"江云琛的话里带着一点揶揄，她不知道他是真的在跟她开玩笑，还是在埋怨她。

她淡笑："胳膊肘往外拐的意思，是不帮自己人。江先生把我当自己人了？"

卓决是真的佩服宋予的嘴，黑的都能被她说成白的。

宋予把平生所学的油腔滑调都用在了江云琛身上。她心有羞愧，再多几次这种倒贴的对话，她真的会无地自容。

她本不是阿谀奉承的人，哪怕她在宋家不受宠，也是名门千金，从来不需要用谄媚的语气跟任何人说话。

她为江云琛破了例。

"跟人打交道不是语文考试，文字游戏玩得好，不代表会说话。"他冷嘲热讽，"不过你对歇后语倒是挺了解，以后可以考虑改行去当语文老师。"

宋予发现江云琛也很毒舌，还是高高在上的那种毒舌，他能轻松碾压对方。

"你又劝我改行。"她莞尔，上次也是，劝她改行做回医生，"我平生就两大愿望，一是赚钱，二是等赚完钱之后做全职太太。如果改行了，恐怕一辈子都赚不到我想赚的钱。"

她从来不掩饰自己对名利的追逐。她赚钱的另一个原因，也是为了向宋安证明自己……

卓决不知道江云琛说了什么，让宋予说出这样的话。他没忍住笑了一声："喀……恕我直言，宋小姐我这里有个一劳永逸的方法可以让你完成这两大愿望。"

"哦？"宋予回头看向卓决。

卓决开口时故意将音调提高，声音洪亮，为的就是让江云琛听见。

"嫁给江云琛就可以了，他有钱。"卓决说完笑了。

宋予却笑不出来。她扯了扯嘴角，红唇弯了一下，没半点真心实意。

嫁给江云琛？他是她的噩梦，哪怕他用再大的利益诱惑她，她也绝不会嫁给他。利益和真心，她掂量得清。

"江先生不是我能高攀的。"她故意贬低自己，抬高江云琛。

"明天晚上有空吗？"

宋予正沉浸于自己奉承巴结的思绪中，蓦地听到江云琛这句话，半晌没有反应。

"嗯？"

江云琛那边传来低沉醇厚的一个字，像是手中的烟刚好抽完，嗓子里夹着烟味时说的，落入宋予耳中，顿觉舒服。

"有。"她生涩地回了一个字，不明白他为什么这么问。

"一起吃晚餐？"

宋予还以为自己听岔了，秀气的眉头略微拧了一下。

事出反常必有妖。

"好啊，我请客，我欠你两顿饭了。"

江云琛似乎懒得理会她，大概是不屑她这一顿饭。这么一想，宋予忽然觉得自己有点小家子气了。

"明晚六点，桂语山房餐厅。"

"好。"宋予点头，那边已经挂断电话。

她回身，看到卓决脸色不大好。

"卓经理，今天害你白跑了一趟。待会儿我请你吃饭？"

宋予平时是懒得打点这种人情世故的，毕竟像卓决这样的股票分析师，宋氏和她都不缺，不管他能力有多强。但因为他是江云琛的朋友，她就要巴结。

"不用了。就是在你面前丢人了，江云琛这个浑蛋总是这样，宋小姐你跟他相处记得多留点心，他很坏的，大灰狼懂吗？"

宋予抿嘴："他是大灰狼，我也不是小红帽啊。"

江云琛不是什么好人，她当然知道。他要是好人，就好拿下了。

翌日傍晚。

宋予开车去了桂吾山房餐厅，她不奢求江云琛会来接她，即使江云琛提出来接她，她也是会拒绝的，她清楚自己的分量。

她将车子停到餐厅门口时是五点五十分，她掐准了时机特地早到了一些，想让江云琛看到她的用心。

她下车，拨了江云琛的号码："喂，江先生，我到了。"

"两点钟方向。"江云琛的声音醇厚又不混沌。

她迷茫地环视了一周，看到江云琛就站在餐厅门口。

他穿了休闲服，是最普通的款式，但远远看去就看得出剪裁上乘。黑色的休闲服被桂语山房昏暗的古典色调巧妙地容纳，四周寂静无声，似山间独在，沉郁丛容。

宋予看痴了，回神时已经走到了他面前。

"久等了。"她含笑，自然地走到了江云琛身侧。

初冬六点的南城已经落入了一片晚霞当中，宋予身后是大片的火烧云，她今天扎了丸子头，故意挑乱了发顶。

江云琛看着她问："你高考地理几分？"

"嗯？我理科，高考不考地理。"她茫然，气氛一下子被打破。

"难怪不认识两点钟方向。"

宋予脸颊一热，如身后的火烧云一样，她想起自己刚才迷茫环视一周才找到江云琛就觉得丢人。

她连东南西北都不怎么分辨得清，更别说是几点钟方向了……路痴就是她。

她在尴尬中同江云琛走进了餐厅，侍者将他们引到一个包厢门口，宋予正想问怎么是大包厢时，侍者已经将门打开了。

包厢内的景象一览无余，房间内已经坐了三个人，一老一小，还有一名三十几岁的年轻女人。

这顿饭不止他们两人？难怪江云琛会忽然请她吃饭，她还在想，他们不熟，也都是她欠他，怎么也轮不到他请她啊。

　　现在看来，江云琛是醉翁之意不在酒，他的葫芦里卖的，怕是毒药……

　　要是换作别人，她肯定不会理会他的面子问题就直接离开了，但他是江云琛。

　　"来了？"老人坐在主位上，开口时带着高高在上的味道，没有半点老人的慈祥可言。

　　"嗯。"江云琛的回答也很敷衍，"介绍一下，我朋友，宋予。"

　　"今天我们第一天回南城，想跟你一起吃一顿家常饭菜，你就带个外人过来？还是一点分寸都没有。"老人不悦地说道，一旁的女人给老人倒了一杯茶。

　　"爸，云琛的朋友，女的。"女人的话意味深长。

　　"女朋友？"

第三章
皓月清凉

　　宋予闻言一顿，看向江云琛的眼神里带了一点不悦。

　　难怪了，原来是把她当作工具来搪塞家人。这一老一女和这个小孩，大抵是江家当年剩下的那几个人。

　　宋予心底起了一团无名火，在心底熊熊燃烧，热气和怒意一点点蔓延到她全身的每一寸皮肤，这种被骗的感觉，像是江云琛生生扇了她一巴掌。

　　江云琛不正面回应，而是替宋予拉开椅子让她落座。

　　她绷着脊背坐下，如坐针毡，一根根刺在等着她……

　　"宋小姐您好，我是云琛的继母纪朵，这位是云琛的爷爷，这是……"

　　"这里的九曲红梅茶味道很好，你尝尝。"纪朵的话还没说完，江云琛就打断了她，非常刻意，但又自然，好像他刻意打断她是再正常不过的事。

　　宋予抿着红唇一言不发，白皙的脸颊上看不出半点愉悦，她把无名火压制得很好。

　　侍者端着九个茶杯上来，让宋予挑选，她选了一个纯白的瓷碗。茶水灌入白瓷小碗中，看上去温润醇和。她喝了一小口，红茶里浸透着桂花味，味道清苦，回味香甜。

　　"味道很好。"她敷衍地说了一句，看向江云琛的眼里带了不一样的东西，她觉得江云琛那么聪明的人，一定看得出她此时的不悦。

　　但江云琛没有任何表示，而是对侍者说道："拿两罐茶叶包起来。"

　　"好。"

敢情他是要送她？宋予心底冷笑，江云琛的面子功夫做得真是到位，把人利用完了还不忘给人吃颗糖甜一甜。

纪朵笑道："我从来没见过云琛这么照顾人，宋小姐，你们在一起多久啦？"

宋予看向纪朵，她看上去不过三十的年纪，但她的实际年龄一定要大很多，一看就是豪门贵妇的气质，保养得好。

身边那个小孩应该是她的儿子，还小，一双跟江云琛很像的大眼睛直直地盯着宋予看。

"饿了吧？上菜吧。"宋予对孩子笑道，既关心了孩子，又巧妙地将这个话题应付过去。

虽然她很不喜欢被误会是江云琛的女朋友，但还是会给他留面子。因为她看得出，江云琛很不喜欢江家这三人。

小孩用力地点了点头："谢谢嫂子！"

现在的孩子真机灵，该说他聪明呢，还是说他嘴快？

"乱叫什么？"江儒声沉声呵斥了孩子，抬头看向宋予，"宋小姐，你是南城人？"

宋予别过眼看向江儒声："嗯。"

"家里是做什么的？"

宋予用余光瞥了一眼江云琛，他正拿着古典雅致的菜单在点菜，将这个烂摊子扔给了她。

她心底愤懑，但还是冷静地回答："宋氏集团。"

江儒声拿着茶盏的手停顿了一下，这一动作落入宋予眼中。

"宋安的那个宋氏？"江儒声索性放下茶盏问。

"嗯。"宋予心底有不好的预感，仿佛明白了什么。

江云琛的狡猾超出她的意料，她压着怒意，一时连喝茶的心思都没了。

江儒声看着宋予的眼神意味不明，宋予受过太多这种目光，无非怀疑她蓄谋害死了她父亲。

"宋氏现在的一把手是谁？"江儒声吃了一口冷菜，像是不经意地问道。

越是不经意就越是刻意。

宋予淡淡地回应："是我。"

江儒声拿着筷子的手顿了片刻才放下，他拿过纸巾擦了擦嘴："小姑娘家家的，手里捏着钱权，小心被人利用了还浑然不觉。"

宋予听着这句意味深长的话，打心眼里觉得不舒服。

江儒声的话含沙射影地指向江云琛，然而江云琛似乎不为所动。

宋予含笑，礼貌地说："不会的，哪儿那么容易被利用。况且我接触的都是生意场上的人，不讲究睚眦必报，但是如果被利用，我也不是好说话的。"

宋予笑着，就差指名道姓说给江云琛听了。

江云琛夹了一块牛肉到她碗里："泉水牛肉，有名的。"

宋予吃了一口，肉质的确鲜嫩，虎跑泉水的清香在口腔中溢开，味有余甘。

"妈，我也要吃嫂子碗里的牛肉。"小孩对纪朵低声说道。

纪朵皱了皱眉，刚想斥责孩子，江儒声就给孩子夹了一块牛肉："多吃点，现在是长个子的年纪。这两年离开南城你受苦了，现在回来就好。"

江儒声抬头看向江云琛："你找时间让人把云扬转学的事情办好。下周就要转，不然会耽误功课。"

命令的口吻，让宋予想起宋安在世时。在宋家，她也是被颐指气使的那个。宋安任何杂碎的事情都会扔给她，好像她也是垃圾杂碎一般。

江云琛脸色如常，语气却不大好："我会让助理去找寄宿制的小学，事后会联系你们。"

"我们云扬不住校！有家为什么不住在家里？"江儒声极度护自己的小孙子。

"你们在南城有家吗？"江云琛放下筷子，咀嚼完毕才说话，绅士又从容，原本这句话充斥着腥风血雨，但从他口中说出，沉稳又平静。

宋予闻言微微挑了一下眉，低头吃着牛肉，不想掺和江家的事。

江云琛是真的厉害，几个字就能把人击得溃不成军。

江云扬无邪地朝看江云琛说道："哥，爷爷说我们要搬回江宅去住。你会跟我们一起吧？"

纪朵拧着眉心，立刻夹了菜往江云扬的碗里放，好堵他的嘴："快吃。"

"那是我家。"江云琛不留半分情面，俊逸的眉宇里有一丝冷峻之色，

"大概是江伯没有把我的话带到，如果你们住进去，我会把江宅拆了。"

"江云琛，你还有没有良心？你姓江啊，我老了无所谓，但云扬才九岁，你就舍得你弟弟在外地吗？"江儒声厉声斥责，幽静的包厢内气氛顿时僵住。

宋予静静地吃着一道道上来的菜，夹了一块青石板话梅小排，小排和话梅的酸甜恰到好处，她静静咀嚼着。

如果可以的话，她现在就想起身走掉。这种被人利用了还要坐在这里帮人数钱的感觉，让她觉得火气都在往嗓子眼里冒，既厌恶江云琛的城府，又恼怒自己的愚蠢。

他还是跟两年前一样，卑鄙到了极点。

江云琛让侍者开了一瓶酒，红酒在醒酒器中沉淀了片刻，他给自己倒了一杯。

江云琛喝了一口红酒，修长的脖颈上喉结滚动，他停顿了一会儿才开口。

"我在他这么大的时候，就被赶出来了。你们舍得我，我就要舍不得他？"江云琛凉薄的声音里透着不悦，一字一顿，好似在人耳边敲着警钟，一声一声，震人心弦。

江云扬不明白，眨了眨跟江云琛几乎一模一样的眼睛看着他："哥，你小时候被赶出去了吗，谁赶走了你啊？"

"这件事情，你要问问你爷爷。"江云琛习惯性地碰了一下喉部，却没有碰到西装领结。

在华尔街工作时，每日都是西装革履，现在很少穿西装了，他还没有习惯。

"爷爷，怎么回事啊？"江云扬天真地问道。

江儒声的脸色越来越难看，老年纹里似乎夹着愤怒。

宋予心想，江家个个都不是什么好人啊。

"没什么事。"

江儒声为了不让江云扬知道，转换了话题，看向宋予："这两年我人虽然不在南城，但是多多少少听说了南城的事。听说你父亲宋安的死，跟你有关？"

宋予脑中的第一个念头就是：江云琛说话直接恐怕是遗传。

"这个问题，恕难奉告。"宋予并不急着在人前解释。

顶着一个杀人嫌疑犯的名头虽不光彩，但解释也是徒劳，或许还有越描越黑的危险。况且，让人觉得她危险，在商场上并不是什么坏事。

"不要介意，宋安跟我是朋友，所以多嘴问一句。恕我直言，像宋小姐这样不明不白的女人想嫁到我们江家，没可能。"江儒声的嗓音带着老年人的沙哑，也透着狠戾。

不难看出，他年轻时也是在商场上叱咤风云的人物。

"原来江家的门槛这么高？"宋予笑道，看向了江云琛，"江先生怎么不同我说呢？"

江云琛仍旧没有说话，宋予没有帮腔，觉得自己被江云琛耍得团团转，被骗来之后，还被江儒声不明不白地说教了一通，自尊心和骄傲让她立刻起身。

"我还有事，失陪了。"说完，她拿起包就走。

"嫂子再见！"江云扬朗声说道。

宋予没有理会江云扬，快步出了包间的门。

夜已深，餐厅已经亮了灯，餐厅藏匿于山林间，温度要低很多，宋予穿得单薄，她抓了抓薄外套，快步穿过曲径长廊。

然而她没走几步，手臂就被人从身后钳住，她被迫停住了脚步，回身看向江云琛。

"江先生留步吧。"宋予的脸庞在丸子头的衬托下显得小巧精致，她今天穿了CHANEL18（香奈儿2018年）春夏希腊成衣，气质出挑，时髦又端庄。

"茶叶忘记拿了。"江云琛抬手，将茶叶递到她手中。

宋予还在想，江云琛追上来是让她多待一会儿再走，还是想送她。

江云琛会是那么好的人？这茶叶递到她手里，意思是她可以走人了。

宋予拒绝："江先生留着自己喝吧，我不是很喜欢。"

"不乐意了？"江云琛看着她精致白皙的脸庞，沉声问。

要不是江云琛的身份，宋予绝对不会给他留半点面子。他直接又毒舌，让人特别不舒服。

"江先生处心积虑地把我骗到这里，你觉得我会高兴？"宋予也敞开天窗说话了。

"我没有说只有我们两个人。"江云琛仍旧是那副正人君子的样子。

他可真狡猾……

宋予以为自己已经够会算计的了，遇到江云琛算她认栽。她扯了扯嘴角，刚才吃饭的时候口红被吃进去一些，唇妆有些残了。

"江先生觉得自己很正人君子？"

"起码不算小人。"他依旧坦荡，让宋予气得不知道该怎么反驳他。

"江先生有没有听说过一句话？"

"洗耳恭听。"

"卑鄙是卑鄙者的通行证。"她怒意满满，准备离开时听到身后的江云琛开口叫住了她。

"等我五分钟，我送你回去。"

"江先生坑了我也蒙了我，接下来是不是要拐了我骗了我，把坑蒙拐骗这四个字做全？"宋予不给他面子，"不用了，我自己开车来的。如果上了江先生的贼车，还不知今晚我能不能安全到家。"

宋予把话撂下，侧过身子对着江云琛。

两人站在长廊中央，长廊两侧是水池，这个季节池中荷花早已枯萎，凄凄凉凉，晚风拂过，宋予冷得哆嗦了一下。

她真后悔穿这么少来见江云琛，她以为只有他们两个人，出于尊重，和男性见面她肯定会用心一点，更何况这个人是江云琛，她更要在他面前留下最好的印象。

谁知道他竟然带她来见一老一小和继母，这让她的用心显得非常可笑。

江云琛紧抿着薄唇没有要解释和道歉的意思，这让宋予不理解。

到底是精明的商人啊，商场上只有杀伐，哪有温情？

她不甘心地问了一句："你在南城，除了我之外就不认识别的女人了吗？"

她心存疑虑，虽也猜到了他为什么选择她来搪塞江家人，但还是不甘，想从他口中听到答案。

"初来乍到，交往最频繁的就是宋小姐。"江云琛巧妙地怼了回来，宋予是服气的。

她冷笑，他这句话的意思非常明显，说她总是缠着他合作，总是出现在他面前。

"明白了，江先生是嫌我扰您清净了。您放心，以后我一定少出现。"宋予微微笑了一下，转身离开。

江云琛看着宋予倔强纤细的背影，想到她一开始热络殷切的模样，嘴角噙了笑。

小狐狸的尾巴又捆不住了，性子太浮躁了。

宋予开车回了宋家别墅，心底满是怒意，现在最想做的事就是把那只短腿柯基还给江云琛！

她推开门就看到"总裁"在窝里打滚，看到有人回来之后激动地蹦跶着小短腿扑了上来。

宋予俯身将它从地上捞了起来，揭着它的脑门认真地说道："我要把你送回去了，等着住宠物店吧你。"

"总裁'的大眼睛直愣愣地看着她，一眨不眨。

宋予将狗的东西打包之后出门，驱车到了悦榕庄酒店。

她抱着狗一进酒店就被人拦下了。

"小姐，我们酒店是不允许宠物入内的。"大堂经理耐心地对宋予说道。

宋予直接将狗笼交到了大堂经理手中："这不是宠物，是你们这里一位客人的弟弟。他住在顶楼总统套房1808，麻烦了。"

宋予瞥了一眼狗笼中的"总裁"，它正可怜巴巴地看着自己，泪眼汪汪的，好像知道了自己的命运一般。

她狠心没再看"总裁"，江云琛这般利用她，凭什么她还要帮他的狗当铲屎官？

大堂经理有些为难："这……"

宋予没有理会，放下"总裁"的'行李'之后就出了悦榕庄。

一出酒店大堂的门，她就长长地松了一口气。

晚上十点。

江云琛回到酒店，正在和女秘书通话："让人盯着江宅，没有我的允许，不能让他们搬进去。"

"是。"女秘书颔首，顿了顿道，"可是江老身体一直不好，要是气出病了……"

"我身体很好？"江云琛反问了一句。当年他父亲江淮南将病重的他赶出江宅时，江儒声半句阻拦的话都没有，眼睁睁看着十岁的他在倾盆骤雨中哭着离开。

所谓报应，不过就是三十年河东，三十年河西。

女秘书不敢说话了，江云琛挂断电话。

此时迎面走来酒店的大堂经理，脸色焦灼。

"江先生，刚才有位女士将您的'弟弟'送来了。"大堂经理有点尴尬，说出"弟弟"这两个字时，深吸了一口气。

江云琛在悦榕庄下榻已经有一段时间了，他是什么身份，是神是鬼也已经被酒店里的工作人员摸清了。经理不敢得罪江云琛，那个女人说这不是宠物，而是江先生的"弟弟"，所以当着江云琛的面，他只能这么称呼。

"弟弟？"

江云琛的浓眉皱了皱，眼底有狐疑之色。

他脑中第一个想到的弟弟，是江云扬。

经理有些尴尬又为难地笑了一下，换了一种说法："我们已经把您'弟弟'放到宠物室去了，那边有专门的工作人员照看。但是它不能在那边待太久，我们酒店是不提供宠物寄宿服务的。"

江云琛听明白了，是"总裁"……

宋予算是做得直截了当。

"麻烦了。"江云琛跟着经理去了宠物室，"总裁"被关在小小的笼子里，一见到江云琛就开始扑腾，一副可怜巴巴的模样。

江云琛俯身将"总裁"从笼子里抱出来，简单收拾了一下"行李"，驱车去了卓决家。

卓决在南城有一套带阁楼的公寓，他喜欢巨大的空间用来工作，所以书房非常大。江云琛到访，今晚只能让他住阁楼。

卓决戴着口罩和手套看着坐在沙发上看财经频道的江云琛，再看一眼懒洋洋地趴在他身上的"总裁"，跟他们保持着一米的安全距离。

"江云琛，我明天生病了一定是因为你的狗！"卓决不喜欢宠物，主要是因他对动物毛发过敏。

江云琛坐在那里，看着财经频道的主持人滔滔不绝地分析着股票，根本不理会卓决的抱怨。

"你家的电视机竟然还可以检索到播着这种烂财经节目的频道。"江云琛不紧不慢地开口，眉心越蹙越紧，"胡编乱造，一听就是胡诌。"

卓决感觉"总裁"正盯着他，单是被看着他就浑身起毛："你别扯开话题，我跟你说，你赶紧去向人家宋小姐道歉，把狗给我送回去！"

卓决真的是烦透了江云琛，他舍不得把狗送到宠物店去，就塞到自己家来，还像个大爷一样要住一晚，美其名曰：陪狗。

"你见我向谁道过歉？"江云琛反问了一句，心底有些烦躁。

宋予性子太烈，也是风风火火的，说把"总裁"送回来就送回来了。

"明明是你利用人家搪塞江家人，你一句谢谢也不说，还奢望人家帮你养狗？"卓决冷唯。"你是不是跟钱打交道太久了，人都变得麻木了？跟人不能这么相处，尤其是跟女人，你的态度太硬了，不讨女人喜欢。"

"我需要讨她喜欢？"江云琛又反问了一句。在他眼里，今晚的事情不分对错。

宋予有求于他，他用一点小事考验她，她没有通过考验就开始浮躁，已经在合作名单当中被淘汰了。

"话不是这么说。"卓决深吸了一口气，"毕竟都是南城人，还都是生意人，以后总要碰面的。你把人家逼到了绝路上，让她一个小女生面子上怎么过得去？"

江云琛缄默了一会儿，卓决以为他想通了，下一秒，就听他说："为了把'总裁'赶出你家，你真舍得浪费口舌。"

卓决真的快抓狂了，江云琛总有办法让他疯掉。

卓决想了想，拿出手机走向书房，拨了宋予的电话号码。

宋予接到电话时正躺在浴缸里泡澡，她一遇到烦心事就喜欢泡在浴缸里。

"喂，卓经理。"宋予虽然因为江云琛而心烦，但不会迁怒到卓决身上，毕竟她跟卓决还有很长一段时间的合作。

"宋小姐，就当我求求你行行好，能不能把江云琛的狗接回去？"

宋予秀眉微拧，原本被热气和水汽包裹着，浑身舒服，听到"江云琛"这三个字之后愉悦感顿消。

她抿着唇没有要开口的意思，卓决继续抱怨："他现在抱着他的那只肥狗坐在我家沙发上对我家的电视机评头论足，我对动物毛发过敏，我真的受不了他的狗。"

"送到宠物店去吧。我最近比较忙，可能没时间了。"

卓决想了想道："是云琛惹你不高兴了吧？他就是这样的人，你别……"

"江先生怎么会惹我不高兴？是我时间和精力不够充裕，很抱歉。"宋予的语调怪怪的，卓决听着鸡皮疙瘩都起来了，"先挂了，回见。"

卓决被挂断了电话，盯着手机屏幕看了几秒，感慨万分。江云琛和宋予，一个明着坏，一个暗地里耍惯了心机，都是阴阳怪气的。

一周后。

宋予这一周里因为融资的事情跟卓决往来很多，但是她没有提起过江云琛，宋予暗自决定，不会再去求江云琛了。

好的风险投资师到处都是，她为什么要吊死在这一棵树上？

一小时前，宋予驱车去附院找白芨，今晚她们约了一起吃饭。但是白芨临时要上手术台做剖宫产手术，护士长也要一起上，护士长的儿子今年念小学二年级，这个点快要放学了，家里又没人，所以央求宋予去一趟 Z 大附属小学接一下她儿子。

宋予没好意思拒绝，开车去了 Z 大附小。

她在校门口等了很久也没有等到护士长的儿子出来，她手里只有一张照片，在人流量巨大的校门口只能瞪大眼睛仔细搜寻。

就在她恍恍惚惚的时候，衣角被人扯了扯："哎？嫂子！"

男孩脆生生的一声嫂子招惹了不少目光，宋予茫然地低头，看到她腿边站着一个小男孩，看着她笑得甜甜的。

江云扬？

那次在桂语山房，江儒声说要让江云扬转学，看来动作挺迅速的。

但是，他们现在住在哪儿？江宅是不可能的，像江云琛那种铁石心肠的人是不会允许的。

"你好。"宋予敷衍地笑了笑，看着江云扬这双跟江云琛很像的眼睛，她开始浮躁了。

"嫂子，是我哥让你来接我的吗？"江云扬见到她挺高兴的。

"不是。"宋予回答得很果断。

她刚想说以后不要叫她嫂子的时候，江云扬兴冲冲地说道："那你把我送到我哥那儿去吧，我不想住到老师家去。"

宋予觉得有些奇怪，多事地问了一句："你说你住在哪儿？"

"老师家，就是我们班主任家！我哥让我平时住校，周末去我班主任家住。"江云扬一股脑地全告诉了宋予，"我爷爷最近生病在住院呢，我妈要照顾他没时间管我。"

"那你听上去有点可怜。"宋予苦笑，以前她在宋家一直是无人看管的。

"我不可怜啊，嫂子你这不是来接我了吗？"

这孩子一口一个嫂子叫得可真顺溜……

宋予正无语时，江云扬的班主任出来了。

"老师！我今晚不跟你回家了，我嫂子来接我了！"江云扬动作比谁都快。

班主任看上去四十几岁的模样，仔细打量了一眼宋予："方便跟云扬哥哥通个电话吗？不好意思，这是学校的规矩。"

学校为了防止孩子被拐骗走，多留一个心眼是对的，这一点宋予也清楚。但她压根不想接走江云扬啊！

她低头，看到江云扬可怜巴巴地看着她，顿时心软了，想着待会儿把他送去江云琛下榻的酒店就好，反正现在想甩掉这块烫手山芋也是不可能的了。

但是让她打电话给江云琛……原本她就因为两年前的事情对他深深厌恶，现在被利用后更是雪上加霜。

"云扬，你打给你妈吧，让你妈跟老师说。"宋予想了个办法。

"好的。"江云扬配合得很，立刻打了电话给纪朵，老师放行后宋予又接了护士长的孩子去医院。

从医院出来，宋予"被迫"带着江云扬去吃了一顿麦当劳。

"嫂子你对我太好了，爷爷和妈妈都不让我吃麦当劳！我哥就更不用说了，他身体不好最讨厌这种垃圾食品。"江云扬倒是不随江家人，心直口快又天真无邪。

宋予敢确定，江云琛哪怕是在七八岁的年纪，也不会像江云扬一样开朗。估计他从小就不是什么好人。

宋予心头一动，顺着江云扬的话像是顺着藤蔓找到了果实一般，小心翼翼地问："你哥得的是什么病？"

"我也不知道，我只听家里的保姆说过，我哥小时候生病要做什么移植，我爸跟他配型成功了，但是我爸反悔不愿意给他移植了。嘘，保姆偷偷告诉我的，你不要说出去哦。"

移植？宋予有些震惊，是什么严重的疾病需要用移植来治疗？

对江云琛早年身有重病被江家赶出家门这件事她一直有所耳闻，只是没想到这么严重。

不过，江云琛被父亲拒绝移植，哪怕她只是个局外人，也不禁觉得有森森的寒意……

"吃饱了吗？吃饱了我送你去你哥那儿。"

"我哥不跟你住一块儿吗？"江云扬喝了一大口可乐问。

"我为什么要跟他住一块儿？"宋予反感地驳回。

"你们是情侣啊，情侣不就应该住一块儿亲亲抱抱吗？"

宋予一愣，拿起包就把江云扬拽起来了："有本事你去你哥面前重复这些话。"

江云扬被强制送到了悦榕庄酒店。

"很抱歉小姐，江先生出差了。"酒店前台看着宋予抱歉地说道。

"啊，那我住哪儿，我总不能住医院去吧？"江云扬可怜兮兮地仰头问宋予。

宋予心烦意乱，在学校门口她就该把这小子扔给班主任才对。

还有江云琛，他刚到南城，无缘无故的为什么出差了？难道是别的地方的商人有求于他他答应了？

她帮了江云琛好几个忙，却半点好处都没有捞着，她有些愤懑。

"嗯？"江云扬扯了扯她的衣角。

"你满脸写着想跟我回家，就别装无辜问我了好吗？我智商不低。"

宋予心里像是有千万只蜘蛛爬，然后织了密密麻麻的蛛网，黏着千奇百怪的思绪，全是关于江云琛的。

"那你可以把我带回你家吗？等我哥回来了，让他来接我不就行了？"江云扬的逻辑清晰得很。

宋予最终还是把江云扬带回家了，她让保姆帮他安排了一间客房，她进了书房。

宋知洺到家时就看到一个七八岁的小孩盘腿坐在沙发上，一边吃着薯片一边看电视。

"叔叔好！"江云扬也不知道这个坐在轮椅上的人是谁，本着要对长辈礼貌的想法，叫了一声。

宋知洺示意助理把他推到孩子面前，打量了一眼这个孩子，觉得眼熟。

"小孩，你是谁？"宋知洺的口气并不友善。

"我嫂子带我回来的。"江云扬觉得这个坐在轮椅上的叔叔有点奇怪，就低下头吃薯片没有理会他了。

助理俯身，在宋知洺耳边说："应该是宋小姐带进来的。之前您说她想攀附江云琛，这个小孩应该跟江云琛有关。"

宋知洺的眉心微沉，他问江云扬："你是江云琛的弟弟？"

"是啊，你怎么知道？"

心底的猜想坐实，宋知洺没有再问。

江云扬等他离开了之后，偷偷拿出手机，拨了江云琛的号码。

A 市。

江云琛是昨晚来的 A 市，A 市有一名商人开出了有价值的条件，作为等价交换，他需要帮那个商人做一次风险评估。那个商人今年已经七十岁，老当益壮想把手伸到旅游开发行业，商人都是越老越狡猾，所以在动手之前，他必须从专业的风险投资家口中听到"可以"这两个字才敢下手。

江云琛被他开出的条件吸引而来。

接到江云扬的电话时，他还在对方的公司开会。

他开了静音，看到手机屏幕亮起，显示的是江云扬时，直接挂断了。

但是江云扬很有毅力，不断地拨过来，江云琛的秘书提醒他："江先生，有电话。"

他拧眉，拿起手机起身出了会议室。

他一按下接听键，江云扬便激动地大声说道："哥！嫂子跟别的男人同居了！"

第四章
你是人间曙光

　　江云琛对江云扬的不喜欢，是对江家人的不喜欢，等于他不喜欢江儒声养的一只橘猫这和无关痛痒的不喜欢。但江云扬好像永远对他崇拜热情。

　　江云扬说"嫂子"时，江云琛有片刻停顿，一时没想到是谁。

　　直到江云扬继续打小报告邀功地说　"今天我在校门口遇到嫂子了，她把我接到她家了。"

　　是宋予。

　　江云琛站在会议室外的长廊上，此处没有暖气，他只穿了一件衬衫，A市刺骨的冷让他变得顽躁了一些。

　　"谁让你去她家的？"他的语气颇为不善，在江云扬听来却是不痛不痒，他对江云琛一直是热情的，也不觉得江云琛是在责备他。

　　"我求嫂子带我来的。反正你们是情侣，以后要结婚的，我们是一家人。"江云扬恬不知耻地说。

　　"我不会跟她结婚，我让司机接你去你班主任家。"说不会结婚的时候，他不自觉地强调了一下，强调后，他又觉得自己荒唐，跟一个孩子解释什么？

　　江云扬在这里玩得美滋滋的，还没人催他写作业，一听要走立刻急眼了："我在这儿住得挺好的，你要是想让我走，你打电话给嫂子，你自己跟她说。"

　　江云扬不知江云琛同宋予之间的矛盾，一下子戳中了江云琛的命门。

让江云琛主动联系一个人几乎不可能，自从成年之后向来是别人有求于他，他更不会主动去维护一段关系，能让他主动联系的人只有卓决。

况且他之前跟宋予算是不欢而散，尴尬也是人之常情。

"我挂了，等你出差回来接我吧。"江云扬也有点生气。

"你等会儿。"江云琛声音急促，让江云扬愣了一下。

今天有点奇怪，以前他打电话，江云琛是从来不会接的，他也知道江云琛不喜欢他跟他妈妈，哦，还有爷爷。但是江云琛今天接了，还不让他挂断电话。

"怎么了哥？"江云扬刚才心里冒出来的那点小火苗顿时熄灭了。

"你说的同居，是怎么回事？"江云琛开口，莫名地烦躁，他扯了扯领带，觉得自己询问一个二年级的小孩同居的问题，有些龌龊又有些可笑。

江云扬笑了："你看你还是在乎我嫂子的吧！我跟你说，刚才有个男人来了嫂子家，看上去凶巴巴的，还问我是不是江云琛的弟弟。哥，该不会是你的情敌吧？"

"那个男人是不是坐轮椅？"江云琛已经想到是谁了。

上一次在宋家，他见过一面，宋予的小叔。

"没啊。"江云扬摇头，刚才他的注意力全部在薯片和电视上，"没坐轮椅。"

江云琛的眉心深拧了几分。

"哥？"江云扬疑惑，不知道江云琛突如其来的沉默是为什么。

"挂了。我明晚回去。"江云琛的语气冷了几分。

"好！记得接我哦！"江云扬欢欣雀跃，他哥今天真的太奇怪了，要是往常，绝对不会来接他的，看来是想来看嫂子。

晚上十一点。

宋予因为一个项目忙到这个点，也无暇去照顾江云扬，一切交托给了保姆。

宋安生前跟 A 市一名商人有过一个共同投资的房地产项目，项目进行到一半时宋安车祸身亡。按照之前的合同，目前宋氏仍需投百分之五十的钱进去，但是宋予不清楚这个项目，也不清楚 A 市那位商人到底有没有公平分红，所以她花了几个小时简单整理了一下。

数据显示，这个项目对宋氏来说是亏的，她要抽时间去一趟A市了。

这个失误也让宋予更加坚定地觉得，宋氏需要做一套科学的风险评估。只可惜……最适合的江云琛城府太深，她摸不到他的底，没有胆子再接触他。

烦乱中宋予拨了白芨的电话。

白芨刚上夜班，正在值班室里面，看到宋予的电话，立刻接听了。

"喂，白芨，你能帮我牵线找几个会做风评的人吗？"

"予予，你真心的吗？"白芨苦笑，"你明知道我跟他老死不相往来了。之前我认识的做金融的，全部是他的朋友，你让我帮你找他的朋友？"

宋予抓了几下乱糟糟的头发："我是走投无路才找你的，萧瀚给我找的我都看不上眼。"

"你的江云琛呢？"白芨戏谑地说道。

"之前是我贪念作怪，对他这种有犯罪前科的人，我就不该奢望他是个好人。"宋予嘲笑自己。

"怎么，他骚扰你了？"

"没有。他也不缺女人，骚扰我干吗？"宋予笑着走出书房。

书房在二楼，保姆已经早早地将灯熄灭了。她熟门熟路地走向卧室，也没有开灯，一边听着白芨埋汰她的话，一边笑着。蓦地，她隐约看到了一个熟悉的身影在前面的卧室前。

那是宋予同父异母的妹妹宋宋的卧室，宋宋跟宋予相差三岁，宋宋生前，宋予跟她的关系不差。

只是宋安和继母不喜欢宋予，宋宋的母亲也让两人保持距离。

"白芨。"

"嗯？"白芨正在说话，忽被打断，有些奇怪，"怎么了？"

"我好像看到了一个人影……"

"你不是在自己家吗，是你小叔吧？"

"不是，好像……"宋予微微眯眼，觉得眼熟，"像宋宋……"

白芨心底"咯噔"了一下："你别吓我，我现在可是在医院。宋宋不是跟她父母一起车祸死了吗？！"

"你是医生你还怕鬼？"

宋予虽然这么说，心底却惴惴不安。她放下手机，走近人影，低声问："宋宋？"

宋予心底不安，她胆子向来不大，更惧怕鬼神。

宋宋当初在车祸中同宋安夫妇一起身亡，宋予没有去医院，她对宋安夫妇没感情，他们死后她也不会假装难过去看他们。

在感情上她喜欢直来直往，好就是好，不好就是不好，拐弯抹角的没有任何意思。

所以，当初她没有亲眼看见宋安一家三口的尸体……

难道……

"是你吗，宋宋？"宋予耐着性子问，有一种对空气说话的错觉，却还是硬着头皮走上前去。

"喂，予予，没事吧？"宋予的手机没有挂断，那边的白芨听到宋予的声音心里一慌，在电话里追问。

宋予没有理会，走过去，却发现影子消失了，楼梯上传来"嗒嗒嗒"的脚步声。宋予确定自己的耳朵没有问题，这肯定是人走路的脚步声。

她挂断电话快步跟下去，刚走到楼梯口，就听见大门"砰"的一声被关上。

她可以确定，是宋宋……她没死。

宋予浑身上下的毛孔瞬间紧缩起来，森森寒意从脚底钻了出来……她难以站稳，扶住楼梯的栏杆，木质的栏杆，指甲都快嵌进去……

两个月前，宋安的车和一辆大货车相撞，车子爆炸，熊熊大火烧红了半边天。宋予赶到现场时，救护车已经将三人带走。

那样的场景，怎么可能会有人生还？

恐惧感侵袭而来，宋予单手扶着栏杆，掏出手机想拨给萧瀚，问问他当初到底是怎么一回事。害怕和愤怒全部积攒在她的心口，如果宋宋真的没死，那当初车祸后的某个环节，一定有人隐瞒了什么。

宋宋没死，宋予是庆幸的，她也不舍得宋宋死……

但如果真的有人隐瞒，就意味着她身后有着巨大的风险在等着她，有一把藏在黑暗中的匕首时时刻刻准备着蓄力刺向她！

她刚准备按下第一个键，手指因为害怕颤抖到拿不住手机，"砰"的一声，手机摔在了大理石的地板上，响声让宋予心头一跳。

当她俯身捡手机时，手机铃声忽然在寂静无声的黑夜中响了起来，像是一道闪电在她脑海中划过。她下意识地觉得是宋宋打来的，连忙拿起屏幕已经摔得粉碎的手机，立刻按下接听键，慌忙中开口："喂……"

她浑身颤抖，尽量压制着自己的怯意。

"宋宋，是你吗？"宋予的声音里有压抑不住的哭腔，她颤抖着煞白的嘴唇，眼眶蓄满了眼泪，攥着手机的手骨节泛白，"宋宋？你说话啊……"

宋予怕得蹲在地上，单手抱住膝盖，身体一抽一抽的。她现在连起来打开灯的勇气都没有。

那边沉默了很久，忽然传来男人厚重的嗓音，似乎带着一点疲惫："是我。"

宋予听到这一声喑哑的男声时，原本紧绷的神经突然松了许多。

"是你……"宋予心底烦躁，她本就讨厌江云琛，偏偏还在这种时候被他打扰。

"发生什么事了？"江云琛刚回酒店，脱下西装外套后本想洗澡，但不知怎么就想到了江云扬说的话……

她好像在哭。

"没事。"宋予冷冰冰地回答他，她思绪混乱，想不通江云琛深更半夜打电话给她是为了什么，她甚至都想不起来江云扬今晚住在她家……

话落，空气瞬间变得寂静无声，两边都安静了下来，江云琛只听到电话里有急促的呼吸声和极力压抑着的抽噎。

"江云扬睡了？"江云琛试图转移她的注意力，意识到事情的不对劲，拿起西装外套，快步出了房间。

宋予也不知道自己为什么不挂断电话，她没有力气，甚至连说话的力气都没有。

她怕……怕不知道是人是鬼的宋宋，也怕那场车祸背后隐藏的东西。她感觉到，有人在暗处盯着她……

"睡了。"她哽了一下，憋出两个字。

江云琛乘电梯下到了地下车库，宋予听到电话里传来开车门的声音，没多想，这个时候她自顾不暇，没有精力去想江云琛。

"我一小时后到，去接江云扬。"江云琛的声音果断又冷静，让人无法拒绝。

宋予听到这句话才稍微清醒了一点，浑身发毛的感觉渐渐消失了一些，她拧眉坐在地上。

"这么晚了，你还来接他？他都睡着了。"她说得太急，没有压抑住自己的颤音。

"我不喜欢麻烦别人。"江云琛一句话犹如醍醐灌顶，让宋予清醒了。

江云琛的话清楚明了，"别人"两个字特别刺耳。

宋予的情绪原本就是崩溃状态，她想到这里，心紧紧地揪了起来。

"那你来吧，等你到了，我叫醒他。"宋予深深吸了一口气，忽然想到，如果江云琛来了，她可能不会这么害怕……

现在偌大的宋家别墅只有三个人：她、宋知洺、江云扬。

一个胆小鬼，一个瘸子，一个孩子。

以前宋安在世时不喜欢家里有保姆，特意在宋家别墅旁边买了一幢小公寓供保姆和管家住，所以现在家里没有别人在。

江云琛毕竟是成年男性，他来了，她应该就不怕了，只要等一个小时……

宋予很想对江云琛说"能不能快点来"，但是话到嘴边就变了。

"你能不能不挂断电话？"这怯懦的语气，一点都不像她。

宋予很怕被人知道她外强中干，平日里那副高高在上的样子只不过都是在人前装出来的。骨子里她不是一个特别硬气的人，胆子也小。

这是她第一次在人前示弱。这个人还是她不喜欢，这几天更是恨得牙痒痒的……

"嗯。"江云琛应了一声，声音低沉。

"你从 A 市过来的？"

宋予很想站起来去开灯，但是从楼梯走到开关处至少有五米，她怕，怕什么时候会从什么地方钻出什么人影来……

此时唯有说话才能排解她的紧张和恐惧，哪怕跟她对话的人是江云琛也好。

"嗯。"

"你自己开车吗？"宋予被吓得有些口渴，舔了舔干涩起皮的嘴唇。

"嗯。"

"你可以稍微开快一点吗？"她终究还是说出了口，羞耻心让她将头埋在了膝盖中间，只露出一双耳朵，一只耳朵上紧紧贴着手机。好像她埋头在那儿时，羞耻心会减半一般。

"嗯。"

"你能……'

"嗯。"

"你能说点别的吗？"宋予的心跳得飞快，她从来不知道自己胆子这么小，人前那股子凛冽的劲好像都消失了，身上的勇气被抽干，变成了需要依赖旁人的人。

宋予跟江云琛相识不久，交情也浅，但他的脾气臭她是领略过的，她以为江云琛会怼她。

奇怪的是，江云琛沉默了，好像真的在认真找话题。

死寂之后，江云琛开口："晚饭吃了什么？"

"麦当劳。"她脱口而出，能找到话题她已经很开心了，哪怕是尬聊。

"麦当劳？"江云琛重复了一遍，宋予没有意识到有何不妥。

"嗯，汉堡、薯条，还有可乐。"宋予带着哭腔的声音，同平日里那只趾高气扬的小狐狸完全不同。

平时的宋予，声音清冷，她的表情和口吻，时时刻刻都在提醒别人她出身不俗，生人勿近。富家千金那点骄傲，她表现得淋漓尽致。

现在的宋予，跟寻常恐惧的女孩无异。江云琛虽不知道她发生了什么，但知道她的处境应该不好，听上去，还有些危险因子潜伏着。

他加快了行驶速度，声音比刚才要清冷不少："你跟江云扬一起吃的？"

"嗯，我们两个一起吃的。"宋予老实回答。

"少吃垃圾食品。"

江云琛的语气像个长辈，让宋予不知道该怎么接话。她忽然想起在麦当劳时，江云扬跟她说过，在江云琛的认知中，麦当劳这种垃圾食品算不上食物，他是完全杜绝的。

她是不是做错事了……

"喔。"宋予出奇温顺，声音带着一点软糯。

忽然，宋予的手机响了一下，提示电量不到百分之十。

宋予不由自主地紧张了一下，手机快没电了。她这部手机用了快三年，她恋旧一直没有换，电板不怎么好了，百分之十的电，不到三分钟就会被消耗完……

如果江云琛不同她说话，她会更害怕。他刚从A市出发，按照正常的行驶速度，至少要一个半小时才到南城。他说一个小时已经是大大缩短了时间。

她抑制不住声音的颤抖，也不怕丢人了，闷着嗓子开口："没电了……"

"等着。"江云琛冷静而强势。说完，他挂断电话，宋予的手机也刚好没电。

宋予真正感到崩溃是在手机自动关机的那一秒。

就在这个客厅内，十八年前，宋予偷偷躲在沙发后面看着吵架的父母，他们吵了整整四个小时，从天黑吵到鱼肚白都出现了。眼泪和争执令人头疼，宋予并不知道那一晚母亲负气摔门离开之后，会一去不回……

宋予记得，两年前，她从酒店回来，浑身上下都是伤痕，衣服也都破碎得不成样子，只有一块大披肩紧紧裹着自己。

继母将她送到了一个男人的床上，美其名曰，让她为宋氏做点贡献。回家之后她坐在这个客厅的沙发上，挺直腰杆子静静等着宋安夫妻回来，直到她将一巴掌重重打在继母的脸上，才离开。

在这个客厅里发生的事情像万花筒一样，一幕幕地从她眼前闪过，她的脑袋快要爆炸了。

宋予将头埋在膝盖里，同一个动作不知道保持了多久，即使是冬天她也成功地把自己闷出汗来了。

门被敲响。

宋予心头猛地一跳，仰头看向门口，黑暗和一扇门的阻隔让她什么都看不清。

"江云琛？"她低声问，外面没有任何回应。

她惊了一下，如果是江云琛，他应该会回复她才对。

门又被敲响几下，宋予吓得攥紧了已经没电的手机，起身走向门口："江云琛？"

她的声音很轻很颤，外面仍旧没有反应，一个可怕的念头从她心底钻出来。

会不会是宋宋？

宋予踌躇之中，门又被敲响了，这次她咬了咬牙，立刻打开了门。

门一开，冷风像是幽灵一样猛地钻了进来。宋予身上只穿了一件睡衣，外面套了一件厚外套，冷风灌入，她冷得打了一个哆嗦，头脑瞬间清醒了。

是江云琛到了……

江云琛人高腿长，几乎挡住了半扇门。

她看到他时都快哭了，哪还管得了丢人不丢人。她撇了撇嘴，愤怒又委屈地说："我刚才叫你，你怎么不回答我？！"

"没听见。"江云琛觉得眼前的女人不可理喻。

"我叫了，我叫了你两次。"宋予红着眼眶强调了一下。

江云琛听着她"气若游丝"一般的声音，明白了。

"你用这种像蚊子叫一样的声音叫我，我听不见。"

宋予的眼眶越发湿润了，她的气息仍旧紊乱，像是刚刚经历了一场长跑运动。

江云琛在宋予调整思绪的时候粗略看了一眼屋内，没有看到任何问题。

他心有疑虑，低头看向仍旧惊魂未定的宋予："发生什么事了？"

宋予明白，江云琛并不是一个可以让她说实话的人。她擤了擤鼻子，眼神恍惚："刚才……好像有小偷进来。"

人人都说诚信经营，但是商场上说真话的没有几个，撒谎是家常便饭。宋予撒谎的技术并不低，但是现在她整个人都是崩溃的，谎话说出口，她自己都觉得有些奇怪。

江云琛闻言，有片刻的停顿，宋予以为他要戳穿她的谎言，他却道："如果你当初没有把'总裁'送走，今晚就不用害怕了。"他的话里带着讥讽、冷漠和嘲笑。

宋予看着眼前的男人一本正经地说出这句话时，有些无语。

江云琛真的是很记仇的一个人，她把他的狗送走，他就趁机怼她。

"江先生这是在提醒我，再帮你养狗吗？"宋予看穿了他。

她没见过这么事事算计别人的人，哪怕是一条狗，他都算计到她头上来了。

"如果你愿意，却之不恭。"江云琛的语气比来时轻松了不少，因为他发现根本不存在什么危险。

宋予有所隐瞒，他也不会戳穿，因为跟他无关。

宋予正想拒绝，余光忽然瞥见一道身影从楼梯上下来，她吓得瞬间紧紧攥住江云琛的手臂。

江云琛感知到手臂上的力量，也感觉到了宋予的惊恐，伸手护住她，挡在她身前。

"宋宋……"宋予低声喃喃。

江云琛准确地捕捉到了那两个字，看了一眼宋予。她原本就紧绷的脸上眼泪纵横，手也疯狂颤抖，像是在经历什么可怕的事情。

宋予手上的力道越来越重，像是要将指甲深深嵌入江云琛的手臂里面，隔着西装外套，宋予也不知道自己到底用了多少力……

"哥？"忽然，楼梯那边传来了江云扬的声音。

江云扬刚刚被楼下开门的声音吵醒，就想下楼看看，结果看到了这一幕。

"你们在干吗呢？"江云扬打着哈欠。

宋予看清那道影子是江云扬时，原本紧紧绷着的神经瞬间放松了下来，好像是拉直的弹簧，瞬间松开。原来是江云扬……

江云琛随手打开灯，看到江云扬只穿着秋衣秋裤就下来了，江云琛冷冷地看着他："你想冻死？"

"被你一说还真的有点冷。"江云扬哆嗦了一下。

江云琛想脱掉西装外套扔给江云扬时，发现手臂还被宋予紧紧捏着。

他看向她的眼神里带着戏谑："我记得你说过，你不喜欢跟人有肢体接触。"

宋予一瞬间大脑有些短路，没有听明白他在说什么，反应过来后僵了一下，然后立刻松开了手。

"痛不痛？"她低声问，嗫嚅的样子，像足了一个做错事的小孩。

"痛。"江云琛没有给她面子。

宋予汗颜，她就不应该把江云琛当作一个正常人，这个人好像恨不得每字每句都压过她。

江云琛脱下西装外套，扔给了只到他腰腹位置的江云扬："穿上。"

"哥，你对我真好啊。"江云扬朗声笑道，声音里透着满足。

"你冻坏了，我还要给你看病。"江云琛的语气并不友善。

江云扬笑嘻嘻地穿上了对他来说宽松肥大的西装外套，活脱脱像是一个穿了戏服的小丑："嘿，哥你这么有钱，就算我冻坏了你也会给我看病的。"

"你想多了。"江云琛不给他半点做梦的机会。

宋予心想，江云扬到底是不是江家亲生的？这样的乐天派真是少见。江云琛大概恨不得他这个弟弟滚得越远越好，还对他好？

她很想笑，但是江云扬的一句话让她把笑憋了回去。

"哥，你是来接我跟你一起去睡的吧？我先去楼上拿一下我的衣服和书包，你等我一会儿，很快的！"即使是大半夜，江云扬见江云琛来接他仍旧兴奋得要命，恨不得现在就跳上江云琛的车离开。

宋予见状，气得牙痒痒。

江云扬这个过河拆桥的小子！他们走了，别墅里只剩下她和宋知洺了，宋知洺巴不得她被吓死才好，又怎么会管她的死活？

"嗯。"江云琛轻轻颔首。

"等一下。"就在江云扬准备上楼去拿书包时，宋予蓦地开口叫住了江云扬。

"嗯？"江云扬疑惑地看向宋予，同样疑惑的，还有江云琛……

宋予觉得，她脸上的两道目光，像是透视镜，能将她心底的那点小算盘全部看透。她希望他猜不到……她嫌自己丢人。

"这么晚了，外面又冷，你要不要住下？"宋予开口，嗓子里像是含了一块很浓的糖，化不开也咽不下。

她看到江云琛如墨的双眸里带着戏谑和疑惑，这才意识到自己表达得不够清楚，引起误会了。

"我的意思是，跟江云扬一起住下。"宋予连忙添了一句。

"不用了，多谢。"江云琛拒绝了她的好意。

江云扬不知道该何去何从，干脆穿着不合身的西装外套戳在那儿看着他们。

"哥，你就住下呗，你跟嫂子睡，我一个人睡。"江云扬自认为表现得非常大度。

"想得美。"江云琛扔给他三个字，单手抄在西裤的口袋里，再一次看向宋予。

宋予被他的眼神看得发慌，她真的怕到极点了，才会想让江云琛留下。

宋予的眼神无辜里带着紧张，江云琛略微皱了皱眉，严重怀疑她有扮猪吃老虎的嫌疑。她的狡猾他是见到过的，所以他留了一个心眼："晚安。"

宋予听着这一声晚安差点吐血，他的意思是要走了吗，还很正式地跟她道别一下？

有那么一瞬间，宋予觉得他是故意的……

但她现在有求于他，立刻接上话："我家还有别的客房，你跟江云扬一人住一间。"

江云扬很是时候地打了一个哈欠，宋予看见他哈欠连连的样子立刻说道："你看江云扬都困成这样了，再折腾到酒店肯定很晚了。"

宋予着急的样子落入江云琛眼中，他像在看戏一样，沉默了。

宋予的眼神越发迫切了。

"嗯。"

他答应了……

宋予有一种不敢相信的感觉，定了定神，大概是自己多疑，总觉得有诈……

江云琛是什么人？现在江云琛在她心目中已经是最狡猾的人了。

"我带你去客房。"她收起疑心，只要江云琛留下，她就会多一点安全感，哪怕只有一点点也好。

江云扬笑着蹭到江云琛腿边上，笑眯眯地小声问："哥，开心不，这是不是你第一次住嫂子家？"

"闭嘴。"江云琛的语气带着不耐烦。

江云扬很识时务地闭上嘴巴，上楼回到房间，紧紧地关上了房门。

宋予带着江云琛去了客房，她多了一个心眼，将他安排在她的卧室旁边，这样……恐惧感好像就会减少一些。

宋予不断地给自己心理安慰，觉得自己可笑的同时，将江云琛带到了房间门口。

"里面洗漱用品都是新的，保姆会定期晒被子，你放心，都是干净的。"

宋予推开门。

"嗯。"江云琛走进去，按了开关，橙黄色的灯光将整个房间变成了暖色调。他一身风尘，顿时觉得温暖舒适了不少。

他环视了一周，颔首："晚安。"

江云琛伸手去关门，却看到宋予还戳在门口没有要离开的意思。

"我要关门了。"他强调了一下，"驱逐"的意图非常明显。

宋予自觉尴尬，伸手捋了一下从鬓角掉下来的青丝，脸颊有些红。她心有羞愧，又觉羞赧。

"你想不想……跟我聊聊天？"宋予说出口时，觉得自己真的是疯了。不仅留江云琛住下来，而且是"求"他住下来的，现在竟然还因为害怕试图让他跟她聊会儿天。

疯了疯了……

宋予感觉到了江云琛锐利的目光，他大概觉得她是个疯子吧……

"凌晨了。"他提醒她，从薄唇中说出的三个字，让宋予心里慌了。

"哦……那晚安。"

她那一句"晚安"，说得心不甘情不愿的，她觉得自己张嘴之后，嘴巴就有些合不上了……

虽然说了晚安，但是宋予并没有要离开的举动。

"晚安。"江云琛这两个字说得很重，像是要同她道别一般。

宋予有一种在自己家收到逐客令的感觉……她抿了抿唇，带着尴尬的笑容看着江云琛，顿时气场全无，全然没有平日里矜贵富家千金的架子。

"其实我还挺健谈的，江先生喜欢什么？金融，还是萌宠？我都略有涉猎。"宋予挤出了一点笑容。她有一颗小虎牙，平日里不怎么笑，所以虎牙一直掩在唇下，只有在笑的时候才会露出一点，伶俐又漂亮，和她平日里端庄高冷的形象完全不匹配。

用她对白芨说的话说，她从小到大生活中没有什么事情是值得她笑的，也没有什么事情是值得她高兴的，给她虎牙也是浪费。

江云琛静静站着，看着眼前的女人苦笑地说着"萌宠"这样的字眼，再联想到她当时抱着"总裁"时嫌弃的表情，知道她又开始打小算盘了。

"我喜欢实话实说。"江云琛大概猜到她是因为害怕，不敢一个人去睡觉，所以想跟他说话。

看着她故弄玄虚的样子，他不是很想戳穿她。

"来者是客，我想尽点地主之谊。"宋予实在是笑不出来了，谎话连篇，让她自己都唾弃自己。

"你对我最好的地主之谊，就是让我睡觉。"江云琛那点困意已经被消耗完了，他现在很清醒。

宋予这会儿是真的不好意思再说话了，浅浅地吸气，拿出了撒手锏："江先生是不是还在生气我送走了'总裁'？这样吧，明天我让我的助理去卓经理家把'总裁'接回来。"

"谢谢，不用了。"江云琛真是硬骨头，任凭宋予怎么说都不动摇。

连那只大屁股都不管用了？宋予想了想，又厚着脸皮说："如果江先生还没消气的话，我以后保证不会再打扰你求你帮我做风险评估。"

宋予信誓旦旦地保证，江云琛看着她纠结的样子觉得挺有趣。

"连钱都不赚了？"江云琛从事金融行业多年，知道像宋予这样"贪"的商人，是绝对不会放着钱不赚的，除非走投无路了。

宋予心底仿佛被猛烈一击，有一种江云琛已经看穿了她的感觉……

但她还是硬着头皮点头："只要……江先生跟我聊聊天。"

"可以。"

江云琛果断的回答让宋予吃惊，她细长的眼睛瞪得很圆。

"两百一分钟。"江云琛补充，"美元。"

江云琛有一种让宋予恨得牙痒痒的感觉。

够黑！

宋予很想甩出几张美元摆出一副"我今晚买了你"的架势，但她快速计算了一下，觉得太亏了。

她以为自己已经够黑心了，没想到江云琛来了一个黑吃黑。

"可以转到你的银行卡吗？"盘算了一番之后，宋予很没骨气地问了一句。

江云琛嘴角的笑意已经很明显了，他戏谑道："宋总。"

"嗯？"宋予蒙了一下，不明白他为什么忽然这么正经地叫她。

"站在专业角度给你一个建议。尽早让贤，否则宋氏迟早在你手上崩盘。"

宋予的眉心拧成了一团，他在笑话她不会做生意。她脸上绷着，心态却已经崩了。

她浑浑噩噩中竟然没有发现江云琛在诓她，还傻傻地问他可不可以转银行卡……

当她有些气急的时候，江云琛忽然将刚才从江云扬身上扒下来的西装外套扔到了沙发上，打量着沙发。

"还有被子吗？"

"嗯？"

"难道你想跟我盖着同一床棉被在床上聊天？"江云琛的语气里全是戏谑。

宋予想到之前在悦榕庄酒店"第一次"见到江云琛时，他就是用这种戏谑的语气跟她说话的。他好像总是掌控着全局，一进一退都颇有分寸，而她只是在他棋盘上努力生存的小丑棋子。

这种被人玩弄于股掌之间的感觉并不是宋予想要的。

无论是男女关系，还是商场上，宋予都非常不喜欢"势均力敌"这四个字。有强则有弱，而她要做强大的那一方。

在遇到江云琛以前，她一直是强者，现在……她连弱者都不是，沦落成了小丑！

宋予虽然不喜欢他说话的口气，但还是明白了他的意思。她打开柜子拿了一床被子帮他放到沙发上，自己则乖乖走到床边掀开被子躺了进去。

她知道江云琛看出她在害怕，既然被看穿，她躺下之后就翻身睡觉了。

谁要跟他聊天啊

"宋总。"江云琛看着背对着他的背影，嘴角的笑意越发深了。但是宋予看不到，他的语气里也没有半点笑意。

宋予没睡着，也听到了，但就是不想理他。

江云琛对她的价值就是此时此刻存在于她的可触碰范围之内，让她不害怕就行了。其余的，她才不管。

"宋小姐。"江云琛躺在沙发上，因为身材颀长，腿只能屈着。他单手枕在颈下，没有脱掉身上的衣服，腹部盖上了薄被，目光看向床上那缩成一团的人，又叫了她一声，并且换了一个称呼。

宋予仍旧没理会，她脑中的思绪乱到离谱。

这样跟江云琛睡在同一个房间里，是第二次。上一次是两年前……一想到两年前的画面，她就想到了孩子……心底的不适，让她越发缩紧了身体。

　　"宋予。"江云琛开口，第一次这样叫她。

第五章
人海冷漠

宋予原本紧绷的神经，骤然松懈，睡意袭来，她觉得眼皮很重很重，仿佛因为有了江云琛的存在而变得安全感十足。

一听到有人叫她的名字，好比有一针鸡血灌入了她的血液中，她瞬间清醒过来。

"嗯？"她下意识地哼了一声，才猛然想起来，是江云琛的声音……

宋予翻身，月光洒进了卧室，今晚是十五，月亮格外圆格外亮，透过月光，她能看到江云琛脸部的轮廓。

平心而论，江云琛是真的好看，他的五官带着亚洲人少有的深邃，脸上的每一笔都像是上帝的鬼斧神工。两年前宋予第一眼见到他，就记住了他的脸。

"不是说聊天？"江云琛还是那样的语气，单是听他说话的态度，宋予就知道他不是什么好人。

江云琛是第一个被宋予安上"坏人"标签的人。

"困了。"宋予聂喏地说道，眼睛睁得很大，直勾勾地看着江云琛。

江云琛看着她发呆的样子，联想到了一句话：睁着眼睛说瞎话。

"睡吧。"也没有继续调侃她，而是说了两个像安抚婴儿一样的字，沉稳又好听。

宋予闭上了眼睛，以为自己跟江云琛再度共处一室会睡不着，但是这一夜，她睡得格外沉，也格外安心。

翌日清晨。

宋予是被窸窸窣窣的声音吵醒的，她醒来的时候觉得浑身疲乏，眼皮像有千斤重，酸胀得要命。

刚刚醒来，宋予忘记了房间里面还有另一个人的存在，觉得自己睡得有些不舒服，摸了摸身上才发现自己穿着睡衣睡了。

宋予平日里没有穿睡衣睡觉的习惯，白天被束缚了，晚上喜欢自在一些。

她撑起疲乏的身体，一股脑地将上半身的睡衣脱掉，当她将衣服扔到地毯上的时候，猛地看到地上的一双男士拖鞋……

宋予瞬间清醒，想起昨晚她跟江云琛在一个房间！

宋予慌忙抬头，看到江云琛就站在她的床尾静静看着她，没有穿衣服的她……

宋予震惊之余，连忙抓起被子掩住上半身，视线同江云琛对上，她发现他自始至终没有挪开眼！

为什么他看她没有穿衣服的时候，看得这么坦荡？！

"你还看！"宋予炸毛了，声音也有些尖锐。

"多吃点木瓜。"江云琛没有半分笑意，一本正经地抬手正了正领带。

宋予心底五味杂陈，羞耻感让她不知道该说点什么。

"待会儿我的秘书会来接江云扬，我先走了。"江云琛穿上了西装外套。

宋予看了一眼床头的钟，才早上六点半。她才睡了三个小时，难怪累。

"这么早，你去哪儿？"

"A市。"

"A市，你昨晚不是刚从A市回来吗？"她脱口而出。

宋予问出口就有些后悔，脑中忽然生出了一个想法……

江云琛昨晚说是为接江云扬而来，深更半夜的，他没必要千里迢迢赶过来，就为了来接一个他平日里不会多看一眼的弟弟。

他不会是因为她害怕而来的吧？这个念头疯狂又可怕……

江云琛并没有停下手上的动作，利落地穿戴整齐，看向头发乱糟糟的宋予。

"临时又有急事要过去。"他说得笃定又坦荡，让她有一种自作多情的感觉。

但愿不是她想的那样……

宋予原本只想敷衍地点点头，昨晚的难关过去，她也不需要江云琛了，这也不算是过河拆桥了。

但是她想起宋安三前签的那个房地产合同，是跟A市的一个商人合作的，她正要抽空找机会去A市见一见那个商人。

"等一等。"宋予匆匆开口，"我也准备去A市。"

"嗯。"江云琛颔首，没有明白她话里的意思，径直走向门口。

"能把我捎上吗？"宋予脱口而出。

房间里没有开灯，有点昏暗，外面的晨曦洒进来，令房间充盈了起来，变得明亮。

不知为何，宋予觉得气氛是轻松温和的。

宋予觉得江云琛肯定想拒绝，她看到他有几秒钟的停顿，大抵是在思考到底要不要答应。

"嗯。"

"外面没有开暖气，你在房间里等我吧。"宋予得了便宜就不会亏待江云琛，现在这个季节天寒地冻，江云琛身上只穿了一件西装外套，在外面等的话，应该会很冷，"你背过去，我穿一下衣服。"

江云琛竟然真的转过身去……这样听话的江云琛，让宋予有点吃惊。

宋予捡起睡衣穿上，快速穿过江云琛的身边，仰头看他。

她只穿了一双绵软的拖鞋，跟江云琛在身高上的差距明显，她需要仰头看他才可以。

"我去一下衣帽间，这里暖，你待在这里。"

"嗯。"江云琛心平气和地应了一声。

宋予匆匆去了衣帽间，换上衣服，又拿了一套换洗的衣服准备带去A市，今天她肯定是回不来了，贸然前去，人家有没有空接待她还是个问题。

她之所以会选择跟江云琛一起去，是因为她不想被宋氏的人，包括宋知洺知道她去A市见了那位商人。如果让司机开车去，肯定会惊动不少人，如果自己去，一路疲乏。

现在有一辆现成的顺风车，她当然乐意。

宋予收拾妥当之后拎了Speedy（路易威登的标志性经典款）的最大款手袋，把衣服和洗漱用品都塞进去了，还顺手捞了一个笔记本。

江云琛并没有如她所想，在房间里等她，而是在楼下玄关处等她。

她快步下楼，看到江云琛正在打电话。

她站在离他两米开外的地方，保持礼貌的距离，不听他讲电话。

但她还是能听到几句零零碎碎的话，她不是故意的。江云琛应该是在跟医生通话，她忽然想起，之前听说他身体很不好……

宋予的余光瞥到江云琛的身上，他人高腿长，穿西装再合适不过了。她见过不少西装革履的男人，但是能真正将西装穿出气质的人少之又少。

有些人穿西装像斯文败类，有些人穿西装像装腔作势，而江云琛穿西装只会让她想到一个词——人模狗样。

宋予想到两年前的事情，就觉得这个词最适合他了。

场面上的仪式感和绅士都是装的，私底下不过也是钱、色交易的参与者，卑劣又龌龊。

她正想着，忽然感觉到有道目光落在她身上，她回过神来，看到江云琛正看着她，并且已经讲完了电话。

"走吧。"

宋予回神，捋了一下耳边的发丝，刚才她为了不让江云琛等太久，急急忙忙梳了一下头发，用清水洗了一下脸就出来了，也没有化妆。

她羞于用素颜见人，昨晚是特殊情况。所以当江云琛看着她时，她别开了眼："哦。"

从上了江云琛的车，两人没有说一句话，车子驶出别墅区，江云琛在一家粤菜早茶店门口停下。

他没有交代就下了车，回来时手上多了两个纸袋。

"早餐。"江云琛将两个纸袋都递到了她手里。

"都是给我的？"宋予好奇于江云琛的行为，同时也诧异他为什么不问问她想吃什么……

不过想想也对，到现在为止，他们之间的关系连熟悉都算不上，顶多算认识，他还不至于对一个无关紧要的女人有绅士风度。

宋予打开纸袋，拿出一个虾饺吃了一口，正准备说好吃的时候，车驶入了车流当中，江云琛说："不是，另一袋是我的。"

"哦……"

"那你不吃几口吗？"宋予打开了另一个纸袋。

"开车。"

宋予闻言也不说话了，又默默吃了一口虾饺，一袋虾饺被她吃光，她忽然觉得有点不好意思。

她从另一个纸袋中拿出一个水晶包递到江云琛面前："你要不要吃一个垫垫底？"

宋予的手指白皙修长，捏着晶莹剔透的水晶包，很养眼。

江云琛瞥了一眼宋予递过来的水晶包。

"谢谢。"江云琛颔首就着宋予的手吃掉了水晶包。

为了驾驶安全，江云琛吃水晶包的动作很快，他俯身时嘴唇无意中碰到了宋予的指尖。

宋予感觉到手指传来一阵酥麻感，像是有细密的针扎在了手指上，接着变得像火烤一般滚烫，让她觉得浑身都热了起来。

她的耳朵被染红，手指上酥麻的感觉已经传遍了全身，让她原本因为睡眠不足而不清醒的头脑都变得精神了。

江云琛肯定也感觉到了，但是她看他没有一点反应……

宋予觉得在江云琛面前自己经常有一种自作多情的感觉。她敛了情绪，但是掩不住脸红，只能低下头，继续吃东西。

吃饱后，宋予的睡意很快就来了。原本她就打算在江云琛的车上睡觉的，一来她睡眠不足，二来，也可以缓解尴尬。

如她所愿，她靠着车窗沉沉地睡了过去。

她是被车子的鸣笛声吵醒的，耳边传来刺耳的噪声，耳膜上的一阵不适让她从梦境中惊醒，醒来时眼皮像有千斤重，太阳穴也突突地跳，在车上是真的睡得不舒服。

她抬手揉了一下太阳穴，侧头看江云琛："还没到吗？"

"到 A 市了。你去哪儿？"江云琛看上去很疲乏，眼下也有了一些青色的阴影。

宋予想到昨晚两人是差不多时间入睡的，早晨也是一起醒的，他在开车她却睡了一路……

"哦……"宋予这才想起自己没告诉江云琛要去哪儿，"你哪里方便就把我放下吧，我打车过去就好。"她坐了顺风车，总不能得了便宜还卖乖。

"地址。"江云琛的语气不容拒绝。

宋予细想之后开口说："鼎瑞集团。"

江云琛没说什么，打开了导航输入"鼎瑞集团"，车子平稳地朝着定位的方向驶去。

宋予惴惴不安，抬头看他："麻烦江先生不要告诉任何人我在 A 市，或者是我去了鼎瑞集团。"

虽然她知道这样说显得不尊重人又不礼貌，但为了避免麻烦，她还是开口了。

江云琛沉默了几秒，宋予以为他是觉得她不信任他，刚想解释，就听到他沉沉地说："宋总还没有这么有名。"

宋予头脑一热，"丢人现眼"四个字从心底浮了上来。他在说没人会问他她的行踪，可他就不能好好说话吗？

宋予不跟他计较，也不说话，拉开了 Speedy 的拉链，拿出了随身带着的小化妆包。

她素颜出来面色很差，在到鼎瑞之前要稍微化妆提一下气色。

她打开副驾驶座上方的镜子，听到江云琛问："介意我抽烟吗？"

宋予正在化眉毛，手一顿，看向驾驶座上的人。

"介意。"

她不知道该怎么说，因为在她的印象里，早就已经给江云琛贴上了一个"身体不好"的标签，具体得的是什么病她不清楚，大致知道是性命攸关的疾病。之前江云扬无意中说过他年少时准备接受移植，今早她又听到他在跟医生通话，大致是在说病情……就这样，他还抽烟？

江云琛已经将烟盒拿出来了，闻言有些惊讶。他瞥了她一眼，眼底夹着不明所以的意味。

宋予跟他有几秒钟的对视，然后她立刻别开脸："我的意思是……我听说你身体不大好，还是少抽烟。"

她平时也算是伶牙俐齿了，虽算不上巧舌如簧，但是也不至于逢人说不出话来。面对江云琛，她却总觉得自己好像逾越了。

"并不是每个人都惜命。"江云琛听了她的话倒是没有觉得不悦，只是说了一句极其颓丧的话。

这句话和江云琛太不符合了，宋予时隔两年后见到他，第一次直视他，就觉得他野心勃勃，绝不是颓丧的人。

宋予忽然想到了江家内部……江云琛的性格跟江家是脱不了关系的，他颓丧的话大概也是因为江家。

没有亲人，没有留恋的人，惜命感的确是会少很多。

同病相怜的感觉又在心底滋生，宋予觉得自己最近很容易想岔……

"还是少抽烟吧，总会有人担心你的。"宋予说道。仔细想想，担心她的人，好像只有曰芟吧？！

想了想她又添了一句："比如卓经理。"

江云琛没有再接话，五分钟后，车子停在了鼎瑞集团门口，宋予提着手提袋下车，向江云琛简单道谢之后转身走进了大厦。

鼎瑞集团的现任董事长跟宋安年纪相仿，从早些年开始就和宋氏有合作，这次贸然来访，宋予没有做任何准备。她很清楚，就算自己有备而来，对方也不一定会给她好脸色。

她现在是"戴罪之身"，宋氏又风雨飘摇，在旁人眼里她只不过是一个临时总裁而已，不具威慑力。作为合作方，对方肯定也没有把她放在眼里。

她没有去前台预约见他们的董事长，而是直接在大堂里等。等了半小时左右，她看到几个西装革履的男人跟着一个头发有些花白的中年男人走了进来。

中年男人年纪不轻，却气场十足，一边扣西装的扣子一边看手下人递过来的文件。

宋予立刻起身，踩着高跟鞋快步走向他。

"计叔叔！"宋予其实根本就没有见过他，只在报纸和电视上看到过计仲秋，A市鼎鼎有名的黑白通吃的商人，无人不知无人不晓。

她焐热了脸贴上去，就是不知道计仲秋认不认她这个没有任何血缘关系又不认识的"侄女"了。

宋予做过许多热脸贴冷屁股的事情，这种事情做多了，脸皮也就厚了。

她一上前，计仲秋身后那两名西装革履的男士就拦住了她。

宋予露出了职业的微笑，笑意不深不浅："不好意思，计叔叔您好，我是宋安的大女儿。不知道您还记不记得我？"

宋予快速地从包中拿出了一张简朴的名片，黑白设计，没有赘余："宋予。"

计仲秋的眼神在宋予身上快速地扫了一圈，被这种阅人无数且精于计算的人打量，并不是一件轻松愉悦的事情。她挺着脊背想让自己看起来自信一点，但是在"老姜"面前，气场不足是肯定的。

"记得。"计仲谋将手中文件递给了身侧的人，双手垂放在西裤两侧，看着宋予，眼神意味深长，"来找我有事？"

他简简单单的一句话就拉开了距离，既不给她攀附的机会，也没显得特别生疏，毕竟人家说记得她。

宋予噙着纯良无害的笑："是这样的计叔叔，我父亲生前和您有一个共同投资的房地产项目。现在我父亲不在了，宋氏的法人代表是我，我目前手头有些紧，想暂时停掉这个项目抽点钱出来救救急，您看可不可以？"

宋予并不缺钱，宋氏也不缺，但她不好意思直接开口喊停这个项目，只能委婉地表达自己的来意。

计仲秋缄默了几秒，点了点头，他有些苍老但仍精神抖擞，话语也是中气十足。

"明白了，想停止合作是吗？"

宋予有些尴尬，她扭扭捏捏地说这么多，却被对方一语点破了："是暂时的，日后我还需要多多仰仗计叔叔呢。"

宋予的态度已经够谦逊了，计仲谋冷笑一声，她不知道自己有没有听错。

"不敢不敢。"计仲谋挥手，敷衍地笑道，"像宋家侄女这样魄力十足敢做的后辈，我应该仰仗你才对，向你学点魄力。"

宋予听得懂他含沙射影的话，无非说她害死了亲生父亲一家的事情……

她哽咽了，情绪波动不小，额上的青筋微微凸起，幸好额前的发丝垂落遮住了青筋。她不想在人前表现出半点不悦，尤其是在这种老狐狸面前。

"哪有。"宋予含笑，"现在宋氏岌岌可危，我真的很需要流动资金。"

"可是。"计仲秋笑着揉了一下手，"宋知洺前几日来找过我，让我不要信你，毕竟你现在……是嫌疑犯。"

宋知洺……宋予顿时头皮一阵发麻，心里一紧。她没想到宋知洺会考虑到这个项目上来，他还真是把全部精力都用来跟她争抢宋氏啊……倒是让他捷足先登了。

宋予心底一阵不适，但脸上还是保持笑意："我小叔对我误会比较深。计叔叔，人人都知道要烧热灶，现在我好歹是宋氏的法人，我希望您能信我。"

宋予觉得自己的笑撑不了多久，这个老狐狸一看就不好搞，如今宋知洺还掺和进来。

"董事长，该开会了。"身边拿着文件的男士大概是计仲秋的秘书，提醒了他一声。

这给了计仲秋一个台阶下，也相当于给了宋予一巴掌。

"嗯。"计仲秋点头，看向宋予，"宋小姐，有时间我们再聊。"

中国人最擅长客套，敷衍的话从口中说出好像不需要买单一样。

计仲秋婉拒了她，她只能笑笑："好的计叔叔，这几天我都会在 A 市，您要是改变想法了，随时可以联系我。"

"好。"计仲秋走向了电梯。

宋予没有急着离开，目光紧紧跟着计仲秋，看到他将她刚才递过去的名片随手扔进了电梯门口的垃圾桶里。动作随手又自然，好像他真的是在扔垃圾。

她浅浅吸了一口气，转身出了鼎瑞的大厦。

下午三点，鼎瑞集团小会议室内。

江云琛翻看着鼎瑞送到他手里的文件，拿着钢笔在修正内容。计仲秋刚刚结束早上的股东大会。

"江先生，这几天辛苦了。听说你昨晚回了一趟南城，是有什么急事吗？"计仲秋从两个月前开始派人去华尔街游说江云琛，请对方帮忙做一次风险评估，计仲秋的手想伸到旅游开发业，没有从江云琛口中听到"可以"两个字，他不敢轻举妄动。

"私事。"江云琛没抬头，手中的钢笔圈圈点点，态度也不算良好，甚至有点冷漠。

计仲秋开了他感兴趣的条件他才来的，本就是等价交换，而且就目前的形势看，是计仲秋需要讨好他，他的姿态自然不用放低。

"是女朋友的事吧？"计仲秋笑道，示意秘书给江云琛面前的玻璃杯里添茶，"别误会，我只是好奇，我在江先生这个年纪，都已经快成家了。"

江云琛的笔尖停顿了一下，墨水在白色的A4纸上染出了一点黑晕。

"不是。"成家？江云琛从来没考虑过。

计仲秋也不多问，耐心等着江云琛。半小时后，江云琛将手头的文件都看完了，其间没有用掉一张计仲秋给他准备好的稿纸。

从小学学计算开始，江云琛就一直是心算，从来不用稿纸。

"鼎瑞目前只能拿出十个亿去投资这个旅游项目，再多，漏洞就会显现出来，到时候亡羊补牢，会来不及。"江云琛拧上了手中的钢笔，拿出烟盒，很自然而然地敲出一根烟点燃，送到嘴边。

一时间，小会议室内烟雾腾腾。

"江先生，麻烦请到外面抽烟，我们董事长最近咳嗽。"秘书多嘴地说了一句。

话落立刻被计仲秋制止："没事，咳嗽好得差不多了。"

江云琛也没有半分要起身离开的意思。

"江先生，还有一件事情，我想向您咨询一下。"计仲秋算是很和善了。A市人人皆知，计仲秋黑白通吃，谁都要给他几分面子，他却称呼江云琛这个小了他三十几岁的晚辈为先生。

计仲秋不等江云琛回复，继续说道："您知道想开发一个旅游产业，十亿只是零头。我们鼎瑞产业多，一下子拿不出这么多流动资金，所以我想从已有的一个房地产项目当中抽钱出来，还请江先生帮我看看，这个房地产项目值多少钱。"

计仲秋觉得，凡是跟金钱挂钩的，江云琛都是行家。

不过也确实如此，江云琛只喜欢跟钱打交道，跟钱有关的东西，自然都会。

"给我看这个项目的流水。"江云琛收了令他十分满意的"礼物"，不会拒绝。

计仲秋示意一下秘书，秘书立刻打开一份厚厚的文件递到江云琛手中。

江云琛的目光在文件上迅速扫了一眼，当他看到文件上清晰明了地写着"南城宋氏集团"时，眼睛微微眯了一下。

鼎瑞这个项目的合作方，是宋氏？

早晨宋予让他把她放在鼎瑞大楼的门口，事出隐私，他没有问她来鼎瑞做什么。现在看来，宋予应该是为这个项目而来。

计仲秋此时却在算计宋氏，想把这个项目里的钱抽出来……这对宋氏和宋予，并不是什么好消息。

或许，她还不知道……

"江先生，看得如何？"计仲秋似乎有些心急。

江云琛没有多看，甚至没有翻页就将文件夹放在了桌上："你有合作方，贸贸然抽掉资金，于情于法都不合适吧？"

"哦，你说的是宋氏集团吗？我的老朋友，宋氏的总裁前阵子去世了。现在宋氏是个小丫头片子在管，我抽钱出来，给她点分红就好了。"计仲秋提起宋安时目光沉了沉，"江先生，您站在专业的角度，觉得这个房地产项目值多少钱？"

"我还需要回去研究。"其实江云琛大致看一眼就已经知道这个项目值多少了，但他没有告诉计仲秋。

计仲秋的做法太过老练，也太过歹毒。如果他说了实话，宋氏会面临一次巨大的亏损……

"好。"

傍晚。

宋予在鼎瑞大楼附近的咖啡店坐了一下午，她开着笔记本电脑，仔细研究着这几年来那个房地产项目的流水，想找出点端倪。但她毕竟不是金融科班出身，看了一下午也没有任何眉目。

临近晚上七点，她把笔记本塞进包里，去了旁边的酒店下榻。

然而在办理入住时，宋予忽然发现自己的钱包不见了，身份证和一系列银行卡都在里面……

她回了咖啡店仔细寻找也没有找到钱包，下午的咖啡是用支付宝买单的，她不记得拿过钱包。

难道……是落在了江云琛的车上？！

宋予有些无语地闭了闭眼，她有一百颗不愿意跟江云琛再有交集的心。

江云琛在开车回酒店的路上，车内屏幕上显示了江儒声的名字。

江云琛不打算搭理，这些年他在纽约换了住址和手机号码，为的就是跟江家切断所有联系，回来之后不知江儒声用了什么龌龊方法得知了他的号码。

手机一直在叫嚣，铃声通过蓝牙在车内扩散，让江云琛觉得太阳穴鼓胀。

他索性直接挂断，没过一会儿，又有电话打来了，这一次是江云扬的号码。

江儒声是真的把他当成三岁小孩耍了？换一个江云扬的，他就会接？

手机放在副驾驶座上，他想拾起手机关机时，余光瞥到副驾驶座下有一个粉色的短款钱包……

是宋予落下的。

江云琛思忖片刻，拿起手机准备拨给宋予时看到屏幕上江云扬的电话还在叫嚣。

他将车子停靠在了路边，熄火，解开安全带，按下了接听键。

"为什么不接我的电话？"江儒声的声音里透着威严，但是这点残存的威严感很快被年迈的嗓音给压过了，"换成云扬的你就接了？"

江云琛的嘴角浮起了冷笑，江家人太看得起江云扬了，也太看不起他了。

他沉默不语，江儒声继续说："我一个老战友的孙女，南城军区医院特聘她回来的，血液科的一把好手，我把联系方式给你，改天你跟她碰个面。"

江儒声心里打的什么算盘江云琛大致猜得到，打着关心他身体的名义，实则盘算着龌龊的事情。

"如果现在江云扬适龄，你是不是就打算让他装病，去跟你那位老战友的孙女相亲？"江云琛说得非常直接，不想给江儒声半点情面。

江儒声大概是被气到了："你怎么想是你的事，在你眼里谁都是十恶不赦的恶人！"

"恶人，你不是吗？"江云琛冷笑，"江儒声，别费心思，现在的处境对你来说是最好的。我随时可以让你带着你孙子流落街头。"

说完，江云琛直接摘下了蓝牙耳机，烦躁地将其扔在副驾驶座上。

然而手机又响了，他在气头上，本不想理会。他看了一眼屏幕，是宋予。晾了几秒，他接听了，那边传来她有些尴尬的声音。

"喂，江先生，是我。"宋予不确定江云琛有没有备注她的手机号码，"您现在在车里吗？"

"不在。"江云琛看着身侧回了一句。

"哦，那您去车旁的时候能麻烦看一下，副驾驶座上有没有我的钱包吗？"

"没空。"江云琛处于极度烦躁的状态，宋予温柔的语气稍微抚平了一点毛躁，但是火气被江儒声逼上来，一时之间难以消灭。

"好吧……"宋予泄气了，也有一丝生气，江云琛到底还是坏人，没空，现在才几点？

但是她也不打算惹恼他，只是说了一句："那有空了麻烦帮我看一下。"

宋予已经妥协了，做好让萧瀚帮她远程想办法的准备了。

江云琛没有挂断，继续说："之前不是伶牙俐齿吗，今天怎么不反驳了？"

宋予心情郁闷，皱了眉："江先生，我是不想麻烦你。"她在提醒江云琛，她已经做了让步。而且"江先生"三个字，已经明显表达了她的不悦。

宋予有一种被江云琛当猴耍的感觉。

"人在哪？"江云琛忽然问她，也不理会她的不悦。

宋予看了一眼酒店大堂内大理石墙砖上的名字，确认了一下才告诉江云琛："丽思卡尔顿。"

纵然心底万般不悦，但宋予不想露宿街头，只好老老实实地报了酒店名字。

江云琛停顿了一下，宋予不知道他在想什么，只听到他说了一个"嗯"字。

大概五分钟后，江云琛出现在丽思卡尔顿酒店的门口。

他长身玉立，身材万里挑一，在人群中一眼就能看到。宋予穿过酒店大堂内二十四小时都多的人群，走到江云琛面前，看到他手里拿着的粉色钱包时，暗自松了一口气，今晚有着落就好……

"麻烦了，江先生。"宋予露出了职业微笑，从容却敷衍。她没有把自己刚才担心露宿街头的心情表现出分毫，笑容和眼神都很淡然，"我先去前台登记了，晚安。"

宋予算是跟江云琛道别了，她却看到江云琛也跟着她一起走向了前台。她打开钱夹将身份证递给前台工作人员时，江云琛站在她身后。

二十多厘米的身高差距，让宋予不得不仰头看江云琛，仰头的同时还要扭头，姿势很不舒适。

"还有事？"她多问了一句，一双杏眸里带着疑惑和迷茫。他明明已经把身份证给她了，为什么还……跟着她？

"江先生，您寄存的文件。"此时，旁边的一名前台工作人员忽然叫了江云琛，手中拿着几个厚重的文件夹。

江云琛阔步走到一旁，从工作人员手中接过了文件："多谢。"

江云琛自始至终没有回答宋予一个字，这让宋予颇为尴尬，又有一种自作多情的感觉……

难道江云琛来 A 市，也住在丽思卡尔顿？

为什么事事都这么巧？她跟江云琛之间好像陷入了一个循环，永远能碰面。

"小姐，您的房间是 1431，这是您的房卡和证件，祝入住愉快。"工作人员将一系列卡还给了宋予。

她接过捏在手里，转身走向电梯口，看到江云琛也正在等电梯。

"你也住在这儿？"宋予觉得面子上过不去，问了江云琛一句，毕竟电梯口就她和江云琛在。

A 市酒店千千万，她怎么就选了丽思卡尔顿？！

"否则？"江云琛的心情不佳到了极点，像是一点就着的烛芯，碰都碰不得，一碰火苗就会蹿出来，火冒三丈。

"真巧。"宋予今天在计仲秋那儿已经将热脸贴完了，她不想再看江云琛的脸色，于是从进电梯开始到抵达所住楼层，没有再跟江云琛搭话，并且腹诽：以后谁要是嫁给了江云琛估计会很惨，要天天忍受他这种臭脾气，想想就瘆人。

随着电梯门"叮"的一声被打开，宋予本着女士优先的传统先走了出去。酒店走廊上有冗长的地毯，高跟鞋踩在松软的地毯上像是猫踩着地板一样，轻盈又无声。

宋予拿着房卡寻到了自己的房间，刷过卡，还没推门就听到身后传来刷卡的声音。

江云琛的房间，恰好在她对面？

她不知道该觉得巧合还是无语，没有回头，她直接进了房间。在她关门的同一时刻，身后的房门也被重重关上。

江云琛今天的晚饭吃的是火药吗？明明早晨他还不是这样。

宋予进了房间，甩掉高跟鞋，拿出手机拨了宋知洺的号码，宋知洺直接挂断了。

宋予盯着手机屏幕愣了半晌，屏幕忽然一亮，是萧瀚打过来的。

"宋总，律师通知后天十点半开庭。"萧瀚是来提醒宋予的，若不是萧瀚提醒，她都差点忘了宋知洺跟徐媛娘家人做的好事了。

"知道了，我会准时参加。你让律师做好准备。"宋予捏了捏眉心，赤脚走到落地窗前，伸手拉开了窗帘，窗外满目璀璨，星火万家。

"嗯。"萧瀚应了一声，"还有，后天晚上车家家宴，请了您，请柬已经送到宋宅去了。"

"车家？"宋予已经有一段时间没有听到这两个字了。车家是医药世家，后来车家老爷子下海做了药材生意，赚得钵满盆满之后又想从铜臭味中抽身，做回他的书香门第，"怎么会请我？"

之前宋氏只跟车家有过生意上的往来，现在宋氏江山易主，车家怎么还会请她这个在外人看来是戴罪之身的人？

"车家千金从德国回国了，这是车家为她举办的接风宴。送请柬的人说您跟车家千金曾经在德国是同学，所以请您过去。"

"车蕊啊……"简短的两个字从宋予口中念出，却像在念一个很长的名字，语调拖沓，"知道了，我会去的。"

宋予和车蕊，当年是德国海德堡大学中国留学生当中人人都知道的两个人，倒不是她们有多出名，而是两人当年为了一个实验室的名额争得头破血流。

宋予当年成绩一般，车蕊是血液科第一名，但是宋予旁门左道的功夫强，跟导师关系好。宋予原本已经拿下了那个名额，但是临时有事回国，放弃了学业，这才让车蕊顶替上了。

所以宋予听到萧瀚说车家人请她的时候很吃惊，难不成，车蕊是学成归国想跟她炫耀？

宋予未将这事放在心上，现在除了宋氏的安危，没有什么事情能让她日日惦念。

她早早洗漱完毕，戴上真丝眼罩，手机响了，她一手摘下眼罩，一手拿过床头柜上的手机，是白芨发来的微信。

"为了你，我去求了我前男友的朋友帮你做风险评估，你说吧，怎么谢我？"附加一个贱兮兮的表情。

宋予看到后瞬间精神抖擞，白芨的前任裴珩舟早些年就被财经界俗称"大摩"的摩根士丹利公司聘用，他的能力宋予是再信任不过的，裴珩舟的朋友一定也是业内大佬，不会差。

"爱死你了！去他的江云琛！回去请你吃饭，我亲自下厨！"宋予激动得睡意全无。

对面房间内，江云琛正在跟卓决通话，忽然打了一个喷嚏，打断了原本要说的话。

"你感冒了？"卓决问了一句，"你多穿点会死啊，你这身体能少生病就少生病不知道吗？！"

卓决像老妈子一样苦口婆心，见江云琛不搭理，又添了一句："不过也有可能是有人在想你，所以你打喷嚏了。"

"幼稚。"江云琛坐在套房客厅内的沙发上，单手扯松了领带。

"难不成是宋家那位在想你？"卓决的笑声别有深意。

江云琛直接挂断了电话。

翌日中午。

白芨帮宋予解决了一块心头大石之后，宋予睡了一个好觉，醒来已经是中午十二点。

她简单洗漱化妆后准备再去一趟鼎瑞，再逮一次计仲秋！她昨晚睡前深思熟虑后，觉得还是要让计仲秋相信她有那个能力管理宋氏，否则在这个人人自危的年关，没人会信一个"戴罪之人"。

宋予拿了包准备下楼去餐厅简单吃一点东西再去鼎瑞，然而一打开房门，宋予看到不算窄的走廊上站着三四个人，其中一个，竟然是计仲秋。

而对面房门开着：江云琛仍穿着睡袍，她只是匆匆瞥了一眼就看到他眼底似有阴云，精神也不佳。

没睡好？宋予疑惑之中生出了一个疑问：为什么计仲秋在江云琛的房门口？

计仲秋并没有看到身后的宋予，仍笑着跟江云琛说话："既然江先生感冒了，那我们把工作上的事情先放一放，去轻松一下。我们A市郊区的温泉很有名的，泡一泡温泉，对感冒也有好处的。"

宋予没有离开，哪怕她刚才跟江云琛对视了一下，他已经注意到她了，但她仍要听。

她原本就要找计仲秋，现在得来全不费工夫，不是正好？不过让她觉得奇怪的是，为什么计仲秋的语气像是在讨好江云琛？

"不了。"江云琛拒绝人的样子，果然都一个样，冷着脸，一副高高在上、永远睥睨别人的样子。

宋予见状，也不顾有没有脸，踩着高跟鞋走到江云琛身边轻轻挽住他的手臂，仰头笑着看他："云琛，去吧，我挺想泡温泉的。"

宋予的话一半温柔一半娇嗔，嘴角有浅浅的弧度，仰头看着江云琛时一双狭长的眸子里含着真假参半的笑。她挽着江云琛的手的力道不受控制，越来越紧。

江云琛没想到她会忽然走到他身侧做出亲密的举动，所以看了她一眼，像是在看什么奇奇怪怪的人。

"这不是计叔叔吗？"宋予佯装才看到计仲秋，狐疑地看着他，"好巧，云琛，你跟计叔叔认识吗？"

江云琛眼底讳莫如深，抬眼将视线从她身上挪开。宋予最不喜欢的就是江云琛这种不咸不淡的眼神，让她猜不透他在想什么。

"嗯。"江云琛在一个字拯救了宋予，她太怕他戳穿她了……

宋予暗自松了一口气，挑眉，身体微微倾向江云琛："太巧了，我父亲生前跟计叔叔是挚友。""挚友"二字无形中给自己加了分量。

计仲秋看着眼前眉飞色舞的人，第一次仔细打量她。

小姑娘家家的，一字一句都是算计，挺厉害。

"这么巧。"计仲秋见宋予同江云琛相识，态度自然和善了几分，"宋家侄女跟江先生是朋友？"

江云琛自始至终没说话，也没有拂开宋予，冷冷旁观她自导自演。

宋予说："是啊，我跟云琛一起来的A市。"

她一句话说得暧昧不清，让计仲秋了然地点了点头："哈哈好，那一起去温泉吧。"

"好啊。"宋予再高兴不过了。能跟计仲秋多聊聊，或许他会对她改观，到时候那个项目或许会有眉目……只要她占据主动权，她就不信宋知洺还能钳制住她。

"董事长，要不要问问夫人？她最喜欢北山的温泉了。"一旁的助理，就是昨天打断宋予给计仲秋台阶下的那位，机警得很，清楚主子的喜好。

"哦，对。"计仲秋笑了，拿出手机，"我去问问我太太去不去。"

"好，如果能见到计阿姨就更好了。"宋予也附和着。

没过一会儿计仲秋就拨通了电话："喂，君君。"

宋予只听到一个"君君"，就看到计仲秋转身离开了，这个称呼对他们那个年龄段的人来说，听上去有些甜腻……看不出计仲秋还是个宠老婆的主。

"我太太也来。"计仲秋打完电话回来后笑意更深了。

"我换件衣服，稍等。"江云琛终于说话了，然后转身走进门去。

宋予觉得他说的"稍等"二字是说给她听的，于是乖乖跟计仲秋等人一起站在门口等他。但是她的手臂忽然被江云琛捏住，他将她带进了房间，然后"砰"的一声，关上了门。

宋予耳边似乎仍回荡着关门声，觉得耳朵麻麻的，她茫然地看着江云琛。

"踩在我身上攀附计仲秋的感觉，如何？"江云琛跟她之间保持着一段距离，他说完就转过身去，直接脱掉身上的睡袍随手扔在了沙发上。

宋予被他这个动作猛地一惊，脊背贴在了门上。她对江云琛时时刻刻保持着警惕，就像防范一头饿狼一样防范着他。在她这里，他是有前科的人。

但是事实证明，她警惕过度了。

江云琛拿过沙发上折叠齐整的衬衫，背对着她穿上，耐心地一粒粒系着扣子。

从宋予这边看过云，刚才的几秒钟，她就看到他紧窄的腰身……这是男性长期锻炼的结果，她还依稀记得他的腹部有性感的人鱼线……

这个想法在宋予脑中一闪而过，她瞬间耳后一热。她怎么会想岔到这种地步去？两年前的画面明明龌龊又不堪，她竟然还记得这种细节……太不该了。

宋予略微摇了摇头，正逢江云琛穿好衣服转过身来。

"江先生不是也没有戳穿我吗？"宋予顺着杆子往上爬，她那种给点颜色就能开一间染坊的人，一张嘴能说出五颜六色来，"我有一个项目被计仲秋捏在手里，他不肯跟我好好坐下来谈，我只能借用一下江先生的名望了。"

一踩一捧，她踩了自己，捧高了他。

江云琛的嘴角有了一些弧度，他的嘴唇很薄，是属于男性当中最好看的那种，唇线的弧度似远峰，他笑的时候，是最撩人的。

"跟我说这些干什么？"江云琛带着笑说出冷漠无情的话，蓦地又添了一句，"我不会帮你。"

宋予努力压着怒意。她也没想让江云琛帮她，他这么急着跟她撇开关系干什么？

"我没让江先生帮我，只是希望江先生陪我演演戏，跟我装装好朋友就行。"

"你让我演的，应该不只是好朋友吧？"江云琛一边系领带一边走到了她面前，语气颇为讽刺。

他系领带的动作熟稔，修长的手指绕着领带，目光一直停留在她的脸上。居高临下的压迫感侵袭而来，他身上似乎还有刚刚洗漱过的味道。

"嗯？"江云琛又添了一个字。

宋予刹那间有些无语，昨晚江云琛一个字都懒得跟她说，今天怎么又喜欢跟她说话了？这人还真是阴晴不定。

"之前在桂语山房，江先生没经过我的同意让我冒充你的女朋友。这次我先斩后奏让江先生扮演一下我的男朋友，不过分吧？"宋予想起桂语山房那一茬，找到了可以和江云琛交换的条件。

"计仲秋没你想的那么蠢，到时候你连项目带人一起被他卖了，不要哭。"江云琛似笑非笑，一副坐等她被卖了的样子。

宋予咬咬牙："不会有那么一天的，谢谢江先生关心。"

在去往北山温泉酒店的路上，宋予和江云琛还有计仲秋一辆车，全程宋予一句话都插不上。大多是计仲秋在说话，江云琛静静地听。

车子停靠在酒店门口，宋予心想终于解放了。她急于下车，手机掉了，她俯身去捡耽搁了出去的时间，当她捡起手机准备开车门时，却发现江云琛已经下车，绅士地帮她打开了车门。

江云琛的举动是绅士的正常举动，但是搁在宋予身上，让她觉得诧异。

江云琛明知道她踩着他攀附计仲秋，不戳穿她已经让她感激了，现在竟然还摆出一副对她很照顾的样子，他这是……在计仲秋面前帮她？

她跟江云琛认识也不过寥寥数日，却觉得江云琛有好几副面孔。

北山温泉酒店距离 A 市市区很远，单程要两个多小时车程，晚上再回去是不切实际的，所以今晚他们注定要住在这里。

计仲秋大概是为了讨好江云琛，竟然帮她跟江云琛安排了一间房间……

拿着房卡找到房间之前，宋予还奇怪为什么江云琛一路都跟着她，难不成他们的房间挨着？等到江云琛拿着房卡刷开了她面前的房门时，她才明白计仲秋的用意……

到底是老谋深算，为了让自己讨好的对象度过良宵，计仲秋也算是费了心思。

"咯……"宋予尴尬地站在门口，低低咳嗽了一声，想引起江云琛的注意。

但是江云琛从进房间之前到现在，一直没有理会她，完全把她当成了空气。

"咯咯……"宋予提着手包站在那里，又咳嗽了几声，"咯咯咯。"

"如果你是肺痨的话，麻烦离我远一点，我身体不好。"江云琛解下领带之后，终于扔了一句似调侃似讽刺的话给宋予。

宋予一时无语，刚想说一句"您真会保养身体"，忽然想到了江云琛的确身体不好……就将话咽了下去，没敢说了。

"这里，有几张床？"她小心翼翼地问了句，房间是套房，并不能一眼就看到卧室。

"一张。"

"那我自己去开一间房好了。"她心惊，虽然跟江云琛独处一室过一晚，但是上一次是特殊情况，这一次不同……她还是怕江云琛，毕竟对方是男人，难免欲望一来会毛手毛脚。

清冷的声音从宋予身后传来："计仲秋大概会觉得你在骗他。"

冷不丁的一句话，让宋予心底的想法幻灭，江云琛真的很是时候给了她一刀。

也是……如果她再去开一间，计仲秋肯定会觉得她是假扮的女友，到时候不仅不看在江云琛的分上给她面子，可能还会把她赶出去。

这里是 A 市，是计仲秋独大的地方，她不敢轻举妄动。

"您好，这是酒店提供的新浴袍和女式泳衣，供二位泡温泉用的。"这时，有工作人员拿着两套衣服过来，宋予接过，听到工作人员交代，"计先生说二十分钟后在汤池等二位。"

"好。"宋予颔首，关上了门。

她其实不想泡温泉，更不想跟江云琛一起泡温泉，但是现在到了骑虎难下的阶段，也只能走一步算一步了。

她将男式浴袍递给了江云琛后，自己去了洗手间换泳衣。她反锁了洗手间的门，"吧嗒"一声，门外的江云琛听得真切。

宋予锁门之后才脱掉身上的衣服，但是一拿起泳衣，她慌了。

宋予不是特别保守的人，以前对泳衣的款式也不挑剔。但自从两年前那件事情之后，她就没再穿过泳衣了。她没有想到酒店提供的泳衣竟然是分体式样的……

分体的泳衣就意味着她要露出小腹的位置。她低头看了一眼自己小腹上一道不小的疤痕。心头一跳。

两年前的噩梦再一次在她脑海中闪现，医院雪白的墙壁、冰冷的注射液、冷漠的医生……当时她怀孕已足六月，快到七月了，被药物弄晕后，她什么都不记得，醒来就看到自己腹部的纱布，以及瘪下去的小腹，唯独没有孩子……

她当时处于昏迷状态，引产不切实际，所以那些人就采取了最直接的方式：剖腹产。

两年里很多次午夜梦回，宋予都能感觉到冰冷的手术刀在她腹部划开一道口子，醒来浑身汗水，不过是大梦一场。

不足七月的孩子，哪怕是住保温箱都不一定能存活。宋家人是不会要那个孩子的。孩子被剖腹取走之后，他们对外宣称："因为孩子生父不详有辱家门，所以宋予主动提出六月引产……"

一切的一切，都是一个局，她不过是宋家的棋子，有用武之地时，她是棋盘上的"车"，没用时，他们就会弃车保帅，连她的孩子都不放过。

"十分钟了，你在里面睡觉？"外面的人敲了一下门，将宋予的思绪拉了回来，也让她将目光从小腹上挪开。

宋予立刻清醒了一些，如果想让计仲秋信她，她就必须去泡温泉，佯装跟江云琛是情侣，那就必须穿这件泳衣。

考虑了几秒，宋予还是匆匆穿上了泳衣。

江云琛对两年前的事情一无所知，就算看到她腹部的刀疤，应该也不会多想吧？毕竟对一个外人来说，她身上有多少条疤并不重要，哪怕是缺胳膊少腿，也是无足轻重的吧？

思考间，宋予已经穿上了泳衣，披上睡袍，将睡袍的带子拴住，这样，行走间就没人看到那道疤了。

"出来了。"宋予心底嘀咕，催什么催……

因为要泡温泉，宋予将头发盘了起来，露出了修长白皙的脖颈。她的脸型属于最典型的鹅蛋脸，每一处都恰到好处，不会过分圆润，也没过分尖锐。是中国传统审美当中，最让人觉得舒服的脸型。

"生病了？"江云琛的视线在她身上停留了几秒，忽然问她。

"嗯？"宋予茫然，抬眼看着江云琛眼底的阴云，反问，"是你病了吧？"

舟车劳顿的人是他，他应该疲乏得很，看上去精神状态也不佳。

"你的脸色看上去像涂了三斤粉。"

宋予刚才悬着的那颗心，在听到江云琛这句话，瞬间落了下来。

这个人骂人都不带一个脏字的！脸色白就脸色白嘛，偏偏要说她涂了三斤粉。

宋予随着江云琛一起去了汤池，北山的温泉在附近几个省市都有名的，且这家温泉酒店不是人人都能进来。这天酒店异常空旷，来来去去也就几个酒店的工作人员，想必是计仲秋为了接待江云琛让酒店遣散了所有的客人。俗气点的说法就是——包了。

江云琛在计仲秋那儿有这么大面子吗？宋予心底闪过一丝狐疑，她看着走在她前面，脊背笔挺的男人，心想，是不是计仲秋需要求江云琛做什么？

难道也是风险评估？

如此一想，宋予的心顿时被拧成了皱巴巴的一团。

"江先生，酒店房间还满意吧？"

计仲秋已经在汤池等他们了，宋予也是才知道计仲秋已经年近七旬了，单是看他的身材和样貌，真看不出他已经到了这个年纪。他穿着宽松的睡袍，身材依旧保持得非常好，没有半点中年商人大腹便便的样子。据说他膝下无儿无女，这个年纪已经到了享天伦之乐的时候了，无儿无女，怎么都说不通……

宋予正在胡思乱想时，听到江云琛叫她："宋予。"

"嗯？"

江云琛的声音清明好听，像是穿堂风绕过耳端，点醒了她。

"要一起，还是单独？"江云琛的语气还是绅士又规矩。

"什么？"宋予没反应过来，这人说话怎么说一半？

计仲秋见她没回过神，看在江云琛的面上，示意身旁的助理向她解释。

"宋小姐，这里的汤池都是单独的，但是有情侣汤池，您要跟江先生一起吗？"助理相比之前变得热络耐心了很多。像这种见风使舵的人，最适合做助理，也一辈子都会在助理的位置上。

宋予一听情侣汤也就紧张了，想拒绝，但是计仲秋已经帮她做了决定，仿佛她无足轻重，只是用来讨好江云琛的物品而已："当然一起啊，小年轻不都喜欢浪漫吗？哈哈，待会儿我太太来了，我们也试试这情侣汤池。"

宋予有求于人只能忍，要是换作平时，她早就跟计仲秋杠上了，毕竟她也不是什么温驯的小绵羊。

她皮笑肉不笑地扯了扯面部肌肉，感觉面部肌肉特别僵硬："计先生跟计夫人，真是恩爱的典范啊。"

"哪里哪里。"计仲秋扬了扬手，身旁的助理接了一个电话，在他耳边说了几句。他又开口说，"我太太过来了，我去接她一下。"

"好。"宋予点头，等到这里只剩下江云琛和她时，她又变得警惕起来。

她剜了江云琛一眼："待会儿……泡温泉的时候你离我远点。"

江云琛没理会她，径直走向了汤池。她紧随其后，当看到汤池的大小时，嘴角抽了一下。

这个所谓的情侣汤池，是真情侣啊……大小也仅够容纳两个人，根本不存在离她远不远一说。

宋予有些崩溃，环视了一周，看到每个汤池虽然都是独立的，但是中间有竹帘遮挡，虽不能看清楚，但还是看得到一些的。这样的设计大概是为了方便客人泡汤的同时交流。

如果她不下池子，待会儿计仲秋过来指不定会觉得她是冒充的，又或者会觉得她矫情，专搞特殊。

毕竟是计仲秋请他们来的，计仲秋是主，她是客，总不能拂了人家的好意。

思虑再三，宋予还是决定下去。

江云琛已经下了汤池，半靠在汤池里，正在吃侍者放在一旁的水果。

宋予心想，他还真是惬意。同一个不算熟悉的女人一起泡汤，他难道不觉得尴尬吗？

因为是医学生，宋予有严重的洁癖，让她跟一个不算熟悉的异性一起泡汤，她觉得浑身都不舒服……

万般无奈，她还是脱掉睡袍放到一旁，赤脚走向了汤池。为了防止江云琛注意到她腹部的疤痕，她抬起两只手遮了一下肚子。

"肚子疼？"江云琛看了一眼宋予，冷不丁地问了一句。

宋予发现，江云琛真的很会时不时地冒出几句语不惊人死不休的话，以他叱咤华尔街那么多年的智商，他应该是装出来的。就如同他说她脸上涂了三斤粉是一个道理。

"嗯，好像有点着凉了。"宋予顺着他的话说。走下池子，身体浸入温热的池水中，她才缓缓松开手，像是劫后余生一样，顿时松了一口气。

宋予一放松，腿就稍微舒展了一些，忽然，她的脚尖碰到了一块不一样的东西……

指腹是全身除了嘴唇之外最敏感的地方，包括脚趾。宋予感觉到脚尖传来的一丝异样后，缩了缩脚，但是刚才那种酥麻感传到全身，瞬间染红了她的耳朵。

她好像踫到了江云琛的小腿肚……

他应该在健身，小腿肚的肌肉很硬，宋予的脚尖只是稍微擦了一下就感觉到了，那种真实的触感，让宋予越来越热。

"我不小心的。"她连忙解释，"这里太小了……"

她从一旁拿过一杯橙汁喝了一口，想降降身上的火气，也可以把注意力从江云琛身上转移开。

但是在这样狭小的空间里，两个人不沟通几乎是不可能的，她的视线无论放到哪儿，余光都会看到他。难怪这叫作情侣池……

宋予低头喝着橙汁，余光却看到江云琛裸露的上半身。他的皮肤偏麦色，不算很白，是健康的肤色。身上的肌肉锻炼得很匀称，是恰到好处的身材。此时他身前沾染着细密的水珠，他稍微一动，水珠从肩上掉到水池里，宋予的思绪瞬间跟着水珠一起掉了下去……

她回过神来，觉得自己真是疯了。

"你在看什么？"忽然，江云琛问了一句。

宋予正喝着橙汁，猛地咳嗽起来。

她呛到了，咳得眼睛一时半会儿也睁不开，她一只手拿着盛满橙汁的杯子，悬在半空中，另一只手捂住自己的嘴巴。

咳嗽的时候她的大脑一片空白，只想快点止住。但是身体不受大脑控制，橙汁呛到了气管里面，她咳得满面通红。

此时，她忽然感觉到有人在轻轻拍她的背，力道不轻不重，敲在她肺部的位置。她猛地反应过来，是江云琛，也想到自己身上穿的是露肤度很高的泳衣，他的手背直接拍打了她的肌肤上……

厌恶感油然而生　宋予的本能反应就是推开江云琛，这种直接的身体接触让她觉得恶心。

宋予想后退，但身后就是池子，脊背在石头筑成的池子上猛地一撞，手中的橙汁倒在了汤池里，她立刻下意识地站了起来。

"哗啦"一声，水溅得满地都是，为了防止江云琛碰她，她本能地想逃离汤池。

汤池附近的地板都湿了，她赤脚走上去，没有留神，脚底一滑，快要摔倒时，她想扶住一旁的竹帘，腰际却忽然被握住……

"疯了？"江云琛低沉的声音从上方传来，宋予惊魂未定，差一点就摔下去了。

江云琛看着她一连串莫名其妙的动作，不明白她在做什么，如果不是他扶住她，她可能会直接摔在坚硬的地板上。

"没事。"宋予僵硬地挤出了两个字，语气生冷疏离，她的眼眶渐渐变红，委屈感一点点从心底滋生。她从小就受尽委屈，每一次都是忍气吞声，当宋安去世，宋家只剩下她之后，她以为她能掌握一点人生的主动权，没想到还是如此。

她每走一步，还是违心……甚至还要跟自己这两年来最不想见到的人一起共处。她咬咬牙，觉得牙齿都是酸的。

宋予走到一旁准备去拿浴袍时，忽然看到江云琛在看她。

她立刻警惕地扯过浴袍遮住了肚子，动作僵硬，很不自然。

"你在看什么？"

"只许州官放火？"江云琛反问了一句。

他算是以牙还牙了，毕竟刚才……在汤池里的时候她一时想岔了也在看他。

江云琛拿过自己的浴袍放到她手里："穿上，男士的比较厚。"

他突如其来的绅士行为让她有些无措："我不舒服，想回房间休息了。"

"嗯。"他看着她莫名其妙通红的双眼，自省一下，自觉没有哪里做错。

女人都这么莫名其妙？

"你腹部做过手术？"江云琛的一句话，点到了宋予最不想让人触碰的点……

"嗯……阑尾炎。"她随便找了一个理由，想搪塞过去，"走了。待会儿你和计先生说一下，麻烦了。"

失魂落魄之余，她还在想着算计。

宋予穿着江云琛给她的睡袍，怀中攥紧自己的睡袍，好像用衣服遮住腹部后，就能抹去刚才江云琛对她腹部疤痕的印象……

这种掩耳盗铃的逃避方式，宋予知道很愚蠢，但是能安慰自己。

她仓皇离开，穿过酒店繁复的长廊，走到房间外那条走廊上时加快了脚步，生怕江云琛跟上来询问她的情况。

抵触感在心里生根发芽，她埋头疾走时，旁边房间的门忽然打开，有一个人走了出来，宋予没有注意到，一下子收不住脚，手臂蹭到了对方的身体。

她走得快，撞击的力道不轻。

"对不起……"她立刻压着嗓音道歉，抬头时看到有一个年轻的女人挡在了她和一个中年女人之间，她刚才应该是撞到了那名中年女人。

"夫人，没事吧？"年轻女人关切地询问，宋予越过年轻女人的肩膀看向那名中年女人。对方穿了一件修身的黑色连衣裙，外面套着大衣，脸上还架着一副墨镜，所以看不清眉眼。中年女人朝年轻女人轻挥了挥手，嘴角带着温柔的笑，轻声说了一句"没事"。看得出她的年纪已经不小了，至少有五十岁了，但是举手投足间优雅端庄，气质上乘。

宋予感觉到中年女人也准备看向她，突然，中年女人的手机响起，中年女人侧身过去听电话了。

宋予匆匆瞥了一眼她的侧脸，总觉得她的脸部轮廓像是存在于她的记忆中一般，有些……眼熟。

一定是她看花眼了。

年轻女人走近了一些："以后走路麻烦小心一点，这是公共场所，要用眼睛走路。"

对方颐指气使的口气，颇有狗眼看人低的味道。

宋予想到了一个词：狗仗人势。

年轻女人画着浓艳的红唇，眼线快入鬓，眼底写满了"飞扬跋扈"这四个字。同刚才那名中年女人的优雅端庄比起来，年轻女人的行为举止和打扮，都显得很掉价。

看年轻女人的样子，也不像是中年女人的秘书，应该是亲属吧。

宋予知道刚才是自己没有好好走路撞了人家，也懒得多生事端，没有理会就径直走了。

"嗯？"年轻女人被搞蒙了，宋予听到身后传来一声尖锐的"没有素质"。

回到房间后，宋予纠结了将近半个小时的时间决定今晚要不要留宿。

住下，意味着她又要面对江云琛，经过刚才在汤池的肢体接触后，她觉得自己对江云琛的排斥已经到达了一个极点。她现在有了裴珩舟的朋友当底牌，已经不需要低声下气地去求江云琛了，更不需要跟他熟稔。

从酒店回南城距离不远，只需四十分钟，回去是轻而易举的。但是她若回去，意味着跟计仲秋不告而别，这样一来她在计仲秋那儿的印象分会大打折扣。

思虑再三，宋予决定等他们泡完温泉，吃饭时同计仲秋打个招呼，再今晚连夜回南城。

在等待江云琛来叫她吃饭的时间里，她拿出笔记本电脑整理资料。她要将之前准备给江云琛的宋氏财务状况资料都发给裴珩舟的朋友。

她已经决定完全舍弃江云琛了，哪怕她很清楚在风险投资领域没有人比得过江云琛的能力，但是退而求其次，裴珩舟的朋友也不错，起码不会像江云琛那么难以沟通。

以前她一直觉得用金钱可以摆平的事情千万不要消耗人情，但是这个世界上就是存在金钱和美色都无法摆平的人，比如江云琛。

她已经换好了衣服盘腿坐在沙发上，将笔记本电脑放在腿上，戴着眼镜仔细地检查文件，沙发上堆满了她随身带出来的纸质文件。

忽然，门从外面被打开，江云琛身上穿了一件干净的睡袍回来了。

宋予见状立刻上了笔记本电脑，"啪"的一声，透露着防范和警惕。

她还没有来得及收拾身边堆着的文件，江云琛已经阔步过来，俯身拾起了几张纸，草草扫视了一遍。

宋予连忙伸手去抓，却扑了个空。

"这是我的隐私。"宋予慌忙站了起来，欲去抢文件，江云琛却将文件重新放到了沙发上。

她不懂他为什么对她的东西这么感兴趣，这人的窥私欲就这么强吗？

"前几天眼巴巴地想塞宋氏的财务文件给我，现在看都看不得？"

江云琛对数字敏感，一进门看到沙发上的文件全是数字，所以来看一眼。

但是宋予觉得他这种行为未免太霸道了。

"江先生又不乐意给宋氏做风险评估，我当然不会把有关公司资金安全的文件给你看。"宋予反驳了一句。

不等江云琛回答，宋予的手机响了，是一个陌生号码，南城的。她侧过身去接听："喂。"

　　"宋小姐您好，我是裴珩舟的朋友，受白小姐所托打给您。"

　　"哦，您好。"宋予的精神立刻提了上来，"请问怎么称呼？"

　　"我姓蔡。"那边是个年轻男人的声音，"听说您不在南城，等您回来之后麻烦把您公司的财务状况相关文件给我，我需要一段时间研究一下。"

　　对方的语气听上去非常靠谱和高效，宋予心想，虽然能力可能不敌江云琛，但是人家主动又高效。

　　"不用了，我待会儿直接用电子邮箱发给您吧。把您的邮箱号码发到我的手机里，麻烦了。"

　　"好。"

　　"等我回了南城，我跟您碰面。"宋予挂断电话，心头的一块石头落地。

　　早知道当初她就去求白芨，找一下裴珩舟身边这些精英人才做风评。这样她也不会在两年后再次遇到江云琛，很多不该经历的事情也都不用经历了。

　　她正想着，身后传来江云琛揶揄的声音："找好下家了？"

　　宋予心头一怵，刚才的通话内容，她也没说什么关于风险评估的事情，但听江云琛这句话的意思，他好像猜到了她在找其他风险投资师。

第六章
你是人间炽热

　　她找别的风险投资师又如何？他又不曾答应过帮她。这么一想，宋予的脊背都挺直了几分。

　　"是啊，请不动江先生，只能退而求其次请别人了。"她还是捧了他。

　　"朝秦暮楚，当然不值得我信任。"江云琛走到一旁的柜子前，从冰箱里拿出一瓶洋酒，给自己倒了一杯，又往杯子里加了一些冰块，喝了几口。

　　宋予怎么觉得他的意思好像是她做错了一样？

　　她懒得计较，她现在学乖了，知道跟江云琛争辩的结果肯定是自己输，于是决定悄无声息地转移话题："可以吃饭了吗？"

　　"你饿的话自己去餐厅吃。"江云琛又倒了一杯酒，半靠在酒柜上，拿着酒杯的手朝门口指了指。

　　宋予眉心微蹙："你不跟计仲秋吃晚饭了吗？"

　　她记得刚才计仲秋说过，泡完温泉之后一起用餐的。

　　"我身体不舒服，取消了晚餐。"

　　宋予闻言，心里一团火瞬间被点燃了，取消晚餐的提议肯定是江云琛提出的。他明明知道她费尽心机假装他的女朋友来这里，就是为了多跟计仲秋接触，他却偏偏不给她机会！

　　她心头憋着一口气，有些恼怒地走到了酒柜面前："江云琛，你故意的是不是？"

　　宋予已经到了愤怒的临界点，感觉自己被当猴子一样要。

　　"没听明白。"江云琛放下酒杯，杯中暗黄色的液体已经被喝尽，冰块撞击着玻璃发出清脆的响声。

宋予的嘴角抽搐了一下，脸色绷不住了，眼眶也逐渐变红，长长的睫毛微颤。

"你别装蒜。"宋予连讽刺他的力气都没了。

恶人终究是恶人，哪怕披着一层好看的皮囊，哪怕过了两年，他还是坏人。

"你明明知道我需要计仲秋的帮助。"

"我提醒过你，计仲秋很聪明，小心连项目带人一起被他卖了。"他又重复了一遍之前说过的话，"在钱面前，他不会让你。"

"他让不让我是我的事，被卖了也是我的事。你既然不想帮我，那在丽思卡尔顿的时候为什么又要顺着我的意思让我假装是你的女朋友？我还以为你是真的好心，想帮我演戏。现在看来，我又被你耍了。"宋予说着恨意满满的话，眼泪却在眼眶里打转，只要她稍微眨一下眼，眼泪就会滚落下来。

江云琛被宋予的话激得有些烦躁，又伸手拿过酒杯想喝酒。但是宋予不断质问他，让他连喝酒的心情都没了。

"你看着我跟巴巴跟着你们来温泉酒店很可笑是不是？你真的以为我闲得发慌吗，还是你觉得耍我很有趣？"宋予这段时间以来承受的委屈和愤怒一瞬间爆发了，她的眼泪一时间没有忍住，顺着脸庞垂到下巴上。

她想到刚才在汤池里跟他的肢体接触，越发委屈了。她使劲憋着眼泪，抽泣着，沉默几秒之后吐出了一句话："我真后悔帮你养狗。"

江云琛原本被她不断的质问坏了心情，但是在听到最后一句话时，心情顿时被抚平，他原本紧绷着的脸庞放松了一些，薄唇有了一些弧度，带着克制，但还是让笑意逃了出来。

眼前的女人满面泪痕，像是他做足了欺负她的事情，质疑的时候态度很强硬，却在最后一句话时破了功。

"在你眼里，原来帮我养狗是让你觉得最委屈的事？"

江云琛嘴角噙着的笑让正在气头上的宋予倍感不快。

他笑什么，很好笑吗？

"是，那只大屁股柯基跟它的主人一样讨厌。"宋予咬咬牙，终于理直气壮地在江云琛面前说出了"大屁股"三个字，之前她根本不敢在他面前说。

越说，宋予的眼泪掉得越快，她心底蓄满了质问江云琛的话，还没开口就被敲门声惊住了，她本能地抬头看向门口，门已经从外面被打开。

她在慌乱中看到了计仲秋的身影，连忙转过身去，生怕被计仲秋看到她在哭，丢人不说，万一江云琛生气了，在计仲秋面前直接戳穿她怎么办？

毕竟她刚刚骂过他……

但是已经来不及了，计仲秋看到了："怎么哭了？"

宋予心里顿时凉了，他心想完了，这一次不仅跟江云琛闹掰了，计仲秋那边的项目肯定也抽不了身了。

在宋予焦急慌乱，觉得无望时，身体忽然被江云琛揽入了怀中，在她没有任何防备的情况下，她的鼻尖碰到了江云琛的胸，即使隔着睡袍，她的鼻尖还是轻而易举地感受到了江云琛身上的温度。江云琛的怀中温度很高，等宋予回过神来，她连忙推开他。

这个举动比刚才在汤池里的接触更加过分，压抑得让她喘不过气来，肺部好像随时会爆炸，到了无法呼吸的地步……

因为太难受，所以她反抗的力道不大，落入计仲秋的眼中，反倒像是小情侣的打情骂俏。

"没事，闹别扭。"江云琛醇厚的嗓音从上方传来，他滚动的喉结就在她的额头处。宋予几乎在他说话的同一秒，想到了两年前：酒店房间内灯光昏暗，帘影朦胧，她清晰地看到了他的喉结在滚动……

脑海中的画面同眼前的画面相互重叠，宋予死死地闭上了眼睛。

江云琛的怀抱滚烫，像在炙烤着她。她没有力气去推了，让她疑惑的是，江云琛在计仲秋进来时忽然抱住她，等于帮她做了掩护，但是他为什么还要帮她？明明他连给她制造一次共进晚餐的机会都不愿意。

"哈哈，小年轻之间就爱闹别扭，我跟我太太年轻的时候也喜欢闹，现在就好了。"

宋予不知道江云琛此时是什么表情，她脑中一片空白，连两年前的回忆都消失了。

江云琛俯身吻了吻她的额头："没事了，她在埋怨我病了，不能陪她去吃饭。"

宋予被额头上触碰过后奇怪的感觉吓得睁开了眼，眼前是江云琛的睡袍，她不敢抬头看江云琛。

　　如果此时计仲秋没有在这个房间里的话，她一定一个巴掌就打在江云琛的脸上了。

　　额头上传来的奇怪感觉麻痹了宋予全身的知觉，她甚至连害怕都感受不到了，心里空白一片，不知道她到底还有没有感知能力。

　　江云琛同宋予亲昵的举动落入了计仲秋的眼中，他热络了不少："既然宋小姐想去吃饭，那就跟我一起去吧。"

　　宋予心底一凛，原本被抽去的精神立刻回来了一些……

　　她好像明白了江云琛刚才说的话和那个亲密举动的意思……他好像在帮她，给她制造跟计仲秋独处的机会。

　　"我问问她。"江云琛低头看向她，宋予感觉到头顶有道目光，紧张地舔了舔嘴唇。

　　她刚才哭成那样，现在跟计仲秋一起去吃饭太难堪了，但是好不容易有机会……

　　"计先生，太太刚才泡温泉的时候觉得有些胸闷。"忽然从门口传来一道耳熟的声音。

　　宋予微微抬头看了一眼，发现是刚才她在走廊上遇到的中年妇女身边那名无礼的年轻女人。

　　这个人跟计仲秋认识？宋予迅速想了一下，难道……刚才那名中年女人，是计仲秋的太太？

　　"我马上过去。"计仲秋着急他太太，听到年轻女人的话后，声音都变了，"江先生，我有点事，先过去了，晚饭你们自便吧。"

　　计仲秋只跟江云琛说了一句话，并没有跟宋予解释，明明宋予才是要跟他一起吃饭的人。孰轻孰重，立刻分了高下。

　　江云琛颔首。宋予等计仲秋转过身去，才看向门口，那名年轻女人帮计仲秋关门时看了宋予一眼，也认出了她。

　　年轻女人眼里带着一点惊讶，但是没有看太久就出去了。

　　当门关上的下一秒，宋予立刻用尽力气想推开江云琛，哪知江云琛立刻松开了双臂，宋予扑了个空。

　　她仰头看着江云琛，脸庞涨得通红，盯着他看了好几秒都没有说话。

她停顿了一下，转身去沙发上拾起文件和笔记本电脑塞进了包里，拎着包快速走向玄关，在经过江云琛身边时却被他攥住了手臂。

"去哪儿？"

"放开！"宋予一天之内跟江云琛肢体接触了好几次，现在更加厌恶这种触碰，"放开……"

她越反抗，江云琛攥得就越紧："你在怕什么？"

他感觉到了她的异样，每一次只要他稍微碰她一下，哪怕只是普通的肢体接触，她都仿佛被电击一般想躲。

"怕流氓。"宋予胡乱找了一个理由，听起来在情理之中。

"我做过什么让你觉得我是流氓的事？"江云琛一句话问得宋予心惊肉跳。

宋予害怕跟他有身体上的接触，但更让她恐惧的，是江云琛知道当初那个女人是她……

如果他知道了，她原本就混乱不堪的生活会变得更加混浊，麻烦会接踵而至，如果他知道她还为他怀过孩子……

宋予只觉得太阳穴拼命跳动，她咬紧牙关仰头看着江云琛："没有，我跟江先生认识没多久，你怎么可能做过什么伤害我的事？请松手，我有急事回南城。"

宋予的语气极其高冷，她故意端着架子，却没有发现自己的嘴唇一直在微微颤抖，眼神也有些恍惚。

这是人撒谎时惯有的动作。

江云琛看着她的反应也不多说，宋予趁着这段时间走出了房间，关门的时候声音不轻。

房内，江云琛拿出手机拨通了卓决的号码。

这个点股市已经收盘，一天的工作结束，卓决正准备下班："喂，你人呢？一起吃晚饭吧，我请客。吃完就赶紧把你的狗从我家带走。"

卓决已经帮江云琛养了一周的狗了，在他还没崩溃之前，他希望江云琛能行行好可怜可怜他。

"我不在南城。"

"那你在哪儿？"卓决心想这人动作够快啊，去了其他地方也不跟他说。

江云琛并没有回答他的问题，而是开门见山地说："之前你说过，宋予曾经怀孕六个月引产，怎么回事？"

　　卓决以为自己听岔了，反应了片刻之后才缓过神来："宋予？你问这个干吗？"

　　"问问。"这样的回答不是江云琛的风格。为了答案，他对卓决的态度好了一些。

　　"我也只是听说，怎么知道宋予的事情？"卓决一吐为快后想了想，发现有些不对劲，"你是不是想泡人家，先打听一下人家的情史？"

　　回答他的是一阵沉默。

　　卓决立刻噤声，每次江云琛不说话他都会觉得浑身发冷，这家伙不开玩笑的时候是真的可怕。

　　"你等我，我帮你去打听一下，圈子里应该不少人知道这事。"

　　"嗯。"

　　江云琛挂断电话后又走向了酒柜，他今天尤其烦躁，被宋予搅乱了思绪。

　　几分钟后卓决打了电话过来。

　　"喂，打听到了，不过我也不知道是否属实。"

　　"嗯。"

　　"听说宋予两年前和一个男人发生了关系，事后她怀孕，还因此得了孕期抑郁症。南城圈子里都在传她是被强迫的，一开始宋家人不知道她怀孕，也不知道宋予存了什么心思竟然要把孩子生下来，等肚子大了藏不住时才被宋家人发现。之后你就知道了，六个月引产，挺惨的。"

　　"时间可以确定？"

　　"你说两年前那个时间？可以，大家都知道的事。而且应该是春天出的事，引产的时候据说是寒冬。"

　　"嗯。"江云琛挂断电话，卓决根本没有反应过来。

　　江云琛又拨了秘书的号码："整理好两年前春夏我的所有行程，明天中午之前发给我。"

　　南城宋家别墅，早七点。

　　宋予昨晚连夜叫了车回南城，回家后大概是因为疲惫合眼就睡着了，一整夜都在梦魇里度过。

她梦见自己回到了怀孕五个月时，她的体质很显怀，五个月时肚子就已经藏不住了。梦里，宋安一个巴掌甩在了她的脸上，这一幕和现实中一模一样，一巴掌打得更是清晰又精准。

宋安怒骂她心怀鬼胎，骂她心机深重，然而她只想留下孩子……

梦又转到了她引产后，不断地质问宋安和徐媛，问他们是不是把孩子藏起来或者送走了，她心底怀着一点点侥幸，但是现实冷漠无情。

医生告诉她，那么小的孩子，哪怕是在保温箱里，存活的概率也很小，更何况是非正常情况下出生后，又没有人要留下的孩子……

连番噩梦，宋予醒来时浑身湿透了，头发黏在额头上挡住了她的视线，她是被闹钟吵醒的。

今天一审开庭，她必须起来。

宋予赤脚去了洗手间洗漱，洗完脸后清醒了一些，但思绪仍旧停留在梦里。

她烦躁地擦了擦脸，走到卧室的床头柜前，打开抽屉拿出了一本相册。

这本相册是她怀孕五个月时照的，腹部已经明显地凸起了，医生都说她显怀，像怀了双胞胎。

在孩子三个月时宋予就已经下定决心留下他，她每天都会写孕期日记，五个月时去拍了孕期写真。她每天盼着孩子早日到来，却没有等到……

宋予看着写真上的自己，一时间心绪难平，心里难受极了，好像有刀片在一刀刀剜她的心。

"宋总。"忽然，门被敲响，是萧瀚来宋家接她了，"您好了吗？时间比较紧，待会儿律师还有事情要交代您。"

宋予立刻起身："好了。"

她将相册随手放到床头柜上，时间紧迫，她没有多想。这是她的房间，平时不会有人进来，就连保姆来打扫卫生也必须经过她的允许。

车内。

律师一一交代着开庭后宋予需要注意的事项。宋予认真听着，她不想这场官司输，哪怕她不需要坐牢，也不希望自己再背这个骂名。

这段时间她体会到了一人一口口水可以把人淹死的感觉。

律师交代完毕后，萧瀚提醒宋予："宋总，今晚车家晚宴，没忘吧？"

"哦，车蕊，差点忘了。"宋予这两天过得浑浑噩噩的，哪里还记得这些无关紧要的人。

萧瀚苦笑："幸好提醒了一句，不然忘了，车家那边不好交代。"

"车家又不是专门宴请我，哪怕我不去也没什么不好交代的。"宋予淡淡地说道，她就不信车蕊想见到她。

一审持续了一个多小时，宋予的证词不多，都是双方律师侃侃而谈。法庭上，徐媛的娘家人和宋知洺一起坐在原告席上，让她想起了一个词：狼狈为奸。

法官中途休庭，徐媛的娘家人直接冲到了宋予面前，拽住她的衣领狠狠质问她。

宋予全程一动未动，直到法庭里的安保人员将动手的人控制住了，她才伸手掸了掸身上的灰尘。自始至终她没有说一句话，只是直直地盯着徐家人。

她问心无愧，不需要用言语来证明自己。

"宋予！你这个刽子手！是你杀了我女儿！你会有报应的，会有的……"徐媛的母亲刚才在法庭上就已经泣不成声，好像她多哭几下宋予身上的罪证就会多几条一样。现在休庭时更是动手动脚，被保安拦住之后还是对着宋予怒骂，"对……你的报应已经有了，你害死了我女儿，自己的孩子也保不住，哈哈哈……"

徐媛的母亲像是疯了一般，原本她吵闹的声音并没让宋予觉得怎么样，但是在听到后半句话时，宋予笔挺的脊背顿时僵住。

宋予不知道自己是怎么坚持站在那儿的，她最大的软肋被人戳中，除了觉得浑身冰凉之外，别无他感……

萧瀚从旁听席上过来，走到宋予旁边扶住了她的手臂："宋总，当她的话是放屁。"

萧瀚是文雅人，是宋予回到南城后请的第一个特助，办事妥帖合宋予心意，她从来没有从他口中听到过难听的话。

这还是她头一次听到。

"我没事。"宋予红着眼眶，咬着牙。

她有事，已经心乱如麻，如同有千万只蚂蚁在她身上四处游走。

南城大多数人知道她的事，因为是丑闻，所以传得快、传得广。经徐媛这么一折腾，怕是她这件事又要被翻出来了……她又要经历一次这样的痛苦。

庭审很快又开始了，宋予一直魂不守舍，幸好法官也没有多问她。

一审的结果是没有充足的证据证明宋予是罪犯，宋予暂时在法律上洗脱了罪名。但是在众人眼里，一审的判决并不能证明什么，宋予仍旧是杀害继母一家的罪犯。

言论向来是一边倒的，比如在她身上……

走出法院时，律师一身轻松地走在宋予旁边："宋总，这次开庭很成功。不过原告肯定会继续上诉，要做好打持久战的准备。"

宋予颔首："明白，我会做好准备。辛苦了。"

律师笑了笑："没事，刚才原告冲上来抓您的时候，您做得很好。冷静永远是重要的，尤其是在法庭上。"

宋予扯了扯嘴角，只有她自己知道她不是冷静，而是痛苦到了极点，不想说话又不想动弹……

律师离开后，萧瀚叹了一口气："刚才宋知洺那家伙，全程没有说话，他的眼神好像志在必得。"

"不用管他，我把宋氏捏在手里，他就不会有好过的一天。"宋予的语气清冷，她看了一眼手表，"车家晚宴是几点？"

"六点。"

"我先回家睡一会儿。五点来接我。"

宋予一觉睡到五点多，她开的闹钟响了她又关掉，又是反反复复做梦，因为睡得不好，所以更想继续睡。

她是被萧瀚的敲门声吵醒的，醒来的时候她蓬头垢面，仍是一身冷汗。

"宋总，车家晚宴六点开始，比较赶了。"萧瀚站在门口没有进来，这是宋予的房间，没有允许他不会进去。

宋予也没有要让他进来的意思，她隐私感很重："知道了，我去换衣服。"

萧瀚"嗯"了一声，顺手带上门。

宋予走到与房间相通的衣帽间里，翻了一下裙子，选了一件Dior（迪奥）的暗红色修身礼服，胸前点缀以菱形的精致亮片，亮片的设计丝毫没有低俗感，反倒是宋予的气质将这件衣服衬得高级感十足。宽肩带的设计，让脖子上显得有些空，她随手拿了一根同品牌的黑色Chocker（紧贴脖颈的项链）戴上，让过肩长发随意地散着，化了淡妆。

今天是去见车蕊，当年在海德堡大学时的死对头，即使作为宾客不能太出挑，她也不会让车蕊压她一筹。

她戴上耳环之后拿过手包匆匆出了门，车子行驶到车家别墅时已经六点多了。

宋予迟到了，她下车进门时，喧闹的人群都已经落座。

车家是书香门第，自然不喜欢西方人那一套自助式的晚宴形式，今天是中式晚宴，凡是到访宾客都按照位置落座。晚宴设在车家别墅的庭院里面，粗略看一眼有三十几桌人。

如此一来，迟到的人就显得分外尴尬……

宋予挺直了脊背按照管家指引的位置走了过去，她的位置恰好在最前面，她需要穿过所有人的目光走过去。

大概习惯了异样的眼光，她走过去时心底没有半分不安，只听到不少人在议论她。

今天早上她刚刚庭审结束，被人议论也正常。

她找到自己的位子落座，看到同桌的都是以前在海德堡大学的校友，有几个甚至是她同一个科室的同学。

但是所有人看到她的第一反应都是躲开她的目光，没有人愿意同她说话。

宋予知道，他们不理会她不是因为她现在是嫌疑犯，而是因为在海德堡的时候她跟车蕊曾经闹得很难看，这些都是车蕊的朋友，当年就没少在她背后插刀。

宋予觉得，车蕊是故意请她来的，又故意把她安排在这一桌。

她没说话，拿起水杯喝了一口水。

宾客们都已经动箸了，宋予兴致缺缺地吃了几口菜，忽然一道身影坐在了她的斜对面。

由于是圆桌，一桌子的人谁看谁都很近，宋予抬头，看到了笑容满面的车蕊。

"味道还好吗？这是新请的厨师做的菜，我爷爷喜欢粤菜，做的都是粤式口味的，不知道合不合你们的胃口。"车蕊笑着问道，声音同以往一样温和，带着一点高高在上的骄傲。

宋予仔细打量了一下车蕊，依旧是一等一的美人。

车蕊的长相很大气，五官极其分明，同流行的小脸大眼的网红不同，她的五官立体又分明，尤其是一双大眼睛，没有化眼妆就明亮清透。她还是和以前一样留着及肩的头发，清爽干净，穿了一身极其普通的深蓝色连衣裙，外面穿着外套。

她跟桌上几个人攀谈了几句，抬头看见宋予在盯着她时，对宋予笑了笑："我还以为你不会来。"

"车家大小姐的归国宴，不敢不来。"宋予一句大实话摆在桌上，让不少人觉得有些尴尬。

人人都知道现在宋氏内部风雨飘摇，宋予目前正是需要多跟南城的大家族疏通关系的时候。

车蕊喝了一口水，含笑道："当初如果不是你早早回国了，我也不会念书念到现在才回来，谢谢啊。"

车蕊一句"谢谢"差点把宋予气得吐血……

在座的几个校友都知道，当初宋予因为紧急情况回国，所以才放弃了那个实验室名额，让车蕊捡了便宜。

现在车蕊还一副了便宜又卖乖的样子，让宋予真是无语。

"不谢，虽然古人说女子无才便是德，但是像车小姐这样，书香门第出来的子女，还是多读点书好。不像我，家里都是从商的，一身铜臭味，还是早早出来赚钱比较好。"

宋予阴阳怪气地扔了一句话，让车蕊的脸有些挂不住。

不少人知道车家虽然是书香门第，但是早年车蕊的爷爷也是靠下海经商发家的，而车蕊经常在人前装清高，自恃是书香门第出来的子女，宋予这话是在讽刺她。

车蕊没有再搭话，场面一度很尴尬。

人心果然是不会变的，哪怕是过了几年，车蕊也还是那个车蕊。在车蕊眼里，宋予大概也还是那个从不饶人的宋予。

这时，车家老爷子在保姆的搀扶下走了过来，车蕊起身跟她爷爷说了几句话，宋予别过头去，看到满天红霞。

车家这场晚宴其实举办得挺有味道的，车家的庭院是中式花园，各种假山琳琅满目，鱼塘锦鲤翻腾，晚宴在日落时分开始，天边是落日余晖，恰好今天又不怎么冷，整个庭院都被晚霞映照得暖融融的。

宋予正在欣赏之际，听到了一个名字从车蕊口中说出。

"江云琛？"

宋予最近对这个名字过分敏感，闻言心头一惊，目光不自觉地回到了车蕊身上。

"江家那位？"车蕊的声音不低，但是周围人都在热聊，无暇去听她说话，只有宋予听到了。

她觉得自己最近过于敏感了，尤其是对江云琛。

"嗯。他的爷爷江儒声跟我是老战友，上次我跟你说过的。"

"哦，我以为他不会来。"

从宋予这个角度看过去，车蕊眼里含笑，好像很期待的样子。

宋予心里忽然冒出了几个字：招蜂引蝶……

贸然冒出来的四个字，让她自己都觉得吃惊。

第七章
万世浮沉

江云琛是不是招蜂引蝶跟她没有半点关系，但是宋予就是想到了。在她从车蕊嘴里听到"江云琛"三个字时就已经闻到联姻的味道了。

这个圈子里就是如此，家族联姻太普遍了，门当户对的适龄人，仿佛只需要是男人和女人就可以被家人凑一对。大多是为了利益，没有任何情爱可言。

从刚才车蕊期待的眼神来看，她应该对江云琛挺感兴趣的。想不到啊，这么清高的车家千金，竟然会接受家族联姻？

宋予在心里嗤笑，大概车蕊是听闻江云琛的相貌，动了凡心吧？

到头来，不过都是俗人。

车蕊跟她爷爷说了几句话之后就一起离开了，难不成江云琛真的会来？

江云琛跟江儒声势同水火，他会跟江儒声的战友的孙女联姻？且不说这不合乎常理，以江云琛的脾气，应该会直接不理会吧？

宋予思忖着，拿着筷子的手都有些迟钝了，脑中都是关于江云琛的问题，她将这种思想归咎于这几天天天梦到孩子和江云琛……

梦里是噩梦，现实中也跟噩梦一般。

思虑间，宋予听到车老爷子的声音在身后响起，她脊背一紧，下意识地想回过头，忽然想到在A市时跟江云琛的过节，连忙克制住了自己的举动。

"老江，哈哈哈哈哈，我们有两年没见了吧？你的小孙子都这么大了！"车老爷子很高兴的样子。

宋予低头喝水，当作没有听见。

"爷爷好！"江云扬的声音对宋予来说不陌生，她发现江云扬这孩子最好的地方就是喜欢叫人。

"哎你好你好。"车老爷子的笑声传来，"你叫云扬对不对？"

"是的，这是我哥，云琛。"江云扬没大没小的样子，江云琛推了他一下。

"哥你干吗推我？"

车老爷子看向江云琛，宋予单手捂住耳朵，并不想听到关于江云琛的任何话，所以选择主动屏蔽……

接下来她不知道那边说了什么，只是觉得奇怪，以江云琛的性格，竟然愿意赴这样的宴席。而且还是同江老爷子和江云扬一起来的，她总觉得江云琛另有想法。

大约过了一个小时，晚宴的气氛彻底起来了，觥筹交错之间，到处都是沸沸扬扬的喧闹声。中式庭院的灯都亮了起来，由于冬季天气较冷，许多宾客已经进了车家客厅去靠着壁炉烤火聊天。

宋予也有些吃不消了，拢了拢连衣裙外面的大衣走进了客厅。

客厅里大多是不喝酒的女眷，她都不认识，所以走到一旁拿了一小碟水果，靠在壁炉旁吃了起来。

她打算再耗一会儿，等有人走了她就离开，免得待的时间太久，撞见江云琛。

她再也不想跟他有半点瓜葛了。

然而当她在吃凤梨时，大衣一角忽然被人扯了扯。

"嫂子，你也在这儿啊？"

宋予先是被衣角的动静吓了一跳，听到声音，一低头，就看到了江云扬惊喜的眼神。

她的第一反应就是先环视一周，看到周围没有江云琛的身影之后，她才略微放松了。

"嗯，你哥呢？"她小声问道。

"好像在和车姐姐聊天。"

车姐姐……宋予听到这几个字心里就不舒服，果然，江家和车家就是冲着联姻来的。

宋予微微扯了扯嘴角，溢出一点讽刺的笑。

"嫂子你不生气吗？"江云扬看着宋予好像在笑，没忍住问了一句，但是他又不想让宋予觉得他太八卦，所以又添了一句，"我在来的路上听到我爷爷跟我哥说，希望他跟车姐姐好好相处呢。"

"我为什么要生气？"宋予反问了一句，说出口才发现自己在跟一个小屁孩解释，好像显得自己心虚……

不生气吗？宋予觉得心头蹿起了一把火，灼烧着，蔓延着，不舒服极了。

她觉得，如果江云琛跟别的女人联姻，她是不会有任何感觉的，毕竟他们也只有一夜的关系。但那个人是车蕊，她就觉得自己输了，毕竟在海德堡大学时，她跟车蕊什么都要争。

而且江云扬说江云琛此时正在跟车蕊聊天，他难道不排斥她？

明知道是家族联姻，明知道车蕊心怀鬼胎，他还不排斥她？

那为什么自己跟江云琛第一次见面时，他就一直是讽刺的表情、揶揄的口吻、排斥的举动？

是她比不上车蕊，还是她入不了他的眼？

宋予内心戏十足，瞬间自导自演了一场大戏……但她面上仍旧风平浪静，静静吃着水果，看着江云扬。

"你哥跟那位车姐姐，聊什么了？"她都没有意识到自己竟然在套小孩子的话。

江云扬的眼睛盯着宋予手中的水果："嫂子，我可以吃一口凤梨吗？"

宋予将一碟水果都递给了他："吃吧，说说。"

江云扬点了点头："我听到车姐姐说她是血液科的专家，好像专门治我哥的病。巧吧？"

车蕊的专业是血液科没错，难道，江云琛得的是血液病……

宋予心惊："然后呢？"

"车姐姐问我哥什么时候有空可以去她的医院，她帮他看一下病情。"江云扬说得很认真。

醉翁之意不在酒，车蕊勾人的方法还是和以前一样啊。

"然后呢？"

"然后……没有然后了。"江云扬摇了摇头，茫然地看着宋予。

宋予顿时觉得，她的凤梨白给了……她俯身，耐心地对江云扬说道："不要告诉你哥，你在这里碰见了我。嗯？"

"为什么，你难道想让我哥被车姐姐抢走？"

小屁孩一定是电视剧看多了……

"我跟你哥不是那种关系，懂吗？而且我们吵架了，要是遇到了会更加尴尬。"

"哦，我懂了，你们是吵架后分手了。"

宋予觉得自己有点无法跟"05 后"沟通……

江云扬见宋予不回答他问题，也没有追问宋予，而是拿着小碟子离开了，走了几步之后又折了回来。

宋予不理解这孩子想干什么，江云扬仰头看着宋予："嫂子，我替你去打探一下军情，不能白吃了你的凤梨。"

宋予很想笑，但是忍住了，既然江云扬这么热情主动，她也就却之不恭了。

"哦。"她淡淡回了一句，看到江云扬已经屁颠屁颠地走了。

宋予又等了几分钟，仍旧没有见到有任何人离开。所有人都在，她要是这个时候离开就是第一个走的人，有时候枪打出头鸟，做第一并不是什么好事。

万一车家怪罪她走之后人都走了，默默记恨就不好了。

于是她准备继续在这儿站一会儿，一方面这里都是女眷，不容易撞见江云琛，另一方面，她心底有那么一点点期待，在等着江云扬回来给她"汇报"消息……

宋予又站了一会儿，穿着细高跟的小腿已经有些酸胀了，手机忽然响了，是白芨打过来的。

她立刻接听了。

"予予，裴珩舟有没有找你？"白芨的语气听上去不是很好。

宋予微微拧眉："没有，怎么了？"

"裴珩舟那个不靠谱的朋友，竟然告诉了裴珩舟我请他帮你。刚才裴珩舟的现女友给我来电话了，质问我为什么分手了还要骚扰他。"

"裴珩舟那个现女友，就是上次我见过的流里流气的那个？"宋予冷笑，真是林子大了什么鸟都有。

裴珩舟和白芨在学生时代是所有人眼中的金童玉女，从恋爱走到工作后，人人都以为他们会走进婚姻的殿堂，谁知道去年裴珩舟忽然提出分手，因为出现了第三者。

白芨主动退出，从此和裴珩舟老死不相往来。

"对。"白芨好像在擤鼻涕，"裴珩舟之后可能会联系你。"

"他联系我干什么？"宋予苦笑，"你跟他都分手了，他难道不是应该跟我也老死不相往来吗？"

"他的性格我了解，他应该会觉得有愧于我，我最好的朋友遇到困难，他肯定想帮帮你，以此来弥补我。"

白芨已经带着一点哭腔了。

宋予苦笑："你的意思是，裴珩舟要亲自帮我做风险评估？"

"八九不离十。"白芨太了解裴珩舟了，彼此在岁月里厮磨了这么多年，对对方的心性都已经了然，"这样也好，本来他欠我的就多，帮一下我最好的朋友怎么了？"

"那是最好了，裴珩舟虽然人不怎么样，专业能力还是很强的，应该不会比江云琛差。"宋予觉得有些对不起白芨，但是白芨不介意，她自然也不会介意。

裴珩舟的能力肯定比他的朋友强，也是很多商人重金踏破门槛都求不到的金融师。

话落，宋予还没有听清白芨说什么，忽然听到身后传来江云扬的声音："嫂子，我把我哥给你带过来了！"

江云扬的话将宋予吓了一跳，她还没有来得及挂断白芨的电话就转过身，看到江云琛一脸淡漠地站在她面前时，她的大脑像有一道白光闪过，思绪全无。

而江云扬则像一个邀功的小孩一样，仰头看着宋予笑着说道："我让我哥别跟车姐姐聊天了，因为嫂子你会不高兴。"

宋予很想扶额，她就不应该相信一个小屁孩，她竟然还抱着一点希望，奢望江云扬能给她带来一点消息……她大概是疯了。

宋予不知道该说什么，江云琛倒是替她说了："去找你爷爷。"

江云扬"哦"了一声，很识趣地离开了，江云扬一离开宋予轻松了不少，她就怕江云扬在江云琛面前乱说话。

她一晚上都在躲江云琛，没想到最后是自己作妖把他引到了面前……

现在躲也躲不开了，她干脆捋了一下头发，局促地转了一下眼珠，看到江云琛的脸色一如既往地冷淡，好像谁欠了他几百万似的。

"巧。"她不知道说什么，只能冷淡地打个招呼。

"巧。"江云琛的回答也索然无味。

宋予正觉得他们可以就这样结束对话时，江云琛却稍微走近了一点。

她下意识地后退，后背猛地撞上了身后的壁炉，壁炉内柴木燃烧散发出的热气冲击到她背后。

"嘶……"

"被迫害妄想症？"江云琛伸手将她往他面前拉了一下。

宋予抬头，对上江云琛如墨一般的眸子："男女之间保持安全的距离，是礼貌。"

此时侍者端着托盘过来，江云琛顺手拿了一杯香槟。宋予心想，他得的是血液病，必定不轻，还这么放肆地抽烟喝酒，早晚会出事……

但她也不会去阻止他，毕竟他跟她毫无干系。

江云琛不理会她的说辞，喝了香槟，开口时带着一点点酒气，但是不冲人，让宋予觉得不是那么抗拒。

"既然怕我，为什么让江云扬来找我？"江云琛的话里，比刚才多了一点戏谑的味道。

宋予觉得有一种江云琛挖了个坑准备让她跳进去的感觉。

她冷笑："我什么时候让江云扬去找你了，小孩子的话你都信？"

"信。"江云琛笃定，"为什么不喜欢我跟车蕊说话？"

宋予一时之间陷入了窘迫的境地，她再一次被江云琛推到了角落里。

她的脖颈渐渐染红，皮肤上微微的烫意让她想躲避江云琛的眼神。但是她的眼神每挪开一寸，江云琛好像看她又深了一分。

"又是江云扬瞎说的？"宋予厚着脸皮问，将罪责都推到了江云扬身上，"你什么时候这么信你弟弟了？"

虽然挑拨人家兄弟关系并非君子所为，但是宋予也是无可奈何。

江云琛也不多说舌，紧抿着薄唇看着她，一副"若要人不知除非己莫为"的表情，让宋予更加不知所措。

做金融的大多是人精，揣测人心是再简单不过了，宋予刚踏入这个门槛，修为自然没有江云琛高。

宋予觉得自己被看穿了。既然被看穿，她就破罐子破摔，顺着他的话来。她舔了舔干涩的嘴唇："因为我不喜欢车蕊，我跟她有不少过节。"

"你也不喜欢我。"江云琛笃定地说道。

呵，他还真是有自知之明……

宋予扯了扯嘴角，也不反驳："江先生何必妄自菲薄？"

"既然是两个你不喜欢的人在一起说话，你有什么好不乐意的？"江云琛的逻辑思维能力比宋予要强悍得多，一句话又把她绕进去了，让她不知道该怎么回答。

"我还有事……"她又选择了逃避，这几日的梦让她变得越来越害怕见到他。

话音未落，车蕊的声音忽然从前方传来，打断了宋予的话。

"江先生，怎么走了？"

车蕊面带笑意，端庄优雅，没有任何讨好亲近之意，端着大家闺秀的架子，却让人觉得很和善："宋予？"

车蕊看到宋予时古怪的脸色被宋予捕捉到了，宋予意识到了什么，止住了脚步。

"云琛，你们也认识？"宋予立刻变了脸色。

女人面对自己钟意的异性跟别的女人亲近时，哪怕不吃醋，也会觉得心里不舒服。既然车家有意跟江家联姻，那车蕊必然也会有这样的心理……

车蕊眼神复杂地看了江云琛一眼，又看了宋予一眼，讪笑道："你也认识江先生？"

"认识很久了。"宋予脱口而出。为了压车蕊一头，她并没有意识到自己的话有任何不恰当的地方。

"这样。"车蕊点头，"那在我家的家宴上遇到，也挺巧。"

江云琛看着宋予满脸别扭的样子，知道她在盘算什么，走近了宋予，手随意地搭在她纤细的腰肢上。

室内暖气开得很足，宋予已经将大衣脱下，只穿了一件修身的连衣裙，所以她能清晰地感觉到腰上的触感。她僵着身体不敢动，紧紧咬着牙关。

宋予觉得江云琛应该是在帮她，虽然她不明白他为什么要帮她。之前是在计仲秋面前，现在又是在车蕊面前……

但她还是将计就计，不能白白被占了便宜。

她咬咬牙含笑对车蕊道："不巧啊，云琛是来接我的。知道我在，他才来的。"

宋予这一次算是彻底把江云琛拖下水了，看他刚才的反应，应该也不像会为了这件事情生气的样子。只是这样一来，估计联姻就凉了……

宋予的话音刚落，车蕊的脸色就变得很古怪。

宋予知道在没有经过江云琛的同意的情况下这么说，会显得自己脸皮很厚，但是她已经不介意江云琛怎么看待她了，在他面前厚脸皮又不是一次两次了。

"不是跟江爷爷一起过来的吗？还有江弟弟。"车蕊拼命给自己找台阶下，面部的肌肉都有些僵硬了。她的双眼原本就很大，此时瞪得有些大，却又含笑看着江云琛，神奇极其古怪。

宋予闻到了江云琛身上的烟草味道，彼此靠得这么近，他身上的味道能传递到她的鼻端，烟草味有些冲，一点点刺激着她鼻子上的神经。

他一定是刚刚抽过烟，身上的烟味才会这么重。不要命……

宋予是医生，尤其惜命。

她的余光瞥见了江云琛滚动的喉结，他的喉结长得很性感，嗓音也很有磁性。

"我同汇家不熟。"江云琛异常冷漠地撇开了同江儒声的关系，直接表明了他不是跟汇家一老一小来的。

这让车蕊给自己造好的台阶，瞬间崩塌了……

江云琛倒是一点都不怜香惜玉，也不给他这位相亲对象一点面子。

这么一想，宋予心里顿时平衡了不少，他不是只给她一个人臭脸看……

"蕊蕊，这里！"此时，恰好有人喊车蕊，她歉然地看向江云琛。

"江先生，那边有朋友叫我，要先失陪一下了，有什么事情可以随时找我。"

"嗯。"江云琛回答得很敷衍。

宋予见车蕊走了，心底没有半分高兴。她知道两家既然有联姻的意思，那么车蕊跟江云琛肯定不止今晚有交集，日后还会有更多的碰面机会。今晚车蕊是主人，无暇顾及江云琛，等过了今晚，以车蕊的性子，要是她真的钟意江云琛，肯定会有所行动。

一想到这里，宋予顿时有一种白菜要被猪拱了的感觉……

虽然这个比喻有失大雅，但这是宋予最直观的感受。

"把我拖下水，一句话都不打算说？"忽然，江云琛开口，将宋予的思绪拉了回来。

她惊了一下，仰头看向江云琛。

"谢了。"

"就一句谢谢？"江云琛并不知足。

"还想怎样？"

宋予看到已经有女眷拿了包，穿上大衣准备离开，也有些按捺不住了，她不想在这里跟江云琛浪费时间。

但是江云琛好像没有要让她离开的意思："江、车两家的联姻可能因你而毁，不打算负责？"

他微微俯身，烟草味越发冲鼻，在两人之间显得尤为浓郁。

"可笑了，明明是江先生先吃我的豆腐，所以我才将计就计的。江先生既然喜欢车蕊，那去追好了，追得回来的，我看车小姐挺喜欢你的。"

江云琛不说话，从西装口袋里拿出烟盒，抽出一支烟，准备点燃时却又停在了半空中。蓦地，他将眼神从烟上挪开，重新看向宋予："刚才在车蕊面前，你说跟我认识很久了？"

宋予心头一跳，张了张嘴，讷讷地说："我诓她的。"

"宋予，我们第一次见面是什么时候？"他忽然变得咄咄逼人起来。

"悦榕庄酒店，两个月前。"她故作镇定。

"我喜欢说实话的人。"

宋予心虚的感觉不安分地蹿了出来，让她觉得除了脑袋之外都是轻飘飘的。面对质问，她的脑袋像是灌了铅一样，迟钝，沉重，她吐不出一个字来。

江云琛为什么忽然这么问她，是不是他察觉到了什么？！

她自认为没有出任何纰漏，而且当年的事情那么隐秘，他怎么可能会忽然想起来？

无数种想法像快闪镜头一样在宋予脑中闪过，她的表情看上去极其古怪。

"想好怎么回答我了？"

江云琛又看穿了她，知道她在找搪塞他的话。

宋予似乎能清晰地听见自己心底传来的"咯噔"声。

"我第一次见江先生，就是两个月前在悦榕庄酒店。或许江先生之前偶然见过我？"宋予故作镇定地说。

她没敢看江云琛，而是低头开始翻找手包里的东西。但是手包太小，一下子就能翻找完毕，她这个举动并不适合转移自己的视线，反而显得她特别刻意。

两年里，她第一次感觉到这件事情失控了……张皇失措的感觉让她不知道该怎么应对。

江云琛的气场越来越让人觉得压抑，他没有点烟，但是他身上的烟草味仍旧很重，还混杂着他身上清冽的味道，本是让女人心跳都能乱了的成熟男人味，却让宋予紧张得快要哭了。

"宋予，你觉得我很好骗？"江云琛压低了声线，声音越发醇厚。他俯下身来说话，宋予都能清晰地看到他说话时喉结滚动，以及空气中残留的余音。

她仍旧盯着手包，然而里面只有一支口红和一把车钥匙，以及一部手机。

忽然，一只宽厚的手掌将她手中的手包夺过去，力道不算轻。

"你干什么？"她条件反射地抬头，对上江云琛的双眼，才想起自己酸涩的双眼应该已经泛红了。

江云琛忽然紧紧扣住了她的手臂，将她带进一旁的房间内。

宋予根本没有反应的时间，就被强行拽入了房间内，房间里一片漆黑，没有一点灯光。

人一旦陷入完全密闭的空间，又看不清眼前的场景时，恐惧感会覆盖所有感觉。

她听到了关门和反锁门的声音，惶恐地低斥："江云琛！这是车家！"

"所以？"江云琛的声音在密不透风的房间里面显得尤为低沉，尾音还带着一点性感。

这里寂静得宋予都能听到自己心跳的声音……

"你别乱来……"她吞了一口唾沫，顿觉"人为刀俎我为鱼肉"。

这里太黑了，宋予看不清江云琛的脸，但是她能感觉到温热的气息夹带着烟草味迎面而来，他在靠近……

"宋予，说实话。"江云琛在告诉她，她还有最后一次机会。

宋予怎么会听不明白？她攥紧手心，僵硬地开口说："江先生是觉得我们第一次见面不愉快？还是听旁人说了什么闲言碎语，我不明白……唔！"

宋予装腔作势的话还没说完，她的红唇就被温热的薄唇紧紧封住。

江云琛的吻来势汹汹又极其霸道，像是一个疯狂掠夺城市的将军，所到之处，一片狼藉。

宋予的大脑出现了几秒钟的短路，等她清醒过来时他早已将主动权紧紧攥在了手中。

他轻易撬开她的城池，轻咬着她的红唇，唇上传来细细密密的酥麻感让她有些失控。

宋予拼命抵抗江云琛的侵略，但是愤怒的抗拒声从唇齿间溢出，化成了低声嘤咛，声音落入他耳中，撩拨着他的神经。

宋予的手在空中乱挥了几秒后，攥到了江云琛的手臂，她不管不顾地用力拧了一把，但是江云琛没有半点要松开她的意思。

这个吻霸道强势又持续极久，力量之大让宋予都没有了反抗的力气。

江云琛单手覆上了宋予细软的腰，手已经探到了她背后的拉链。

"刺啦"一声，拉链被拉到底部，直达腰背的最下端……

宋予脑中的警钟瞬间被敲响，她立刻紧张起来，背部凉飕飕的，她反抗的幅度比刚才大了一些。

接吻时，人会处于眩晕的状态，尤其是对方吻技极好。所以哪怕宋予头脑很清醒，也很愤怒，可还是有些意乱情迷。她手上的动作幅度虽然加大了，但如蝼蚁推巨石……

宋予心底积蓄的难受太多，眼泪不争气地掉了下来，委屈和害怕占据了绝大部分，就当她觉得嘴唇都要红肿，情绪快要崩溃时，江云琛忽然松开了她……

他的薄唇离开了她的嘴唇，他俯身到了她耳畔，湿热的气息扑在她的耳郭上，让她缩了缩脖子。

"悦榕庄那一晚，你看我的眼神分明是在看故人。"江云琛的语气笃定到让她心慌。

他真的是狐狸，连这样的细枝末节都记得清楚。

她身体微颤，不信他会知道两年前那一晚的事情。不可能……那一晚他都醉成那样了，怎么可能记得？

"因为我觉得江先生很像一个明星。"她的理由蹩脚又拙劣，但已经是她此时唯一能想出来的借口。

他根本不理会她的说辞，眼神落在她姣好的背部曲线上……

她的皮肤白皙细腻，脊背上也没有半分瑕疵，背部拉链被拉开，眼前的场景旖旎又反情。

"你以为我看不出来你怕我？"

"江先生的所作所为难道不值得我怕吗？比如现在。"她真是怕到了极点，"今晚江先生的行为，我可以报警。"

"寻常男女睡一晚，都可以报警的话，两年前我是不是也可以报警？"江云琛在她耳畔低低地说着，声音越发厚重，他的短发蹭到她的右侧脸颊，酥麻感让她完全不敢动。

"轰隆"一声，宋予觉得自己的世界瞬间崩塌……

她张了张嘴，酝酿了几秒后硬生生挤出了几个字："你在说什么……"

在宋予的记忆中，在医院看到宋安冰冷的尸体时都不曾有的恐惧感，只有三次。

一次是年幼时母亲在雨夜里负气离开，一次是两年前她在江云琛的床上，最后一次，是现在……

两次都和江云琛有关。

宋予的手无力地垂在身侧，思绪像是海藻一样将她紧紧裹住，连呼吸的缝隙都不留给她。窒息感、恐惧感，让她无措到掉泪。

"我听不懂……江云琛，你这是性骚扰。"

宋予的牙都快被她咬碎了，眼泪顺着她的脸颊淌下去，积蓄在下巴上形成水滴，摇摇欲坠。

"听不懂？"江云琛的嗓音里带了一丝欲望，"那我让你记起来。"

江云琛的手再一次覆盖上了宋予僵硬冰冷的腰肢，她浑身都哆嗦了，因为紧张踮起了脚。

他再一次俯身过来，意图吻上她已经肿胀的红唇，她立刻别过头去，他的吻落在了她白皙无瑕的脸颊上。

这种奇怪的触感让宋予想呕吐，她脸上的厌恶很明显。

江云琛没有急着再吻她，而是将笔挺鼻尖抵在了她小巧的鼻上……气氛极其狎昵，两人的呼吸都是湿热的。

只是他带着欲望，她带着恐惧。

宋予一动也不敢动，彻底被江云琛吓蒙了。

"想好了？"江云琛说的每一个字，都像警钟一样一次次敲着她的心脏，"是自己主动想，还是我帮你记起来？"

"想什么？"她仍旧在装傻，"江云琛，你以为你是谁？你对我做这些，你以为我不会生气……"

"男女之间的事，就用男女之间的方式记起来。"江云琛根本不理会她的话，继续这个话题。

宋予真的已经快崩溃了，现在支撑她的，是残存着的一点理性。

男女之间的方式，无非……

"你敢？"宋予冷笑。

"我不允许任何人算计我，哪怕是两年前的事情，我也会弄清楚。"江云琛的口气非常不善。

这让宋予忽然意识到……以前她只是想到江云琛知道了两年前的事情后会多生很多事端，现在她知道，像江云琛这种方方面面都会算计的人，如果知道自己曾经被人算计，他可能会刁难她，刁难整个宋氏……以为她有什么不可告人的目的。

站在金字塔顶端的人，警惕心理永远比别人重。

"你到底在说什么？听你刚才的意思是，两年前我跟你睡过？"宋予表现得很无语的样子，"我跟哪个男人睡过，我自己会不知道？"

"有没有睡过，再睡一次就记起来了。"江云琛有一点痞子的味道。

"江先生，现在是法治社会。你强迫我，是犯法的！"

宋予话音未落，江云琛已经扯掉了西装领带。就当宋予想喊人时，忽然传来了有人开锁的声音。

第八章
你是人间归途

门外的人顺利地订开了房间的门，宋予并没有像抓住救命稻草一般庆幸，相反，她更害怕了。

人言可畏，要是被人看见她衣衫不整地和江云琛在黑漆漆的房间里，指不定会被怎么传。

即使她已没什么好名声可言，但她仍旧不愿意当别人茶余饭后的谈资。

"吧嗒"一声，房间内的灯光被点亮，几乎是同一时间，江云琛捏住了宋予的手，将她护到身后，挡住了她背后旖旎的风光。

"真的不再玩一会儿了吗？"车蕊含笑的声音从门口传来，她并没有看到房间里有人。

同她一道进来的是一个女生，也是宋予在海德堡大学时的校友："不了，我肚子不舒服，拿了包就回家去了。"

许多宾客的包一起放在这个房间里……宋予心惊，幸好是车蕊，不是旁人。

她不在乎自己在车蕊心中的印象，更不在乎车蕊在外面如何说她，毕竟这些年车蕊没少抹黑她。

"好吧，反正我以后都在南城了，随时可以约。"

"蕊蕊……里面有人。"同行的女生看到了宋予和江云琛，惊了一下，"宋予？"

车蕊听到"宋予"二字立刻转过头来，迅速看向宋予。

"你怎么在这里？"车蕊冷冷扫了宋予一眼，转而又看到了她身旁的江云琛，"江……先生？"

宋予没有心情跟车蕊抬杠，她知道自己现在头发凌乱难堪，脸上还挂着泪痕，要多奇怪就有多奇怪。

"楠楠，你先出去。"车蕊上前找到了女生的包，递给她，女生识趣地离开了。

房间内的气氛因为车蕊的出现再一次降至冰点。

宋予伸手摸了摸有些凉的手臂，这个房间里面没有暖气，刚才因为太紧张都忘记了寒冷，此时回神，浑身都冷得哆嗦了。

忽然，宋予肩膀上多了一件西装外套……

她仰头，看到江云琛走到了车蕊面前，身上只穿了一件黑色衬衫。他人高腿长，只留给她一个高大的背影。

"车小姐，抱歉。"江云琛冷淡地说，单手抄在西裤口袋里，好像刚才并没有发生什么不堪的事情，"如果有打扰到的地方，我替予予向你道歉。"

宋予听到那一声"予予"时，鸡皮疙瘩都快起来了。她知他的不诚心，刚才还是那副恨不得将她逼到角落里无路可退的嘴脸，现在又换了一副绅士的模样。

车蕊不熟悉江云琛，毕竟两人只是头一次见面，但看到他如此维护宋予，车蕊吃惊地张了张嘴巴，半天没有回过神来。

"江先生，这里是车家。"车蕊反应过来，脸色变得铁青，咬字也很重，"幸好进来的人是我，要是换作别的宾客或者是我爷爷看到了，指不定会怎么传、怎么想。"

车蕊的意思很明显，是在说他们做了伤风败俗之事。

"寻常情侣之间偶尔做一点情难自禁的事情，怎么会被传呢？"江云琛一句信息量极其丰富的话回击了车蕊。

车蕊极其好看的一张脸上写满了不悦，但她还是得体地回应了江云琛："我跟江先生头一次见面，江先生确定要给我留下这样的印象？"

非常直截了当的一句话，让宋予很想笑，看来车蕊是真的很中意江云琛了。

"我喜欢真诚一些，是什么样的人，就是什么样，不需要遮遮掩掩。"江云琛不惜抹黑自己。

宋予发现，他好像并不怎么喜欢车蕊。

"我有女朋友，如果车小姐不想被传成是第三者的话，最好跟家中长辈解释清楚。"

江云琛拒绝的意思非常明显，而拒绝的同时，也将宋予彻底拉下水了……

宋予咬牙，江云琛真是睚眦必报，现在她也只能被他牵着鼻子走了。

"宋予？"

车蕊不屑的口吻让宋予的心像是被猫爪子狠狠抓了一把，她的话同猫爪一样，看似软绵绵的，实际上锋利无比。

江云琛不回答，车蕊笑了："江先生难道不知道，宋予是杀人嫌疑犯？"

宋予自始至终没有说话，她太了解车蕊了，如果江云琛的女人是别人，或许车蕊就退出了，谁愿意背上一个第三者的骂名？更何况车蕊还是骄傲的车家千金。

"车小姐该多看看新闻。今天一审结束，她无罪。"

宋予闻言，心剧烈地跳动了一下。他怎么知道她庭审的事情？

宋家这个案子庭审虽然是对外公开的，但是真正看热闹的人其实不多，像江云琛这种日理万机的人，竟然有工夫关注一个跟他毫无关系的案子？

车蕊的脸上写着不甘，一双大而亮的眸子越过江云琛看向宋予，她对江云琛说："是吗？我没关注。但是我跟宋予当年是海德堡大学的校友，她放弃了一个进我们导师实验室的好机会，原因是她怀孕了。这件事情，江先生知道吗？"

车蕊并不担心江云琛会对她印象不佳，毕竟她高举着家族联姻的旗帜，根本不需要担心现在他喜欢与否。她的目的是跟他结婚。

宋予原本是想当作聋子的，但是听到"怀孕"二字，情绪瞬间起伏。

车蕊这是哪壶不开提哪壶，刚刚江云琛才质问过她两年前的事情，车蕊还真是个补刀小能手。

宋予真怕江云琛对车蕊说，她怀的孩子是他的……

凭他刚才说话时冷静的口吻，她猜测，他应该是知道当年事情的全部了……哪怕不是全部，也有八九成。

江云琛没有她想的那么不知轻重。他没有说话，此时恰好有人进来了，是车老爷子同江儒声。

门又被打开，宋予顿时觉得头脑更疼了。

"蕊蕊，怎么还不出来？你江爷爷想问你一些事情。"车老爷子从外面进来，话刚落音就看见了房间内的宋予和江云琛……

江儒声本就不喜欢宋予，看到她也在时，眼神立刻变得古怪又复杂，尤其是看到她同江云琛一起在这个房间。

"爷爷。"车蕊没有等到江云琛的答案，有些快快又有些气愤地转过头看向车老爷子。

车老爷子也是商场上驰骋了多年的人精，一眼就看出了房间里的古怪，也看出了车蕊的不悦。

"蕊蕊，这不是你的同学吗？"车老爷子刚才走到宋予那桌时匆匆扫到了宋予一眼，记住了她的样子，也记住了她的身份。

"嗯。"车蕊在自己亲人面前的语气明显变得娇嗔了，一看就是从小被家中长辈宠大的，"爷爷，有什么话我们出去说吧。江爷爷不是想问我问题吗？"

江儒声仍旧铁青着一张脸，但听到车蕊识大体的话之后立刻就缓和了脸色："哦是，我的心脏不大好。想问问在心脏方面，你有没有认识的比较好的专家。"

车蕊下意识地看了宋予一眼，宋予微微抬了抬眸。在海德堡的时候，车蕊去的是血液科，宋予则去了心脏外科。在心脏外科方面她称不上专家，但是当年不少知名医院在抢她。

"哦，好。"车蕊自然不会提起她，江儒声瞥了一眼宋予，眼里的不善不加掩饰。

"云琛。"江儒声看向江云琛，语气冰冷地示意他出去。

江云琛转身走到宋予面前："我送你回家。"

一句在旁人听起来暧昧不清的话，宋予却觉得阴阳怪气，她觉得江云琛不去学表演真是浪费了他这张好脸和这一身的戏……

他完全可以称得上戏精本精了。

"嗯。"她也想给车蕊一个下马威，所以顺着江云琛的话应了一声。她跟着江云琛从江儒声身旁过时，清晰地感觉到了不怒自威的气场。江儒声有多不满她，她已经有概念了。

车蕊的眼神也像要吃人一样。

走出车家客厅，江云琛就没有再等她，脚步都加快了不少。

宋予穿着高跟鞋，跟在他身后绕过车家琳琅的假山花丛、亭台楼阁，逆着隆冬的晚风走出车家庭院。庭院内仍旧宾客盈盈，觥筹交错，她穿越人群时走得太急不小心绊了一跤，险些磕到桌角。

"小姐你没事吧？"一名男性伸手扶住了宋予，她连忙挥了挥手。

"没事。"

江云琛听到了身后的动静，回过身看到宋予披着他宽大的西装，正俯身查看自己的脚踝。她长而细软的头发从耳侧垂下，滑落在肩膀上，浓密的青丝里隐隐露出白皙的脸庞，神色凝重。

宋予感觉到前面的人停住了脚步，抬头跟江云琛对视了一眼立刻挺直了身体。她不想在他面前暴露出自己软弱的一面，于是准备迈步继续走。

然而刚走几步，她就疼得弯了腰。脚踝应该是瘀血肿了……

平日里她常穿细高跟鞋，六厘米是日常，今天她的脚步加快了不少，才扭到了。扭到脚踝算不得大事，但是会影响她走路，而且会显得特别矫情……

江云琛先是袖手旁观地看了她几秒，看到她勉勉强强能走几步时才走到她面前。

他仍旧单手抄着裤兜，宋予抬头跟他对视了一眼，他身后是漫天星河，这天天气尤其好，即使是在南城这样工业发达的城市也能看到繁星。宋予看着他的双眼，忽然想到了一句话……

"万千星辰不及你的眼。"

江云琛的眼长得是真的好，她别开眼，并没有打算让江云琛送。刚才她跟着他也只是为了做样子给车蕊看而已。

她拿出手机准备打给萧瀚，让他来接她。

手机刚从手包中拿出，江云琛忽然俯身将她抱了起来。他动作很快，没有半分犹豫。

宋予惊了一下，自然而然地攥紧了江云琛的手臂，他只穿了一件黑色衬衫，她手上力道一大，就掐到了他的肌肉。

"你干什么？"宋予没好气地盯着他，"刚才不是说我算计你吗？"

她冷嘲热讽，根本不惧怕他。

江云琛抱着她信步走出了车家庭院："在你没承认这件事情之前，你要在我的视线范围内。"

"你是怕我跑路？"宋予略无语，"说出去也不怕被人笑话……"

"我只相信值得我信任的人。"江云琛也讽刺她，之前他说过她朝秦暮楚，刚找完他做风险投资，又找了裴珩舟的朋友，说她不值得被他信任……

"之前有个警察一周七天时时刻刻盯着我，生怕我做什么坏事，也怕我跑路。看不出来江先生也有当警察的潜质。"她冷笑，"放心吧，我不会扔下宋氏溜之大吉的。"

宋予以为自己讽刺的话很到位，戳到江云琛了，因为他一直没有说话。她心底有些得意，哪怕是在口舌上占了上风她也得意。

然而她头顶传来江云琛冷冷的声音："你很重。"

宋予脸都黑了，他不说话，竟然是在嫌她重。

"那你放我下来。"她装腔作势地挣扎了一下，实际上是巴不得江云琛把她抱到门口，她的脚踝越来越烫，大概是走不了路了……

江云琛紧抿着薄唇抱着她走到一辆黑色轿车门口，俯身将她放下。

"我自己打车回去。"宋予能感觉到江云琛的心情极差，尤其是走出那个房间之后。

他大概仍在想两年前的事……宋予觉得，她必须想办法将这件事情遮掩过去，无论如何都不能让他知道。

他如豺狼，她怕他一口把她吞了。

江云琛没理她，帮她打开了车门："上车。"

宋予在原地站了几秒之后，还是决定上车。车家别墅在郊区，不好打车。

两人一路无言，宋予越发觉得江云琛心思难测，这个人心底阴暗那一面太重了，雾霾重重，她根本看不透。

车子开进了宋家别墅的院子里，宋予打开车门，脚还没着地时，江云琛已过来，又将她抱了起来。

"我到家了。"宋予提醒了他一句，他是个外人，不该进去。

然而江云琛像是进自己家一样，步伐速度未减，畅通无阻地进了宋家客厅。

"就到这儿吧。"她又说了一句，惊恐地想，江云琛不会还想着刚才他说的，睡一晚就知道两人曾经是不是睡过了吧……

"江先生，之前警察盯着我的时候，起码不会进我的家门。虽然我不知道我要承认什么，但是请你给我一点自由。"她的语气有一点义正词严的味道。

"应该用手机把你录下来，让你看看你现在这副样子。"江云琛埋汰的意思很重。

"我什么样子了？"她皱眉，说话有些冲。

"警惕色狼的样子。"

宋予冷笑："不该防你吗？"

"两年前你主动迎上来的时候，怎么没想到会有这么一天？"江云琛的话落地，她心虚了。

哪怕两年前她也是被拖下水被陷害的那一方，但是在江云琛眼中，是她做错了。

"懒得跟你争。"她原本冷冷地甩出来的一句话，出口却变得有些娇嗔。她后悔说这种小女生的话了……

江云琛在宋家别墅里熟门熟路，抱着她拾级而上，去了她的卧室。

"都送到卧室了，能走了吗，我要……"

江云琛将宋予放下，她正准备下逐客令时，手机响了，是裴珩舟的电话。

如果换作别人，她或许就不接听了，把江云琛赶走才是要紧事。但是来电的是裴珩舟，她不敢挂了也不敢怠慢。毕竟她有求于人，怎么好意思挂了人家主动打来的电话？

她按下接听键，卧室的门已经被打开，为了安静，她穿过卧室去了阳台，心想就这么几分钟，江云琛也不可能拆了她的卧室。

她走到阳台上，电话已经接通，电话里传来裴珩舟的声音："小宋。"

裴珩舟每次都一口一个小宋地称呼她，从以前他和白芨在一起时就是如此。这种称谓总让她觉得裴珩舟比她大好几岁，其实不然，他们差不多大。

"珩舟。"宋予应了一句，忽然想到什么，又折回到阳台门口，从阳台外将门反锁了起来。

透过阳台的玻璃，她看到江云琛规矩地站在她卧室的房门口，应该是在等她。

他为什么还在，难道还有话跟她说？

"白芨把你的事告诉我了，我朋友也已经把资料都给我了，明天中午，碰个面吧。"

宋予颔首："好，宋氏大楼旁边有一家意大利菜不错，一起吃个午饭？"

"可以。明天中午十二点见，我下午两点有事。"

"嗯。"宋予知道裴珩舟帮她是看在白芨的面子上，也是因为愧对白芨，自然不会给她太多的时间。

裴珩舟就是典型的人狠话不多。

挂断电话，宋予松了一口气，推开阳台的门，准备想办法赶走江云琛时，忽然看到江云琛站在她的床前，手中拿着一本写真。

是她的孕期写真……出门前太匆忙，她忘记放进柜子里了。

宋予的嘴唇不由自主地抽搐了一下。人在最窘迫的环境下才会控制不住自己的面部表情，此时此刻的宋予就处于这种状态之下。

她无法控制自己面部的肌肉，神经末梢很敏感，却不受控制，她不知道现在自己脸上是什么表情。

江云琛站在她面前，他脸上没有半分因为看到了别人的隐私而羞愧的表情反倒笔挺地站在她面前。即使在这种情况下，他的气场仍旧压制着她，让她觉得四周好像有一堵密不透风的墙。

怒意一时之间冲到了头顶，她瞬间从江云琛手中夺过写真："随便翻看别人的东西，这就是你的为人？"

江云琛并没有因为她怒意满满的一句话觉得抱歉或者离开，他的脸仍旧紧绷着。宋予知道是自己疏忽了，不应该把这种东西放到台面上……但是她应该时时刻刻提醒自己，他不是好人的。

而且，偏偏是在这种节骨眼上被他看到……他原本就已经"认定"她就是两年前那个人，现在看到写真，就算是加了一把实锤……

"不打算跟我好好谈谈？"他反问了她一句，根本不回答她的问题。

宋予急躁的脾气上来了，她咬了咬唇，眼眶都湿了："谈什么？我说了我跟你之前没有见过面你不信，你还要我说什么，想说说这本孕期写真是吗？"

她停顿了一下，仰头看着他的时候，脖子酸胀疼痛，她的脚踝肿痛得厉害，站着特别累。

"是，我是曾经怀过孕，那又如何？整个南城都知道我的丑事。未婚先孕，生父不详，有什么好奇怪的？"她的口气越来越冲，"江云琛，我们不熟，这是我的私事，你没有权利……"

宋予话音未落，手腕就被江云琛紧紧钳制住，手中的写真也掉到了地上。幸好地板上有堆毯，没有砸出太大的声响。

"我有权利知道我被谁算计了。"江云琛的声音很低沉，他俯身下来，两人之间的安全距离缩短，空间的变化让他的声音变得越发沉郁。

"这种事情，你还是让警察调查比较好。我只知我孩子的父亲不是你。"她咬紧牙关，几乎要将牙齿咬碎……

撒谎并不是一件容易的事，尤其是当对方紧紧盯着她的眼睛时，是最难的。

宋予觉得背后都渗出了涔涔冷汗……

"是谁？"他步步紧逼，根本不给她退路。

她终于知道他为什么送她到卧室门口还不离开了，他今天是铁了心要问清楚。

"说了你也不认识。"她的眼泪不受控制地掉落，她心底的报复心理开始滋生，她冷笑，讽刺他，"反正我记得，比你帅，比你有魅力。"

江云琛的眉心沉了沉，她大概也知道她是在捉弄他，没有计较，而是继续说："我记得两年前，那个女人的胸下有一块红色胎记。"

宋予下意识地想抬手捂住自己的胸口，这是人最原始的反应。她的动作落入江云琛的眼中显得刻意而又紧张。

"你的意思是，你要看我的胸？"宋予觉得江云琛不可理喻，他的语气有一点理所当然的味道。

"我只相信我看到的。"

"你要是敢碰我一下，我明天就去告你。"宋予的每个字都说得很重很重，她是真的无法理解江云琛。他为什么可以这么义正词严，丝毫不觉得自己有不妥？

江云琛没有贸然做什么冒犯她的事情，但是宋予仍旧处于极度紧绷的状态。

"我想休息了。"宋予深深吸气,"谢谢你今晚送我回来……"

"为什么想留下孩子?"江云琛再一次打断了她,让她原本已经构建好的心理世界再一次崩塌。

"我的孩子,我有权决定他的去留。"宋予哽咽了一下。

她在南城的朋友不多,交心的也只有白芨,也只有白芨知道,她每一次提到孩子时,有多痛苦……

都是不堪回首的回忆,江云琛却轻而易举地揭开她的伤疤。

"生下他,他从出生就没有父亲。"江云琛的问话让她不明白,他这样问是在试探她?

"他不需要。"宋予斩钉截铁,话出口她又沉思了几秒,"如果我的孩子生下来了,我也不会让孩子认贼作父。他不配。"

她间接地说给他听,彼此心底已是心知肚明,只不过差一层窗户纸,她坚持着不肯道破而已。

她知道,像江云琛这么聪明的人,应该听得明白她话里有话。只要她咬定不承认,他奈何不了她分毫。

"恐吓我?"

"我没说是你。"宋予依旧端着冷笑,"江先生不要随随便便对号入座。"

她见江云琛一直不说话,薄唇的弧度似乎越来越僵硬,她也不怕继续惹恼他了,毕竟他已经到了一个极限。

她舔了舔有些干的嘴唇,沉默了几秒又抬头看他:"江先生这么想找到两年前那个女人,是为了什么?是怕她偷偷藏了孩子日后威胁你,还是怕她有什么阴谋?"

她仍在试探。

"弄清楚两年前的事,是因为我不喜欢有把柄在别人手里。"江云琛的声音越发低沉,他的耐心被消磨了不少,"如果你胸前没有红色胎记,我也不会再来打扰你。"

"你的意思是,我为了证明自己的清白,要白白被你看我的身体?"

"不是没看过。"江云琛一句话让宋予更加窘迫。上一次在宋家,早上起床时她没有穿上衣,江云琛的眼神就没有任何避讳。

他不说她都快忘记了……

"流氓。"

宋予扔了两个字出来，还没等她多作反应，江云琛已伸手捏住了她的手臂，三两下将她的连衣裙的肩带摘下，一片光洁的肌肤出现在他眼前。

宋予立刻捂住身前，猛地，一个巴掌重重落了江云琛的脸上。

她的身前，一览无余。

巴掌落在江云琛的脸上，在寂静无声的房间里面显得格外响亮，像是一道闷雷，"轰"的一声，宋予的脑子也是蒙的。

她的掌心火辣辣的，加剧了她的紧张感。她一只手紧紧捂着身前，因为之前穿的是吊带裙，所以她没有穿有带子的内衣，这样一来，就容易被看光……

江云琛的脸色变得越发沉郁，一双如深渊的眸子盯着她身前，没有避讳。

"看够了没有？"宋予的声音颤抖着，斥责道，"以前我听不少人说过，江家那位被逐出家门的大少爷为人狠戾，不是什么好人。那时我在想，出身汇家那样的名门世家，再滥也不会到下三烂的地步。现在看来，是我小觑了江先生的为人。"

她松开手，大大方方地在他面前穿上了吊带裙。

裙子重新被穿好，好像一切跟几分钟之前无异，只是江云琛的脸上多了几分凝重和不快，以及，通红的手掌印……

宋予并不觉得愧疚，哪怕她多打他几个巴掌，也不为过。

"看到我胸前的胎记了吗？"她面无表情地问他，像是在同最陌生的人说话。

宋予已经厌恶江云琛到极点，哪怕现在让她对他说出最难听的话，她也说得出口："江先生在金融圈已经这么多年，早就过了听风就是雨的年纪了，换作别人，我早就已经报警了，但是之前我有求于江先生，所以不会计较。今天的事情到此为止，我们一笔勾销。"

她单方面想跟他断了往来，他不会听不出来。

宋予的脸色仍旧不好看，甚至比刚才更加煞白。她的余光落在地毯上的孕期写真上，哪怕只是一两秒的时间，心底都会像擂鼓一样局促难安。

"以后也不要再往来了。"她又添了一句，一副铁了心要跟他撇清关系的模样，让江云琛的脸色越发难看。

江云琛从看到她身前没有胎记到现在，没有说半句话，他单手抄在西裤口袋里，细细打量她，仿佛觉得她在撒谎。

"你这么看着我，是不信任我？"宋予不明白他还留在这里做什么，也不明白他的不信任源自何处。

明明她都给他看了他想看的东西……

她的身前没有他想看到的胎记，干干净净，什么都没有……

"这么想跟我撇清关系？"江云琛的一句话，让宋予不知道怎么接，她当然想跟他撇清关系，最好老死不相往来，一辈子都不要见面。

如果不是江云琛，她的人生会顺利很多，不至于会如此……

"江先生难道不想吗？我这样的女人，有什么好跟我扯上关系的？人人都巴不得装作不认识我这个杀人嫌疑犯，你倒好，凑上来。"宋予用最难听的话诋毁自己，她已经没有任何名节可言，在南城，她宋予的"风光"事迹，不知是多少人茶余饭后的谈资。

"而且我还未婚怀孕，不少人在传我私生活混乱，江先生还是离我远点比较好，免得到时候我动了心思，把你身上的剩余价值榨干。"宋予像是说上了劲，话越来越难听。

他仍旧不为所动，但是宋予能明显感觉到他浑身的气场在一点点变得迫人，周遭的温度也在渐渐降低。

她不怕死，一双清亮好看的眸子盯着他："江云琛，我不是什么好人，更不是好女人。"

她如皎月一般的双眸里映出他的脸庞，有着这样一双干净眼睛的女人，却口口声声说自己不是好人……

他缄默几秒，没有理会她，从她身侧走出了卧室。

江云琛如此安静地离开，让宋予瞬间觉得自己好像过分聒噪了……刚才她一股脑地抹黑自己，一定像小丑一样。她也没想到他这样就走了，以为他还会取证……

这不是江云琛的风格，哪怕相识不久，她也大致知道他是什么样的人。

一阵后怕滋生，她怕江云琛还不放过她……

她在原地站得久了，刚才扭伤的脚踝传来刺痛感，她干脆坐下，坐在了柔软的地毯上。

孕期写真就放在腿边上，她一双眸子冷冷地看着写真上的第一页，眼泪不由自主地滑落下来。

心口剧烈地疼痛，像是有一把锋利无比的匕首一刀刀在剜她的心脏，每割一次还要停顿一下。绞痛感持续袭来，她不知该如何应对，慌乱中拿起手机拨了白芨的号码。

"喂……白芨。"宋予没想到自己一开口，声音都是颤抖的。

她紧紧攥着地毯，好像手上用力了，整个人就会有力气。刚才的事情，她到现在还心有余悸。

白芨刚刚下班回家，原本五点半就应该换班，但是替班的医生肚子有些不舒服，她帮忙顶了几小时。她背着包匆匆走向医院大门："怎么了？怎么这个声音，江云琛欺负你了？"

白芨第一个想到的就是江云琛，她知道这段时间宋予整个人都处于神经紧绷的状态，在这种状态下，谁都能轻而易举地击溃她，更何况是江云琛。

"他刚才……要看我胸前的胎记。"宋予说话时根本无法控制自己的颤抖。

白芨停顿了一下，蓦地想起来："那块胎记，在你拿掉孩子之后我不是就让你去做掉了吗？"

白芨以为自己记错了，后来想想，应该没有错，那天她是亲自陪着宋予去医疗美容科的。

"嗯……幸好做掉了，他竟然真的记得。"

宋予闭了闭眼，仿佛噩梦还在眼前。

"当年如果不是你提醒我，后果不堪设想……"她低声说着，抓着地毯的手抬起来抓了一把头发，她才发现手都是颤抖的，幸好白芨现在不在她面前，不然肯定会害怕。

"我当初就说了，万一哪天那个男人找上门来质问你孩子的事情，他肯定会记得你身上具有标志性的东西。幸好当初我逼着你去做掉了胎记，想想都后怕啊……"白芨很有先见之明，从宋予决定生下孩子开始，她就一直劝宋予把那件事情处理得干干净净，免得留祸患。

当时宋予没有在意，她是被白芨逼着去的。

"嗯……白芨，我好想逃。"

"予予，你是不是傻了？逃什么逃，因为一个江云琛你打算跑路？"白芨也知道宋予肯定只是意气用事说说而已，宋予是不会扔下宋氏离开的，但还是很认真地安慰她，"不会有事情的，你放心。他今天在你身上没有看到胎记，肯定不会再怀疑你了。相信我，人都喜欢眼见为实。"

宋予抿着嘴唇，没说话，嘴唇上的口红在车家被江云琛吻掉不少。

"江云琛这种大忙人，是不会长久地花费时间在一个女人身上的。对了……"白芨的语速很快，她忽然想到了一点，"你们今晚，没那个吧？"

"没有。"

"那就好。无论男女，对和自己睡过的人肯定大多是有印象的。不要发生任何关系就好，不然就真的剪不断。"白芨像专家一样对宋予说，"不过我到现在都觉得奇怪，江云琛是怎么发现你是两年前那个人的？猜，还是有根据？"

"不知道。"宋予的回答很僵硬，她烦躁地将后背靠在床沿上，心一直快速跳动，并没有因为江云琛的离开而缓解，心有余悸的感觉比刚刚面对江云琛时更加恐怖。

"这人简直就是人精，学金融的果然一个样。"白芨冷冷地说着，宋予知道她说的是裴珩舟。

"裴珩舟刚刚联系我了，我们约了明天中午一起吃饭。"宋予稍微抛开了一点负面情绪，对白芨说道。

"哦，原来他还没死。"白芨的语气听上去颇为洒脱，但是宋予知道，她只是装腔作势而已。

"是，没死，还活得好好的，马上要从我这里赚一笔金融顾问的钱。"宋予的心情缓和了一些，心跳也没有刚才那么剧烈了。

白芨停顿了一下，她已经穿过医院的长廊，走到医院门口了。

今晚南城降温降得厉害，一出门就能感受到冷风从脸颊擦过的感觉，宋予都能听到白芨那儿凛冽的风声。

"便宜裴珩舟了。他这么喜欢赚钱，恰好从你这儿赚了去养他的小女友。"白芨云淡风轻地说着，实则每一句话都挠心。

"我尽量帮你克扣他一点。"宋予淡淡笑了一下，也只有跟白芨开玩笑的时候，她才会忘掉那些不愉快的事情。

"谢了。"白芨也故意说点裴珩舟的坏话，逗逗宋予，好让宋予心情好一些，"裴珩舟要是知道因为江云琛不愿意帮你，所以你才请他帮忙，估计以他骄傲的性格，得气死。"

宋予哂笑："我在考虑要不要等他帮完我，我再告诉他这件事情的来龙去脉，到时候还可以帮你气气他。"

"啧啧，太坏了。"白芨笑着，"这才是我认识的宋予嘛。"

宋予有多聪明白芨最了解，宋予偶尔会使的小坏招，白芨也了解。

"对了，裴珩舟也有没有……"

白芨的话说到一半忽然卡住了，宋予以为那边信号不好，试探性地问了一声："白芨？"

而此时的白芨，站在医院门口，拿着手机的手垂落在身侧，一双眼睛直直地看着眼前站着的男人，目光如炬……

"白芨，怎么了？"宋予紧张起来。

白芨听到手机里面传来宋予焦急的声音，连忙拿起手机："没事。我先挂了，回聊。"

"嗯。"宋予不知道白芨那边发生了什么事，但是在她的印象中，白芨是一个遇事比她有分寸的人，白芨仓促挂断电话，大概真的遇到了棘手的事。

白芨放下电话，看着眼前已经一年多没见的裴珩舟，忽然觉得有些晃眼。脑袋一瞬间有些空白，让她不知道应该先挪脚，还是先张口比较好。

因为裴珩舟的身边，还有一个人……

"白医生？"裴珩舟的女朋友尤佳锦也看到了白芨，一脸惊讶的样子，"这么巧啊。"

白芨见到裴珩舟之后情绪瞬间低落了下去，她只要看到这张脸，无数回忆就会像走马灯一样快速地出现在她的脑海当中。

裴珩舟仍旧穿着笔挺的西装，他是最典型的金融男，无时无刻不是西装笔挺的样子，好像任何时候任何地点都准备着谈判。他戴着金丝边眼镜，透过薄薄的镜片看向她时，眼神也很古怪。

彼此太久没有见到了，又是在这样仓促的情况下，是人都会觉得奇怪。

白芨将视线从裴珩舟身上抽离，不是不想看，而是觉得眼睛会不舒服。

碍眼也不过如此了。

"不巧啊。这是我工作的地方，来这家医院随时随地可以见到我。"

白芨根本不给尤佳锦台阶下。

这个小姑娘二十一岁，却厉害得很。当初她跟裴珩舟分开的时候，跟尤佳锦见过两面。

一次是在咖啡厅谈判，这个小姑娘一口一个"珩舟"，让白芨离开裴珩舟。

另一次是在他们的家里，尤佳锦帮忙把白芨的行李收拾了出来。

当时这个小姑娘也不过二十来岁，白芨再想了想自己的二十岁，不能比。

如今是隆冬，尤佳锦身上穿着破洞的牛仔裤，露出了膝盖。上面是机车服，一头黑色的长发在脑后高高束起，整个人都流里流气的，跟裴珩舟身上的精英气质完全不符。

第九章
众人平庸

　　白芨一直想不通自己为什么会输给这样一个流里流气、毫无品位可言的女孩子。单是看她的外貌，真的就是个孩子。

　　大概男人都喜欢二十岁左右的女生，只是她没有想到，裴珩舟也会这么肤浅。

　　他可是裴珩舟啊……从小到大众星捧月般长大的裴珩舟，怎么会看上这样的女孩？

　　尤佳锦仿佛并不在意刚才白芨那句讽刺的话，睁着一双化着烟熏妆的大眼睛看着白芨："白医生，你有没有认识的比较好的治胃病的医生啊？珩舟胃有些不舒服，我怕急诊的医生不专业，你能不能帮忙介绍一下啊？"

　　白芨真是长见识了，之前她跟尤佳锦只见过两次，今天是第三次。

　　每一次，这个小姑娘都在刷新她的三观。

　　白芨伸手捋了一把头发，医院门口是风口，风吹得厉害，她身上穿得原本就不多，站在风里觉得冻得厉害，心情也越发烦躁了。

　　"首先，我不明白你口中说的'比较好'的医生是什么意思？医生不分优劣，都是治病救人的，还是在你眼中可以将医生也分为三六九等？其次，急诊的医生也是专业的，我不是医托，不帮人介绍。最后，你男朋友胃不舒服，找我做什么？"

　　白芨冷笑着说完所有的话，没有半个字的停顿。

　　她觉得说完后，整个人都舒爽了不少。这么久以来憋在心底的不悦感顿时消失了……之前的和平分手让她觉得自己太亏了，白白便宜了裴珩舟和这个女孩。

白芨说话的时候一直看着尤佳锦，没有看裴珩舟一眼，余光偶尔瞥到，也装作不认识。

她感觉到虽然裴珩舟没说话，但是一直在看她……

裴珩舟有胃病，她是最了解的。金融行业多劳碌，熬出胃病是很常见的事，而裴珩舟学生时代就有胃病，自从工作之后三餐不规律加上熬夜加班，胃病自然而然就加重了。

当初她为了调理好他的胃病，每天早上都会提前一个小时起床熬粥，每晚等他下班后给他准备好暖胃的点心……

反观现在这个小女孩，大概只会拉着他一起泡吧喝酒吧？他的胃病不加重，谁加重？

"走吧。"裴珩舟终于说了两个字，阔别那么久，白芨第一次听到他的声音，心顿时沉了下去……

原本她以为在心底建造好的城墙已经牢固得难以击溃，但是实际上，只要听到这个声音，哪怕只是几个字，她还是会崩溃……

晚风越来越凉，仿佛将整个冬天的寒气都聚集在这几分钟之内，像是故意捉弄她一般。

"哦。"尤佳锦穿着露着膝盖的牛仔裤，没有表现出半点寒冷的迹象。

到底是年轻……白芨在心底苦笑。

尤佳锦从她身旁走过时，亲昵地挽着裴珩舟，裴珩舟或许是怕她冷，十指紧扣着她戴满朋克戒指的右手。

看到这两只手相握的一瞬间，白芨的眼眶瞬间酸涩起来，她立刻扭过头去，也挪动脚步离开了医院。

翌日。

宋氏大楼，宋予早早地到了宋氏，她昨晚睡得很不好，一夜的梦魇，导致她第二天早上醒来两个眼圈都是黑的。

她化了淡妆遮去疲惫，提了气色。她到总裁办公室时，萧瀚也刚到。

"宋总，证券公司那边来消息说，融资没什么问题了，宋氏上市的问题基本上已经解决了。"萧瀚一大早就带来了一个好消息，让疲惫的宋予清醒了一些。

宋予将手包放到了一旁的沙发上，坐下："卓决的效率还挺高的。"

"是，卓经理为宋氏也算是劳心劳力了。"萧瀚笑道，"不过听说卓经理最近脾气很暴躁，家里养了一条狗，他特别讨厌。"

萧瀚也是听跟他对接的工作人员说的，那些工作人员是卓决的下属，平日里没少八卦卓决。

宋予听到"狗"字的时候，第一个反应就是那只大屁股柯基……

萧瀚并不知道内情，继续开玩笑："听人说，好像是卓经理的女朋友养的。看来卓经理还挺宠女朋友的，现在这样有能力又宠女朋友的男人不多了。"

萧瀚很少开玩笑，今天早上听到了好消息，心情也跟着愉悦了不少。他跟着宋予多年，跟她算是绑在一条船上的蚂蚱，她兴，他存；她死，他亡。

"是吗？"宋予淡定地翻开了其中一个文件，快速签上了名，又翻了一页，想到了"总裁"。

卓决家的狗，就是江云琛的那只……

她心情也不错，上市不出问题，最近宋氏就会顺很多，于是也跟萧瀚开起了玩笑："可是我怎么听说，那只狗的主人是男的？"

萧瀚拧起眉心："你是说……卓经理的女朋友，哦不对，卓经理……喜欢男的？"

宋予微微挑眉，她对卓决的印象其实挺好的，但他是江云琛的朋友，她也不会跟他深交，最多只是工作往来罢了。

"我可没这么说。"

萧瀚扯了扯嘴角，刚想说话时，总裁办公室的门被敲响了。

"请进。"宋予听到敲门声说道。

敲门的是女秘书："宋总，外面有人找您。"

"谁？"

"一个戴着口罩和鸭舌帽的女人……看上去，奇奇怪怪的。"女秘书皱眉，"保安怎么会放这种奇怪的人上来？"

宋氏的保安部在宋安出事之后被宋予大换血，她担心宋安的事情重演，或者加剧，所以将宋氏原本的保安部全部辞退，聘请了更加专业的安保人员。

一般他们不会出错，更不会疏漏到放一个连真面目都不肯示人的女人上来。

"她在哪儿？"

"我让她坐在沙发上等一会儿，结果她去了小会议室……"秘书讷讷地说道。

宋予闻言，脸色骤然变得铁青，一个最可怕的想法冒了出来。

"知道了。"宋予起身走向门口，萧瀚也忙跟上。

"我先去小会议室看看是谁。"萧瀚说道，但是被宋予拦住了。

"不用了，我自己去。"宋予已经猜测到是谁，心底也越发紧张……

她走到了总裁办公室隔壁的小会议室，这间小会议室平时使用率并不高，保洁人员每日都会进行清理，因为背阳，阳光也不够充沛，所以显得有些阴森。

宋予直接推门进去，小会议室里的窗帘紧紧闭着，没有任何光线，阴森冷郁的感觉扑面而来，宋予振了振精神，开口说："你好。"

里面的女人背对着她，身上穿着厚重的衣服，即使现在是隆冬，女人身上的衣服看起来也有些多了，像是故意在遮掩着什么……

"宋予，好久不见了。"一道沙哑的女声响起，并不怎么好听，宋予不认识这道声音，但是单看背影，她已经认出了这个女人是谁……

宋予没有关上小会议室的门，萧瀚他们就在外面，想到这里，她也不那么紧张了。

宋予紧紧抿着唇没有说话，无数种想法在心里酝酿发酵，她紧张地伸出一只手紧紧扣住了身旁的实木椅子，指甲都快嵌进去了。

前面的女人转过身来，看向宋予时，宋予的想法被证实……

宋予一瞬间情绪崩溃了……

"宋宋……"她捂住了嘴巴，在看到那双藏匿在鸭舌帽之下的眼睛时，眼泪止不住地落了下来，"宋宋……你真的还活着……"

宋予不敢相信，眼前的女人就这样站在自己面前，好像一切都没有发生过一样。宋予的反应和宋宋形成了强烈的对比。

"我还活着，你是不是很失望？"宋宋冷笑了一声，语气带着一点讽刺。

这不是宋予记忆中的声音，宋宋以前喜欢唱歌，声音是甜美的，两人平时的关系并不差，宋宋私下里也会亲昵地叫她"姐"，宋宋的声音她不会忘记……

然而现在，眼前的女人开口时，声音沙哑阴暗，像是含着一块极其浓稠的糖，无法吐出来，也无法咽下去。

　　"你的声音怎么变成了……这样？"宋予哽咽着，额上的青筋因为激动和紧张高高凸起。她不敢上前，也不敢让宋宋将口罩和鸭舌帽摘下来，她大致猜测到了几分如此装扮的原因……

　　"拜你所赐。"宋宋这四个字说得很重很重，"宋予，你是不是没想到我能活下来，是不是以为我跟爸妈一起死了？"

　　宋予的确没有想到宋宋能活下来，宋予说得没错。

　　当初车祸发生时，她匆匆赶到现场，大火将一整辆车子都烧尽了，只剩下残骸……

　　火光几乎冲到了天边，那样的火，怎么可能有人生还？

　　"是怎么回事？"宋予强迫自己冷静下来跟宋宋对话，"上次在宋家，也是你对不对？"

　　那一次她在宋家见到宋宋，以为是自己的幻觉。因为害怕，江云琛还过来陪了她整整一晚。

　　"是我。"宋宋承认得很快，"你是想问我为什么没死，还是想问我现在这副鬼样子是怎么回事？"

　　宋宋话音刚落，直接摘下了头上的鸭舌帽。

　　宋宋有一头乌黑的头发，一直到背部，柔亮顺滑，小的时候抱她的长辈都喜欢帮她梳头。然而现在，宋宋摘下鸭舌帽之后，头上没有头发，头皮都是烧焦后的状态，单是一眼，便让人觉得触目惊心……

　　她的头皮狰狞恐怖，上面全是烧伤留下的痕迹，宋予的眼眶不由自主地红了起来，她捂住了嘴巴，眼泪止不住地滑落。

　　相比较宋予，宋宋淡定得可怕，她将口罩摘了下来，露出了脸上被烧伤的部分。脸上的烧伤面积并不是很大，只是一小块，但仍旧损坏了整张脸的美感。原本宋宋长相甜美，但是现在……有一些恐怖。

　　宋宋咬紧了牙关，身体一直在打战，嗓音也跟着一起颤抖："那么大的火……很疼吧？"

　　她已经无暇解释自己是无罪的，只想问问宋宋，想跟宋宋说说话，她从来不想让宋宋出事。

　　"你要不要也去感受一下这种锥心的疼？让火在你的头皮上烧，你拼命地喊救命也没用，直到你的头发全部被烧掉，火直接触碰到了你的头皮，你疼得厉害，就大哭大叫，仍旧没有人来……"宋宋用讽刺的口吻对宋予说，不紧不慢的语气让人生畏。

宋予浑身都哆嗦了一下，她有一种宋宋下一秒就会在这里放一把火的错觉。

人到穷途末路之时，会做出任何超乎别人想象的事情，任何人都不例外。

"别说了宋宋。"宋予深深地吸了一口气，今天早上她的情绪好不容易有了好转，但是在见到宋宋的一瞬间，全面崩盘。

"你怕了吗，宋予？"宋宋的声音越发沙哑，好像多说一句话对她来说都很吃力。

她走近宋予，宋予下意识地想后退，说不怕是假的。

人在生死边缘走过之后，会做出可怕的事情也不奇怪。

"你怕我？"宋宋冷笑。

宋予吞了一口唾沫，眼眶通红地看着宋宋，小会议室里的气氛越发令人觉得沉闷。其实这里光线不好，宋宋的脸宋予并不能看得很清楚，越是昏暗的光线，宋予就越害怕。

"宋宋，为什么当初来宋家不留下，你现在住在哪里？"宋予没有继续宋宋的话题，而是换了一个她关心的问题。

宋宋现在变成了这个样子，是谁在给她治疗，她又住在哪里？

"我住下，你良心可安？"宋宋冷冷笑道。

"那件事情不是我做的。你信我好不好，我怎么可能会为了一己私欲害死自己的亲生父亲？况且那辆车上还有你！"宋予竭力为自己辩解，哪怕是在法庭上，她也没有现在这么激动，她想解释清楚。

因为她知道，法律是公正的，法律会听人诉请。但是人与人之间，永远没有公正可言，宋宋不一定会听她的。

"爸妈死了，我活着，宋氏就不是你一个人的，所以你也要把我害死啊。"宋宋回答了，脸上的笑容让人倍感凄凉。

"我没有……我怎么舍得害死你？你是我妹妹啊。"宋予是真心待宋宋的，两人除却父母之间的矛盾一直是很合得来的，哪怕徐媛当初不让宋宋叫宋予姐姐，宋宋仍旧背地里一口一个"姐"地叫宋予。

当初宋予觉得，她能跟宋宋一直亲呢。

"得了吧。你就是钻进钱眼里了，在你眼中，哪里还有亲情可言？"

宋宋经历过这场车祸之后，好像价值观都改变了，又像是有谁给她彻彻底底地洗了脑，她连说话的语气都不同了。

宋予现在就想知道，是谁救了宋宋，她现在住在哪里……

宋宋从出车祸到现在接触过的人很重要。

"你现在住在哪里？"宋予又问，"你现在这个样子需要接受治疗，你身无分文怎么治疗？回家来吧，我认识南城最好的医疗美容科的医生，如果你想去国外治疗，我也有认识的医生，我……"

"别猫哭耗子假慈悲了，这里只有你跟我。"宋宋一口咬定她就是杀人凶手，也不给她辩解的机会，"宋予，我们长话短说。"

宋予皱眉，不明白宋宋要跟说什么。

宋宋舔了舔嘴唇，脸上烧伤的部位就在嘴唇旁边："我要宋氏的股份。"

她一句话，直接道明来意，也的确是长话短说。

宋予先是愣了几秒钟，随即反应过来："你是不是回你外婆家去了？"

宋予的目光顿时变得清冷起来，刚才情况紧急，她的情绪处于崩溃边缘，她没有想到徐媛的娘家也实属正常。

但是能收留宋宋，给她吃住，又帮她治疗的，除了徐媛娘家之外，还有什么人？

能将宋宋变成这样的，单是徐媛的娘家肯定没有这个本事，大概还有宋知洺吧？

宋知洺是宋予法律上的小叔，也同样是宋宋的小叔。

这个世界上最想拿到宋氏股份的人，除了宋知洺，还有谁？

"宋宋，是宋知洺教你做的这些？不要听他的，他是在利用你拿到宋氏的股份。"

宋予一眼就能看穿宋知洺的心思，她跟他博弈这么多年，他怎么想的她怎么可能不知道。

宋宋从小是被捧在掌心里宠着长大的，她是徐媛唯一的孩子，也是徐媛在宋家站稳脚跟的筹码。徐媛把最好的东西都给了宋宋，宋安也宠着他最喜欢的掌上明珠。同宋予比起来，宋宋的经历都是美好的。

人只见过光明没有见过黑暗，就容易心思单纯，忘记世间还有疾苦可言。

这大概是宋宋第一次见到人性的阴暗面。

宋宋大概是在车祸被烧伤之后身体变得不大好，她拉开了一旁的椅子坐下来，仰头看向宋予的时候，眼神失了往日的清澈，取而代之的是满满的恨意。

"真正想要宋氏股份的人是你，小叔只不过是想帮我争取到属于我的那一份而已。"

宋予真的很想冷笑，宋宋自己承认了……而且看起来已经完全被宋知洺洗脑了。

刚才她试探性地说了宋知洺，其实心底也是不敢完全相信的，但是宋宋心思单纯，一句话就被她套出了幕后操纵者是宋知洺。

"也就是说，宋知洺早就知道你还活着，一直不告诉我。"宋予苦笑着问宋宋，嘴角的弧度显得有些无力。

很好，宋知洺越来越猖狂了。

"如果告诉你，你还会让我活到现在？"宋宋的眼眶也渐渐红了。

"你宁愿相信宋知洺，也不相信我？"宋予无力地反问，虽然她自己已经有了答案。

宋宋是不相信她的，毕竟外界所有人都在传她就是杀人凶手。

"你不值得我信任。"宋宋表情狰狞，她这句话让宋予想到了前几天，也有人在她面前说，不信任她……

那个人是江云琛。

没有人信她……宋予觉得自己很失败，无论是朝夕相处的妹妹，还是只认识数月的男人，都不信她……

"宋宋，我最后劝你一次，迷途知返。宋知洺不是什么好人，他和你外婆一家联手在告我，而一审我胜诉了，法律能证明我的清白。你擦亮眼睛看看！"宋予说完，脸上的表情越发凝重了，"我不能说自己是好人，但是我不是宋知洺那种坏人。"

说完，宋予转身走出了小会议室，将宋宋一个人扔在了会议室内。

"宋总，里面的人是谁？"

宋予一出门萧瀚立刻快步跟了上来，刚才门开着，萧瀚也不敢靠近，担心听到不该听的东西。

"一个老熟人。"

宋予知道宋宋是怎么上来的,她有宋氏的门禁卡,原本就是宋家人,当然能逃过保安的眼睛顺利进来。

上一次在宋家,宋宋也是有钥匙才能顺利进去。

不过这两次应该都是宋知洺指使的,宋宋没有这个胆量和想法。

"小陈,送客。"宋予不戳穿里面的人是谁,不想让旁人知道宋宋还活着。

如果宋宋愿意回到宋家,她肯定会竭尽全力为她治疗,也让大家都知道她的存在。但是现在不同,宋宋铁了心站在宋知洺那一边,宋予不可能搬起石头砸自己的脚。

她直接回了总裁办公室,不想看到宋宋离开的样子。

宋予一个人在办公室里面坐了很久,一动不动,直到卓决的一个电话将她的思绪拉回来。

她惊魂未定地接听了卓决的电话,心想大概是讲融资上市的事情,也就安心接听了。

"喂,宋小妞,中午有空吗?见个面。"卓决开门见山,想了很久才这么果断地说出口。

"有什么事吗?"宋予中午十二点约了裴珩舟碰面吃饭,如果卓决没有什么重要的事情,她就推了。

"哦,因为我要出差了,我要交一样东西给你,让别人转交我不放心。"卓决的语气听上去一本正经。

宋予仍旧对宋宋那件事情心有余悸,也没有想太多,以为卓决要交给她的是文件之类的东西。

"好,下午两点可以吗?我中午约了别人吃饭。"宋予不清楚是什么东西要让卓决亲自送来,但是她没有拒绝,定了一个跟裴珩舟结束午饭后的时间。

裴珩舟之前说两点之后他有事。

做金融的人时间都是按分秒计算的,一分一秒之间就有可能相差千里。但卓决也是做金融的,怎么看上去这么闲,还自己送文件来……

"可以。待会儿见。"卓决挂断电话。

宋予收拾了一下，拿起包起身出了总裁办公室。

她准备提前半小时去那家意大利餐厅等裴珩舟，她怕裴珩舟提前到。毕竟现在裴珩舟跟白芨已经没有关系了，宋予和他是合作伙伴，还是要在裴珩舟心目中稍微留个好印象的。

这家意大利菜隐匿在喧嚣的摩天大楼内，在CBD地区显得格外清静。上班的人大多数过着快节奏的生活，很少有人会来这家餐厅慢慢吃午饭，所以即使是周二，这家餐厅也是门可罗雀。

宋予之前来这家餐厅吃过一次，是两年前。

那日她被宋安用"家里突发紧急情况"为借口骗回国，甚至放弃了海德堡大学一个知名实验室邀约的机会，把那个机会白白送给了车蕊。回国后她才发现，宋家根本没有任何突发事件，也没有发生足以紧急召她回国的事情。

她被骗了。

当时她从南城国际机场出来后直奔宋氏大楼，以为宋安出了什么事情。那个时候是晚饭时间，宋安带她到这家意大利餐厅，跟她寒暄了几句之后让她吃东西，她不知道水杯里有药物。

她甚至都不知道自己是怎么从这家餐厅出去的，迷迷糊糊的好像是被人抱出去的，醒来时，在一家酒店……

就是那一晚，宋予遇到了江云琛。

收回思绪，她在餐厅正中央的位置落座。这家餐厅是非常经典的意大利风格，主厨是意大利人，里面的布置颇有地中海风情。水蓝色的桌布，白色的桌椅，白色的墙壁和吊顶，顶上有藤蔓攀附着，藤蔓上有灯光，像星火一样点缀着，即使是中午，灯光也是亮着的。

不知名的音乐在餐厅内飘荡着，抚平了宋予的情绪，让她的心情也变得舒畅了一些。

裴珩舟果然提前到了，她才坐下没几分钟，他就来了。

"这么早？"裴珩舟看到她时很诧异，没有想到宋予会这么早到。

裴珩舟很绅士，宋予记得之前每一次见面，裴珩舟都会比她跟白芨早到至少二十分钟，所以她今天才特意早一点。毕竟她有求于人，姿态还是要摆正。

"没什么事，上午提前下班过来了，有点饿了。"宋予含笑，推了一杯水到裴珩舟面前，"我记得你以前好像喜欢喝苏打水，我帮你叫了一杯。"

"谢谢。"裴珩舟将公文包放到一旁的椅子上，宋予瞥了一眼这个公文包，哦，换了呀。

裴珩舟工作之前，白芨送了裴珩舟一个公文包，那个包他一用就是三年。没想到现在换了，估计是小女友买的吧。

裴珩舟的效率很高，一坐下就开始跟宋予聊宋氏的事情。

"风险评估我下届就有时间做，但是你给我的资料还不够完善，到时候我会发邮件让你补充给我。"

"好。"宋予颔首，"宋氏现在在准备融资上市，有很多涉及金融的东西，到时候我可能还要多向你请教。"

裴珩舟愣了一下，宋予注意到他的表情，不懂是什么意思。

他推了推金丝边眼镜，看着宋予时眼里有疑问："我在证券公司有一位朋友叫卓决，最近是他在负责宋氏融资的项目吧？"

"是。"宋予没想到裴珩舟竟然跟卓决认识……

果然都是金融圈的，低头不见抬头见。

"我听卓决说，你跟江云琛认识？"

裴珩舟向来不是一个八卦的人，甚至可以说是一个极其清冷高傲的人，给人的感觉就是：高处不胜寒。

宋予一直觉得这句话很适合用来形容裴珩舟，但是他今天偏偏问了这么一个八卦的问题……

听到"江云琛"三字时，宋予的脸颊顿时红透了，不是因为害羞，而是因为窘迫……

毕竟她是找江云琛帮忙不成之后才找的裴珩舟。裴珩舟不会……介意吧？

"哦，不是很熟，有过几面之缘而已。"宋予觉得，她跟江云琛之间完全称不上熟悉可言，只是这段时间见过的次数较多罢了。

要是说了解的话，太少太少了。而且，她要故意在裴珩舟面前说跟江云琛不熟悉才好，免得让裴珩舟觉得自己是退而求其次找的他，这相当于在怀疑他的业务能力。

"原来不熟。"裴珩舟点了点头，打开菜单，"我还在想，既然你认识江云琛，为什么不让他帮你做风险评估，他的专业能力比我要强得多。"

"哪有。"宋予立刻准备抹黑江云琛抬高裴珩舟，"我之前跟他谈过一些金融方面的事情，能力……也就那样啊。"

其实宋予根本没有跟江云琛有任何业务上的往来，更别提一起聊过金融的问题了。

她跟江云琛从第一次见面到最近的一次，说的都是一些不着边际的话，甚至是让她崩溃的话题，根本聊不到金融上去。

宋予气愤江云琛的见死不救，也厌恶他提起两年前的事情，所以搞怪心理作祟，决定捉弄一下江云琛，反正……他也听不见。

"江云琛在华人金融领域是顶端的人才，我比不过。在专业能力上，他是我的前辈。"

裴珩舟一句话，让宋予无话可说……她有一种自己变成了井底之蛙的感觉。

江云琛厉害归厉害，请不请得动是个问题，人品好不好，又是另一个问题。

"其实如果你需要，我可以帮你争取一下江云琛。我想，他给你的帮助会比我带给你的大得多。"裴珩舟的话顿时让宋予无语……

再找江云琛？她宁可不要宋氏也不愿意。

"不用了，宋氏小门小户的，请不动江先生那种大佛。"她冷冷嘲讽了一句，不知道裴珩舟有没有听明白她话里的意思。

裴珩舟点了点头，微微扯了扯嘴角，没说话。

宋予不明白他扯扯嘴角是什么意思，看上去挺讽刺的，顿时让她心底有了一个疙瘩。

一顿饭因为提到了江云琛，宋予觉得吃得有些索然无味了，哪怕是吃肉，都如同嚼蜡。

她心底在想，以后谁嫁给了江云琛，每天面对着他吃饭，是不是特别痛苦？

午餐结束才一点多，裴珩舟坚持要送宋予去宋氏大楼。

宋予拗不过便答应了，想着只是几百米的距离而已，跟裴珩舟多沟通一下也是好事。

"你下午两点是不是有要紧事？"宋予问裴珩舟。

"嗯，看胃病。"裴珩舟倒是很坦诚。

宋予这么想起来，裴珩舟的确是有胃病的，还很严重，之前白芨一直细心替他养着他的胃。

"这几年还没有好转吗？我倒是认识一个不错的治疗胃病的医生，在南城军区医院。"

裴珩舟没有接宋予的话，宋予起初不明白他为什么不接，有人介绍专业的医生是好事。后来一想，她认识的医生，一般白芨也认识……

大概，他是不想跟白芨扯上关系吧。

裴珩舟到底是有多爱尤佳锦那个小女生，才舍得抛下白芨这样的青梅竹马？

宋予也没再说话，深吸了一口气，走到了宋氏大门口。

"宋小姐！"

宋予刚刚踏入宋氏大楼，准备同裴珩舟说让他先回去的时候，就听到了身侧传来一道洪亮而熟悉的声音。

她转过头，看到卓决从大堂的沙发上起身，手中抱着一个纸盒。

"卓经理，这么早？"

她记得她跟卓决约的时间是两点。而且……卓决手中怎么抱着这么大的一个纸盒，有这么多文件吗？

宋予蒙了，听到身旁的裴珩舟也跟卓决打招呼："卓决。"

"珩舟，你怎么也在这儿？"

卓决笑着看了一眼裴珩舟，又看了一眼宋予，又仔细观察了两人之间站着的距离，表情上有明显的停顿，像是忽然想到了什么……

"同宋小姐一起，刚刚吃了午餐。"

裴珩舟作为工科男说话太直接了，很容易让人误会，尤其是像卓决这种八卦的人。

"是吗？没想到宋小姐跟珩舟也认识，交友甚广啊。"卓决笑着眨了一下眼。

宋予懒得解释，哪怕卓决去江云琛面前说她找了裴珩舟，那又如何？谁规定她只能找江云琛做风险评估，或者是不能谈恋爱了？

误会也好，真相也罢，她跟江云琛之间都毫无关系了。

"对了，我来找你是要把这个给你。"卓决将巨大的纸盒放到了宋予手中。

宋予接过的时候觉得手臂顿时沉了下去，她力气不大，险些把盒子摔在地上。

"这是什么东西？这么重？"宋予不相信这是文件……

卓决意识到一个女孩子抱着这么重的东西有些不合适，于是又从宋予手中将纸盒拿过来，放到了一旁的沙发上："是这样的，这两天我准备去瑞士出差，江云琛的狗我没法养了，他说让我送到你这边来。"

宋予的脑子有些乱。

江云琛、狗……

她愣神了半晌，没有注意到裴珩舟此时正用奇异的目光看着她。她俯身连忙去打开纸盒，当看到"总裁"坐在里面的时候，震惊了很久……

"你一路上把'总裁'放在纸盒里带过来的？"宋予顿时无语，她虽然没有养过狗，唯一跟狗的接触也只是"总裁"而已，但是她也知道不可以把狗放在这种密闭空间里，"它会被闷死的！"

"没有，在车上这祖宗一直是坐副驾驶座的，就差给它系上安全带了。这不是为了带进你们宋氏，只能用纸盒装起来。"

一般大楼不允许带宠物入内，所以卓决才用了这个办法。

宋予松了一口气。

卓决看着忍不住笑了："看不出来宋小姐还挺关心这只狗的。是不是关心云琛，爱屋及乌？"

卓决并不知道江云琛跟宋予之间发生了什么，继续开着他们的玩笑。男女暧昧期时是最好被开玩笑的。

宋予一点都不想笑："把狗带回去吧，我没时间。"

"不行，这是云琛特意交代我的。"

宋予刚想说：那就让江云琛亲自送过来。

她知道那件事情后，江云琛不可能会继续让她养狗。肯定是卓决不想养了，想扔给她，顺便给她和江云琛制造机会。

宋予话还没说出口，卓决就拿起手机接了电话，匆匆走了。

宋予无奈地看着纸盒里面乖巧坐着的"总裁"，头都大了……

"不是说，你跟江云琛不熟？"身旁传来裴珩舟的声音。

第十章
你是人间星光

　　裴珩舟还真是把她说的话都记下了，刚才她只是随口一说，他倒是记得清楚……

　　宋予再一次感受到了工科男的直接，当然，裴珩舟这句话里，还是带着调侃的。

　　他知道她撒谎骗了他，也不直接戳穿她，就是揶揄一下。

　　宋予不知道白芨当初是怎么跟裴珩舟过这么多年的……她觉得自己跟学金融的男人根本无法和平相处，如果要结婚，她绝对不会选择这类男人……

　　但是宋予还没有想过要结婚，目前，婚姻不在她的考虑范围之内。

　　"是不熟的，只是之前江先生的狗走丢了，我恰好捡到养了一段时间，这才认识的。"

　　宋予谎话连篇，这话她自己都有些不相信，她也不想管裴珩舟到底信不信，反正能搪塞过去，能翻篇就好了。

　　"嗯，我还以为你们在交往。"裴珩舟看了一眼仍旧乖乖坐在纸盒里面的柯基，一眼识破了宋予的谎话。

　　"怎么会，江先生在金融圈这么有名，我寂寂无名，怎么配得上他？"宋予说这句话时，几欲作呕。

　　"嗯，我先去医院了。"

　　"好。"宋予颔首，知道裴珩舟不是八卦的人，应该也不会将这件事情传出去。

　　宋予拿出手机打开微信，发了一条消息给白芨："重大情报，裴珩舟胃病犯了要去医院看病！"

白芨正在午休，下午的门诊还没开始。她喝着枸杞水，看了一眼微信，淡定地回复："活该。"

其实她昨晚就知道了，只是这种事情也没有必要跟宋予说。

"就是，我要给他介绍医生他都不理睬，估计是怕你也认识我介绍的医生。"宋予永远站在白芨这边。

她刚刚打完字，旁边的"总裁"就叫了两声。

"汪汪！"

"叫什么？没人要你了，你又被扔到我这儿来了。"宋予对着一只狗说话。

身旁有不少路过的工作人员，因为快到上班时间了，大家都从外面或者食堂吃饭回来了，宋氏大楼走廊里的人流量很高。

职员们看到宋予对着一只狗说话的样子，都忍不住偷偷笑。

宋予也发现自己这个行为好像有点愚蠢，连忙俯身将"总裁"从纸盒里抱出来，搂在怀里走向电梯。

"我不喜欢养狗，今晚我就把你送到宠物店去，我是不会养你的。"

宋予觉得卓决真是想得出办法，竟然把狗送到她这里，他不愿意背负把狗送到宠物店去的"骂名"，怕被江云琛责怪，就把这块烫手山芋塞给了她。

"总裁"可怜兮兮地叫唤了两声，声音不大，好像清楚自己的悲惨命运，知道大声叫唤会让人更加讨厌。

宋予看着"总裁"软绵绵一团趴在她的臂弯里，到底还是有些心软了。

"不用可怜巴巴地看着我，我不会给你机会的，谁让你是江云琛的狗。"宋予铁了心，既然卓决把狗送到她手里没有经过她的同意，她把狗扔到宠物店，也不需要负责任，毕竟她没有答应卓决。

南城市中心，锦绣豪园。

这个小区在南城属于市中心难得的新小区，曾经是别墅区，房地产商为了利益最大化，将原本的别墅都拆了，建成了密密麻麻、高耸入云的小高层小区。这里就在市中心，年轻人上班和出行都很方便，所以楼盘一下子被炒到了极高的价位。

江云琛一年前在这里买了两层楼，直接打通，装修成了一家。

这里的装修风格全部是按照卓决的意思来的，就连床和沙发都是卓决买的。之前江云琛并未看过，今天恰好是他搬家的日子。

江云琛很信任卓决，所以才会把装修的事情都交给他。卓决劝他回江宅去住，他没有理会。

卓决想想也是，江宅对江云琛来说是极不好的回忆，回去住，相当于噩梦重现。

江云琛简单是了行李就准备入住，这边已经晾晒了半年多，气味也都快消散了。

因为新的狗窝还没准备好，江云琛不放心让"总裁"来住，所以暂时打算将"总裁"寄养在卓决那里。

车家晚宴后，车蕊联系他的次数很频繁，比往日里联系他最多的客户更甚，每一次都是找替他看病的借口来搭讪，这种方式实在可笑又落伍。

江儒声每天都在催促他早日去南城军区医院就诊，他都不予理会。

江云琛按下指纹解锁，打开公寓的房门。之前卓决说过，他的装修品位不会有问题，江云琛想了一下卓决的公寓，的确没有什么太大的问题，属于审美正常的范畴，所以他也就放心了。

推门进去，江云琛原本打算在玄关处换鞋，但是粉色的冲击让江云琛有些头晕，也觉得格外刺目……全粉的家具和墙纸。

江云琛是直男，无法接受大片粉色，尤其是上下两层将近四百平方米的房子，全部是粉色……

他放下行李，拿出手机拨了卓决的电话号码。

那边很快就接听了："喂，云琛，我先跟你说件事。我现在在去瑞士出差的路上，很忙，你的狗我已经帮你寄养到宋予那边了，她照顾'总裁'有经验，我觉得没问题的。"

江云琛的气原本就在那儿，听到卓决将狗交到宋予手中时，脸色顿沉："把'总裁'带回来。"

"我已经在机场了，没办法去找她了。你想带回'总裁'，自己去啊，正好你们见个面，聊聊天，吃吃饭。"卓决挑眉。

"卓决，不要让我说第二遍。"

"我这不是有公务在身嘛！"卓决声音急促，"我马上要登机了，先挂了。"

说完，他立刻挂断电话。

江云琛原本打算后天让秘书把狗窝安置好，再从卓决家带"总裁"回来。现在，"总裁"怕是回不来了。

江云琛还没有同卓决说房间的装修就被挂断电话，他将行李放到一旁，简单环视这套公寓。

一楼几乎是通体粉色，唯一的点缀是白色。江云琛看着觉得头很疼，如果让他一直在粉色的房间里生活，他觉得自己待不了一周，一周已经是极限。

他去了第二层，看到第二层是灰色调时，心稍微放平了一些。

卓决还是想活命的。

这时，卓决发来了一条微信："到公寓了吧？二楼是你的活动区域，你的房间也在二楼。我让设计师用了最简单的灰白设计，你应该喜欢。一楼是给未来的江太太和江千金住的，我特意让设计师设计成了粉色。完美！"

江云琛对卓决这种自言自语式的消息并不想理睬，他现在唯一的想法就是把一楼的墙全部刷白……把粉色的家具扔掉。

江云琛解开领带，连同手机一起放到沙发上，拿起遥控器打开了电视，找到财经节目。当初让卓决帮他装修房子时，他唯一的要求就是电视机必须大，他每天必须定时收看财经节目，至少一个小时，小屏幕电视会让他觉得不适。

整个家唯一让江云琛满意的，就是这台黑色的液晶电视……

财经节目里的主持人正在就目前的股市侃侃而谈，有一个嘉宾自称是股市专家，建议大家买某只股票。他建议的，恰好是江云琛今天早上让卓决卖掉的。卓决一直心疼，担心卖了之后涨。

之前不少财经节目和杂志都邀请过江云琛参加电视节目和访谈，被他拒绝了。

股票买卖有得有失，他只会告诉亲近的人。

他拿着遥控器准备换一个财经台时，手机恰好响了，是车蕊。

江云琛并不想理会，对方无非邀约吃饭、看电影。他没有这个时间也没有这个精力。

他唯一一次请异性吃饭，是在桂预山房请宋予。

车蕊坚持不懈地打过来，江云琛索性挂断了。

下一秒，手机又响了，他以为还是车蕊，准备继续挂断时，却看到显示的是宋予的号码。

他没有给她备注，因为有足够的记忆力可以轻易记住一个号码。

沉默几秒后，江云琛按下了接听键。

电话里传来宋予的声音："目前融资方面已经没有问题了，上市时间还没确定，还要继续……"

很明显，这些话她不是同他说的，应该是无意间碰到了手机。

宋予的话他清晰可闻，像是在开股东会议。这么重要的会议，她都能大意地拨出号码。如果拨到了竞争对手或是商业伙伴那里，被人听去，宋氏就完了。

就她这样，怎么经营一个公司？

君子非礼勿听，虽然他不认为自己是君子，但也没有龌龊到要偷听宋氏的商业机密。他挂断了电话。

傍晚，宋氏大楼。

宋予忙了整整一天，眼睛酸痛不已。她看完最后一份文件，合上文件夹将其放到了一旁。

现在是晚上十点多，秘书都已经下班回去了，整幢大楼只剩下她一个人。

她披上大衣去了地下停车场，刚刚出电梯就看到几个穿着警服的男人站在电梯口等她，好像是在守株待兔。

"宋小姐，麻烦跟我们去警局一趟，有人报案拿出证据指证您涉嫌故意杀人，现在你将被刑事拘留。"其中一个警察上前，用手铐铐住了宋予的手腕。

她茫然地抬头，瞬间哑然又无语。

"昨天早上南城高级法院刚刚判我一审无罪。"她不懂哪里又来一个"故意杀人罪"安在了她身上。

"我说了，是有人报案。"

"是谁？"

"我们有权保护报案人的隐私和安全。"

警察紧紧扣住了宋予的手臂，冰凉的手铐触碰着她的手腕，让她瑟缩了一下。现在是冬天，金属冰冷，碰到皮肤时冷得刺骨。

"我要请律师。"宋予很镇定，因为她已经猜到是谁了。

是宋宋……

昨天法院一审的判决得罪了徐媛的娘家和宋知洺，他们必然要拿出足够的手段让宋予再次面临牢狱之灾才会甘心。而宋宋就是最好的人证，也是他们手中最好的证据……

"麻烦到警局再说，到了警局，可以联系律师。"警察的态度不算好也不算恶劣。

宋予一身疲惫，原本想回家泡澡睡觉，这样一折腾，今晚一晚算是泡汤了。

警局。

宋予被拘留，一到就要求请律师。

警察拿了她的手机按照她的要求给律师打电话。

"已拨电话第一个，就是我的律师。"

宋予手机里面存了太多律师和法律顾问的号码，但是今天下午，她刚刚同一审那位律师通过话，商量如果徐媛的娘家再次起诉该如何应对。这也是她下午到现在打出去的唯一一个电话。

警察打开手机找到了已拨电话那一栏，看到第一个号码就直接拨了出去，也没有问这个人是不是。

电话没有很快接通，直到警察快要挂断时，那边才接了。

"喂。"警察开口时，宋予松了一口气……这名律师是最了解宋安这个案子的，也只有他来才能将事情的来龙去脉解释清楚，才能将她保释出去。

"是律师吗？这里是南城警局，这部手机的主人宋予因故意杀人罪被拘留了，她申请请律师，麻烦您过来一下。"

江云琛刚刚洗完澡，拿了江氏的资料准备看。无意中又接到了宋予的电话，他以为她又拨错了。

手机一直在响，他最终还是接听了，没想到是南城警局的电话。

"知道了。"他冷冷地开口。

"您最好马上过来。"警察又催了一声。

"嗯。"

挂断电话后,警察将手机放到了一旁:"你的律师说马上过来。"

"好,麻烦了。"

宋予稍微放松了一些,但是仍旧不安。宋知洺出手太快了,且在她毫无防备的情况下出手。现在有宋宋作为人证,万一二次庭审的时候法官判她有罪,她该怎么办……

一件件事在宋予的大脑里徘徊,让她坐也不是,站也不是。警局的拘留室内关押了很多人,形形色色的人都有,她穿着呢大衣和高跟鞋,太过光鲜靓丽,在这里显得格格不入。

半小时后,刚才替她打电话的警察叫她:"宋予,你的律师过来了。"

宋予原本站在角落里,一听到律师来了连忙走到了拘留室门口,隔着护栏看向门外。

然而,她没有看到她的律师,只看到了一身便装的江云琛……

他怎么在警局?现在已经晚上十二点了,怎么会在这种地方遇到他?

宋予讶异又惊恐,生怕被江云琛看到她在警局里丢人现眼的样子。她以最快的速度转过身去,光是背影,他应该认不出她……

"宋予。"

在她转身的那一瞬间,背后传来江云琛的声音。

她浑身的汗毛在一秒内竖了起来,光是个背影,他都认得出?不知道该说他了解她,还是该说两人冤家路窄……

她不打算转过身去,有可能江云琛只是觉得这个背影有点像她,所以才试探性地叫了叫。

宋予自导自演了一场丰富的内心戏,但是身后的人很显然不耐烦了。

"宋予,转过来。"命令的口吻,但是算不上冰冷,逼迫着她转过身看向江云琛。

她眼神是恍惚的,不敢对上江云琛的眼睛。这里是警局,而她又在拘留室里,他在拘留室外,这样的对视,她总觉得有些奇怪……

"你怎么在这儿?"宋予这次没有装模作样地说巧,而是极其冷淡地问了一句。

江云琛接到那个电话，就知道一定是警局的人打错了，将他误认为是她的律师，她大概也不知道。

"警察用你的手机叫我过来的。"江云琛一句话像是棒子，敲醒了宋予。

根本不是什么警局偶遇，也不是什么冤家路窄，江云琛是被警察叫来的……警察搞错了手机号码。

宋予有些无语，怎么偏偏打给了她最不想见到的人？要是别人，她也就不会觉得这么倒霉了，对方可能也不会来。

那江云琛是怎么回事，他为什么要来？刚才警察在电话里明明叫的是律师，以他的智商应该早就知道弄错了。他来看热闹，还是看她的笑话？

"弄错了，我找我的律师。"

"我的律师在来的路上，五分钟后到。"江云琛说得不急不缓。

宋予没来由地厌恶，像是自己身上的秘密被人看光了一般……

"不用了，我找我自己的律师就可以了，他了解我的案子。"她紧紧盯着江云琛，羞愧感盖过了所有情绪。

之前听江云琛同车蕊说话，他好像一直关注她的这个案子。但是这一次，她被关在拘留室内，第一次以犯罪嫌疑人的身份出现在他面前。她现在很想找一个地洞钻进去，不让他看见才好。

丢人……

"我的律师过来应该更快，如果你想继续蹲在里面，可以继续等你的律师。"哪怕是这种处境，江云琛也不会说好话。

江云琛的话让宋予不知道如何反驳，她的确一分一秒都不想继续待在这个拘留室里了。

狭小的房间里鱼龙混杂，什么样的人都有，空气中弥漫着各种各样的味道，混合在一起，刺激着她的鼻腔，让人头晕目眩。

"你的律师，靠谱吗？"她还是多嘴问了一句，她担心律师不清楚她的案子，到时候不了解情况，无法保释她出去。

江云琛没说话，一副这个问题他不需要回答的样子。

宋予自知问出这个问题不是很礼貌，便微微垂首，靠着墙壁没有说话。

江云琛就站在栅栏外面，他难得地穿着休闲装，往日见他都是西装革履。休闲装的江云琛比平时要温和许多，身上的凛冽气质也减了不少。

但是宋予仍不待见他，余光瞥到他时都立刻挪开，像是在躲什么瘟神一样。

"怎么回事？"江云琛感觉到了她的目光在他身上游离，侧过身看向她。

"没什么事。"她淡淡说着，语气清冷寡淡，一副拒人于千里之外的样子。

"不说我的律师没办法帮你。"江云琛能感觉到她的排斥，但不难理解。

"被诬陷了。"

"你的一个字值很多钱？"江云琛的语气越发冰冷了，像是隆冬的寒风，让宋予感觉脊背发凉。

"嗯？"她的一个嗯字，很僵硬。

"不值钱，为什么就说这么几句话，你是打算让我做拓展阅读？"江云琛总是话里带刺，让宋予像吃了苦瓜一样难受，还吐不出来。

"被小人诬陷了。宋知洺，我的小叔你还记得吗？"宋予一提到宋知洺就怒意满满，"他利用我同父异母的妹妹诬陷我是当初那场车祸的凶手，我不知道我妹妹还活着……"

"她作为人证，一口咬定你的话，你连被保释都不可能。像故意杀人罪这种罪名，是不能被保释的。"

江云琛的话宋予深信不疑，她在法律方面的知识很匮乏，虽然她也不知道江云琛是怎么知道的，但是江云琛一般不会胡诌，在这种事情上，她还是信他的……

"那我今晚出不去了？"宋予抬头看向他，眼眶微红，委屈巴巴的样子。

"目前没有人证，今晚出去问题不大。"

"你怎么这么懂？"宋予在原地站得太久小腿酸痛难忍，但是她又不想像房间里的人一样直接坐在地上。

她话里的意思是：你靠谱吗？

江云琛被宋予的事情烦得想抽烟，他拧紧眉心沉了脸色："我是太闲了，才深更半夜到这里来。"

宋予感觉到他应该是生气了……她的话虽然不算冲，但并不好听。

"你可以走啊，我都说了是警察弄错了，谁要你来……"宋予最后半句话，声音轻到像是喃喃，因为她自己也不好意思了……

江云琛盯着她看了几秒，如鹰隼一般的眼神让她有些怯懦地低下了头。人家好意来，她说的话好像太尖锐了。

他盯着宋予看了几秒之后，转身阔步离开了警局。他的步伐并不快，宋予却紧张了。

"喂！"她匆忙开口，声音急促。

江云琛停顿住脚步，单手抄在裤子口袋里，又穿得休闲年轻，从背影来看同二十岁的大学生没有差异。

他侧过身来，眼睛微眯地看着她。

"你……别走……"宋予觉得不好意思说出口，警局里又这么多人，她实在不敢太大声，还说这种略带撒娇的话。

江云琛站在原地仍旧一动未动，腾出一只手擦过鼻尖。

"我没名字？"江云琛反问了一回，俊眉微挑。

"江……云琛。"宋予有多不想念出这个名字，只有她自己清楚。

旁边值班的警察不知情，见状笑着调侃："小情侣吵架了？"

宋予的耳朵又红了一些……她跟江云琛已经不是第一次被误会了。在这种尴尬的境地，她觉得更加难堪。

"你过来。"宋予微微皱眉，鼻尖都红透了。

江云琛看向宋予，看到她鼻尖通红，站在原地看了她几秒钟，缄默了一会儿，最终还是心软地走向了她。

"错了？"他的两个字落入她耳中，在这样肮脏污秽的环境里，像是一股穿堂风，清风拂面，有几分温柔。

"没错。"

宋予咬咬牙，她什么时候说过自己错了，他凭什么像跟小狗说话一样跟她说话？真把她当"总裁"了？

"总裁"……

宋予忽然想到那只柯基，之前她让萧瀚先把"总裁"送到宋宅去了，也不知道保姆有没有喂它狗粮。

"骨头挺硬。"江云琛的语气带着一点调侃。

宋予发现，自从那晚两人不欢而散之后，江云琛跟她说的每一句话好像都带着刺。

"你的狗……还在我家，你有空把它带回去。"宋予说每个字都很尴尬。

"嗯。"江云琛正好找到一个带回"总裁"的方法。

没过一会儿，江云琛请的律师到了，宋予看着有些眼熟。她好像……在电视上看见过对方。

"其深。"江云琛跟这个男人打招呼，宋予这才想起来，原来他的朋友，是傅其深……

A市鼎鼎有名的金牌律师。据说傅其深已经有好些年没有出来办过案子了，能让他出面的人很少很少。而且，他竟然这么巧在南城？

"宋小姐？"傅其深上前，隔着拘留室的栅栏同宋予打招呼，让宋予越发尴尬了……

她现在这个样子太过窘迫，无论见谁都不合适，偏偏还要见陌生人……

"您好傅先生，久闻大名了。"宋予尴尬地笑了笑，在这种地方跟第一次见面的人打招呼实在不是一件舒服的事情。

"宋小姐，麻烦大致跟我讲一下事情的经过。"傅其深的话很少，大概是看到时间已经不早了，宋予又是一个女孩子，站在一堆鱼龙混杂的人中间。

宋予简单讲了一下经过，傅其深额首："我已经清楚了。我会去跟警察说，现在人证不出来，你的罪证并没有成立，而且前几天的第一次庭审刚刚结束，你是无罪的，出去的概率很大。"

"只要能出去就好。"宋予目前唯一想的就是出去，只要今晚不住在这里，一切都好说。

"嗯，我尽量。"

宋予瞥了江云琛一眼，想到他一直怼她的话，觉得人与人之间的差距真是大。通常半桶水的人才响得厉害，他在她面前话不少，跟傅其深比起来，他大概就属于这种人。

宋予对江云琛的厌恶感与日俱增，一分一秒都在加剧。

傅其深转身走向江云琛，同他说了几句之后就走向了警察。

宋予对着江云琛使了一个眼色："傅其深怎么说？"

"你现在这副样子，很像一种动物。"

"什么？"宋予虽然知道肯定不是什么好东西，但脱口而出的话，已经咽不下去了。

"乌龟。"

缩头乌龟……缩在栅栏里面，往外面张望……

宋予闻言，一时间没有找到合适的语言去反驳他。他说的每一个字都像踩在她的背上一样，一字一句，都要压她一头。

宋予没心思跟他开玩笑，哪怕生气也要憋着。因为傅其深是他带来的。在国内，傅其深在律师界的名望有多高，众所周知。哪怕是熟悉她的案件的律师过来，也没有傅其深厉害。

先忍……忍。

十分钟后，警察过来打开了栅栏门："可以走了。"

宋予顿时松了口气，好像终于扫清了身上的阴霾，见太阳了一般。

她深深吸了一口气，拿了包和手机，同傅其深道谢："傅先生，今天真是谢谢您了。要不留一个联系方式，改天我请您吃饭？"

傅其深拿了一张极简单的名片递给宋予："不用请我吃饭，帮朋友忙。"

宋予当然不会觉得他口中的朋友指的是她，当然是江云琛……但她还是硬着头皮上了："那，能不能请傅先生，帮我打个官司？"

人心不足蛇吞象，宋予脑中冒出了这句带有贬义的话，觉得很适合自己……她的确是太贪心了，但是真的穷途末路了，没有办法。

傅其深看了一眼江云琛："嗯？"

傅其深询问江云琛的时候眼里带着笑意，这种笑意宋予从不少人眼中看到过。

比如计仲秋，比如刚才那位警察……都是误会她跟江云琛的人。她厚着脸皮，也不想解释，如果能通过江云琛请动傅其深，也是一件好事。

当然，律师费她肯定不会少给的。

江云琛只是平平淡淡地"嗯"了一声。

傅其深轻笑，点了点头："我先回酒店了。宋小姐，我明天就要回 A 市，我推荐一位我大学时候的老师给你，她比我更专业。"

"老师？"傅其深的年纪不轻了，当年他跟他妻子结婚时，已经是三十多岁了……他的老师，年纪该有多大了？

宋予总是猜忌，总是担心别人不靠谱。

"嗯。我念本科时的法学系老师，她也是南城人，后来嫁去了 B 市。上午联系过说，她要回南城一段时间。"

宋予点了点头，相信傅其深，他肯定不会随随便便介绍律师给她。就像裴珩舟一样，他身边的朋友必然是精英，更何况是傅其深的老师。

"那就麻烦了。"宋予淡淡笑了一下。

"嗯，我先走了，回去我把我老师的联系方式给你。"

"好。"

傅其深离开之后，宋予站在警局里，脚上像是粘了双面胶一样，挪不动，也不想挪……

她想等江云琛走了之后再走，免得两人肩并肩走出去，他可能还会送她一程。她再也不想同他坐同一辆车了，气氛尴尬不说，他们两个人仿佛气场不和一般，总是话不投机半句多。

她心底这么盘算着，江云琛却走近了一些，将车钥匙放到她手中："你开车，把我送回家。"

宋予真的对江云琛无语至极。

刚才她还在想江云琛会不会又要送她回家，没想到江云琛让她送他回家。他总是给她这种"意外惊喜"。

"我累了，不想开车。"她是真的累了，在拘留室里面站了整整两个小时。

她很想说：凭什么让我开车？我又不是司机。话到了嘴边又咽了下去，态度稍微改善了一些。

"宋予。"江云琛每一次认真叫她的名字时，都会让她有一种起鸡皮疙瘩的感觉……

她被盯到瘆得慌，皱眉："我腿麻。"

原本她很想骄傲地回怼过去，但是这三个字说出口，又像是在撒娇，有种酥酥软软的味道，像是在挑人心弦。

她意识到了，想咽下这句话，但失败了。

江云琛没再说话，而是阔步出了警局，走到门口见宋予没有出来，转头看她："钥匙。"

宋予垂首，才意识到江云琛的车钥匙还在她的手里……

她只能硬着头皮和他一起走出了警局，一走出去，凉凉的晚风从耳边拂过，吹散了她一身的风尘和身上奇奇怪怪的味道，她的心情也缓和了不少。她难以想象在拘留室待一个晚上会是什么感觉。

她把钥匙递到江云琛手中后，看到江云琛面无表情地走到了驾驶座上。

车子发动，直接停到了警局门口。

"自己不会开车门？"他的口气越发差了。

宋予心想，不就是没有帮他开车吗？至于嘛……

"我没说要上江先生的车。"宋予淡淡回怼了一句。她刚才动了偷懒的心思，想着干脆搭江云琛的顺风车回去好了，现在听江云琛这么一说，她顿时打消了这个念头。

"上车，我要去你家带'总裁'。"

江云琛的一句话让宋予又松懈了。她觉得自己是一颗拧得不够牢固的螺丝钉，只要稍微被拧一下，就会松……不够坚定，说的就是她。

把那只大屁股柯基带走，就是解决她的一个心头大患，也好。她乖乖地上了车，坐在副驾驶座上打算装睡度过这半个多小时。

然而一路上并没有她想象中那么顺利，南城大堵。

从南城警局往宋家别墅的那段路，堵成了一条长龙，弯弯曲曲，看不到尽头……

南城是出了名的堵，现在是深夜十二点多，平日里并不会堵，但是前面出现了连环车祸，警车封道，车辆要为救护车让路，路上顿时一片混乱。

宋予根本没有办法装睡了。汽车的鸣笛声、路人的争执声，充斥在耳膜里极其不舒服。

"还要堵多久？"她喃喃自语。

江云琛回复了她："五十分钟左右。"

"你怎么算出来的？"宋予脑中有几秒钟的缺氧，然后她问了一个极其愚蠢的问题。

"猜的。"

宋予觉得跟他说话可真累。

"宋予。"

"嗯。"宋予秀气的眉心又蹙了蹙，"江先生，我有一个请求。"

“嗯。”

“能不能不要每一次都这么突如其来地叫我的名字，会让我有一种回到了学生时代被教导主任点名的感觉。”宋予的请求很恳切，她今天已经被江云琛吓到两次了。

“那让我怎么称呼你，宋小姐？”

江云琛的声音有气无力，宋予想他或许是太累了。

夜已深了，马路两旁的灯火都已经渐渐熄灭，留下伶仃的几盏，给深夜的人间增添一点烟火气和生气。

“随你怎么称呼。反正把狗还给你之后，我们也不会经常见面了。”宋予笑得得意。

江云琛解开了安全带，将头微微仰靠在真皮座椅的靠枕上，像是累到了极点。

“上次利用我攀附计仲秋，利用完扭头不认人；这次利用我请到了傅其深的老师帮你打官司，转身就说以后不会经常见面。宋予，你拿到好处就跑的本事，是越来越厉害了。”

　　"之前我想请你吃饭道谢的，你屡次拒绝我，你已经失去机会了。"
宋予是铁了心以后跟江云琛老死不相往来了，所以才会这么说。尤其是
后半句话，带着一点点俏皮，是她平日里不会用的口吻。

　　"现在给你一个机会报答我。"

　　江云琛的回答又在她的意料之外。

　　"只要我力所能及……"她也觉得不好意思了。

　　"到驾驶座来，开车。"

　　宋予费解地蹙了眉心，他到底在坚持什么？

　　"下车。"

　　宋予推开了副驾驶座的车门，绕过车头走向了驾驶座，江云琛早已
下车等着她了。他今天到底是有多不想开车……

　　宋予坐到驾驶座上之后，龟速往前行驶着，将车子开到宋家别墅门
口时，的确花费了将近一个小时的时间，同江云琛预判的相差无几……

　　这人简直恐怖。

　　"到了。我帮你开了车，你再把狗带走，我们之间就可以真正意义
上的一笔勾销了，对不对？"宋予太想跟他撇清关系了，没有从他口头
上得到承诺，她就不安心。

　　只要他答应，不管以后在阳关道上走路遇到他，还是在独木桥下涉
水遇到他，她都可以低头装作不认识了，不需要左一个"江先生"，右
一个"江先生"假装同他交好了。

　　"江云琛？"宋予停好车，解开安全带，见江云琛一直没有理会她，

便别过头看向副驾驶座。

江云琛竟然……睡着了。她想到了刚才江云琛的声音有些疲惫，他一直坚持让她开车，是不是就是困了，不想疲劳驾驶？看来，她误会他了。

宋予不知道应该叫醒他，还是让他继续睡一会儿。叫醒，显得她很没有礼貌；不叫，她自己也困了，想回家休息了。她想好好洗个澡，洗掉身上的臭味。

宋予一直是一个很纠结的人，尤其是遇到那种需要自己独立判断的事情时，很容易变得优柔寡断，所以从一开始宋安就说她不是做生意的料。

她还在犹豫时，放在车上收纳盒里的手机忽然响了，是江云琛的。

他的手机没有铃声，只是振动，她担心吵醒他，下意识地连忙拿起来按下了接听键，毕竟随便挂断别人的电话不是礼貌的行为。

"喂？"宋予小心翼翼地开口，尽量压低了声音，担心自己的音量一大，江云琛会醒过来。

她倒不是有多关心他，是担心他一醒来就看到她在接听他的电话……这个场景单是想想就很奇怪。到时候她怕自己跳进黄河都洗不清了。

"你是？"那边是女人温柔大气的声音，吐字很清晰。

单是两个字，宋予便已经听出是谁了……

是车蕊。

宋予扯了扯嘴角，刚才计划是同电话那头的人说明情况然后挂断电话，现在她决定捉弄一下车蕊。

在海德堡那些年，她没少受车蕊的气，现在趁此机会讨一些回来，也不过分。

"车蕊？"宋予装作疑惑地开口。她走出车子，外面的冷风嗖嗖地从耳旁擦过，冻得她吾了一下耳朵。

"宋予？"

车蕊的语气好像不惊讶，毕竟上一次在车家，车蕊已经看到她跟江云琛亲昵的场面了。

"这都快一点了，你打给云琛做什么？"宋予轻靠在车上，单手拢了拢大衣，恶作剧让她很开心。

看上次江云琛对车蕊的反应，应该是不喜欢她，甚至有点厌恶她，因为家族联姻的关系，江云琛大概不会跟车蕊在一起的，所以宋予更加无所畏惧。

"明天我在军区医院有号，待会儿你告诉江先生，让他上午十一点来我的办公室找我看诊吧。"

车蕊大大方方地说着，在宋予听来，却像 502 胶水要硬生生粘到江云琛身上去。

"我没听云琛说要看病。"宋予并不清楚江云琛的病情，更不知道他明天是不是真的要去看病，但也不敢耽误他的病情，"他同你说要去军区医院的？"

"嗯，军区医院血液科是治疗血液病最好的地方，江先生回国后想得到好的治疗只能来军区医院。我听他说今天身体很不舒服，好像发高烧，所以帮他拿了一个号。你也知道的，南城军区医院一号难求。"

车蕊那冷冷的口气和嚣张的气焰，让宋予苦笑。

车蕊这是在她面前炫耀，炫耀自己学医多年能进去军区医院，而她学了这么多年，终究只是一个身处铜臭味当中的人而已。

"等他醒了我会告诉他，他已经睡了。"宋予也没有完全撒谎，江云琛就是睡了，只不过是睡在车上而已。

车蕊的话也让她吃惊了一下，江云琛今天竟然在发高烧……难怪他的精神状况从进警局开始就不是很好，出了警局也一直坚持让她开车。她还一而再再而三地拒绝……

"嗯，记得。"

车蕊表现得很大方，似乎不在意她跟江云琛之间有什么。

但是宋予不相信这是车蕊的性子，她继续挑战着车蕊的底线："车蕊，你打算嫁给江云琛？"

"目前我跟江先生是朋友关系。"

"哦，说得这么耿直，朋友关系。"宋予强调着，"但是我不允许我男朋友被别的女人觊觎哎。"

宋予故意用那种特别"绿茶"的口气揶揄车蕊，如果今天不是车蕊出现，她一天都是灰暗的，幸亏睡前还能调侃一下车蕊。

宋予清晰地记得在海德堡的时候，受过车蕊多少白眼和嘲讽，当时一批华人留学生全部孤立她。

在海德堡大学，她没有朋友，也没有可以说话的人。人人都想同出身医药世家的车蕊做朋友，不想跟她这个宋家私生女扯上半点关系。

"宋予，以你的身份，连半条腿都踏不进江家大门。"

"说得你好像进得去一样。"宋予嗤笑，冷风中她忍不住吸了吸鼻子，"哦，对了，你有可能进得去，那只能嫁给江云琛的爷爷，听说江儒声丧妻多年了，你可以试试看，这倒是一条进江家的不错的路。"

宋予对江儒声的印象同样不好，所以说的话显得很轻蔑。

江儒声仅仅见过她两次，每一次都是用下巴看她的，她只不过是"投桃报李"。

车蕊沉默了，大小姐哪里受过这种侮辱，兴许是被宋予粗鲁的话气到了。

宋予挑挑眉，不管车蕊是否回答她，直接挂断了电话。

她正觉得戏弄了车蕊之后神清气爽时，听到身后传来阴森森的声音："让车蕊做我奶奶，宋予，谁给你的胆量？"

宋予被吓得差点没有拿稳手机，江云琛的声音比刚才喑哑了一些，带着睡意蒙眬的味道，比他平日里的嗓音添了一分低沉感。

她转过身，猛地对视上江云琛的双眼，心虚感立刻蹿了出来。

"我看你睡着了，怕手机吵醒你就出来接了。"

"只是娈一下，差点给我娈出一个奶奶？"江云琛半开玩笑半讽刺道。

宋予无话可说，自知理亏，刚才做的事情不是君子所为。但因为是车蕊，她才说这么多的。换作别人，她肯定直接交代几句就挂断电话。

"我跟车蕊有过节，气气她。"

江云琛盯着她，仍睡眼蒙眬，眼底的阴云随着夜的加深越发明显了，双眸仍如深渊一样好看。

"我认识一个朋友在幼儿园工作。"

"嗯？"

跟江云琛说话，宋予很少能摸着头脑，他的话题跳转得太快了，总是让她应接不暇。

"幼儿园里的小孩经常会有吹气球比赛，下次我推荐你去。"

"为什么？"宋予苦笑，"我为什么要去幼儿园跟一群小孩子比谁吹气球厉害？"

宋予一头雾水地盯着江云琛的双眸，不懂他的意思。

"因为你的气比较多。"

宋予觉得甘拜下风。在冷笑话方面，她倒是真没有找到一个比江云琛还有天赋的。

"喏，手机还给你。除了跟车蕊通了话，我没有看你的手机。"

宋予为了证明自己的清白，特意说了一句。江云琛是跟钱打交道的人，平日里手机信息往来的人肯定特别多，她要是看去了，万一哪一天东窗事发要她负责，她可负不起。

江云琛接过手机，但是宋予拿着手机时的力道有些重，江云琛没有一下子顺利地拿走，拿走时，他修长的手指滑过宋予的虎口。

她站在外面比较久，手已经不热了。江云琛一直在车内，车子里的暖气开得很足，他的手却冷得惊人。

她想到刚才车蕊说的，他在发烧。

宋予不知道自己该不该问这个问题，讪讪开口："刚才车蕊同我说，你今天一直在发烧？"

"开门，'总裁'困了。"

江云琛很自然地扯开了这个话题，应该是不想同她说起身体的事情。她有些不悦，她也是医生，为什么他可以同车蕊说，而不能同她说？

"我学医也有不短时间，虽然学的是心脏外科，但是没分科之前也是一样的，对血液病……"

她尽量让自己的话听起来婉转一些，不那么直接。谈人疾病，是揭人伤疤的事情。

"你之前说你学的是男科。"

宋予的脸庞在黑夜当中红透了……

"开玩笑的。"

她暗自腹诽，他倒是把不好的事情都记住了，当初不知道是谁拿男科的事情去戏弄卓决。

"快开门，我的狗很少这么晚睡。"

命令的口吻，让宋予趁着他转过身时剜了他一眼，她打开了宋家别墅的铁门。

保姆还没有睡觉，宋予看到保姆出来准备开门，就直接问保姆："宋姨，'总裁'呢？"

"总裁？"

"就是那只柯基。"

"柯基？"宋姨弄不知道柯基是什么。

宋予忘记跟宋姨说那只狗叫"总裁"了，也没有告诉宋姨这只狗的品种是柯基，所以耐心解释："就是那只屁股很大、腿很短的狗。"

"哦！在里面睡觉呢。"宋姨笑着，一副"早该这么说"的样子。

宋予想侧过身去跟江云琛说，一转过头，看到江云琛阴沉着脸……她忽然想到了自己刚才说的话，好像又冒犯江云琛的狗了。

"喀喀。"她低声咳了两声，抿唇走向客厅。

打开客厅的门，她以为"总裁"会直接扑上来，但是没有。她在客厅里面环视了一周都没有看到"总裁"的身影，想到会不会在沙发底下，随即又蹦出了一个念头："总裁"不会丢了吧？如果她弄丢了江云琛的狗……

"'总裁'呢？"

江云琛的耐心似乎已经到了极限，今天他发着高烧去警局保释她，已经让宋予觉得亏欠他了，如果"总裁"走丢了，雪上加霜……

她紧张得不知道怎么跟江云琛交代，平日里的伶俐劲都没了，取而代之的是磕磕绊绊的话："应该……在沙发底下吧，找找看。"

她俯身在沙发底下看了一圈，并没有看到狗……

"宋姨，'总裁'呢？"宋予有些急了，心都悬了起来，走出客厅去问宋姨。

"一直在客厅啊，吃了狗粮很早就在小床上睡觉了。"宋姨如实回答，"我大概晚上九点的时候进来过，看到它睡着了。"

宋予脸色苍白，明明已经是深更半夜了，她却清醒无比，情绪都被吊了起来。

她看到江云琛阴郁的脸色，连忙解释："应该就在家里，宋家不小，再找找。"

"哦，对了。"宋姨忽然想起来，"二先生在楼上，可以问问他。"

宋姨口中的二先生，指的是宋知洺。

宋予闻言，只觉得脑中天崩地裂一般。

宋知洺……他不会因为她，迁怒于"总裁"，对一只狗下手吧？

"你在这里等我，我上去找一下宋知洺。"她神色慌乱，唇色惨白。

　　江云琛伸手抓住了她的手臂，她以为他是要拿她兴师问罪，于是连忙开口："你放心，'总裁'不会丢的。就算丢了……我也会想办法负责。"

　　她表情认真凝重，江云琛在她脸上很少见到这种认真负责的表情。她在他面前永远是嬉皮笑脸的，带着调侃和讽刺的口吻同他说话。

　　"没事。"江云琛的两个字，笃定而沉稳，落入宋予耳中，跌落到心上，让她猛地一惊。

　　他刚才说，没事……她以为自己听力出现了障碍，他竟然会对她说没事？

　　宋予摇了摇头："一定是被宋知洺带走了，我上去……"

　　宋予的话音未落，一个毛茸茸的东西就钻到了宋予的脚边上，她先是惊了一下，低头看到是"总裁"的时候，顿时泄了气。

　　"总裁"没有丢……

　　她俯身将"总裁"从地上抱了起来："你跑去哪儿了？你吓死我了！"

　　宋予对小动物没有什么爱心，尤其是对猫猫狗狗根本不感兴趣，这还是第一次主动去抱狗。

　　"总裁"仰头看着宋予，一双圆圆的大眼睛盯着宋予的时候很无辜，好像是在说它什么事情都没有做错。

　　江云琛看着宋予的行为，没有打断她，也没有从她手中将狗抱走，而是静静等着惊魂未定的她回过神来。

　　"总裁。"江云琛叫了"总裁"一声，这个没心没肺的家伙立刻就想挣脱开宋予的怀抱，仰着身体想凑到江云琛身上去。

　　宋予靠近江云琛一些，将狗递到了他的怀里："好了，还清了，我以后不会再帮你养狗了。再养，我估计会得心脏病。"

　　递狗的时候，她半开着玩笑。原本她是没什么心情的，但是在"总裁"失而复得之后，她豁然开朗起来，手不小心触碰到江云琛的手背皮肤时，她又紧张了。

　　"你没事吧？你的手太冷了。"她不由自主地问出口，完全没有发现自己在紧张他。

　　"没事。"江云琛盯着宋予的双眼有很明显的疲惫感，"我身体不好。"

　　废话。她当然知道他的身体是不好的，南城有几个人不知道？

"你得的到底是什么病？"宋予终究还是忍不住问他了，"我不是想打听你的隐私，我只是想，万一我能帮上你呢？毕竟当年我学医的时候成绩也不差，而且，我认识不少比车蕊专业的血液科医生。"

一踩一捧，她时时刻刻不忘记踩一下车蕊。

其实宋予也已经猜测到了几分，他得的大概是白血病的一种，而且应该是慢性的。

江云琛没有回答她，而是扯开了话题："多谢。"

江云琛的一句谢，让宋予有一种承受不起的感觉。她明明什么都没做……

"其实现在许多血液病都可以治疗的，治疗之后一样可以活很久，几十年也有可能，之后一样可以结婚生子。"

"结婚生子？"江云琛像是听到了什么好笑的事情一样，"没这个打算。"

宋予刚想说巧了，自己也没这个打算，但是一想，这有什么好巧的……

"想法是会慢慢改变的，如果你想好好治疗，我一定……"

"以前没有看出来，你还有说心灵鸡汤的本事。"江云琛又揶揄她，"我母亲是因为白血病死的，我没打算要孩子。"

江云琛算是间接回答了她的疑问，真的是白血病……

宋予浅浅地吸了一口气，她是学医的，所以对这些很清楚。

目前在临床上，没有证据表明白血病不会遗传，但是白血病的发病机理还没有明确，只能说有家族肿瘤史的人是高危人群。并非所有的白血病都有遗传性，但是目前有一个说法，说遗传性是白血病的一个致病因素。

江云琛的母亲是得白血病去世的，江云琛也得了白血病，那么他的下一代……

宋予猛地想到了她的孩子……

当年她小心翼翼呵护的孩子，如果真的如她所愿生了下来，会不会也有白血病？

她不敢再想，因为恐惧甚至都忘记了跟江云琛说话。等她反应过来，看到江云琛已经准备离开了。

她快步跟上，匆匆说道："可以骨髓移植，现在白血病通过骨髓移植的治愈率很高的。"

宋予自己也不知道，为什么要冲上去跟江云琛说这些话。

江云琛单手抱着"总裁"，"总裁"已经在他怀里打哈欠了。

他回头，一双眸子清冷却也带着一点温度："这么不想我死？"

一句话，将宋予问住了，她尴尬地别开了视线……

"我学了这么多年医，职业习惯。"她也不知道自己怎么了，这么冲动，"其实，亲属之间骨髓移植，成功概率会很大。"

"比如？"

"父子。"宋予随口说道。

一说完宋予就反应过来了，很想收回这句话，但是覆水难收……话已经说出去了，此时此刻空气中徒留尴尬。

她明明最怕的就是江云琛再提起两年前那件事情，更怕他提起孩子。现在提起的人，偏偏又是她自己。

作死……

她立刻转了话题，自以为没有什么破绽："以后江先生有了孩子，如果您未来的太太同意的话，可以跟孩子进行骨髓匹配，成功概率很高。"

"你同意吗？"江云琛的话肯定又沉稳，并不是在开玩笑的样子。

这样一句话，让宋予愣了半晌。跟江云琛说话她经常会以为自己的耳朵出了问题，很多话她以为他是不会说出口的，或者说寻常人都不会这么直接地说出口的话，他都能自然而然地说出来。

她确定他没有说错之后，装作疑惑地问了一句："江先生应该问问你未来的太太。"

他继续问："如果是你，你会同意你的儿子给你先生做骨髓移植？"

宋予总觉得他话里好像含着讽刺，好像……仍旧认定她是两年前那个人。

可是，她明明已经给他看过胸前肌肤了，没有胎记。都说眼见为实，他难道还不相信吗？

宋予想到了孩子……如果当初孩子保住了，顺利生下来之后再遇到这样的事情，她会愿意让孩子给他做骨髓移植吗？

她不敢再想下去了……这个可能性原本就不存在，孩子不在了，如果还在，她的命运可能就完全改写了……

"如果我跟一个男人结婚了，那我一定是很爱他，我当然愿意。"

她强调了"爱"这一点，江云琛颔首，怀中的"总裁"已经闭上眼睛睡着了。

"孩子救父 在医学上很常见。"宋予又补充了一点，"江先生可以考虑结婚生孩子。虽然是慢性白血病，但有可能会转变成急性的，越早做骨髓移植肯定越好。"

"为了救自己，生一个孩子拿走他的骨髓，是不是太残忍了？"他的话里带着嘲讽，让宋予打了一个寒战。

"损伤肯定会有，但是也能保命。"宋予舔了舔嘴唇，"这是江先生的私事，你自己考虑吧。晚安。"

宋予上前，伸手轻轻扶住了门把，意思是要送走他。

江云琛看到她的这个动作，没再多话，只是深深看了她一眼，抱着"总裁"离开了。

宋予合上门的那一刹那，心底空落落的。

江云琛几句简单的话，让她的心顿时乱了套。时光如果倒回，孩子保住了的话，江云琛再出现，那又是一个难题。

救与不救在良心上都过意不去。而且，她发现自己对江云琛竟然有心软的感觉，听他说生病的事，她心底难受。

疯了……宋予摇了摇头，走上了楼梯。

翌日早上。

宋予没有去宋氏，她跟白芨碰面一道去了南城军区医院。

白芨所在的妇产科医院派了白芨去军区医院做学术交流，宋予不想闷在家里，又不能去宋氏，于是选择跟白芨一起去军区医院。那边有几个他们在德国交好的老同学任职，她恰好去看一看老同学。

当然，车蕊也在……

宋予化了淡妆，一边喷香水一边想起昨晚车蕊说的，今天给江云琛准备了一个号，请江云琛去看病。

不知道……他会不会去。

宋予觉得，像江云琛这样不想跟车蕊搭上关系的人，应该是不会去的。

宋予跟白芨约了早上九点碰面，她开车去接了白芨之后两人就去了军区医院。

南城军区医院是全国赫赫有名的三甲医院，有很多医学生挤破头都进不来，当初宋予的梦想也是回国进军区医院……

"待会儿不知道会不会遇到车蕊。要是让我遇到她，我一定给她几个白眼。"白芨一提到车蕊心底就来气。

当初白芨是因为宋予才去德国学医的，她天赋不高，进不了南城军区医院也是正常的，但是车蕊几乎没有临床经验，竟然能进来，白芨不相信车蕊靠的是实力。

加上当初在海德堡的时候车蕊鼓动了一群人孤立宋予，白芨非常不待见车蕊。

"不会遇到的，她是血液科的，你是跟妇产科专家碰面。"宋予笑着将车子停好，"对了，你有没有认识比较好的、治疗慢性白血病的医生？"

"慢性白血病？"白芨皱眉，"谁得了这病吗？"

"一个朋友。"宋予的嘴巴严实得很。

"你的朋友我有不认识的？况且这是南城，你有几个朋友我心底不清楚？"偌大的南城，宋予的朋友也只有白芨而已。

宋予无奈地解开安全带，抿了抿唇："是江云琛。"

"是他啊……"白芨有些吃惊，"之前我也听说过他因为得了重病被家人赶出去，竟然是慢性白血病。不过这病治愈率挺高的，活几十年没有什么问题。"

"还是进行骨髓移植比较保险。"宋予条件反射地说。

白芨忽然凑了过来："你这么关心他干吗，你不会是喜欢上他了吧？"

宋予瞥了白芨一眼："你这孩子是不是这几天没吃核桃，智力又下降了？"

"喊，我可告诉你哦，宋大小姐，江云琛这人你还是离他越远越好，当初的苦头没吃够？现在又眼巴巴地贴上去了，疯了吧？"白芨警告道。

"没有，只是他帮了我不少。昨晚我进警局，是他请人把我保释出来的。"

"你进警局了？！"白芨瞪大了眼，"你怎么不告诉我啊。"

"是宋宋报的案。"

"宋……宋宋？！"

白芨听到"宋宋'两个字时惊得嘴巴都合不拢了，僵了许久，她才抿唇说道："上次你戴说宋宋回家了，她还活着，我当你开玩笑呢。你现在是不是也在吓唬我？我是医生但我怕鬼，你别吓我我告诉你，不然我明天手术都上不了。"

"我像是吓你的样子吗？"宋予拧开了储物盒里的一瓶矿泉水，喝了好几口，'宋宋没死，她要回来分股份。"

"嚯。又来个分股份的？"白芨吃惊于宋宋没死的同时，也想到了股份的事情，"宋宋生前，不对……是之前，之前跟你关系那么好，怎么可能来跟你抢股份？她对商场什么都不懂啊，要了股份之后自己不可能打理，难道找职业经理人来管？"

"她是不懂，但是宋知洺懂。"宋予又喝了一口水，莫名地口干，烦躁。

昨晚她又睡得不好，因为宋宋的事，也因为江云琛的事。最近发生的事情太多，她的心绪变成了笼中鸟，怎么也飞不出去。

白芨深深吸气："算了，先去医院吧。"

宋予的家事白芨是知道的，她每次听了都觉得头疼，更何况是宋予。

两人下车，宋予今天穿了便装，难得没有穿高跟鞋，上半身是一件短款黑色羽绒服，下面是紧身裤和马丁靴，舒服又自在。

两人进了医院之后很快就有人来接待她们，宋予跟着白芨去听了一些妇产科的东西，意外地将念书时候学的妇产科知识都记起来了，倒是不乏味。

中午的时候，军区医院妇产科主任邀请她们去食堂吃饭，白芨没有拒绝。

在去食堂的路上白芨一边走路一边偷偷摸摸凑到了宋予身边，笑道："以前在德国的时候每晚背书，支撑我的就是军区医院食堂的饭菜！"

"你吃过？"宋予苦笑。

"没有啊，我梦里吃过。想想我以后能天天在军区医院吃食堂菜，我顿时就有动力背书了。你不是吗？"

白芨的话落入了宋予的耳中，也落入了走在前面的妇产科主任的耳中。主任听到之后转过头来笑着问她们："你以前想进军区医院？"

"是啊，我的梦想啊。"白芨笑着半开着玩笑，"但是这里不是我这种资历的医生能进来的。"

"你们是哪所学校毕业的？"

"海德堡大学医学院。"宋予替白芨回答了。

"海德堡啊？"主任想了一下，"我们医院血液科的车蕊，跟你们差不多年纪，也是海德堡大学毕业的。认识吗？"

宋予微微挑眉，车蕊在南城军区医院名气还挺大。

"认识，老朋友了。"白芨也挑眉，"大名鼎鼎的医药世家车家千金，怎么会不认识？当初在海德堡风光无限呢。"

主任并没有听出这句话里的嘲讽，还顺着这句话笑着说道："是啊，哈哈哈，听说车蕊要订婚了。年纪轻轻，不仅专业能力强，还爱情事业双丰收。我听血液科的护士长说，男方很英俊，今天来了。你们是同学的话，待会儿可以去看看。"

主任是个年近六旬的女人，和所有中年妇女一样，都八卦。

宋予和白芨面面相觑，都懂了对方的意思。

宋予的心顿时沉了下去。

江云琛来了？他不是不喜欢车蕊吗，当初在她面前表现得那么抵触那段联姻，一扭头就巴巴地来找车蕊看病了？

南城大大小小这么多医院，他偏要来军区医院，不是为了车蕊而来才怪。

"不了。"宋予淡淡一笑。

午饭草草结束，宋予为了避免遇到江云琛，没有跟着白芨再到处走，而是选择了医院一个僻静的走廊角落，坐在公共座椅上，打开手机开始看电子邮件。

她收到了傅其深发来的短信，里面是他老师的联系方式，她立刻编辑了一条短信发给了他的老师。

她依稀记得傅其深在警局说过，他的老师姓魏。

"魏老师，您好，我是傅其深律师推荐来的。"宋予点了发送之后忽然想起来自己手太快，没有标注自己叫什么名字。

她正准备再编辑一条短信的时候，那边已经回复了："您好。其深同我说过了，这周我没时间，下周一我们碰个面如何？"

"好。"宋予见对方态度不咸不淡，也不敢贸然说事情比较紧急，只能按照对方的意思来。

宋予的短信刚刚发完，忽然听到了"扑通"一声，不远处有一个人倒地。

她立刻起身，快步走向那个人。

这处走廊僻静，来来往往的医生更是少之又少，宋予走近之后看到有一名男性倒地了，按照病症来看，是突发心脏病。她没有看清楚老人的脸，因为时间太过匆忙，连忙俯身开始做心肺复苏。

在念书的时候她选择的专业就是心外科，心肺复苏对她来说很轻松，即使过了两年多，基本手法她依然没有忘掉。

心肺复苏做了很久，老人终于有了一点意识。

"有没有人？！"宋予开始大喊，老人已经恢复了一些生命体征，但单靠心肺复苏的话无法支撑下去，现在必须有人把病人送到抢救室。

她的声音引来了不少病人和家属，也有几个医生匆匆赶了过来。

"怎么回事？"一个年轻的女医生走了过来，俯身查看老人的情况。

"男性，年龄在六十五到七十五之间，心脏骤停。"宋予立刻开口，将老人交给了女医生。

"你给他做的心肺复苏？"女医生怀疑地看了宋予一眼。

"嗯。"

"谢谢。"女医生道了谢，让身旁的同事去叫人。

就在宋予觉得自己的工作已经做完时，忽然老人有了一点意识，原本侧着的脸庞也摆正了。

宋予看到老人的脸时，惊了一下。

第十二章
你是人间琳琅

是江儒声……

宋予有些无语，怎么是他？她有一种跟江家人扯不清的感觉。

原本她只是一个路人，对病人施以援手也是她自愿的，现在没有必要再留在这里。

如果是别的病人，她肯定会再等一会儿，确定他没有生命危险了再离开。但是这个人是江儒声，她一刻也不想多待。

"家属来了家属来了！"一旁的护士一边输液一边对女医生说。

"爸！"纪朵看到江儒声倒在地上的时候伸手捂住了嘴巴，"医生……我爸没事吧？"

"暂时没有生命危险了。"女医生回答，抬头看了一眼准备离开的宋予，以为宋予做了好事不打算留名所以要离开。

"哦……那就好那就好。医生，谢谢您啊。"纪朵拍了拍心口。

女医生连忙抬了抬下巴，示意纪朵看向宋予："不用谢我，是她刚才及时给您父亲做了心肺复苏。"

宋予听到背后传来女医生的话，顿时脑中空白。她没有停住脚步，纪朵却追了上来："医生谢谢您啊，真的感谢……我父亲要是出了什么事，我们家也就垮了，您要什么样的回报……"

纪朵大概是担心她走掉，所以紧紧地抓住了宋予的手臂，宋予被拽住走不了，跟纪朵对视的时候，她从纪朵的眼睛里看到了震惊。

"是你？"

宋予的表情仍旧寡淡无味，她对江家人的印象挺深刻的，包括江云

188

琛这位后妈。之前在栏语山房的时候纪朵对她的态度很不错，像极了大户人家的太太做派，但是她仍旧对纪朵没有任何好感。

生在豪门里的人大多数有很多张面孔，上一秒是红脸，下一秒就有可能是白脸了。她也已经不是小女孩了，不会被一点点善意和好意给蒙蔽。

"我不是医生，江太太。"宋予出于礼貌还是称她一声江太太，"我也不需要什么回报……"

"妈，我嫂子肯定是想嫁给我哥啦，是吧，嫂子？"

江云扬的声音从底下传来，这个家伙长得比同龄人都要矮小，同江云琛颀长的身材完全不像，以至于刚才宋予都没有注意到他的存在。

宋予被惊了一下，低头看向江云扬的时候很想对他做个鬼脸。

这个家伙总是给她惊吓，和上一次在车家一样，还总是拆她的台不给她台阶下。

"嫂子，你是陪我哥来看病的吗？你顺便救了我爷爷呢！"江云扬天真地问道。

宋予从他眼睛里看到的，才是真的无害。真不知道江家是怎么养出江云扬这种天真的孩子的……

宋予记得自己这么大的时候，在宋家就已经知道了什么时候该低头，什么时候该忍气吞声。

"不是，我陪我朋友来的。"宋予对江云扬的态度比以前改善了不少。

"这样呀。那巧了哦，我哥也在这里。今天我跟爷爷和妈妈都是陪我哥来看病的。"江云扬朗声说着，也不管自己爷爷被医生带走了……

宋予就这样淡淡地看着江云扬，她从江云扬的五官上看到了一点江云琛的影子。她在想，如果当初蛋黄生下来，长大后会不会就是江云扬的模样？

她又想岔了，回神时觉得自己有些可笑，她伸手弹了一下江云扬的额头："我跟你哥没关系。"

她这句话不是解释给江云扬听的，而是说给纪朵听的。

纪朵的脸色有了一些变化，宋予知道她在想什么，没有再说话。

她准备去找司茫时，手腕又被江云扬抓住了，这个家伙真的黏人得很，黏到有些烦人了。

"嫂子，你去看看我哥吧，去看看你的前男友。"

前男友，宋予觉得现在的孩子作业做太少，电视看太多了。真是早熟。

"我没空。"宋予想挣脱他的手，但江云扬像双面胶一样紧紧粘着她，她扯都扯不掉。

"那你什么时候有空啊？我哥在输液呢，他发高烧好烫好烫。我刚才趁着他睡着的时候偷偷用手碰了一下他的额头，吓死我了。"

江云扬还准备继续说下去，纪朵拦住了自己的儿子。

"不好意思，宋小姐，云扬比较爱说话。"

"没事。"宋予淡漠一笑，不带任何感情地说，"先走了。"

她转身，双手抄在羽绒服的口袋里，刚才手都有些凉了……

宋予找到了白芨，白芨很忙没有什么时间管她，她一个人发呆足足两个小时，直到白芨结束工作，准备同她一起去看以前的同学，她才稍微回过神来。

白芨联系到了老同学，老同学让她们去二楼找他们。

宋予魂不守舍地跟了去，走到二楼时发现这里是输液部。她忽然想起来，刚才江云扬说，江云琛在输液……

她心惊，刚想对白芨说去一趟洗手间时，她们的老同学就到了。

一男一女，都是血液科的。

四人在输液部的走廊上寒暄了一会儿，宋予自始至终没怎么说话。其实以前在海德堡的时候，他们四个人当中，宋予是最喜欢说话的，也最风趣。

"予予，你怎么回事？脸色不大好看啊。"那名女生问宋予，"失恋了？"

"都没谈过恋爱，哪来的失恋。"宋予自嘲了一下，"有些头晕。"

"要不要我给你开个方子，治治你的头晕？"男生笑道。

宋予刚想继续调侃几句，忽然想到他们都在血液科，莫名其妙地开口问了一句："对了，你们军区医院血液科的一把手，认识吗？"

"一把手，我们领导吗？"女生笑道，"当然认识啊。"

"哦……请他看病，方便吗？"

"不方便。怎么，你有朋友生病了？"

白芨在一旁白眼都快翻上天了，皮笑肉不笑地插了一句："对，她的老情人。"

白芨用只有宋予鑫听到的音量继续说："只睡了一次的老情人。"

宋予用眼神削了白芨一眼，幸好另外两人没听到。

女生用意味深长的表情看着宋予，笑道："我争取帮你问问看？"

"好，麻烦了。"宋予还是不想欠人情，尤其是欠江云琛的，最好能用一个人情抵掉他之前所有的人情，快刀斩乱麻。

还了人情才算是真正意义上斩断关系，不还，她永远睡不好……

之前她不这么觉得，直到江云琛讽刺她利用他攀附计仲秋，又利用他缠绕上傅其深之后，她才觉得有些愧疚了……

白芨还在冷笑，笑里全是讽刺："中邪了。也不知道当时是谁因为这个人天天躲在被子里哭……"

"白芨。"宋予很想踩白芨一脚，让她闭嘴。

"爱情真是伟大呢。"白芨冲宋予露出了一个讽刺的笑。

宋予刚想反驳时，忽然看到不远处，一个小小的人影和一个高高的人影并排走在前面，小小的人推着输液架，高高的人在他旁边走着，模样虚弱。

这样的场景在医院里面显得相当违和，像是这个孩子在照顾这个大人一样。

宋予看清那个高高的人影时，心口一紧。

她就知道，不该上来瞎晃悠的……不，她压根就不应该来军区医院。明知危险，她还偏向虎山行。作死的人是自己，怪得了谁？

白芨也看到了江云琛，先是惊讶，随即瞥了一眼脸色惨白的宋予，仰了仰下巴，对着两个老同学调侃道："喏，看吧，那就是我们宋大小姐的老情人。"

两人都齐刷刷地转过头去，看到江云琛时，女生眼睛都发光了："这么好看的病人，我怎么没遇到啊？还是我们血液科的，谁给他看的诊？幸福死了！"

白芨冷哼了一声："哼，车蕊。"

女生一听到"车蕊"二字，脸色顿时沉了下去："她啊……"

在海德堡大学的时候，除了他们四人，谁都喜欢车蕊。

男生抓了抓头，呼了一口气："车蕊到底是进了我们军区医院，现在是我们的同事，情绪别表现得太明显了，知道了吗？"

"要你管？"女生给了男生一个白眼，"靠着关系进来的呗……谁不知道？"

"嘘。"男生低声跟女生说话。

白芨则凑到宋予身边，声音充满戏谑："喂，江云琛可真帅啊。我现在总算是知道，你为什么只跟他睡了一晚，就这么念念不忘了。换作我我也不忘。"

宋予现在没心情跟白芨斗嘴，她知道江云琛肯定已经看到她了，躲是来不及的了……

而比江云琛更早看到宋予的，是江云扬……

"哥！"江云扬仿佛发现了什么惊天大秘密一样，"你快看，你前女友来看你了！"

江云扬还没有到变声期，声音仍旧有一点奶声奶气的味道，说出来的话却像大人说的。

输液厅有不少人，听到一个小孩说出这样的话，纷纷转过头来。

江云扬并不觉得丢人，江云琛也镇定如斯，反倒是宋予，觉得四周的目光都毒辣辣的，好像都在看她。

她忍受过太多别人异样的目光，但这是最羞人的一次……

她看向江云琛，无可避免地跟他对视。

他眼底有非常明显的阴云，看得出来是因为发高烧。宋予记得，他昨晚就在发烧，一直到现在都没有退烧，滋味肯定不好受。

她的心又软了，感叹自己的不争气。

江云琛今天仍旧穿着便装，卫衣和牛仔裤，显得比昨天晚上还要年轻不少，像极了二十出头的男孩。

和往日锐利的精英气质相比，现在的江云琛让宋予觉得更亲和。

好像他换了一身衣服，就换了一个身份，不再是在商场上锱铢必较的商人了。

宋予觉得自己最大的弱点就是心软，心软可以，但是怎么偏偏对他心软？

不该……

"前嫂子！"江云扬猛烈地朝她挥手。

宋予真想堵住江云扬的嘴,为了不让江云扬继续在医院里面大喊大叫影响其他病人,她快步走到了他们面前,朝江云扬做了一个"嘘"的手势。

"轻点,这边都是病人。"

"哦,好的。"江云扬的音量果然锐减,"前嫂子,我哥也是病人,他想尿尿。"

"闭嘴。"这两个字,是江云琛说的。

宋予听到之后耳根稍微红了一些,但她仍装作淡定,当作没听见。

江云扬仍旧继续'坑兄'。

"啊,难道你是想拉'粑粑'吗?"江云扬很认真地问……

"你几岁了?'把粑'这种词从你口中说出来,只会让大人觉得你在装可爱。"

宋予感觉江云琛对江云扬的态度,已经从之前的冰冷改善了不少。大概是之前两兄弟接触少,现在两人相处多了,他没有这么讨厌自己同父异母的弟弟了吧?

就像……曾经她跟宋宋一样……

"怎么在这里?"江云琛忽然问她,声音比昨晚还要低沉很多,听上去像是化脓了一样。

江云琛冷冽的气质都减了不少……

宋予仰头看他,竟然觉得他瘦了不少。慢性白血病是很容易转化成急性白血病的,一旦病发,一场小感冒也有可能夺走病人的性命。

宋予刚想回答,白芨的声音从身后传来,宋予不知道她是什么时候走过来的。

白芨替她回答了:"来看病。"

"前嫂子你也病了?哇,你跟我哥同病相怜。"江云扬一副惊讶的样子。

白芨挑眉看着江云琛没什么血色的脸,转头看向宋予:"予予,走吧,陈医生在那边等我们呢,要跟你说说胎儿的情况。"

宋予听着白芨的话,一脸狐疑地看向她。

白芨的话信息量太丰富,让宋予有些消化不了。等到她反应过来,看到江云琛和江云扬的表情同样丰富。

江云琛的脸色越发阴沉,江云扬则是一副吃了蟑螂一样的表情……

宋予觉得这家伙肯定又要说出什么"语不惊人死不休"的话来了。

在说话惊人这方面，江云扬跟江云琛绝对是亲兄弟……

"白芨，我们……"宋予刚刚想开口说话，防止江云扬说话时，江云扬就打断了她的话。

"哥，前嫂子怀了你的孩子，我要当叔叔了！"

"噗……"白芨实在是没有绷住，一下子笑出了声。原本她是想震慑一下江云琛的，没想到自己却被江云扬这小子给震慑住了……

"江云扬。"江云琛低头看了他一眼。

"在。"

"让这位姐姐带你去买水喝。"江云琛一句非常直白的话，让白芨都听蒙了。

她第一次跟江云琛这么面对面说话，也从来没有感受过江云琛说话的"艺术。"

这次她算是领略到了！真的，直白得可以。

江云扬想了想，仰头："那我可以喝碳酸饮料吗？"

"随你。"

"好的，姐姐，我们去自动贩卖机吧。"江云扬扔下了江云琛和输液器，上前轻轻抓住了白芨的手臂，"姐姐，我请你喝呀。"

白芨真是被这小鬼头逗乐了，她不放心地看了一眼宋予，又瞥了一眼江云琛，一副"光天化日之下她也怕江云琛害了宋予"的表情。

宋予朝她轻轻颔首，白芨这才稍微放心，离开了……

"支开我朋友，你想跟我说什么？"宋予开门见山，没有半点犹豫。

她只想还人情，不想跟他多相处，能少说话就少说话。

"有男朋友？"江云琛这四个字，认真、稳重、困惑。

可落入宋予耳中，让她有些想笑。

白芨的一句玩笑话，江云琛竟然会信……

他的智商那么高，会被白芨这样一句漏洞百出的谎言骗了？她看他的表情冷静又凝重，不像是装傻。像他这样的人不会装傻，应该也不屑于装傻。

他的声音在感冒下越发沙哑，每一个字都轻轻拨动着她的心弦，让她的心脏随着他的声音而跳动。

这种感觉，让她心慌……

"有问题？"宋予淡淡地反问，"我不到三十，未婚，交男朋友怎么了？"

"未婚先孕的事情你做过一次，还做第二次？"

江云琛说话好像很困难，眉心紧蹙，应该是高烧让他很不舒服。他又推着输液器站着，很消耗体力。

宋予注意到了，很想提醒他赶紧去厕所，然后去输液厅的单独病房里躺下……想了想，她还是忍住了。

他特意支开白芨，总要让他把话说说完。

"这是我的私生活。我的私生活本来就不干净，江先生没听外面的人说吗？"宋予自嘲，外面的人怎么说她的，她都记得。

有时候深夜，她都会被那些话惊醒，那些话像是四周环绕的立体声一样，恐怖，令人恶心。

"你朋友开的玩笑，你觉得很好笑？"

他的一句话，又压了宋予一头……

他就是在装傻！就算是在生病没精力的情况下，他还有空捉弄她，他怎么这么有兴致？

"江云琛，不好玩。"宋予瞪了江云琛一眼。

"你朋友觉得我会吃醋？"

白芨那点小心思，谁都看得透。

宋予的脸颊有些红，她现在想死的心都有了……

江云琛则推着输液器朝她靠近了一些，他身上有很浓的药味，今天终于没了烟草的味道，看来他还是要命的。

江云琛比往日要虚弱疲惫很多，但是仍旧气场十足，哪怕生病如此，也丝毫没有影响。

"你跟你朋友说了什么，让她误以为我会吃醋？"

江云琛的逻辑思维能力简直到了可怕的地步，起码宋予觉得可怕。她觉得他在一步步地诱导她说自己不想说的话……

"我什么都没说。"宋予反驳，"你在我的生活里并不重要，我为什么要跟我的朋友提起你？"

"如果没说什么让她误会的事情，她为什么想让我吃醋？"江云琛像一只胸有成竹的狐狸，语气不紧不慢，循循善诱。

"她这个人就是喜欢开玩笑。"宋予想别开目光，但是江云琛一双眼紧锁着她，像是要看穿她隐藏在杏眸后的小心思……

"还是……"江云琛又停顿了一下。

他的每一次停顿都让她更加紧张，她明明穿了羽绒服，背后却渗出了涔涔汗水……

"还是她知道我们本来就有关系，所以不待见我，用让我吃醋做幌子，实则是在讽刺我？"江云琛在短短几分钟的时间内，将宋予根本想不到的那一面都说了出来……

白芨只不过说了一句话而已，江云琛却抽丝剥茧，一层层剥开了这句话，探出了里面的真相……

因为白芨一句随口的玩笑话，他们之间再一次绕回了两年前的话题上。

说者无意，听者有心。

宋予心惊，难以想象谁可以同江云琛这样的人永远相处下去？随便说句话，他都像断案一样，能将话里话外的意思说出来。

"想多了。"宋予扔给他三个字。

江云琛垂首，没有再看宋予。她的心仍旧悬在嗓子眼里，左手中指不断地掐着手掌心，麻木到一点都不觉得疼。

"宋予，承认吧，我不会把你吃了。"

"轰隆"一声，宋予脑袋里像是爆炸了一样。她连忙垂首，不敢让江云琛看她的眼睛。

他在逼她承认……

宋予终于明白，从那晚看到她胸前没有胎记到现在，江云琛根本没有减少对她的怀疑。他只不过是在找足够的证据，一点点地逼迫她承认。

这种循循善诱的方法，是摸准了她的心思，甚至她是怎么想的他都能猜到。

宋予有一种细思恐极之感，她甚至不敢随便说话了，简单说几个字，都能被他看透。

"我朋友看江先生长得好看，以为我看上了江先生，所以开开玩笑试探你一下，看看江先生对我有没有意思。"宋予今天没有穿高跟鞋，却觉得摇摇欲坠，整个人轻飘飘的。

"你觉得呢？"

江云琛总是反问她，反问到让她觉得自己说什么，前方都有陷阱在等着她。

"当然是没意思了。"宋予讪笑。

"怎么说？"江云琛似是有了一些兴致，浓眉微挑。

宋予的耐心都快被耗尽了："江先生要是对我有意思，喜欢我，早就追我了，何必跟我周旋这么久？现代人都是快餐爱情占多数，喜欢不喜欢，快的几天就有感觉了。"

"如果我偏偏喜欢徐徐图之？"

宋予感觉到了一点危险感，虽不相信江云琛喜欢她，但是总觉得他话里有话的样子特别危险，好像随时随地能像饿虎扑食一样，将她一口一口吞了。

他身上的气场强大，即使正在输液，还处于医院这样的环境之下，他的气场仍旧压制着她。

不安感从她的脚底蹿出来。

"江云琛，我们没有可能。"宋予直截了当，她的"可能"，包含了既没有可能发展成男女朋友关系，也没有可能会是两年前认识的人，更没有可能日后有牵扯。

她希望都跟江云琛说清楚。

"只是你单方面认为，不敢苟同。"江云琛好像铁了心要逼她，"我知道你在想什么。"

"你又不会窥心术，怎么知道我在想什么？"宋予就不信他能聪明到这个份上。

江云琛又靠近了一些，两人几乎贴面而站。

"你怕承认之后，我会找你的麻烦。"

江云琛的话让宋予吃惊。她本以为他说的"知道她在想什么"，是指他知道她此时此刻在想什么。

其实不然。他说的还是两年前那件事……绕来绕去，他一直在重复，一直在逼她……

"你怕承认之后，我不仅会找你麻烦，还会找宋氏麻烦，怕我把当年的事情重新捋一遍让你身处险境，也怕跟我扯不清关系。"

江云琛看着宋予小巧精致的脸庞，他的眼神永远沉稳深邃，比天边的星河还要深，深到跟他对视时，她会害怕自己被吸进去。

眼睛映射出来的永远是心底最深处的东西，江云琛的心思无人可琢磨，沉沉的自然让人看不透他。

但是他看穿了她……他刚才说的每一句话，都让她胆寒。

她战栗，一下子克制不住自己的情绪，额上的青筋隐隐凸显，她知道自己情绪的失控让面部表情很难被管理。江云琛大概都已经看到，但她还是硬撑着，不肯说出来。

"这些话，江先生还是留着找到那个女人时，对她说吧。"她怕了，不知道江云琛这样心思缜密的人会给她带来多大的灾难，刚才的心软顿时消散了……

"宋予，我的耐心就这么多，如果等到有了足够的证据，我难保证你的境遇。"江云琛的力气同他的耐心一起消耗殆尽，因为发高烧，他开始有些站不稳。

他的意思很简单，现在他没有足够的证据证明她就是两年前算计他的女人，如果她现在主动承认，坦白从宽，日后被他戳穿，就会从严。

"你会对我做什么？"她不承认，也不否认。

"我是做金融的，有千万种方法可以让一个企业倒闭，让一个年轻女企业家破产。"江云琛没什么力气，说话的时候也虚弱，但是有些人就是有浑然天成的气质摆在那儿，哪怕不说话，都能吸引周遭人。

宋予的心被撼动了一下，她木讷地眨了一下眼睛，觉得自己跟江云琛的拉锯战当中，她如蚍蜉撼树……

"江先生太抬举我了，女企业家这个名号我还配不上。"

宋予想找个机会转移话题，然后离开，但她仰头去看江云琛时，余光忽然瞥到江云琛的输液袋已经空了。

"喂。"宋予脱口而出，"输液袋里没药了！"

江云琛只是抬头看了一眼，并不紧张。

宋予看到江云琛手背上的管子里已经有了倒流的血液，紧张地捏起他的手背："看来是早就输完了，你自己怎么不注意？"

"你一直在跟我说话。"

宋予皱眉，明明是他一直在跟她扯那件事情，不让她走，现在倒是怪到她头上来了。

"我去叫护士过来换水。"宋予快步走向输液厅。

宋予匆匆去叫了护士，回到这里时，却看到穿着白大褂的车蕊站在江云琛面前，好像在跟他说什么。而车蕊身旁，还站着一名同样穿着白大褂的老年人，也是医生。

护士见到车蕊和这名老医生时笑着说道："车医生、莫主任。"

"你好。"车蕊笑着跟护士打了招呼。

"先生，帮你换一下水。姓名。"护士换水的时候都会进行姓名确认。

"江云琛。"

江云琛乖乖念出名字的时候，让宋予有一种很奇特的感觉。这么听话的江云琛，跟刚才咄咄逼人的江云琛，判若两人。

如果他跟她说话时也是这样温和的话，她也不会这么排斥承认两年前的事情……

就因为他不是好人，她才不敢承认。

"好了，还有两袋，没了叫护士。"护士换好水之后就走了。

车蕊和那位莫主任仿佛没有看见宋予，继续同江云琛说话。

车蕊抬手将几份检查报告递给了江云琛："检查报告出来了。"

宋予看着江云琛伸手接过报告，他草草看了两眼，久病成良医，不少病人在看到自己的报告时也能大致看懂自己的病情缓急。

江云琛得慢性白血病这么多年，而且他母亲又是因为白血病去世的，在这方面，他应该很懂了。

宋予觉得再站在这里就显得有些多余，但是她看到车蕊在这儿，想到了那天晚上她跟车蕊通话时说的话……

如果现在走，会不会显得她做贼心虚？

思虑再三，宋予还是决定留下。哪怕这里的三个人都当她不存在，她还是要留下来恶心一下车蕊。

"江先生，我们借一步说话？"车蕊瞥了一眼宋予。

"嗯。"江云琛竟然答应了车蕊，撇开宋予的意思很明显。

宋予慌了一下，江云琛这样做，显然就是在告诉车蕊，她跟他没有关系……

宋予不想在车蕊面前丢了面子。

"等等。"她立刻开口，"为什么要借一步说话，在家属面前都不能说吗？"

车蕊看向她，一副"怎么会有这么不要脸的人"的表情，很无语。

宋予要的就是她这样的反应，她就是希望车蕊像吃了蟑螂一样难受。能让车蕊心底硌硬，宋予觉得像是报了当年的仇一样。

"女朋友不算家属。"车蕊的口气颇有医生的味道。

宋予扫了一眼车蕊的装束，除了这一身白大褂之外，她是真的没有看出车蕊身上有半点医生的影子。

她的白大褂下穿着高跟鞋，看样子有六厘米高，作为一个医生，在医院里穿高跟鞋是很不敬业的行为。

宋予在心底冷笑，车蕊这人也太好骗了吧？

女朋友，车蕊还真以为她是江云琛的女朋友？宋予还以为自己骗不到车蕊，毕竟车蕊也是精明的聪明人，不聪明也就不会去读医了。

"哦，那我在这里等一会儿。"宋予听到"女朋友"三字后就已经心满意足了，也不打算凑上去打听江云琛的病情，毕竟是江云琛的隐私，她也不好意思去听。

她感觉到江云琛的眼神冷冷地从她脸上扫过，像在看一个戏精。

宋予耳根微微滚烫，伸手捋了一下头发转过身去。

车蕊伸手想去搀江云琛，但是被江云琛拒绝了，宋予注意到了这个小细节，嘴角微扬。

看来江云琛是真心实意地来看病的，也难怪，南城军区医院的血液科在全国都是知名的，江云琛来也不稀奇。

这么一想，她心底莫名其妙地平衡了一些。

"江先生，这位是我们科的莫主任，也是白血病这个领域的学术泰斗，曾经做过不少成功的骨髓移植手术。"车蕊官方地同江云琛介绍着自己的领导。

江云琛淡淡地看了一眼这位所谓的莫主任，只问了一句："有事？"

这两个字让车蕊愣住了，尴尬的气氛在空气中蔓延开来，她扯了扯嘴角，有些不明白地看着江云琛："江先生，这位是莫主任，我们科室的主任。"

车蕊是好不容易才请了自己的领导过来，前几天也花费了不少口舌和心血，就是为了让莫主任帮江云琛看诊。可是她没有料到，江云琛的态度竟然……这么差。

好歹人家也是军区医院血液科的主任，是很多人花重金都求不来的号。莫主任现在很少亲自看诊了，她能请到他，也是对方看在车家老爷子的面子答应的。

车蕊也是靠着车家老爷子的名气进的军区医院，车家医药世家，在全国赫赫有名，不少医学界的人会卖给车家几分面子。

"你们院长什么时候到？"江云琛开口反问了车蕊一句，让车蕊有些蒙。

"嗯？"车蕊从过军区医院到现在都没有见到过院长。

院长的年纪跟莫主任差不多，之前也是血液科的主任，后来高升做了院长，据说院长的骨髓移植手术成功率极高，但是他已经很久很久没有上过手术台了。

他不是老了，而是做不过来，求医的人太多，善医者不择病人，一旦到了治不过来的时候，很多人会选择去进修，也会有人选择停下手术刀。

而院长就是后者。

那位一直没有说话、端着架子的莫主任冷冷地扫视了江云琛一眼："小伙子，年纪轻轻的，怎么这么不知天高地厚？"

莫主任已经有些地中海了，大腹便便，比江云琛足足矮了两个头，看他时需要仰起头，但还装作一副很清高的样子，像是长辈看晚辈。

然而江云琛只是看了他一眼，没有回答他。

这让一直在业界被看重的莫主任有些受挫，他尴尬地皱了眉："车医生，你这位朋友……"

"江先生！"这时从不远处传来一个中气十足的中老年男人的声音，"抱歉让您久等了，我从B市开会刚刚回来！"

莫主任回头："院长？"

"莫主任，你也在。"院长并不认识车蕊，只是跟她点头示意了一下。

车蕊听到"院长"二字时，顿时有一种羞愧的感觉……

她原本以为自己帮江云琛找到自己的主任为他看诊已经是一件很值得炫耀的事情了，毕竟莫主任也不是常人请得动的，而且还是特意来输液厅看他。

现在看院长的态度……她的脸顿时变得通红。

她真的小觑江云琛了，他这样的身份和地位，哪里还需要她帮忙？自然有更顶尖的资源。

"江先生，怎么不去房间躺下？这里的VVIP（高级会员）病房我们已经腾出来了，晚上暂时先住下，要留院观察病情。"

"我认床。"江云琛回答得直白，让车蕊忍不住弯了嘴角。

从一个大男人口中说出这样的话，挺奇怪的。

有些反差萌的感觉。

第十三章
七月流火

　　车蕊抬头看着江云琛，之前她从来没有认真审视过这个男人。

　　之前还没回国的时候，爷爷就曾经跟她说过，以后她的结婚对象会是南城江家的大儿子，她没有任何怨言也没有任何意见，因为在她看来，爷爷是从来不会害她的，爷爷的决定肯定不会有错。

　　从小在车家，最宠车蕊的就是车老爷子。所以当车老爷子说要让她跟谁结婚时，她都不知道对方的长相就同意了。

　　家族联姻，她从小就清楚。

　　她也是父母家族联姻的产物，所以她能理解。她的父母婚姻幸福，所以她也信任这种安排。

　　在见到江云琛的照片后，她更加满意爷爷给她安排的结婚对象。

　　但是直到今天，她才真正开始审视自己的这位结婚对象……

　　车蕊觉得，江云琛应该是一个成熟稳重的人，上次在车家第一次遇到他时，车蕊也并没有改变自己的想法，只是觉得他比想象中要高冷一些。但是这一次，她觉得江云琛跟她想象中还是有些出入的……

　　人都是有血有肉的，车蕊忽然觉得，江云琛还挺有趣的，起码，比上一次在车家遇到的那个冷冰冰的江云琛要有血有肉丰满得多。

　　"万一晚上有突发的情况，我们医院不敢保证……"

　　院长欲言又止，江云琛说得却爽快。

　　"我自己负责。"

　　江云琛很抵触住在医院："单独聊？"

　　江云琛愿意自己负责，这对医院来说是再好不过了，院长笑着点头：

"好，去输液厅的病房吧。"

莫主任的脸色略差，院长出现之后他就想离开了，一开始他以为江云琛只不过是一个毛头小子而已，没想到还和院长很熟的样子。

车蕊只是朝江云琛淡淡笑了一下："那我先回……等等，我接个电话。"

车蕊原本是想先跟江云琛说她回办公室去了，马上就到下午的看诊时间，但是手机在这个时候响了，她从白大褂口袋里拿出手机，按了接听键。

"什么？我知道了，我马上过去……"车蕊脸色紧张，挂断电话之后看向江云琛，"江先生，江爷爷突发心脏病现在在急救室。"

江云琛闻言，没有半点反应，置若罔闻一般同院长一同走向了输液厅。

车蕊微怔，她刚才接听到电话的时候都惊诧到六神无主了，但是告诉了江云琛后，他没有半点反应……

明明，那是他的爷爷。

车蕊之前也听自己家人说过江云琛早年因为病重被江家逐出家门。前几年江云琛翻了盘，这才重新被承认是江家的大少爷，想必江云琛对江家人的怨恨很深……

车蕊也不想在这种时候插手江家内部的事情，她见江云琛离开，自己也回去了。

宋予见车蕊走了，戏精包袱终于卸下了，她暗自松了一口气，准备去找白芨，将江云扬那小子送回来之后她跟白芨就可以走了。

但是她刚走出几步，就听到江云琛的声音从身后传来："跟上。"

宋予别扭地回头，那两个字从容不迫，像是在指挥她。

"女朋友。"江云琛沉默了几秒之后，挤出了这三个字……

刚才车蕊在她面前说她是江云琛的女朋友，她脸上得意的表情被他一览无余。

"家属一起来吧，江先生晚上不打算住在医院，那么在家里有很多需要注意的事项。"院长见宋予一动不动，催促了她一声。

家里？

院长还真把她当作江云琛的女朋友了，都想到让她晚上照顾江云琛了。

"快。"院长又催了一声。

宋予很想一走了之，但是不断地被催促之后，她竟然鬼使神差地跟上去了……

宋予将自己的行为归咎于院长身上的领导气场太强，让她这个曾经的医生不得不听他的命令。

输液厅内有几间是可以躺下的隔断病房，院长到了之后，不少护士走了过来，但是都被院长支走了。

"江先生，您女朋友姓什么？"到了病房门口，院长忽然问江云琛。

"猪。"江云琛先是俯视了宋予一眼，随即用极其镇定的口吻回复了院长。

宋予就跟在他后面，清晰地听到了从他口中说出的字。她秀气的眉心蹙成了一团，有些讪讪地思考他为什么这么说。

"哦，小朱，麻烦你扶江先生到床上。"院长倒是很亲切，"小朱"叫得很顺。

小朱……宋予的思绪跟着这两个字的谐音飘了过去。

江云琛又捉弄她。他绝对是故意的，他怎么可能不知道她姓什么？！

平时他一口一个"宋小姐"地叫，偶尔讽刺偶尔揶揄，现在倒好，别人问起来，她就姓朱了？

"小朱，还愣着干什么？"院长指了指床。

宋予听着"小猪"长"小猪"短的，有一种被当作保姆使唤的感觉。这位院长大概是使唤人使唤惯了，认为像江云琛这样的人平日里也不会缺女朋友，对宋予的态度并不是特别和善。

宋予见江云琛脸色很差，心软了一下也就上前去扶他了。

她伸手轻捏住了江云琛的手臂，不知道是不是她的错觉，她总觉得江云琛比她在悦榕庄第一次见到时，瘦了很多……

他的脸部轮廓原本就好看，五官更像雕刻一般，瘦了之后脸庞变得越发立体，只是有些病态。

她轻松地将他放到了床上，根本没怎么用力。

江云琛还不至于虚弱到这个地步，都是他自己费力躺上去的。

院长仔细看了几分钟江云琛的病历之后，一边翻页一边开口："以前您是在纽约治疗的，我们这里的治疗手段肯定跟纽约那边是不一样的，我是不建议保守治疗，建议尽快进行骨髓移植。"

"成功率？"江云琛常年跟数字打交道，也最相信数字。

"不能保证成功率是多少，但是请相信我。当然，相信我医术的同时，也需要有合适的骨髓捐献者。这样吧，明天让您的直系亲属来做一个骨髓配型，看看能不能匹配上。"

"没有。"

这两个字从江云琛的薄唇间说出，无意中落入了宋予的心上……

他说得随意而自然，像是在说一件再正常不过的事情，但是在宋予听来，有些心软，甚至有些同病相怜的难受感。

没有直系亲属……她也没有。

院长惊诧了，毕竟江云琛的年纪不大，双亲都不在的可能很小。

"那有没有兄弟姐妹？"院长并不了解江云琛的情况，甚至都不知道江云琛是南城江家的人。

江云琛是让手下的人找的院长，以华尔街投资家的身份，而不是江家大少爷的身份。

"没有。"江云琛回答得还是很干脆。

宋予想到了江云扬，试探地问："江云扬呢？"

"不算。"江云琛的回答冷漠无情。

宋予觉得江云琛这个人很矛盾，有时看他做事果断，无论什么时候都能控制好情绪，像极了大丈夫；但有时候，比如现在，又无法控制自己的情绪。

"是命重要，还是面子重要？"宋予无法理解江云琛的"不惜命"，他到底经历过什么，求生欲才这么弱？

但是……如果他真的不想活了，又为什么要来医院治疗，还打算做骨髓移植？

宋予觉得，应该只有一种可能：他并不打算活太久，因为没有什么值得他留恋的东西。但是他心有仇恨，仇没有报，是不会让自己轻易死去的……

这种人，该有多可怕……

宋予咬咬唇，继续"游说"："去问问江云扬吧，说不定他愿意主动替你捐骨髓。"

"不用。"江云琛惜字如金，不愿意多说。

院长推了推鼻梁上的眼镜："试试吧，说不定骨髓就匹配了。明天做好决定告诉我。对了，小朱。"

院长叫了一声"小朱"，宋予竟然自然而然地抬了头……她有一种被洗脑了的错觉。

"嗯。"她不好意思不应，显得没礼貌。

"今天晚上回去，记得提醒江先生要吃药。晚上睡觉记得给江先生盖严实了，要是再受凉，病情会加重……"

院长一一嘱咐着，宋予作为医学生其实全部知道，而且这些事情跟她毫无关系，但她还是莫名其妙地点了头。

"好了，江先生您先好好休息。"院长拍了拍江云琛的肩膀离开了输液厅。

宋予见院长走远之后，认真看着江云琛："你说我姓什么？"

"刚才院长说的都记住了？"江云琛还是不理会她的问题，每一次无论她如何认真地问他，他好像都能轻易地转移话题。

"怎么？"

"考验一下你的记性。"江云琛淡淡地说着，嘴唇有些干涩。

宋予一直盯着他的脸看，看到他干燥的薄唇时，顺手倒了一杯水给他，冷冷地道："不用考，我记性很好。从小念书，老师说一遍我就能记住。"

"小时了了，大未必佳。"江云琛很自然地接过水，喝了一口。

宋予不想争："三岁看老。"

江云琛"嗯"了一声，是鼻音的发音。他正在发烧，鼻音原本就重，还带着气声，只是一个字，却比往日都要低沉。

"你嗯什么？"宋予随即问了一句。

"既然记住了，晚上去我家。"

江云琛的后半句话，让宋予的心即刻悬在了嗓子眼，暧昧不清的一句话从江云琛口中说出来，他丝毫没变脸色，宋予却神情古怪。

"我晚上当然是去自己家。凭什么去你家，我又不是你的保姆。"宋予想说江云琛也真好意思。

"只有你记住了刚才院长的话，你还是学医的。"江云琛在玩文字游戏上，大抵是从来没有输给过别人，他一张口就能随随便便压过别人。

宋予平日里也算是伶牙俐齿，在江云琛面前就显得有些嘴笨了。

"我去帮你找护工，顺便把刚才院长说的传达给护工，就当我请了。"宋予才不会上这种愚蠢的当。

"我不喜欢陌生人进我家。"

江云琛的事是真的多，他不断地在挑战着宋予的底线。

宋予是真的很想知道，这个人的脸皮到底有多厚？她表情古怪，不知道自己现在应该是笑还是气愤。

"原来对江先生来说，我已经不算是陌生人了？但是很抱歉，江先生于我而言还是陌生人。"宋予拿了包就准备走。

她已经走到了门口，身后传来江云琛气定神闲的声音，语气里带着一点威胁的意味，但是压迫感又不重，拿捏得恰到好处。

"只要我一句话，计仲秋就可以立刻卖了你。傅其深也不会再帮你在法庭上申辩。"

江云琛的声音听上去已经很累了，宋予听得出来。但是他疲惫的几句话仍旧像钳子一样紧紧地钳制住她，更像一双手紧紧掐住了她的喉咙，令她无法逃避，无法喘息……

江云琛威胁她。

她拎着包转过身，眼眶里隐隐含着眼泪："等你有朝一日失权失势，你会很惨的。江先生。"

"那一天我大概死了。"江云琛躺在病床上毫不吝啬地诅咒自己。

宋予皱眉，他的话她总是无法接。

"我的手很笨的，我怕我照顾不好你。"

"少说话就好，耳根清净。"

宋予红着眼眶冷笑："好。我照顾你一晚，你帮我把计仲秋那边的项目解决了。"

傅其深那边，她已经联系上了傅其深的老师，基本不会有什么差池了。现在唯一困住宋氏的，就是计仲秋了。

"成交。"

就这么……容易？跟江云琛做交易，比宋予想象的容易太多了。而且这不是一个等价交易。

她只是当护工照顾他一晚而已，他却要帮她解决一个十几亿的项目，这架天平，完全朝向了她……

宋予自知是个普通人，也像普通人一样贪婪，自然不会跟江云琛说这个交易对他来说不公平，她点了点头："嗯。"

江云扬回来的时候喝着一瓶维他奶，又抱了两瓶维他奶，还抱了一瓶可乐。

"哥，我回来了！"江云扬的声音盖过了输液厅内所有嘈杂的声音，白芨跟在这小家伙身后，伸手捂住他的嘴巴。

"祖宗你可小声点，小心被护士阿姨抓住扎针。"白芨为了吓唬江云扬，低声说道。

"你可别骗我了，你当我三岁小孩啊。"江云扬喝了一口维他奶，看着白芨的时候像是看低龄儿童一样。

白芨满头黑线，她把江云扬带回输液厅也算是圆满完成任务了。她一到就看到隔间内，宋予坐在家属椅上，正在看江云琛输液袋里剩余的剂量，江云琛躺在床上，不知道是闭目休息还是睡着了。

"啧，予予你现在真的像病人家属了。原来睡一晚都可以睡出家人的感觉，我佩服。"

白芨怕江云琛没有睡着，所以后半句话没有出声，只是用嘴型在跟宋予说话。

宋予拧眉摇了摇头，本来江云琛因为白芨的一句话已经猜测颇多了，她不想再因为白芨说的话生事端。

她还想好好熬过今晚……

"前嫂子，我给你带了维他奶和可乐。你选一个。"江云扬这小子有良心，将饮料递到了宋予面前。

宋予选择了可乐，刚刚拿到手里准备拆开塑料吸管时，听到江云琛开口："别喝。"

"嗯？"宋予莫名觉得有一种在武侠片中，有人喊别人不要喝这个东西，因为有毒的感觉……

"对身体不好。"江云琛的话比刚才温和了不少，宋予知道这是因为她答应晚上去照顾他，所以他对她的态度才改善一点了。

但是白芨不知道，还以为在她刚才陪江云扬去买饮料这段时间里，两个人擦出了爱情的火花呢。

"咯咯咯……我们予予就是喝碳酸饮料长大的。是吧予予？"白芨故意这么说，想看看江云琛的反应。

宋予心想，真是人在这里坐，锅从天上来……

她从小就不喜欢喝饮料，今天也是口渴了，又不想拒绝江云扬的好意所以才喝的……

不过她没有辩解，碳酸饮料而已，也没有必要多费口舌。

江云琛却打量了她几眼，认真地开口说："难怪长得矮。"

矮？宋予还是头一次听到有人用这个词来形容她。她一米六六的身高，在女生中算不上高挑但也不算矮啊，而且她比例很好，平日又爱穿高跟鞋，看上去很高。

闻言，原本正拼命喝维他奶的江云扬僵住了，好像发现了什么了不得的事情，立刻将手中抱着的几瓶饮料放下，走到垃圾桶旁边，将原本在喝的维他奶扔进了垃圾桶里面。

"予予，我们回去吧，晚上我们去吃牛蛙。"白芨刚才陪江云扬去买饮料的时候刷微博，看到了一家牛蛙餐厅就在南城，味道看上去很不错。

宋予也有些饿了，刚想答应，就想起自己刚刚跟江云琛做完了交易……

"不了，你先回去吧，我晚上有点事。"宋予不想跟白芨说自己晚上要去江云琛家住。

白芨喜欢大惊小怪，而且经常会叮嘱她，无论如何千万不要跟江云琛一起过夜，更不要发生什么关系，如果发生了，那才是一辈子都斩不断了……

这是白芨最担心的事情，而宋予为了计仲秋那个项目去做他的保姆，她怎么敢告诉白芨？

白芨不是商人，不明白项目的重要性，但宋予明白。

白芨茫然地看着宋予，用眼神努力地跟宋予交流，试图从宋予的脸上看出点什么端倪。但是宋予躲开了她的眼神，从包中拿出车钥匙递给了白芨。

"你没开车来，医院门口打车也不方便，人太多。你把我的车开回你家去吧，明天我让司机去开回来。"

她都替白芨考虑好了，但是这些话在白芨听来，全部是在赶走她的意思…

有鬼……

"那你注意安全。"白芨看出了宋予想让她赶快走,也没多逗留,而是留下一句意味深长的话给宋予。

宋予点了点头。

等到白芨离开后,江云扬趴在江云琛的病床上,认真地看着江云琛:"哥,刚才白芨姐姐说让前嫂子注意安全,我觉得她是担心你欺负你前女友。"

宋予再一次感慨江家人的智商……

"我不会欺负她。"

孩子的一句玩笑话,江云琛竟然理会了,而且从他口中说出来,宋予竟然觉得,很"苏"……

她的心口像是被什么东西轻轻地敲了一下,她舔舔嘴唇,低头转移话题。

"你爷爷在急救室,你真的不去看他?"

她真不是想管江家的家事,只是单纯想转移话题,而一时半会儿又找不到什么能让江云琛感兴趣的话题,所以只能牵扯到江儒声身上了。

"我为什么要去看一个陌生人?这家医院的病人这么多,我难道要一个个探望?"江云琛这句话非常冷血。

宋予感觉他不仅仅是求生欲非常低,更重要的是,他对亲情极其淡漠,淡漠到让旁人看来有些恐怖。

如果当初蛋黄出生了,江云琛会不会也不喜欢他自己的孩子,对孩子一样这么冷漠?

都说从小家庭不幸福的人,日后对自己的孩子可能也会冷漠,宋予想来,不禁有些后怕……

两个小时后,江云琛输液结束,拿了药出了医院。

宋予则将江云扬送去了急救室那边,又跟纪朵碰了一个面之后才离开,然后跟着江云琛一起出了医院。

她意外地发现他没有开车来,后来想想也是,发着高烧,这样的状态他怎么敢开车?

两人打了车，江云琛报的地址竟然是锦绣豪园，不是酒店。

"你现在住锦绣豪园？"宋予看向身侧的男人。

江云琛的头仰靠在后座的靠枕上，似是疲惫到了不想说话的地步。

"嗯。"

宋予见他不想说话，也就没有再多问。无论是酒店还是锦绣豪园，她今晚注定要照顾他，什么地点于她而言都一样。

路上堵车，司机经常急刹车，让百无聊赖时不时拿出手机来看看的宋予晕车了。她很少会晕车，上一次晕车好像还是小时候。

车子一停到锦绣豪园门口，宋予连忙推开车门下车，走到一旁的草丛边上干呕。她的胃里翻江倒海一样，想吐的时候却又只是干呕，胀气积蓄在喉咙里，怎么也无法消除。

"晕车？"江云琛在身后问她，她点了点头。

"你先进去，我待会儿去找你。"她觉得被江云琛看着有些尴尬，而且她现在还没有缓过神来，难受得根本不想走路。

"你认识去我家的路？"江云琛问。

"不认识……"她拿出纸巾擦了擦嘴，"你告诉我门牌号我……"

宋予的话没说完，忽然感受到一只手掌轻抚上了她的脊背。

她被突如其来的触感吓了一跳，像受惊的兔子一样，立刻直起了身体，回过头看向江云琛，眼里写满了防备。

她立刻意识到了自己过激的反应，觉得自己警惕心好像太重了。他应该是想帮她拍一拍背，让她好吐出来。

"谢谢。"她尴尬地道了谢，纵然胃里面不舒服，还是直起了身体准备同江云琛回家。

电梯内，宋予觉得头晕晕的，用手指按压了一下太阳穴。

"刚搬过来，家里没有常备药，如果再不舒服，我让秘书买药送过来。"江云琛看到她因为晕车头疼，开口说道。

他自己还是个病人，倒是关心起她来了……

"不用，我待会儿喝点热水就好了。"宋予垂下手，"之前还见你住在酒店，什么时候搬过来的？"

"昨天。"

这么……匆忙。

"那家里是不是什么都没有？"宋予绝不相信她昨天搬进来，今天家里的冰箱就塞满了，日常用品就都备齐了。

"需要什么，可以让人送过来。"江云琛的做法还是公子哥范儿。以前在纽约时，他的日常生活都有私人助理帮忙打理，他平日里要工作，根本没有空余时间来管理自己的私生活，连家政都是助理帮忙请的。

"你忘了我们还没吃晚饭吗？"宋予刚才经历了出租车上的"翻江倒海"之后就没什么胃口了，但是如果不吃的话晚上可能会饿，哪怕她不吃，江云琛作为病人多多少少也得吃点东西。

"想吃什么？"

"我都行，主要是你。"

"没胃口。"江云琛话里的厌世感很足。

宋予猜测，如果江云琛没有什么事情要做了的话，他一定会选择等死。虽然她不知道江云琛想做的事情是什么，但是一定有……

一个厌世的人还在接受治疗，证明他暂时不想死。其实她还是希望他好好活着的，这么优秀的人，多可惜……

"没胃口你也得吃一点，不然病更加好不了。要不喝粥？"

"随你。"

电梯门打开，宋予一边跟着他走出电梯一边询问他："家里有米吗，其他菜有吗？"

"不知道。"

"这不是你家吗……"宋予看着江云琛打开密码锁准备输入密码，下意识地转过头去，避免看到江云琛家里的密码。

非礼勿视，她只是来住一晚的陌生人而已。

江云琛还没回答她就已经推开了门，宋予进去，刚准备换鞋时，感觉到了一股粉色冲击……

"是不是走错了？"

宋予发誓她真的不是有意的，真的是脱口而出，因为眼前的粉色冲击力太大。入目全部是粉色的，这个房间的装修，根本无法跟江云琛身上的气质联系起来……

所以她才会问是不是走错了房间，但是一想，他刚才是输入了密码的，怎么可能走错。

"原来你喜欢粉色。"宋予是强忍着笑意说出这句话的，低着头一边换鞋一边憋着笑说道。

真看不出江云琛竟然还有少女心……都说家中的装修能体现主人的性格，难道江云琛是少女性格？

人不可貌相，宋予脑中蹦跶出了几个字。

"卓决装修的。"意思是跟他无关。

宋予心想，还辩解。

"卓决跟你这么多年朋友，肯定是很了解你才敢这么装修。"宋予根本不听他的辩解，就是要捉弄他。开了几句玩笑之后，她甚至都忘记晕车的感觉，整个人都精神了不少。

江云琛没有再解释，也知道越解释越说不清，他换好鞋信步走向冰箱，打开看了一眼："冰箱里没有东西。"

意料之中……

"你家附近有超市吗？我去买点米。"

"我去买。"江云琛合上冰箱门，又走到了玄关口，还没换鞋就被宋予拦住了。

"说好了我照顾你，当然是我去。"她觉得自己很尽职。

江云琛看着她认真的脸庞，她今天没有化妆，白皙的皮肤微微泛着红晕，眼神倔强认真。

"看来计仲秋的项目对你来说真的挺重要。"将嘲讽的一句话扔给她，他转身走向了沙发，打开电视开始看球。

宋予在门口站了许久，眨了眨眼睛看着江云琛，品了一下他这句意味深长的话。

他是在讽刺她为了计仲秋那个项目，尽心尽力地照顾他。他的话让人由内而外地不舒服。但是谁让他说中了呢？她无话可说，出了门，去了一趟超市。

她买了一小袋米，以江云琛的性子肯定不会在家做饭，米对他的用途应该也只限于今天而已。

她又买了一些西红柿、鸡蛋和豆腐，超市里的东西有限，但她还是买了不少，生怕江云琛挑剔，不喜欢。结账时，收银员是个中年妇女，结完账之后扔了一盒东西到她的纸袋里。

"小姑娘，看你买这么多送你样好东西，满足三百八十八送的。"

　　宋予也没在意，怎着大概是糖果或者洗发水旅行装什么的，道了句"谢谢"就拎着纸袋走了。

第十四章
你是夏末微凉

宋予回到江云琛家，准备按门铃时看到门虚掩着，大概是江云琛嫌给她开门麻烦，提前把门打开了等她回来。

宋予推门进去，一眼就看到了粉色沙发上躺着的高大人影。

他身形颀长，躺在沙发上，沙发的长度有些容纳不下他，小腿下半部分是露在沙发外面的。

他睡得太随意，都没有拿被子盖上。她拎着纸袋走近看了一眼，看到他戴着卫衣上的帽子，双眼被帽子遮住，只露出笔挺的鼻子和薄唇。

她放下纸袋走向一个房间，这个房间看着挺像卧室的，她进门后找到了一条粉色的薄被。

她看着被子忍不住想，这到底是卓决的意思还是江云琛自己的意思，怎么到处都是粉色，看久了难道不会觉得头晕恶心吗？

她抱着被子走到沙发前，将被子摊开轻轻地盖在江云琛的身上。她的动静不小，江云琛这样都没有被她吵醒，看来是真的不舒服了。

她打算先让他睡，熬完粥再叫他起来。

她将买来的红薯洗干净切块放到了粥里，又做了西红柿炒蛋和豆腐，十几分钟后公寓内便充满了粥的香味。

闻到香味之后她的胃竟然也不怎么难受了，晕车的感觉彻底消失了。

宋予以前在德国时跟白芨是轮流做饭的，厨艺不算差，就是不知道合不合江云琛的胃口。

她见江云琛还没醒，打算让他睡一会儿再叫他，自己则开始看手机。

傅其深介绍的那位魏律师又发了短信过来，是下午在医院的时候收到的，她现在才看到。

"麻烦把案子发给我，我提前准备一下，下次见面我们就可以探讨一下庭审时候的方案。"

宋予心想傅其深介绍的律师果然挺靠谱的，时时刻刻牵挂着她的案子。

"好。我今晚在外面，要明早才能发给您。"宋予编辑了短信发送过去。

"好。"

对方那边几乎是秒回，宋予心想，看来现在的老人家也是紧跟潮流经常玩手机。

她放下手机的同一时刻，肚子"咕噜"叫了一声。

她饿了……

但是现在她在江云琛家，总不好意思自己先吃吧。她看了一眼腕表上的时间，快晚上七点了，再不吃晚饭，都可以当消夜了。

她起身走到沙发边，俯身去看江云琛。

她寻思着该用什么方法叫醒江云琛才不会显得太不礼貌，也不确定江云琛有没有起床气。

像他这种脾气的人，有起床气的可能性非常大……

"江先生，起床吃饭了。"宋予稍微清了清嗓子之后开口。她的分贝对他的睡眠没有任何干扰，江云琛仍旧在沉睡。

"你再不起来，菜我都一个人喝了。"宋予又叫了他一声，话落之后才发现，自己这样跟江云琛说话，颇有妻子早上叫先生起床的感觉……

这个想法在她脑中一闪而过，她吓到了，立刻抑制自己往这个方面想……

"江云琛。"宋予伸手拍了一下江云琛的肩膀，怎么睡得这么熟……她俯身，想在他耳边叫他。

俯身时她的头发顺着脸庞滑落，发梢蹭到了江云琛的脸上。

"江……"

宋予叫他起床的话还没有说出口，一只有力的手臂覆上了她的脊背，将她的身体直接压在了他身上……

没有前兆，宋予没有办法站稳，整个人都扑到了江云琛身上。

江云琛的半张脸被卫衣的帽子遮住，宋予看不清楚现在他脸上是什么表情，甚至都不知道他是不是睁开眼了。

"你的头发蹭到我的脸了。"江云琛这句话算是解释。他的声音带着很浓的鼻音和将醒未醒的睡意，"很痒。"

"抱歉。"宋予绷着神经说道，伸手捋了一下自己的头发，保持镇定，即使她现在整个人已经趴在江云琛身上动弹不了了。

"可以吃晚饭了，我熬了粥。"宋予连忙跟他说喝粥的事情。

他刚才是不是睡梦中昏昏沉沉的没有意识到自己抱错了人……还是见有人顺手就抱了？

"不想喝粥。"他的口气不强硬，也没有攻击性，同往日相比温和了不少。

果然生病的人对周围的人态度都会变得好一些，他大概也是没有精力了。

"那你想吃什么，或者我帮你煮点饭？"宋予的口气也变得好了许多。

江云琛薄唇紧闭，他身上有很浓的药水味，宋予靠他这么近，能轻易地闻到他身上的味道，有些刺鼻。

他腾出一只手摘了帽子，认真地看着宋予的眼睛，他的眼神仿佛有吸纳的能力。他盯着宋予看时，宋予觉得自己好像被吸进了一个深不见底的旋涡和黑洞，被他带入了一个黑色的世界……

四处寂静，一楼只剩下墙壁上挂钟走动的声音。

时间一分一秒地走着，宋予在等着江云琛的答案，但是他似乎并没有要回答她的意思，只是一直看着她。

"想吃什么？"她这一次是真的耐着性子在同他说话了，同旁人，她可没有这样的耐心。要不是为了计仲秋的项目，谁都没法让她这么做。

"我回答你了。"江云琛眼神迷离，话里带着揶揄的味道，似笑非笑地看着她。

宋予能感觉到他身上很烫很烫，她猜想应该是他发着高烧身体不舒服的缘故。

"什么？"她没明白。

宋予一直不觉得自己笨，好歹凭着自己的智商考上的德国海德堡大学医学院，逢人说话她也从不觉得自己需要多思考，但是每一次同江云琛说话，她都觉得很累，好像永远不明白他话里面的意思，只听得懂最浅显的那层意思。

"你什么时候回答我了？"宋予问。

话落，江云琛覆在她背上的手用力压下来。江云琛手臂的力量很大，宋予的脊背不堪重负直接被压了下去，她的身体紧紧贴上了江云琛的胸……

他常年健身，身体健壮，宋予的身体贴合上他时，甚至觉得被撞得有些疼。

宋予此刻才明白了他口中的"回答"是什么……

她的神经和脊背在同一时间紧绷了起来，浑身的细胞和肌肉都在排斥这种亲密的行为。

"一开始我碰你一下，你都会拼命推开我。"江云琛的声音越发沙哑，像极了那些极力塑造自己大叔形象，和喜欢刻意压低嗓音说话的男明星，烟嗓特别适合他。

宋予闻言，立刻想反抗，耳朵都被他这句话染红了。

他的话显得她现在并不排斥跟他接触，有主动投怀送抱的嫌疑。

"我看你是病人，不忍心。"宋予皱眉，她未施粉黛的脸庞精致小巧，双眉下的眼眸湿润温柔，虽然她现在表情和行为仍在排斥他，但还是比往日少了几分戾气。

或许真的如她所说，她看他是病人。又或许，她在撒谎。

"不需要。"江云琛的语气颇为不善，"我是病人，也是男人。"

后半句话，狎昵暧昧，让整个粉色的客厅内充满了粉色的泡泡，但是没有激起宋予的半点少女心，她只觉得害怕……

她有一种被"瓮中捉鳖"的感觉，她就知道，江云琛不会花费心思单纯"请"她回来照顾他……

刚才在医院，她甚至还因为在这场交易中占了便宜而沾沾自喜，现在看来，是她太愚蠢了。江云琛是什么人？在商场上就从未听说他做过亏本的生意。

现在看来，这场交易中，还是江云琛得利。

"我以为江先生不是那种饥不择食的男人。"宋予比之前几次都要淡定，没有再愚蠢到用肢体力量去跟江云琛对抗，她现在已经很清楚自己跟江云琛之间力量的悬殊，奋力抵抗只会让她显得狼狈。

"最近我感兴趣的，只有一种食物，暂且算不上饥不择食。"

江云琛的话越发狎昵，用"食物"这种词来形容女人，原本就是暧昧的，尤其是从江云琛口中说出。

他的身上原本就带着很强的攻击性，此时看她的眼神就像是在看猎物，加之他低沉沙哑的嗓音，让她的心跳根本不受自己控制地剧烈加快了……

"最近、暂且，看来江先生之前有过不少女人。未来也是未知数。"宋予心生厌恶，她不喜欢异性生活上不检点，更不喜欢过于开放的男人，在这种事情上，她仍旧保持着保守的态度。

"上一次做，是两年前。"

江云琛直接地将自己的私生活告诉了她，让她原本就在疯狂跳动的心脏都快冲到了嗓子眼……

她一直知道他说话直白，但她还是低估了他，明明说着厚脸皮的话，可一点都不觉得羞愧。

两年前……他在拐弯抹角地提醒她，他上一次做，是跟她。

宋予有些呆滞，紧张到了极点，她自认心理不算脆弱，可自从认识了江云琛之后，她感觉自己心底的城墙被江云琛一点点强拆，瓦砾无存。

"我有洁癖，不喜欢用别的女人用过的东西。"宋予见他说得直白，说话时也直白了很多，不管脸红与否了。

江云琛仍躺在沙发上，保持着刚才的姿势，宋予觉得自己的体重并不轻，就这样压在他身上，他不觉得累吗？

"上一次我记得你说过自己的私生活不检点。怎么这个时候，跟我说你有洁癖？宋予，下次把说谎的技术学学再来。"江云琛记性好得过分，她说的每一句话他都清楚地记着，并且在她面前说出来。

宋予有些胆寒，嘴唇颤了一下。

"唬你的。"宋予挑眉。

江云琛看着她明明很紧张却故作镇定的样子，玩心也比刚才重了一些。

他翻身而上，轻而易举地同宋予换了位置。

宋予的脊背触碰到柔软的沙发，加上江云琛的重量，她感觉沙发都陷下去了……

如果说刚才那个姿势让宋予感觉焦灼，现在，她觉得紧张感到达了巅峰……

"做不做，决定权在你。"江云琛点到为止。

他的意思仍旧清楚，又绕回到那件事上。做不做决定权在她身上。承认她就是两年前那个女人，就不做；不承认，就做一次，他也就知道她是不是那个人了……

宋予开始装傻，她的手腕被江云琛紧紧锁住，放在脸庞两侧，强行逃走是不可能的。

"不做。"做选择题谁还不会了，"你再不起来，粥要凉了。"

"我说了我不喝粥。"江云琛浓眉微蹙，眼神里的玩弄让宋予呼吸急促。

"我想喝，我好饿。"宋予开始卖惨。

此时，一声狗叫打断了宋予的卖惨："汪！"

非常洪亮的一声叫声，划破了空气中的暧昧。

"总裁"不知道从哪儿钻了出来，宋予在这个公寓里待了几个小时了，一直没有发现"总裁"的存在，而现在"总裁"正蹲在沙发下面，仰头看着他们。

江云琛别过头看了"总裁"一眼，眼里带着怒意。

"总裁"看到之后害怕地叫了两声，宋予趁此机会对江云琛说："'总裁'也饿了，我去给它喂狗粮。"

果然，江云琛对他的狗还是关心的，他立刻松开了她。

宋予发现，只要跟他的狗有关系的事情，他都会答应……

有时候她看他好像冷血无情，有时候看他又太有爱心。这人真矛盾。

宋予从沙发上起来。刚才被压制太久，她的腿都有些麻了。

她将"总裁"抱了起来，心底暗自感谢"总裁"：谢谢小祖宗了！

"总裁"大概也已经认识宋予了，趴在她怀里的时候软萌软萌的，一动不动。

宋予抱着"总裁"找到它的小狗窝，给它放好了狗粮和水之后去了厨房。

厨房里香味很浓郁，宋予的胃口变得更好了，她盛了两碗粥端到客厅。虽然知道这个地方不宜久留，但是她仍没有要离开的念头。

这个时候离开，就等于她白给他做了一顿晚饭，她不会做这种亏本的事情。她刚才看他的病应该挺严重的，一时半会儿恢复不了，他应该也只是吓唬吓唬她吧？否则，他哪里会有这么多的精力？

"真的不喝？"宋予已经坐到餐桌前面，用勺子舀了一勺粥放到嘴里，米粒软糯又温热，入口有一点点甘甜，宋予很满意，又吃了几口西红柿炒蛋，故意盯着江云琛。

江云琛看了几眼之后还是走了过来，宋予心想，刚才还装高冷不喝粥，定力也不过如此嘛。

江云琛拉开了在她对面的座位，坐下之后也喝了几口粥。

宋予懒得问江云琛喜不喜欢喝粥，她又不是他的女朋友，给他熬粥也只是这么一次而已，不需要知道他觉得好不好喝。

江云琛也没有评价粥的味道，两个人都兀自喝着粥，彼此之间也没有话，直到宋予的手上沾到西红柿炒蛋的汤汁时，她才低低"啊"了一声。

江云琛见状起身，宋予猜到他大概是帮忙去拿纸巾，于是开口："刚才看到你家客厅没纸巾，所以买了几包回来，你去茶几上的纸袋里拿一下。"

免得他去洗手间拿。

宋予是想节省时间，江云琛也照做了，他现在大概也没有力气多走路。

她看着江云琛走到茶几前面，俯身拿起了纸袋，她转过头拿起玻璃杯喝了一口水，等着江云琛给她送纸巾过来。

宋予耳侧传来江云琛的脚步声，他穿着棉拖，脚步声不重，落定在她身边。

江云琛伸手递东西给她，宋予不假思索地接过，当看到他手中拿着的一小盒东西时，脸颊瞬间变得滚烫……像是着了火一般。

这是一盒最常见的套……包装是经常能在超市里面看到的那种，所以宋予看了一眼就知道是什么东西了。

"流氓！"宋予像是拿着一块烫手山芋一样，立刻扔掉了手中的盒子，但是她仍旧觉得手心烫烫的，连耳根子都是热的。

她没有起身，而是紧张局促地坐在餐桌前，将视线从盒子上面挪到了江云琛的身上，冷冷地剜了他一眼，红着脸庞用斥责的口气质问他："你给我这个是什么意思？"

"流氓的人是你。"江云琛气定神闲，在宋予烧红了脸的情况下，江云琛还是淡定。

"你给我这盒……我怎么就流氓了？"宋予冷哼，"江云琛……"

"反咬一口？"江云琛重新拿起了小盒子，举在她面前，"还是欲擒故纵？"

宋予还是没有听明白江云琛话里的意思，他连续两个讽刺的词，让她摸不着头脑："你在说什么？"

"这是从你的纸袋里面找到的。宋予，别装蒜。"江云琛像一个审犯人的警长，眼神凝重。

宋予微微皱眉，还是不明白，迷惑地看向了纸袋……

她刚刚想辩驳，忽然想到了刚才在超市里，收银员说满多少送什么东西……她记得当时收银员随手往纸袋里面扔了一个东西，她没在意，以为是糖果什么的。

她看了一眼江云琛手中的小盒子，顿时……蒙了……

现在，无论她说什么好像都说不清楚了，再解释好像也是在抹黑自己。

毕竟这一盒东西，是从她的纸袋里找到的。

"超市满多少送的。"她实话实说，不打算解释，越解释，就越显得她心虚。

江云琛靠得越发近了，宋予想后退，却发现自己就坐在椅子上，怎么后退？

"如果一个孩子去那家超市买了满额，会有人送他这个？"江云琛两根修长的手指夹着这个盒子，画面异常和谐。他容貌生得极好，哪怕是拿着这种东西也不会让人觉得不舒服。

"你什么意思？是超市的收银员趁我不注意扔进去的，我也是现在才发现的。"她的语气仍旧不急不缓，以为自己镇定一些，他就会少一点怀疑。

"如果那家超市的收银员这么好心，见一个年轻女孩就扔一盒进去，估计那家超市离破产不远了，她也离被拘留不远了。"江云琛说得头头是道。

宋予再一次被噎住，找不到反驳的话。

虽然超市收银员的行为很不符合逻辑，但是这的确发生了，宋予不知该怎么解释，情急之下她闭了闭眼，刚刚想开口时，嘴唇忽然一热。

江云琛的薄唇紧紧贴上了她的唇，温热的感觉在嘴唇上传递，江云琛的嘴唇不是很烫，比起上一次在车家来说，这一次冰冷，大概是他生病的缘故，除了身体之外，手脚和其他部位都是冰凉的。

宋予的嘴唇上传来酥酥麻麻的感觉，大抵是药物作用，他今天的吻比起上一次要温和得多，攻击性明显被削弱，霸道的感觉也减少了。宋予竟然从他的吻中感觉到了一点温度，类似于感情的温度。

纵然知道力量悬殊，宋予仍旧试图去推开他。江云琛即使是在生病的情况下，力道也很足，宋予听到他扔掉了盒子的声音，他单手钳住了她的手腕。

江云琛的吻不断加深，宋予越发能感觉到那种"感情的温度"，她被这个吻捉弄得有些意乱情迷。

她残留的一点清醒在提醒她，江云琛可能喜欢上了她。

这是她最害怕发生的情况，她想过千万种可能，想过跟江云琛接触多了之后，自己会不会喜欢上他，想过要是江云琛知道当年的事情之后会不会找她和宋氏的麻烦，但是千想万想，从来没有想过江云琛有可能会喜欢上她……

不是她自作多情，也不是她有臆想症。如果一个男人不爱这个女人，接吻时是不会有任何温度的，只会有强势、霸道和欲望。

而此时，宋予能清晰地从江云琛的吻中感受到温度……

让她害怕的温度。

江云琛的手已经不安分起来，宋予的另一只手没有被他钳制住，她感觉到身体的异样后，指甲猛地嵌入了他的手臂中……

她用尽了浑身的力气去掐他，也不管他是不是疼，是不是病人。

江云琛身体虚弱，到底挨不住宋予的力量，松开了她。

宋予用最快的速度起身，往后退了几步。她慌乱的样子落入江云琛的眼中，他伸手擦拭了一下嘴角："自己准备好了东西，现在又逃。宋予，你到底想怎么样？"

江云琛的欲望被激了起来，现在宋予又要硬生生浇灭它，于男人而言，是最不舒服的。

"都说了那不是我准备的，不信你明早去问楼下超市的收银员。我要睡觉了，晚安。"宋予也不管江云琛让她睡哪个房间，随便找了一个房间就走了进去。

"砰"的一声，她关上了门。

关门声将"总裁"都吓到了，它从狗窝里面起来飞奔向江云琛。

江云琛看着紧闭的房门，皱眉。

"总裁"在他脚边蹭来蹭去，他单手将"总裁"捞起来，信步上了楼梯，去了第二层色调让他觉得舒服一点的房间。

卓决将二楼房间设计得很适合他，江云琛离开了满目的粉色之后心情都平和了些，刚才因为宋予积蓄的怒火消散了一些。

"总裁"一蹦到床上就开始撒欢，蹦了好几圈才回到江云琛身边。

江云琛坐在床沿上，看着窗外。这个小区外面就是江景，尤其是高楼层的房间，可以看到极致的景色。

他开了灯，拨了卓决的号码。

卓决正躺在家里看柯南。接到江云琛的电话，他觉得有些奇怪。他已经有几天没联系江云琛了，倒不是他不主动联系，而是江云琛一直拒接他的电话，应该是很忙，所以他也就没再找江云琛。

"喂，你终于想起我了？"

江云琛面对卓决怨妇一般的口气，有种想挂断电话的冲动。

"问你一件事。"

"说吧，没有什么问题是本大师不知道的。"卓决正抬着腿吃着苹果，听到江云琛的话之后他也没有把柯南关掉。在他的世界观中，没有什么事情是江云琛解决不了的。

江云琛抚摸了一下"总裁"软软的后背，"总裁"舒服得直接四脚朝天。

"如果一个女人去你家，准备了一盒套，是什么意思？"江云琛说话一点都不含蓄。

卓决听着都蒙了，立刻关掉了电视，觉得自己好像错过了什么，连忙从沙发上起身，放下苹果认真听江云琛说话。

"你再说得仔细点，这么劲爆？"

卓决的笑声通过无线电波传递了过来，让江云琛略有不快。

"没了。"他懒得同卓决说太多。

卓决意犹未尽，拿纸巾擦了擦嘴，笑着跟他分析："废话，多半就是喜欢你，想直接把事情办了，先上车后补票。当然，也有可能不补票。"

江云琛听到后半句话，眉心一紧。

卓决已经猜到是谁了，所以也不问，直接说道："不过以宋小姐的性格，她看着不像是上了车不补票的人。"

"她是两年前，宸汕集团送来的女人。"江云琛没有顺着卓决的话往下说，话锋一转，语气都冷了很多。

卓决原本还想多调侃江云琛几句，毕竟这种机会很难得，但是在听到宸汕集团时，卓决都默然了。

良久，卓决沉声道："不至于吧？宋予是宋安的千金，跟宸汕集团……"

"她就是。"江云琛的口气笃定到让卓决无话可说，既然江云琛作为当事人都已经认定了，卓决也不好再怀疑什么。

"我没想到。"卓决苦笑，"你们还挺有缘的。"

江云琛又沉默了几秒，像是在思忖极其重要的问题。

卓决忽然想到了一个问题："宋予之前怀孕六个月引产，拿掉的不会是你的孩子吧？！"

卓决的反应慢了好几拍，反应过来之后下巴都快掉到地上去了。

江云琛仍没有回答，卓决着急了："你倒是说句话啊。"

"你觉得，我和宋予有没有可能？"

"可能什么？"卓决又慢了半拍，一说出口自己恨不得咬自己舌头，"江云琛你都知道宋予是两年前宸汕集团送到你床上的那个女人了，还动她的心思？你还真不怕把自己陷进去。当年宸汕为了吞你的钱花了多少心思？连女人都用上了。"

"如果她跟宸汕有关系，就不会怕我。"江云琛能清晰地感觉到，每一次他靠近她一些，她都很害怕。

如果她当初真的是跟宸汕沆瀣一气，她现在不至于这么怕他。

卓决点了点头："有道理……唯一的可能，就是宋予被人当枪使了。"

卓决心有余悸："我还是不能理解，哪怕她也是受害者，你还想跟她扯上关系，傻了吧？不对……你刚才说，宋予带着那个来找你，难道她也喜欢你？"

卓决一下子消化不了这么多消息，这两个人不是一开始互相看不顺眼吗？

她一口一个"江先生"，实际上是想将他榨干了，他一口一个"宋小姐"，实际上连搭把手都不愿意帮她。

两个人玩着商场上虚伪的游戏，竟然能玩出感情来？

"你们太'社会'了，跟你们比起来，我就是个孩子。"卓决忍不住摇头，再一次感慨现代人的恐怖。他感觉江云琛大概是快挂他电话了，忽然想到了一件事，"最近宋氏融资成功，已经在准备上市的事情了，你还没打算好帮她做风险评估？如果你喜欢她，就趁着这个时候雪中送炭，女人大多数会感动。要是错过了这个机会，别怪哥们没提醒你，有的是人愿意给她做风险评估。"

"谁？"江云琛抓住了关键词。

"你认识的，裴珩舟。"卓决挑眉。

上次在宋氏大楼碰到裴珩舟的时候他就觉得挺奇怪的，裴珩舟在业内的地位虽不比江云琛，但平日里业务往来很多，哪有时间去帮一个公司做风险评估？

做一次风险评估是一件很费时费力的事情，不是几天就能结束的，除非价格极高，一般的金融师都不愿意做。像宋予这样一分钱都算计的人，按照裴珩舟的咖位，大概也不会出太高的价格。

这样裴珩舟还愿意做，就一定是跟宋予有其他方面的往来。

"那天我把'总裁'送过去……"卓决唯恐天下不乱，刚开口就被江云琛打断。

"你还好意思说？"

"咳咳……"卓决伸手抓了把头发，"我去那边，结果看到宋予同裴珩舟一起吃完饭回来，他们也没跟我明说，但肯定是为了风险评估的事，我看裴珩舟手里还拿着文件。"

江云琛再次沉默，卓决继续道："所以我说，如果你挺喜欢宋予的，就抓紧机会帮她做一次评估得了，免得到时候她跟裴珩舟搭上了，你后悔莫及。"

"挂了。"

江云琛挂断电话，放下手机低头看了一眼身侧的"总裁"。

"总裁"蜷缩成了一团待在他身旁，眼神哀怨地看着他。

"喜不喜欢她？"江云琛低头。

"嗷呜……"

"总裁"发出了一声奇怪的叫声，蹭了蹭江云琛的腿，四脚朝天地准备睡觉。

江云琛拿起手机，拨了宋予的号码。

此时，宋予坐在床上，心有余悸让她什么都做不好，甚至都不想睡觉。再者，她没有拿任何换洗衣物来，即使想睡，不洗漱她也觉得不自在。

她原本打算让秘书跑一趟宋氏帮她拿一下换洗的衣物过来，但是想到现在很晚了，加之万一被看到她留宿在异性家里，哪怕是平日里贴心的秘书，她也担心消息会漏风，被有心之人听去对她而言很不好。

她在踌躇着到底怎么办时，手机响了。她不知道是谁深更半夜打过来，以为是工作上的问题，打开手机屏幕，却看到了江云琛的号码。

他又要做什么？

宋予不想接，但转念一想，自己今晚就是来照顾他的，又想到了他的病情，犹豫了一下，还是接听了。

"喂。"她的声音淡漠，她希望江云琛能感觉到她的不快，不至于再发生刚才那样不高兴的事情。

"上楼。"

"我已经躺下了，困了。"宋予现在精神得很，都是被江云琛吓的。

"我不舒服。"江云琛的声音提醒了宋予，他现在还是个病人。

宋予没办法，只能从床上下来，穿上鞋上了二楼。

二楼和她想象的不同，是灰白相间的色调，和一楼的粉色调相比，二楼的颜色让她觉得舒服得多。但是一粉一灰，颜色跨度未免也太大了，生怕别人不知道他是个多变的人？

她敲了一个房间的房门，这个房间应该是主卧。

"进来。"里面传来江云琛的声音，她放心地推开门进去。

主卧是灰色风格，灰白色调的房间让人的心情都跟着压抑了，没有温馨的感觉，倒适合江云琛。

宋予记得之前白芨说过，江云琛大概是那种心理特别阴暗的人，宋予跟他相处了这么久，也越发感觉如此。

"哪里不舒服了？"宋予看到江云琛已经躺下，身上换上了睡衣。

"头疼。"

"是需要吃止痛药的疼？"宋予到床边俯身查看了一下江云琛的情况，她不知道他说的疼是哪种程度。

"嗯。"

"那我去给你找止痛片。"宋予虽然觉得麻烦，但也记着自己今晚的职责和本分。

"不用。"

宋予原本都打算下楼了，闻言抬头看了江云琛一眼，她怎么觉得他这么别扭呢？

是不是刚才那件事情让他不乐意了，他特意捉弄她？她认为以他的性格，也不乏这种可能。

"那你想怎么样？"她认真地问，没有带半点情绪。

江云琛拿过床头柜上的几份文件，竟然翻看起了文件……

这让宋予震惊。他不是说他头疼吗？

"原来头疼还能看文件，江先生平时都吃什么药？下次我头疼了也吃这种药，这样还不耽误我工作。"宋予讽刺着他。

"你生病了，就不用赚钱了？"江云琛头都没抬。

宋予更加认定了他是装模作样，如果真的头疼到了要吃止痛片的地步，他哪里还能看文件，怕是连翻开文件的力气都没了。

"所以你让我上来做什么？"她并不觉得自己现在对江云琛来说是有用的。

"帮我看文件。"

他还真是好意思。

在宋予认识的人当中，江云琛的厚脸皮程度，可以排第一。

她没有精力帮他看文件，她现在头昏脑涨，只想躺下休息："我记得在医院里我们说好的。我只负责照顾你一晚。我是看在计仲秋那个项目，和你身体虚弱的分上才答应你的，我没有义务帮你工作。"

宋予强调了一下自己不仅仅是因为计仲秋，更是看他身体虚弱。

"照顾我一晚上，十二个小时，换计仲秋那边十几亿的项目。你觉得好意思？"

江云琛反问了一句，让宋予脸红了。

在医院时她就觉得自己好像白白占了江云琛的便宜，被他这么一说，她更加羞愧了。

　　她上前，俯身从他手中扯过几份文件走到了一旁的沙发边坐下，开始翻阅起来。

第十五章
斗转星移

宋予其实不明白　江云琛为什么敢让她看他的文件。

江云琛之前就职于华尔街，做的都是顶尖机密的金融工作，哪怕现在辞职之后，他手头上的金融资源也是他手底下最大的财富，他就这么放心让她看？

江云琛到底是心大，还是放心她？

宋予随意翻开了一个文件夹，入目都是一长串的数字，她只觉得头昏脑涨。

虽然她现在也在金融圈里摸爬滚打，但她仍旧不喜欢数学，财务这方面一直是交给专门的人去做的，自己看得极少，以前她在学医上最大的阻碍就是数学。

"江先生，我有疑问。"宋予双腿交叠，坐在沙发上，抬头看着江云琛。

戴着金丝边眼镜的江云琛有着斯文的品相，看似温良恭谦，实则就是一个腹黑的吸血鬼。

"嗯。"

"没有简单点的吗？这些对我来说太难了。我数学不大好。"

"连基本的数字游戏都不会，还想管理宋氏？"

"我可以花钱请最好的会计帮我管财务。"

"再好的会计，都是别人。越好的会计，越能在你的账面上造假，让你看都看不出来，等会计联合你手下的高管卷款另起炉灶了，到时候有你哭的。"

江云琛象极了教她生意经的长者，宋予在心底埋汰着：这人可真喜欢说教……

她换了一本文件，看到是一个溜冰场的项目策划时，顿时来了兴趣："恒隆大厦这个溜冰场，原来是你打算造的？"

"怎么？"江云琛头都没抬，修长的手指翻着文件。

宋予努力回想了一下，稍微挺了挺脊背，试探地问道："可是我之前听说，是帝都那边的商人过来投资的。"

之前她听说的消息确凿无疑，圈内都传遍了。恒隆大厦是寸土寸金的商业大厦，造一个溜冰场需要巨额的投标费和足够的实力。而且这个溜冰场所占的面积极大，溜冰场周围的所有店铺都被同一个商人盘下了，就是那位传说中的"帝都商人"。

溜冰场再包括周边商铺，单是盘下来的费用就超乎宋予的想象。

宋氏实力不差，但想做到这样至少还需要十几年。

当时宋予就在想，那位帝都商人是多有钱？那人还很神秘。

"谁规定投资商不能造假自己的出生地？"江云琛说话时气息平稳，拿起钢笔沙沙地签了几个名。

他这算是变相承认了他就是那位所谓的"帝都商人"。

宋予吸了一口气，垂首继续看这个溜冰场的项目。江云琛这人哪怕是有千万个身份、千万张面孔，日后她也不会觉得奇怪了……

她看了几页之后，暗自觉得这个项目策划写得好，心想宋氏怎么就没有这么好的职员，江云琛为什么有？

可是她转念一想，江云琛名下并没有实际注册的公司，他哪里来的职员？

这么一想，宋予忽然想到，她不知道的江云琛的事情，应该还有很多……

"大大方方让我看这些，就不怕我泄露了你的资源，或者将你手头上的资源占为己有？"宋予一边看一边问道。

"你还没这个本事。"

江云琛的话总是超乎她的想象。他大大方方地给她看，既不是信任她，也不是随意，而是觉得她没有这个本事。

宋予无话可说，看了几页之后心底就有些烦乱，只打算装装样子。江云琛的余光注意到了她的躁动，沉声道："你认识裴珩舟？"

宋予没想到他会忽然问她这个问题，愣了一下之后回神点头："嗯，认识。"

"你的下家，就是他？"

宋予听着"下家"总觉得有种奇怪的味道，下家……好像她嫁不出去，找了下家一般。

"怎么？"宋予反问，合上文件夹看向江云琛。

房间里是冷色调的灯光，加上冷色调的墙纸，整个房间都阴沉沉的。

"找我做风险评估不成，所以找了裴珩舟？"江云琛的声线一点点拉低，他像是在说一件让他极其不痛快的事情。

宋予捏着文件夹的手停顿了半晌，原来他是在说风险评估的事。

她颔首，一点也不避讳，坦荡地说道："是。宋氏要准备上市了，我请不动你，只能请别人。"

非常坦诚的一句话，她希望江云琛不要多想，宋氏真的是急需一个合格的金融师做一次合格的风险评估。

"我帮你。"

房间里原本安静无声，江云琛翻书的声音在寂静环境下显得有些嘈杂。此时这三个字，掷地有声，让宋予惊得愣住了。

她不知道该怎么回答江云琛，拒绝不是，接受也不是。

她已经答应裴珩舟了，出尔反尔显得她太作了。即使她再怎么需要江云琛的帮助，也不想接受……

"不用了，我已经把资料都给裴珩舟了。"她的意思是，裴珩舟很有可能已经开始动工了。

"这么信任他？"江云琛也放下了手中的文件，看向宋予时，摘掉了鼻梁上的金丝边眼镜，"据我所知，裴珩舟在风险评估方面没什么经验。"

"是吗？我以为他已经很厉害了。"宋予说实话，在她的印象当中，遇到江云琛之前，她所知道的在金融领域最厉害的就是裴珩舟了，"之前听说他也在华尔街的摩根大楼就职。"

"所以？"江云琛反问了一句，声音里有很明显的不快。

这种语气通常适用于男人对另一个男人的轻视。

江云琛在看低裴珩舟。

宋予记得之前听裴珩舟说，他们也认识，听裴珩舟的口气，他好像很尊敬江云琛，两人绝对不会是敌对的关系。

那么，只剩下一种可能，江云琛……吃醋了？

这个念头一闪而过，宋予没有立刻否定，毕竟从江云琛刚才的行为来看，很反常。

"所以，江先生的好意我暂时心领了。谢谢。"宋予道谢的时候脸上笑意很深，她希望给江云琛她看上去挺礼貌的感觉，不想让江云琛觉得受挫。

江云琛也没有多说，仿佛对她的决定并没有太多意见。

宋予还以为他会坚持到底……看来江云琛也不是那么偏执，大概是对她这个公司不怎么感兴趣，毕竟做风险评估也是一件挺累人的事情，她看他手头上这么多文件需要看，心想着他应该也没有什么时间。

她在江云琛的房里看文件看了足足一个半小时，后来实在撑不住了就下楼睡觉去了。

其间江云琛没怎么同她说话，两人交流的次数一只手都可以数过来。

她原以为自己不能顺利下楼，谁知道江云琛也没有拦着她，这个人真是阴晴多变。

翌日。

宋予早早地起床，用昨天剩下的食材替江云琛熬了粥，她一边同萧瀚通话一边切菜。

"早上的股东大会资料都准备好了？"宋予用脸和脖子夹住了手机，问道。

"嗯，我已经在会议室了。"萧瀚那边传来窸窸窣窣翻资料的声音。

"这么早？"现在才早上七点，她昨晚认床睡不好，所以早早起来了，想着给江云琛准备好早餐之后，自己的职责也算是完成了。

"嗯，昨晚睡在公司的。"

宋予含笑："你这么勤勉，我必须给你加点工资才过意得去。"

萧瀚也笑了。

宋予同萧瀚说了几句，告诉他自己会晚点到时，身后传来了脚步声，她猜到是江云琛起床了。

她立刻跟萧瀚简单说了一句，然后挂断了电话，放下刀回头，果真看到了穿着睡袍的江云琛。

江云琛穿着深蓝色的薄款睡袍，有着晨起的慵懒味道，看上去状态不佳，唇上也有青色的胡楂，但正是这点胡楂，给他添了一些男人味，有一种成熟男人的魅力。

"七点，你就有电话？"江云琛的语气听上去不大好。

宋予忽然想到，是不是自己刚才跟萧瀚通话的时候声音太响，吵醒了他？她有时候通话声音的确会不自觉地抬高，而且又是在厨房，她以为他不会听到。

"是我的助理。"她讪讪地笑，刚才跟萧瀚开了几个玩笑之后她心情不错，连带着对江云琛的态度也转好了许多。

江云琛也感觉到她的心情变好了，上前倒了一杯白开水，喝了几口，问她："男的？"

"嗯。"宋予没有否认。

"在助理的工作上，女人会比男人细心。"

江云琛放下水杯，莫名其妙地说了这么一句话，让宋予很吃惊。如果她没有想错的话，他是在劝说她换掉男助理，找一个女助理……

这不禁又让宋予想起了昨晚，江云琛莫名其妙地"诋毁"裴珩舟，说裴珩舟的能力不及他，难道，他又……吃醋了？

宋予很想问问江云琛，他是不是喜欢上她了……但她不敢，窗户纸戳破了之后，彼此的关系只会更加糟糕。像江云琛这样的人，她惹不起。

"不会，我跟我的男助理配合得很默契，我不需要女助理。"宋予淡淡地否决了江云琛的说法，转过身去炒菜。

江云琛离开了厨房，十分钟后，宋予盛了粥和菜出来，放下之后就拎包准备离开。

"不吃早饭，会变傻。"江云琛已经坐了下来，开始喝粥吃菜。见到她准备离开时，他扔了这么一句话给她。

宋予无语，他想留她吃早饭完全可以直说，但是他这个人偏偏喜欢拐弯抹角，用讽刺的方法跟她说话。

"不用了，我要开会时间比较赶，你吃吧。"宋予走到玄关处换上了鞋子，忽然又想到一件事，放在门把手上的手停顿了一下，她看向江云琛，"对了，记得吃药。"

不等江云琛回应，她已经离开了。

宋氏集团，会议室内。

这天的股东大会主要讲上市的事情，要讲的内容宋予已经准备了一个月，好不容易才等到了融资顺利的消息，现在距离上市，只剩下最后的步骤了。

会议后半场，有几个股东跟宋予探讨着上市之后的问题，宋予耐心地解答着，会议室的门忽然被打开了。

"宋总……"秘书慌忙进来，秀气的脸上有显而易见的紧张，"我拦不住……"

宋予想问拦不住谁，下一秒，宋知洺的助理推着宋知洺走进了会议室，没有半点犹豫。

"小叔，这是股东会议，您不是股东怎么进来了？"宋予对宋知洺尽量保持着良好的态度，毕竟是在几个股东面前，她总不好不给宋知洺面子。

这几个股东也是之前宋安在世时同宋安一起打江山的人，都是老一辈成员。

宋知洺狼子野心，早些年就想从宋安手中得到股份，但是宋安一直没有给他。宋安老奸巨猾，搪塞宋知洺的理由也很简单。

宋知洺的身体不适合成为宋氏的股东，因为宋氏的股东没有一个是吃闲饭的，都在宋氏的高级管理层任职，宋知洺这样的身体是无法每日来上班的。

当时宋知洺没有办法拒绝宋安，毕竟是自己的亲生哥哥，哪怕欲望再怎么强也需要压制一些，起码得做到对宋安尊重。

宋安一离世，宋知洺的狼子野心渐渐暴露出来，他以为宋予很好欺负，便一心想要宋氏的股份。

"我不是，宋宋是。"宋知洺的话印证了宋予的猜想，她就知道……宋知洺肯定会带宋宋过来的。

昨天她不敢来宋氏，是担心宋知洺和宋宋出现在公司里。但是今天有股东大会，她没有办法不来，没想到，宋知洺也看准了股东大会的时间。

他是真的铁了心要将宋宋当枪使了，被金钱和利益蒙蔽了双眼的徐媛的娘家人，竟然也愿意配合宋知洺，将自己的外孙女当作利益的把柄。

宋予想想就心寒。更心寒的是，宋宋竟然这么相信他们……

当初宋安在世的时候太照顾宋宋了，从来不会让宋宋去接触一些不好的事情。在宋安和徐媛看来，宋宋应该是纤尘不染的，是宋家的掌上明珠，不应该沾染半点污秽。但是他们没有想到，他们会比宋宋先离开人世。以前的宋宋可以像公主一样被人呵护，现在离开了宋安和徐媛的保护，她就像是迷途的羔羊，除了天真之外一无是处。

谁先给了她帮助，她就相信谁。

"宋宋？"几个股东面面相觑，在听到宋宋的名字时都很惊诧，以为是宋知洺口误了。

但是当宋宋走进会议室后，所有人都保持了沉默……

尤其是几个年长的、同宋安交好的股东，看到宋宋时都站了起来，有的人眼眶瞬间变得通红。

"宋宋……你还活着？"一个老股东年纪比宋安还要大，是从小看着宋宋和宋予长大的。他起身时挂着拐杖，颤颤巍巍地在秘书的搀扶下走到了宋宋面前。

宋宋戴着口罩和墨镜，还有鸭舌帽，宋予知道她不敢在这么多人面前摘下这些，宋宋心底的害怕和恐慌盖过了她的仇恨，宋予太了解她了，哪怕是涅槃重生之后，她的性格也和之前一样。

她终究是父母掌中的宝，只适合天真、没有烦恼的生活。她不懂得如何应付这样的场面。

宋予利用这个机会起身，看向宋宋："宋宋？"

宋予微微挑眉，佯装讽刺的模样，其实心底已经难受到无法呼吸，心脏一抽一抽地疼，她深深吸了一口气，额上的青筋不由自主地凸显了出来，无法控制。

"你说你是宋宋，你有证据吗？"宋予脸上微微带笑，眼眶中有眼泪，但是她不敢让眼泪掉下来。

现场这么多人，她怕被看出端倪。

宋宋戴着墨镜，宋予看不到她的眼神，但是宋宋转过头去看了一眼宋知洺，这种寻求帮助一般的行为给了宋予启发。

宋予现在可以确定了，宋宋肯定不敢摘下口罩和墨镜。她没有这个胆子，怕自己丑陋的样子暴露在所有人的视线当中。

这样从小到大纯良漂亮的小公主，怎么可能会被人看到她毁容之后那张不堪的脸庞？

宋予在赌……

宋知洺朝宋宋点了点头，宋宋却摇了摇头。

宋予趁热打铁地说："如果你说你是，为什么不把口罩摘下来？哪怕是摘一下墨镜也好。"

即使宋予知道宋宋的眼睛并没有受伤，还是要用这种方法去刺激她。

宋予越说，宋宋就越不敢摘。

果然，宋宋又看向了宋知洺，她就像是宋知洺的提线玩偶一样，一举一动都要听从宋知洺的安排，完全没有自己的主见。

有几个眼尖的股东大概也看出了异样，问了一句："你真的是宋宋？还是宋知洺请来的冒牌货、傀儡？"

宋予没想到股东当中竟然也有人看宋知洺不顺眼的，这倒是意外的惊喜。

她默默地看了一眼说话的人，暗自记下了。

"我是宋宋！"宋宋着急地开口，她的声音在车祸中大火燃烧时被熏到了，破坏了原声，虽然同之前的原声仍有些相似，但也仅仅是相似而已。如果不是朝夕相处的人，根本听不出是同一个人。

也就是说，只有宋予才听得出来……

"之前……之前的车祸我没死！"宋宋天真地开口，慌忙替自己解释。曾经养尊处优的大小姐从来没有想过，有一天竟然需要急着在别人面前证明自己就是宋宋。

宋予心底绞痛，她知道这样做对宋宋的伤害会更甚，但是如果她不这样做，她会是最惨的那一个。

没有人会在乎她是不是受伤，从小到大就没人在乎。

在权衡利弊之后，她做了决定。哪怕宋宋之后会更加恨她，两人之间回不到曾经，她也不会回头的。

她从不觉得自己是好人，无论是君子坦荡荡也好，小人长戚戚也罢，都是人的一面而已。

"宋予！你怎么可以这样……"宋宋不算太傻，立刻想到了是宋予在陷害她，故意引导段东说她不是真的宋宋，"前天……前天我明明来找过你，当时你还跟我说了话，转眼你就说我不是宋宋，你到底想干什么？！"

干什么？她当然是不想让股份被人瓜分。

宋予很想告诉宋宋，如果宋宋站在她这一边，她一定会给宋宋百分之五十的股份，因为宋宋也是宋安的女儿，这是宋宋应得的。但是现在宋宋受制于人，被宋知洺彻彻底底地洗脑了，如果她给宋宋股份，那过不了几天，那些股份都会变成宋知洺的……

宋予太了解宋知洺的手段，他的手段不是宋宋可以抵抗的。所以，她不会给宋宋股份。

"前天，我什么时候见过你？"宋予装作镇定的样子，眉毛微微挑着，她尽力掩饰着自己的慌乱，让自己看上去胜券在握。

她不是为了给宋宋看的，而是给宋知洺看。

狐假虎威，她还分得清谁是虎。

"宋予！"宋宋从来没有经历过这种事情，闻言情绪立刻绷不住了，声嘶力竭地朝宋予喊了一声。她的嗓音被熏得有些哑了，喊话时声音沙哑又低沉，惊到了不少人。

宋予镇定地伸手轻微按了一下耳郭。

"萧瀚，叫保安。"宋予仍旧坐在总裁的位子上，自始至终没有起来。

"宋予，你不能这么对我……我现在更加相信是你害死了爸妈，是你想独吞宋氏！"

宋予知道这会加深宋宋对她的仇恨，但是她已经没有回头的路了。咬了咬牙，见萧瀚还没进来，宋予厉声又叫了一声："萧瀚，耳朵聋了？！"

萧瀚带着保安进来，在一片喧闹之中带走了宋宋。

而宋知洺并没有同宋宋一起离开，他的助理将他推到了宋予面前，他眉心微蹙，看着宋予，眼神凝重。

"宋予，用这一招逼迫宋宋，你做得太绝了。你就不怕她恨你一辈子？"

会议室里的股东都已经在喧闹之中离开了，没有人想看宋家的家事。股东之间都是各怀鬼胎，只要从宋家得了利益，谁愿意去管宋家这一摊子烂事？

宋予从椅子上起身，略微俯身，单手支撑在会议室的桌子上，低头看着宋知洺："小叔，你也看到了，我对亲人也会不择手段，小心有一天我这个杀人嫌疑犯，也对你下手。"

　　宋予的声音故意压低了一些，她看着宋知洺的表情，不知道他此时此刻在想什么事情。

　　她希望看到宋知洺害怕，看到他紧张，看到他无措……这样，才能让她心里好受一些。也只有这样，她心底的不安感才会消失一些，她才不那么害怕……

　　"你不敢。"宋知洺胜券在握的样子让她觉得很不快。

　　"哦？"宋予在宋知洺面前总是喜欢充当坏人，充当让他能感觉到害怕的角色，因为从心底里，她是害怕他的……

　　宋知洺这个人在宋予心目中的形象一直不怎么丰满，大概是两人之间的接触从以前开始就不多，还在宋安去世之后两人才经常见……

　　所以宋予一直不清楚宋知洺是怎么样一个人，以前觉得他亦正亦邪，现在觉得他浑身戾气，但是终究不知道他心底在盘算着什么。他好像根本不惧她，大概在他眼里，她永远只是一个小丫头片子。

　　"你没杀过人，怎么敢对我下手？"宋知洺的一句话，瞬间击中了宋予心底最脆弱的地方……

　　她能清晰地感觉到自己心底的城池分崩离析，她的眼睛瞬间瞪大了，眼眶酸涩，直勾勾地看着宋知洺。

　　"当初说我杀人的，是你。"宋予咬紧牙关，质问道。

　　她记得，当初她被警察抓起审讯时，警察说是宋知洺指控的她，指控她在宋安的车上做了手脚，导致宋家一家三口车毁人亡。她以为他是因为失去亲人怀疑她，没想到……

　　"随口一说，警察就信了。我能怎么办？"宋知洺轻笑，扯了一下嘴角。

　　宋知洺同宋安生得并不怎么像，以前宋予甚至怀疑过这个年纪跟她相仿的小叔是领养的，现在看来……宋知洺腹黑阴险的程度，同宋安完全有一拼。

　　两人是亲兄弟无疑。

　　宋安生前也是如此歹毒，狠辣到让人无措，即使对亲生女儿也是如此。

　　宋予很气自己没有开录音，但是手机放在桌子上，她没有办法开。

宋知洺注意到她的视线飘到了手机上，也猜到了她在想什么。

"想录音？"

宋予心底一紧，她很烦这种被猜中心思的感觉，她以为自己在宋知洺这边早就已经力压他，毕竟之前的一审是她胜诉了。

但是现在看来……她跟宋知洺的这场仗才刚刚开始，宋知洺的狐狸尾巴都还没有露全。

"小叔，麻烦你行行好，高抬贵手放过宋宋，她是无辜的。"

宋予还是想到了宋宋，她还是希望，宋宋能脱离徐媛的娘家人和宋知洺的摆布，过上正常的生活。

她不希望宋宋下半辈子活在仇恨当中，如果真的要恨，就恨她一个人好了。

宋予忽然想到了一个一直活在仇恨当中的人……江云琛，她不希望宋宋也变成江云琛那样求生欲极低的人。

"宋宋的命运决定在你的手里。"宋知洺将锅甩到了她身上。

她冷嗤了一声，看到宋知洺示意自己的助理将他推走。

她没有拦着，也没有多余的话要跟宋知洺说了，她只想让宋知洺走得越远越好，这辈子离开她的视线才好。

宋知洺离开之后，一切恢复如常。

宋予回到总裁办公室洗了一把脸，整个人都平静了下来，心情恢复之后又开始了工作。

她刚坐下准备看文件时，就接到了南城警局的电话。

"喂，宋予小姐，麻烦您有空再来一趟南城警察局，我们这里还需要您提供口供。"宋予记得这个声音，是之前一直缠着她的那名警察。

这名警察尤其尽职，上次为了看着宋予，无时无刻不跟着她，无时无刻不确保她在他的视线范围之内活动。

一审结束之后她好不容易甩掉了他，现在又出现了，宋予现在有一种噩梦重现的感觉……

她越发觉得需要跟傅其深介绍的那名律师联系上，让律师去跟警察说这件事情。她自己不方便再出面了，再说下去，她怕一切都说不清了。保不准宋知洺那边会提供出什么乱七八糟的证据再来证明她是杀人凶手。

"我会让我的律师联系你，还有事，先挂了。"宋予立刻挂断电话，几乎是在同一时刻，秘书那边的座机就拨了进来。

"喂，宋总，江先生要见您。"

"江先生？"宋予条件反射地问出口，一时半会儿没有反应过来江先生是谁。

"嗯，江云琛先生。"秘书之前在财经报纸上经常看到江云琛的身影。

江云琛，他来宋氏做什么？

宋予心惊，没有想到江云琛会来宋氏……难不成，是把"总裁"送过来给她？

她现在心有余悸，总是担心江云琛又要让她养"总裁"一段时间。毕竟除了"总裁"，她也实在是想不到江云琛找她还有什么事情……

"让他进来吧。"

宋予挂断电话，心怦怦怦地跳。她看向门口，总觉得下一秒"总裁"就会蹦进来。

几分钟后，有人敲了敲门，她说了一声"请进"，来人很快进来了。

江云琛重新穿上了西装，西装革履，颇有斯文败类的味道。

宋予故作镇定地坐在位置上，随意翻看文件，只是轻描淡写地抬头看了江云琛一眼："江先生怎么来了？"

"不欢迎？"他像在自家一样，自然地走到了沙发前坐下，单手解开了西装的扣子，丝毫不见外。

他声音仍旧低沉沙哑，听声音应该还在发烧。但见他精神抖擞的样子，她没有办法将他同病人二字联系在一起……

"有事？"宋予深知无事不登三宝殿这个道理，知道江云琛不是吃了饭后没有事情做的闲人，如果不是重要的事情，他大可以打电话，更方便快捷。

宋予刚刚问出口，手机就响了："接个电话。"

她看了一眼手机屏幕，是裴珩舟打过来的。她将视线转到了江云琛身上几秒，考虑要不要在这里接电话。

之前江云琛就说过裴珩舟能力不及他的话，她要是在这里接听电话，会不会让江云琛觉得不舒服？

但是转念一想，她为什么要考虑江云琛的感受？他觉得不舒服，就让他不舒服不就好了。

于是她仍旧坐在那儿，按下了接听键："喂，珩舟。"

宋予的余光瞥到江云琛听到她说"珩舟"二字时，脸色微沉。

男人之间的嫉妒心果然很重，哪怕她不确定江云琛是真的喜欢上了她，但是她能清晰地感觉到江云琛对她的刻意、在意，他现在这种表现，也可以归为嫉妒心理的一种。

裴珩舟并不知道这边发生的一幕，对宋予说："小宋，资料我已经给你回寄过去了，你记得签收。"

"资料？"宋予愣神，立刻记起自己给裴珩舟的资料只有风险评估需要的材料而已。

"对，你上次发给我的那些都回寄给你了。"

"为什么？"宋予不明白，她做错了什么，让裴珩舟不愿意帮她做风险评估了？

"江先生没有同你说吗？宋氏的风险评估由他来做，他跟我说，是跟你商量后的结果。"

裴珩舟有些蒙，因为江云琛在金融领域地位显赫，裴珩舟绝对相信他所说的话，所以当江云琛说他跟宋予已经商量过时，裴珩舟并没有半点的不信任。

宋予抬头看向江云琛，对视上了江云琛镇定如常的眸子，仿佛是在诉说他的理所当然和无辜。

宋予的大脑有几秒钟的停滞，她瞬间明白了，江云琛事先跟裴珩舟说过了，抑或是见过正了，裴珩舟信了江云琛的话……

亏得宋予刚才还在思考要不要出去接电话，还在思考要不要考虑江云琛的心情……

她现在有一种被耍得团团转还要帮他数钱的感觉。

宋予瞪大了眸子看着江云琛，心烦意乱时还要回复裴珩舟的电话："哦好，我知道了。那前几天麻烦你了，改天我请你吃饭。嗯，挂了。"

宋予完全是客套，白芰跟裴珩舟已经到了老死不相往来的地步，她怎么可能再请裴珩舟吃饭。

电话刚刚挂断，沙发那边就传来江云琛冷冷的、带着讽刺的声音："中国人有一大谎言，叫'改天我请你吃饭'。"

宋予觉得这个人真是不消停，她还没有找他算账，他倒先讽刺起她来了？

"这同你有什么关系？我跟裴珩舟是朋友，请他吃饭很正常。"宋予冷冷地怼道。

"但我听裴珩舟说，他是你闺密的前男友，原来你跟你闺密闹翻了的前男友，还可以做朋友？"江云琛的一段话让宋予彻底陷入了尴尬的局面……

他怎么知道的？难道是他亲口问裴珩舟的，这人怎么这么八卦？！

这完全不像是江云琛的风格，他看起来也的确不是八卦的人，但竟然亲口问裴珩舟跟她的关系？他真是疯了。

宋予不敢想象裴珩舟同江云琛坦白之后，江云琛又同裴珩舟乱说了什么……

她坐不住了，起身："你为什么要去问裴珩舟关于我的事情？"

"随口一问。"江云琛不否认。

"你还问了什么？"

"问你之前有没有男朋友。"江云琛的开诚布公让宋予觉得可怕，她无语地皱紧了眉心走到他面前。

她不敢想象裴珩舟会怎么想她跟江云琛之间的关系，哪怕裴珩舟只是白苨的前男友，但也算得上是朋友，之前她还同裴珩舟说过，她跟江云琛不熟……

江云琛这不是在裴珩舟面前打她的脸吗？

"你问这个干什么？这是我的隐私。"宋予着急了，脸涨得通红。

"他说没有。宋予，没看出来。"江云琛戏谑地扔了一句话给她，后半句话，意味深长到让宋予抓狂。

"你什么意思？"宋予品不出他的意思，只觉得又羞又恼。

裴珩舟跟白苨在一起这么多年，关于宋予的事情不少是白苨告诉他的，从年少时候到现在，她有没有谈过恋爱有没有过男朋友，裴珩舟是一清二楚。

"之前你为了让我不探究两年前的事情，不惜诋毁自己私生活混乱，看来是豁出去了。故意抹黑自己的私生活，不是一件光鲜的事，仅此一次，在别人面前，别这么做。"

江云琛的话带着很浓的说教意味，尤其是后半句话，让宋予原本躁动的心莫名其妙地陷了下去……

待心沉稳了一些，她舔了舔嘴唇，脸颊上的滚烫也渐渐消散了一些。

"别一副长辈的样子跟我说话……我爱在别人面前怎么说就怎么说。"宋予有些尴尬，故意跟江云琛唱反调，"你又不是我的谁，凭什么约束我？"

"我只是好心建议。"江云琛沉声道，打开了公文包，拿出一沓文件，"我整理好的资料，你可以看一下，具体的风险评估，需要至少一周的时间才能完成，但是这些资料对你最近的上市会有帮助。"

他语气沉稳，好像一切都胜券在握，胸有成竹。

第十六章
你是最美收场

　　宋予听着江云琛的话，心底也安稳了一些。她知道江云琛如果真的诚心帮她，在风险评估方面她不需要担心了。

　　"江先生要多少报酬？我们事先说好，以免事后说不清。"宋予精明得很，知道跟江云琛这样的人一定要谈好价格，免得事后发生点什么不愉快的事情。

　　她的防备心有多重，江云琛能一眼看透。他抬头看着她，像是在看什么怪物。

　　"以宋氏目前的能力来说，我的价格你还给不起。"

　　什么……意思？宋予没听明白，不是很懂他所说的"价格给不起"是什么意思。既然他明明知道她给不起，为什么还要帮她做风险评估，直接不做不就好了吗？

　　"那还帮我做干什么？宋氏庙小供不起你，慢走不送。"宋予伸手做了一个请的手势，微微含笑道。

　　"你已经失去了裴珩舟，如果没有我，你请谁帮忙？"江云琛仍旧是志在必得的样子。

　　宋予沉默了几秒，意识到了问题的严重性。

　　如果她再失去江云琛，就没有人给宋氏做风险评估了，到时候，宋氏虽然可以成功上市，但是肯定会存在很大的隐患和风险。

　　"总有价格的吧？任何东西都是明码标价的。"宋予淡淡地开口，又添了一句，生怕江云琛误会她的意思，"另外，我自己不卖，说清楚了的。"

　　宋予说完，仿佛看到了江云琛嘴角的轻笑。

他在嘲笑她，他笑什么？她只不过是防患于未然而已，怕到时候血本无归……

"知道。"江云琛这一次没有讽刺她，而是回复了一句。

宋予闻言放心地点了点头："嗯……我待会儿会让我的秘书把资料全部发给你 你先回云吧。"

"我都来了 你不请我吃个午饭？"江云琛见宋予下了逐客令，很明显心不甘情不愿。

宋予心想，他想得倒美……

"不了，我中午已经有约了，跟我的下属一起吃饭。"宋予含笑，想着毕竟马上要是合作关系了，彼此之间还是要客套一下的。而且她没有说谎，她今天的确要跟自己的下属一起吃午饭。

就在她话刚刚落地的时候，秘书忽然推开了门。

"宋总，人事部的张经理说她儿子身体不舒服，她中午没有办法跟您一起吃饭了。"

宋予仿佛能听到空气中乌鸦叫的声音……

为什么她跟江云琛之间的事情总是这么凑巧，她总是被他看笑话？秘书出现得也真是时候，哪怕晚几分钟，让她将江云琛请走了也好啊。

"哦。"宋予讪讪地回应，"知道了。"

秘书看了一眼总裁办公室内的两人，觉得有些奇怪，但是又不知道奇怪的点在哪里，不敢多看，关上门离开了。

"想吃什么？"宋予也不遮不掩了，直接开口。

"就近吧。"

宋予刚想说那就去隔壁大厦随便找家餐厅吃好了，但是江云琛又接了一句。

"宋氏食堂应该最方便。"

宋予惊讶地看了他一眼，心底五味杂陈。他到底在玩什么把戏，他要去宋氏食堂做什么，让所有人都知道他现在跟宋氏有关系？

宋予不知道该怎么制止他，微微舔了舔嘴唇："食堂粗茶淡饭，我怎么好意思让江先生吃呢？"

"没事。"江云琛起身单手抄兜走向了门口。

他连公文包都没有拿，很显然是打算吃完之后继续回来。他还回来干什么？不是说好的，待会儿让秘书发资料给他的吗？

　　宋予有一种不祥的预感，她总觉得，自己好像被江云琛……缠上了？

　　宋氏食堂。

　　秘书陪着他们一起下楼吃饭，在食堂遇到了萧瀚，萧瀚也一起坐下吃。

　　江云琛的饭是萧瀚打的，两荤一素一汤，很干净又很营养。这是萧瀚深思熟虑之后搭配好的菜，但是递给江云琛后，却看到江云琛只吃了几口。

　　"江先生，不喜欢吃吗？"萧瀚就坐在江云琛的身旁，一句话问出口，宋予和秘书都看向了江云琛。

　　宋予想到江云琛应该还没有退烧，他昨天发烧那么严重，喝粥都没有胃口，更别说今天让他吃饭了……

　　"没有。"江云琛很给人面子，即使自己没什么胃口也没有说什么。

　　宋予看了一眼江云琛餐盘里的菜，又看了萧瀚一眼，萧瀚用眼神表达了自己的无辜。

　　他真不知道自己做错了什么。

　　宋予想了想，将自己的餐盘同江云琛的交换了一下："我就吃了一口，你吃我的吧。三个素菜。"

　　她知道病人在生病的时候应该不喜欢吃荤菜的，看到油荤的东西会更加没胃口，又考虑到现在食堂的菜都已经清理完了，没有办法再去盛一盘，所以只能把自己的给他。

　　她就吃了一口而已，他应该不介意吧？

　　江云琛没说话，而是低头开始吃菜。宋予看到他吃了之后放心了一些，来者是客，江云琛也算是她的客。

　　萧瀚还是不明白江云琛为什么不吃自己那份，反而吃宋予那份吃得津津有味。萧瀚为了调节气氛，问了一句："江先生，减肥啊？"

　　空气突然变得安静了。

　　一旁的秘书见萧瀚尴尬，添了一句："哇，江先生身材这么好，是不是平时很注意饮食啊？我男朋友每天胡吃海喝的，难怪胖成球……"

　　"没有，我定期健身。"江云琛意外地回答了秘书。

　　这让宋予觉得很吃惊。江云琛素来高冷，同人说话也不多。

秘书惊喜地笑了："好，那我让我男朋友也去办健身卡。对了，江先生你是什么星座的呀？"

女秘书是星座控，见江云琛刚才愿意说话，就继续搭话。宋予也知道女秘书逢人就喜欢问星座，没想到还问到江云琛身上了。

"处女座。"江云琛又回答了女秘书。

这三个字落地，平时对星座颇有研究的秘书脱口而出："啊，那江先生你是不是也有洁癖啊？这个星座的人一般有洁癖！"

话落，宋予和萧瀚都齐刷刷地看向了江云琛面前的餐盘……

"有一点。"江云琛肯定了秘书的话，却惊到了宋予。

他有洁癖的话，为什么要接受她跟他换餐盘的建议？虽说她只是吃了一口，但对有洁癖的人来说，吃一口和吃了好几口没有区别，都是脏的。

萧瀚也意识到了这一点，低低咳嗽了一声，对秘书说道："敏敏，走吧，跟我去一趟营销部。"

女秘书点头，临走前还不忘跟江云琛打了声招呼。

此时宋氏的食堂只剩下了三三两两的人在吃饭，偌大的食堂可以容纳下一千个人，宋予和江云琛就坐在最中央的位置，两人都端坐着，宋予没有再吃江云琛的餐盘里的食物，但是反观江云琛，他还在认真吃她原本的那份菜……

江云琛吃饭的样子很好看，他的举手投足之间天生带着矜贵的气质，哪怕当初从小被赶出了江家，他身上的气质仍旧没有被抹掉分毫。即使是在食堂这样的环境里吃饭，看他吃饭的样子仍旧是一种享受。

他身上的绅士气质很足，一开口又带着一些痞味，乍看是好人，实际上是个不折不扣的坏蛋。

宋予原本很放松，只是一顿饭而已，但是在看到江云琛认真吃着她餐盘里的饭菜时，心底有些愧疚。

她没有动他给她的餐盘，他却快要吃完了……

"如果你觉得脏，可以不吃的。"她憋不住，说了一句。

江云琛没说话，吃了几口之后放下了筷子，总算让宋予松了一口气。

"味道有些淡，可以建议厨师以后多放点盐。"江云琛在食堂吃饭还吃出了名堂，像是在点评别人的项目一样，正经地对宋予说道。

宋予拿起筷子吃了几口，没有觉得很淡，咸淡适中。她刚刚想问江云琛平时吃得是不是比较咸时，忽然想到，他应该是因为身体不舒服导致味觉有些麻木。

人在重感冒或者发烧时，味觉会变得很迟钝。

她抬手用手背试探了一下江云琛额头的温度，烫得惊人。

"你今天还没去医院吧？"如果她没有记错的话，江云琛现在是住院状态。他用认床作为借口逃避了晚上住在医院，早上也没有去医院。

宋予从来都没有见过这么不好好治疗的病人。

"晚点去。"江云琛拿起一次性水杯喝了一口水，水顺着喉结滚落下去。

"如果我是你的主治医师，我会被气死。"宋予起身，看了一眼腕表上的时间，"快两点了，去医院挂水吧。耽误了治疗，之前的治疗都白费了。"

她以为他会不配合，但没想到他应了一声："嗯。"

江云琛答应得爽快，让宋予很惊喜，然而他又添了一句："一起去。"

此时食堂里只有几个人还在这里吃饭，食堂虽然大，但是大家都坐得很密集，稍微说一句话都能被听到。

江云琛这一句话，被一旁几个还在吃饭的员工听去了，有一个年纪比较轻的女生向宋予投来了八卦的目光。

"我下午还有事。"宋予感受到那种目光，有些尴尬地回应。

"计仲秋会来医院探病。"江云琛单手系着袖扣，眼神挪到宋予的身上，眼里是志在必得的光。

她又被江云琛掐准了软肋，她根本没有办法拒绝他，因为计仲秋……

"你会为我牵线？"宋予不确定地问了一句。

江云琛系好了袖扣，走出食堂，宋予急切地跟上。她怕自己看起来太贪得无厌又显得吃相太难看，所以这一次问了后没敢再添一句。

"看在两碗粥的分上。"江云琛只给了她一句话。

两碗粥……他说的是昨晚她照顾他时给他熬了一次粥，加上今天早上的早饭。

还算有点良心。宋予心底想着，嘴角的笑意已经渐渐浮现起来。

宋予陪着江云琛一起去了军区医院。

与其说她是陪着，不如说是心怀鬼胎地跟着他一起去了。宋予开车，这一次不是江云琛要求，而是她自己要求的。

　　她担心他疲劳驾驶，路上出现什么意外。

　　到了军区医院，江云琛去了VVIP病房内开始输液，宋予很有先见之明地带了笔记本电脑来，因为她知道计仲秋不会这么早过来。

　　江云琛下午一共要输五袋药水，直到第四袋输完，计仲秋还没来。

　　现在是晚上六点多，天都黑了。

　　她有些耐不住了，从病房的沙发上起身，放下笔记本电脑，走到病床前面："计仲秋说过什么时候来吗？"

　　江云琛正在看宋予秘书发给他的文件，已经看一下午了。

　　他右手在输液，左手拿着钢笔正在草稿纸上演算，密密麻麻的数字，看得宋予头都有些疼。

　　刚才她自己也在忙就没有注意，现在才发现江云琛在做风险评估。

　　他已经看了整整四个小时，还是在高烧的情况下。

　　宋予已经自认是个工作狂，见到江云琛算是彻底甘拜下风了。震惊的同时，她又觉得有些奇怪，江云琛没有要她的报酬，还这么尽心尽力帮她，她总觉得可疑。

　　江云琛仍旧在演算，视线都没有从稿纸上挪开："他说今天会来。"

　　"没说确切的时间吗？"宋予有些不甘心，虽然她看着江云琛的样子有些愧疚，但还是问出口了，她不想在这里等一晚上。

　　"没有。"江云琛终于放下了笔，抬头看她，"你还没吃饭。"

　　"啊？"宋予这才想起来，她好像是没吃晚饭。

　　刚才工作太入神，她都忘记了晚饭。

　　"哦……那我出去吃点，待会儿回来，计仲秋到了记得打电话给我。"她匆匆忙忙地离开　还不忘提醒一句。

　　宋予前脚刚刚离开病房，计仲秋后脚就到了。

　　计仲秋亲自提着花篮前来，同行的还有他的太太。

　　"江先生，抱歉，路上堵车来晚了。"计仲秋一进门就笑着走到了江云琛身旁，将花篮放下之后还尤其关照地看了一眼江云琛的药水，"还剩几袋？"

　　"一袋。"江云琛合上了笔记本电脑和文件，盖上钢笔，结束了工作。

能让计仲秋亲自提着花篮来探病的，除了他的长辈，寥寥无几，江云琛绝对是年纪最轻的一个。但是江云琛面对他时仍旧语气寡淡，并没有因为他远道而来探望感到激动或是有其他表现。

"快了。"计仲秋回头看了一眼自己的太太，拉过椅子让她先坐，"君君，你先坐一会儿。"

"嗯。"计太太拢了拢大衣坐下，朝江云琛含笑点了点头。

江云琛礼貌颔首。

"这是我太太，之前在温泉酒店遇到过的。"计仲秋大概是真的很宠他的太太，就连落座这种事都让太太先坐，举手投足都很绅士。

"记得。"江云琛点了点头，"堵了几个小时？"

"三个。"计仲秋头都大了，"我是自己开车来的，南城是我太太的家乡，想自己开车来带她故地重游一下，所以没有让司机送来。现在看来，一把年纪还是不要玩浪漫比较好哈哈哈，堵车的时候真是累，心累。"

计太太只是微微一笑，看了一眼房间内的情况："江先生的女朋友呢？上次在温泉酒店就没见到。"

江云琛闻言，淡定地回应："出去吃饭了。"

"哦……"计太太有些遗憾，但是也没有多说，静静听着计仲秋同江云琛说一些工作上的事情。

"江先生，上次你帮我做了风险评估之后，我那个项目已经步入正轨了，真的谢谢。"计仲秋是真心的。

江云琛仍旧很冷淡："生意而已。我希望计先生也能兑现诺言。"

计仲秋点了点头，仍旧站在他的病床旁："应该的。江家在南城郊区那个厂房的问题你放心，我一定会安全入手。这次我来不仅是探病，也是准备去跟那家厂房的负责人谈判，用高价买下那座厂房。我夫人是律师，有她在基本不成问题。"

计仲秋的语气笃定，江云琛颔首："麻烦了。购买厂房的钱我明天会汇入你的账户。"

"好。"计仲秋跑这一趟得到了江云琛的帮助，本来就求之不得，自然是不嫌麻烦。

这也是当初计仲秋开给江云琛的条件，江家在南城郊区的那座厂房，一直是江云琛的心头病，也只有计仲秋这样在金字塔顶端的商人才可以不费吹灰之力地帮他拿下。

计仲秋夫妇在病房里面大概待了半小时就离开了，他们还没有吃晚饭，江云琛也就没有多留。

宋予在医院外面的一家粥店随便吃了一点东西，但医院这边很热闹，排队喝粥都让她等了快二十分钟，吃完回来已经半小时过去了。

她觉得江云琛一直没有给她来电话，计仲秋应该还没来吧？

虽然心底隐隐担心江云琛是不是在坑她，或者计仲秋今天根本不会来，但她还是乖乖回了病房，心底还是存着一点希望。

回到病房，宋予看到江云琛没有工作了，心想工作狂也是知道休息的，他到底还不想死啊。

"还没来吗？"她进门前合上了房门，还带了一点水果回来。

"走了。"

宋予原本想问江云琛要不要吃点橙子，对感冒会比较好，但在听到"走了"二字时，这个念头顿时被打消了。

"我不是让你打电话给我吗？"

"我不喜欢打扰别人吃饭。"江云琛的回答能让宋予憋气好几天，她不知道江云琛是故意的还是无心的，总之他的回答让她崩溃。

"所以，我在这里白白陪你挂了一下午的水，你告诉我计仲秋走了。江云琛，你就是故意的！"宋予的脾气上来了，她是扔下了今天下午的工作过来的，目的可不是陪他挂水。

她放下水果走到病床前面，俯视着躺在床上的江云琛："我下午有多忙你知道吗，你不是答应帮我跟计仲秋牵线说好话的吗？你不是说看在我给你煮……煮的两碗粥的分上，要帮我的吗？"

宋予说到两碗粥的时候，自己都心虚了，也觉得有些不值一提。

但她能在江云琛面前抬高自己的，也只有养狗和煮粥这两件事了……

"计仲秋这几天都在南城。"江云琛不急不缓地说着。

宋予已经明白他的套路了，冷笑："你的意思是我还要来陪你好几天才能见到计仲秋？"

"如果你想见他的话，看你的诚意。"

宋予很想怼他：他是祖宗吗，还要诚意？但咽下了一口气，她咬咬牙：

"他什么时候会再来看你？"

"不确定。"江云琛拿起了遥控器，开始看电视。

电视声音嘈杂，惹得宋予更加心烦意乱："那能不能他来时，你打电话给我，我……"

"等到他在南城事情办完时我会请他吃饭，你的事情在酒桌上说，会比较容易解决。"

中国人都喜欢酒桌文化，酒桌上谈事情，永远比下了酒桌要容易得多。这一点宋予也深有体会。

宋予微微一愣，看来江云琛早就帮她计划好了，但是还装作不知道的样子，诓她来陪了他一下午。

她不知道他的目的，她待在这个病房里对他来说有何好处吗？

想了想，宋予盯着江云琛有些苍白的脸，问："你是不是喜欢我？"

江云琛闻言，不紧不慢地仰头看了她一眼，像是在看怪胎。

"你如果喜欢我，趁早死了这条心。我最不喜欢的，就是你这种类型的人。"

宋予的话还是起了一点作用，江云琛的目光原本正在电视上，闻言他抬了抬眉，目光掠过她的双眼。

"你喜欢什么类型的人？"

宋予不知道他是真心实意还是随口一问，但她故意回答："我喜欢不欺负我的。"

她也略微抬了抬眉，就是要跟他抬杠，总要赢一局："比你帅的。"

宋予后半句话就纯粹是气他的了，她想看看他的反应。他那么骄傲的人，听到这样的话一定会很不快。他今天让她不快了，她也要掰回一局。

"你放心大胆地去找。"江云琛挑了挑眉，眼里有很明显的笑意。

"哦？"宋予也问得云淡风轻，太刻意的话，会显得她很在乎他的想法。凭什么他让她去找她就去找？她跟他之间的关系尚不明朗，他把她当什么了？

"找不到的。"江云琛说话时声音低沉，像是暗夜里一股清朗的风。

宋予没有心情欣赏他的声音是不是好听，她脑中只有一句话：从未见过如此厚颜无耻之人！

他是在说她找不到比他更帅的？宋予气到心痛，走到沙发前面俯身捡起包和文件，准备离开。江云琛见了她这个动作，喝了一口水之后提醒她。

"卓决要送文件给我，让他送你回去。"

宋予这才想起自己是开江云琛的车来的，如果要回去只能打车。

她刚想问卓决大概什么时候过来，病房的门就被推开了，是院长。

院长身上没有穿白大褂，很显然是在休息的时间过来看江云琛的。

"江先生，哦，小朱也在。"

宋予对自己这个称呼一点都提不起兴致，敷衍地点了点头，重新走到了沙发边上坐下，开始翻看文件，以至于不会太尴尬。

"江先生，您弟弟早上已经来医院做了第一次自备采集血，看看HLA（人类白细胞抗原）的检查结果是不是匹配。如果匹配的话，就可以做手术了。"院长对江云琛的家庭并不了解，他作为江云琛的主治医师，当病人家属提出要为病人捐献骨髓时，就按照病人家属的意愿给那个孩子做了配型。

宋予有些吃惊，江云扬这么快就去做了配型？他还是个孩子，自己没有办法来医院，肯定是江儒声或者纪朵带过来的。

宋予看到江云琛的脸色沉郁了下来，刚才同她开玩笑时的轻松也荡然无存，人的两面性在他身上体现得很透彻。

他在人前时常表现得很高冷，但宋予觉得他在跟她相处时还是会开几个玩笑，证明他也不是只置身于黑暗中，他身上还是有点温暖可言的。但是在人前，他好像一直在努力隐藏自己身上的这点光明，试图遮蔽所有人的视线。

"谁带他来的？"江云琛也问了宋予想的问题。

"是孩子的母亲。"院长如实说，"孩子很坚强，说要给哥哥捐骨髓。"

宋予就知道江云扬肯定会愿意给江云琛捐献骨髓的，江云扬看他哥哥的眼神都是崇拜的，怎么可能舍得看着江云琛死？那小家伙还挺勇敢的。

"告诉他们，我不需要。"江云琛从一开始就是拒绝兄弟之间捐献骨髓这个建议的，他排斥江家人，他的所作所为都在证明他想跟江家脱离开关系，现在如果需要用江家人的骨血才能救他的话，他是不会接受的。

他宁愿自己的骨血都不是江家的。

"还是等配型结果出来再说吧。"院长觉得这是一个好机会，直系亲属之间捐献的成功率不低。

"我跟他同父异母，非同卵亲生兄弟的配型匹配概率不高，不用去折腾孩子。"江云琛久病成良医，该知道的他都知道。

宋予听到后半句话时心软了一下，她原以为江云琛只是排斥江家人，所以拒绝江云扬给他捐献骨髓，没想到，他还有柔软的一面。

人最有魅力时，一是美人含笑，二是硬汉柔情……宋予心底被触动了一下，发现他好像也不是那么坏……

"保守治疗的话，根治很难。"院长实话实说，"江先生，您再好好考虑一下吧。等您弟弟的配型结果出来，您再告诉我您的决定。"

院长的语气充满无奈，他嘱咐了几句要注意的事项之后就离开了。

宋予知道，江云琛不想根治他的病，他只是想暂时续命而已。

院长来了一趟之后，房间里的气氛骤然间从刚才的轻松变得冰冷。医院本身就给人冰冷感，但宋予觉得此时江云琛身上的清冷感更甚，她不敢多说什么，生怕触到虎须。

卓决的出现救了宋予，他推门进来时手中抱着整整一沓文件，让宋予险些以为，江云琛是打算在医院定居了……

"你要的文件我都给你带来了，你打算在医院住多久啊？"卓决气喘吁吁地走进来，看到坐在沙发上假装在看文件的宋予时微微一愣，随即想到了那天晚上，江云琛同他说的，宋予就是两年前那个女人……

卓决现在看宋予的眼神都不一样了，总觉得哪儿出了什么问题，有什么不一样的东西在江云琛和宋予之间萦绕着。

"宋小姐，晚上好啊。"卓决尽量让自己看起来不是那么尴尬，明明不关他的事，他也觉得尴尬。

"晚上好，卓经理。"宋予起身，也不管卓决打算在这里待多久，就催促他，"刚才江先生说，卓经理马上要回去，如果方便的话，能把我捎上吗？"

她也不问顺不顺路，反正是江云琛说的。

卓决原本是打算坐下跟江云琛聊聊的，但被宋予催，也不好意思再留下来了，况且，宋予在场，他也没什么能跟江云琛说的……

"现在就走，我送你啊。"卓决知道宋予肯定不会给他添麻烦，肯定是江云琛的主意。

这家伙，肯定是想让他在路上套宋予的话。

江云琛的心思卓决再了解不过了。

宋予巴不得现在就走，听到卓决的话之后颔首："江先生，我先走了。"

她本着合作伙伴关系的原则，觉得还是要跟江云琛保持良好的关系，于是礼貌地道别。

江云琛颔首，宋予同卓决还没有走出几步，忽然想到什么，驻足回头看向江云琛。

"你今晚住在这儿了？"

他不是说认床？

"家里也是新床，一样睡不着。"江云琛的回答让宋予有些心酸，她是医生，知道他这样的情况肯定不是因为新床所以睡不着，肯定是晚上发烧难受到睡不着。他要面子，她也不会戳穿他。

卓决的公寓同宋予家并不顺路，但是卓决还要去一趟江云琛家帮他喂狗，不能饿着"总裁"，这样一来就顺路了。

宋予上车之后有一句没一句地跟卓决搭着话，卓决素来话多，开车的时候也喜欢说话，宋予其实很累了，但还是在跟他聊。

卓决今天像是打了鸡血一样兴奋，总是在拼命找话题，宋予很想问他，工作了一天，不累吗？

忽然，他话锋一转："其实两年前在医院，我见到过你一次。"

车子停靠在了红绿灯前面，旁边是省妇产科医院，医院的门庭很大，是近百年的老医院了。白芨就在这家医院工作，当年宋予也是在这家医院做的产检，以及……引产手术。

现在正是下班高峰期，车子堵在红绿灯前面一时半会儿根本挪不了，得至少轮三个红绿灯才能开过去。

卓决索性将双手从方向盘上放下，放松地看向副驾驶座上的宋予。

宋予有些没有消化他话中的意思。

"见过我，哪家医院？"她当然知道是省妇产科医院，两年前，她只去过这家医院。

"省妇产科医院。"卓决的回答在她的意料之内，宋予心底有一丝心惊滑过。

她微微笑了一下，用开玩笑一般的口气同卓决说道："卓经理一个大男人，去妇产科医院干什么？"

卓决被问住了，蒙了几秒，缓过神来："我表姐生孩子，我去探望她。"

"哦。"宋予不打算继续这个话题，如果卓决不继续提的话，她就当作不知道。

但是卓决很显然没有想结束这个话题的意思，她看得出他很渴望继续聊这个话题。宋予觉得，他应该不是八卦。

男人再怎么八卦，也不至于去探听一个女人怀孕的事。

"我一个朋友参加过你妹妹的十八岁成人宴，她跟我一起来的，所以认识你。"卓决的话合情合理，宋予没有意识到有什么不对劲。

宋宋的确举办过一次十八岁的成年派对，请了不少朋友，一起在宋家别墅玩了一晚上。当时她跟宋宋的感情还是很好的，因此宋宋叫上了她一起，有人见过她也不足为奇。

"这么巧？"宋予其实不想提起当年的事情，尤其是在她怀着孩子的时候，单是想想，她都觉得浑身冒冷汗，遑论是跟不怎么熟悉的人提起了。

"嗯。其实我一直挺好奇的，你当时年纪这么轻，怀孕了之后怎么打算留下孩子？"卓决问得很直白，"抱歉，我不是要打听你的隐私，纯粹好奇，你可以不用回答我。"

卓决太会说话了，分明就是在打探她的隐私，但是又不会让人觉得特别不舒服。而且他说话时的口气尤其轻松愉悦，气氛很好。

宋予被勾起了回忆，对卓决也放松了警惕，淡淡说道："只是想生下来。也是自己的决定，跟旁人无关。"

卓决将车内的空调开得很足，温度足够适宜，宋予的心也渐渐放松了。

"我以为是跟孩子的父亲有关。"卓决轻笑，"南城不少人知道这件事情，但是没有人知道孩子的父亲是谁。"

宋予听到"父亲"二字时提高了警惕，因为卓决跟江云琛关系要好，她害怕说太多，会通过卓决的口传到江云琛耳中。

她敷衍地回应，克制住不让自己说太多："没有。"

"为什么不问问孩子父亲的意见？"卓决觉得宋予一定是察觉到什

么了，所以话才越说越少，他没有办法，只能采取诋毁自己的方式，"是这样的，最近我也遇到了一件事情……我前女友……昨天告诉我她怀孕了。"

卓决能感觉到宋予向他投来的怀疑目光，这种被人盯着的感觉极不好受。

卓决也是豁出去了："她来问我要不要留下孩子。"

"你怎么说的？"宋予也有些意外，人与人之间的坦诚总是从互相交换秘密开始的，宋予觉得，自己也算是知道了卓决的一个秘密，所以稍微放松了一些。

"我考虑不好，所以想问问你。"卓决的意思是，他们之间的际遇相仿，所以他想问问她的意见，她算是个过来人。

宋予闻言，摸了摸头绪，丝毫没有察觉到有什么不对劲："如果……你跟你前女友当时是真心相爱，或者现在还有在一起的可能的话，就留下孩子吧，孩子是无辜的。当初如果我有能力保护孩子，我一定生下来。"

宋予现在常常做噩梦，时常厌恶自己当时为什么没有能力保护他……

"你当时想留下他，意思是你也喜欢孩子的父亲？"卓决非常顺口地问了一句。

宋予愣了半晌，眨了眨眼："没有。"

她的回答干脆简单，也不多说，不是保持着警惕，而是没什么好说的。当初她对江云琛一无所知，甚至都不知道那个男人就是江云琛，谈何喜欢？

"你挺有勇气的，我就没有这个勇气，不知道日后能不能照顾好孩子，我还没有做好当父亲的准备。"卓决佯装沉重道。

"也要看你跟前女友还有没有可能。"

"那你呢？如果当初那个男人想跟你在一起，你觉得你们还有可能吗？"

第十七章
世间皆苦

　　宋予被问住了，以前白芨也问过她同样的问题，问她如果那个男人忽然出现，想跟他们母子一起生活，她愿意吗？

　　当时宋予的回答是否定的，她会带着孩子离开这个地方，到一个那个男人找不到的地方，她连见都不想见到那个男人，遑论一起生活。

　　但是现在，她知道了那个男人是江云琛，忽然就不知道答案了。他们有可能吗？

　　在宋予看来，他们之间只是睡过一晚的关系，没有半点可能性，她跟江云琛无论是生活习惯、处事方式、为人态度，都天差地别。

　　她喜欢大大方方地走阳关道，而江云琛爱走独木桥，白与黑本就不相容。

　　不过孩子并没有顺利生下来，也就不存在有没有可能的问题了。

　　"没有。"宋予思忖了良久之后回应了卓决。

　　卓决听到之后挺心寒的，是替江云琛心寒，看来这么久了，江云琛连打开宋予的心都没有做到。如果江云琛那天晚上同他说的那番话是认真的，那以后有江云琛受的了。

　　"你知道那个男人是谁了？"卓决冒着"死亡"的风险追问，要知道他跟宋予现在可是合作伙伴。

　　宋予稍微警惕了一些，她怎么觉得卓决像是在套她的话？

　　卓决不会是江云琛派来刺探军情的吧？江云琛原本就在怀疑她，或者说是已经断定是她了，只是没有找到足够的证据。

　　卓决知道宋予肯定警惕了，此时恰好绿灯了，他踩下油门跟上了前面的车子，顺势绕开话题："一个红灯要等十分钟才能走，南城的交通完了完了……"

卓决其实都不知道自己在说什么，就是单纯想绕开那个话题。

他感觉到宋予的目光落在了他的脸上。

宋予细细打量着卓决，挑眉："江云琛让你来问我的？"

一句话，让卓决吓得油门都快踩不稳了。宋予比他想象中要聪明啊……

好在卓决也是说瞎话的高手，听到之后立刻笑了："云琛，跟他有什么关系？是我快当爸了，又不是他。"

卓决说话的语气很自然，还有一点谈笑风生的味道。

宋予听着听着又有些相信了，她觉得卓决不像是撒谎的样子。谁会拿未婚先有子这种事情开玩笑？虽然是二十一世纪了，但民风也不至于开放到胡乱抹黑自己的地步吧？

宋予觉得大概是自己防备心太重了，侧过脸去："抱歉啊，不过如果是江云琛让你来试探我的话，不用白费力气了，我孩子的父亲不是他。"

宋予不确定卓决知不知道这件事情，但她还是同卓决说了一声，反正整个南城，没有几个人不知道她当年未婚怀孕的事情，像卓决这样八面玲珑的人，肯定多少有所耳闻，她宁可将自己的丑事开诚布公说出来，也不愿意再被江云琛怀疑。

"你说什么？"卓决的戏演得极好，他心想如果这个时候江云琛在他面前的话，一定会夸他演技好，当年要不是数学念得好，考北上戏简直轻轻松松，卓决内心戏极其丰富，"你孩子的父亲是云琛？我怎么不知道，这么大的事他怎么一句都不透露给我？！"

宋予看看卓决震惊的样子，顾虑打消了大半。她大概真的误会他了。

她尴尬地看了一眼窗外："没有，是他一直以为我跟他两年前认识，但是我第一次见他是今年在悦榕庄酒店，不过认识数月而已。"

卓决不知道，自己戏精附体的同时，宋予也已经浑身是戏了。戏台子还没搭好，他们的戏瘾就已经发作了。

"我就说嘛，云琛不是那种人。"卓决的眼神飘忽了一下，但是看到宋予转过头来时，他立刻就看向了正前方，"不过话说回来，如果那个人真的是云琛，他估计也是被人陷害的，他不像是会做出一夜情那种事的人，更不是睡完之后扭头就走的人。"

卓决开始为江云琛辩解，也不知道宋予有没有听进去，兀自说着："他这个万年和尚，我严重怀疑他连女人都没碰过。"

卓决毫无顾忌地说着江云琛的隐私，宋予听着很想笑。

卓决说话时的神态原本就有趣，再加上他的语调，像是在讽刺江云琛没见过女人一样。

"不会吧？我看他在撩人方面倒像是个老手。"宋予挺意外的，江云琛身边没有女人？

她忽然想起来，在车家的时候，江云琛同她说过，上一次做，是两年前……

当时她左耳朵进右耳朵出了，没想到他说的是实话？他还挺洁身自好嘛。

"没啊。他在华尔街就职的时候忙到脚不沾地，哪儿有时间找女人？况且，你也知道他的身体，哪里吃得消啊。"卓决为了洗白江云琛，甚至都不惜说江云琛身体不好碰不得女人了……

卓决相信江云琛会原谅他的，哪怕不原谅，江云琛也不知道。

宋予拧眉苦笑："是吗？"

她想起前两次江云琛对她威逼利诱时的样子，难道是假把式，装出来的？

哦……难怪每次他都只是做做样子，她还以为他是君子不来强的，没想到是怕自己身体不好吃不消？

不过白血病人的确是没什么体力的，宋予一想，觉得卓决说得很有道理。

"是啊。"卓决笑着，跟宋予有一句没一句地攀谈着，直到将宋予送到宋家别墅，他才舒了一口气。

演戏的感觉真是累啊。

返程路上，他戴上蓝牙耳机拨了江云琛的号码。

"喂，我帮你问了，她太聪明了，竟然猜出是你让我帮忙套话的。"卓决叹气地对江云琛说道。

"你就这点本事？"江云琛声音冰冷，语气听上去很是失望。

"我比她更聪明啊，我跟她绕弯，不断给她灌输你是个洁身自好的好男人，现在通过我的三寸不烂之舌，相信你的形象在她心目中已经立体起来了！"

卓决的话不足够让江云琛信服，卓决这个人，十句话当中不知道有多少句是假的，有几句是开玩笑的，他只想让卓决正经点。

"我差点就露馅了，你都不安慰我一下。"卓决故作心寒道，"你是不知道宋予有多聪明，她一直盯着我看，我差点被她看得肾虚。"

江云琛并没有从卓决这边得到实质性的答案，沉默了一会儿刚准备挂断电话，就听到卓决那边传来惨叫。

卓决一向大惊小怪，江云琛不怎么在意。

"宋予给我发了微信，你知道她发了什么吗？"卓决是真的被宋予吓到了，被她的热情吓到。

"什么？"江云琛这才有了一点兴致。

"刚才我为了帮你套她的话，故意说我前女友怀了我的孩子，来找我，问她我要不要留下孩子。结果她现在在微信上给我发来了一个妇产科医生的微信，让我加这个医生，咨询一下妇产科方面的知识。我告诉你江云琛，要是有一天我卓决的名气在南城臭了，那都是因为你！"

卓决以为宋予扭头就会忘掉，毕竟这并不是什么值得记住的事情。人人都忙，信息碎片化的时代，谁会把一件事情记很久？就连明星出轨，大众都是睡一觉第二天就忘掉了。

宋予的热情超乎卓决的想象。

江云琛闻言之后淡笑："活该。"

"你说我活该，我这不都是为了帮你套话？"卓决心寒至极。

"我可没让你假装自己前女友怀孕。别忘了，你跟宋予有工作上的往来，当心她守不住秘密，把你的这件事情说出去，以后身边人人都以为你有孩子了。"江云琛仍旧在开着玩笑，虽是玩笑话，却将卓决吓得一愣一愣的。

他都没想到这茬。很显然宋予对他的这件事情上心了，还推荐什么妇产科医生给他，他一个大男人，要什么妇产科医生的微信号？！

这传出去的话，卓决觉得自己还是搬离南城比较好。

"江云琛，如果有一天我娶不到老婆，都是因为你。你最好给我养老。"卓决被气得不行，他越看那个微信越气，这时偏生宋予又发了一条消息过来。

"加了吗？"

好像这是一件很要紧的事情，卓决对江云琛冷笑："宋予这么热心肠，你知道吗？"

"或许她是同情你。"江云琛无关痛痒地回答他。

卓决觉得宋予肯定是认识这个妇产科医生，要是他随口说加了，她去问她朋友发现他根本没加的话，会不会觉得他人品有问题？毕竟是工作上有来往的人，卓决觉得还是不要轻易挑战对方的底线，咬咬牙，最终还是决定加了。

那边几乎瞬间接受了好友请求。

卓决很服气，宋予热心肠，她的朋友也热心肠。

"我挂了。"卓决不想再听到江云琛的声音，直接挂断电话。他将车子停到了路边，准备看看这个所谓的妇产科医生到底是真的医生，还是假医生。

他心情烦躁，刚才宋予在车内，他特意将暖气开足了一些，对他来说有些热了，他脱下西装外套随意地扔副驾驶座上，点开了妇产科医生的微信朋友圈。

嗯……

卓决看到这个医生的朋友圈之后，顿时觉得，这应该真的是一名妇产科医生，或许还是个中年人。

朋友圈清一色分享链接，链接全部是关于医疗的……

完全没有看点，卓决还以为会是个美女，事后想想，美女做妇产科医生的好像不多，种种迹象表明，这大概是个中年妇女。

此时，白芨正在值班室里面，看到那个"病人家属"发来的好友请求时立刻加了。

也是出于好奇，白芨准备看一下他的朋友圈，想看看是什么样的男人，让自己的前女友怀孕了……

点开微信朋友圈，白芨发现，他把她屏蔽了。也是，病人家属而已，屏蔽她正常。

她发了一个消息给宋予："任务完成。"

宋予回复了一个："OK。"

宋家别墅。

宋予收拾完东西之后回到房间换上了睡袍准备去洗手间泡澡，顺便好好休息一下，今晚还要连夜看计仲秋那个项目的文件。

这几天，她无论如何都需要求计仲秋放弃那个项目了，再这样亏损下去，宋氏是吃不消的。况且，她不愿意看着计仲秋一个人赚钱，而亏损的钱全部由宋氏承担。

宋予躺进去之后，心情瞬间变得舒畅了。

她准备了一杯橙汁，刚刚喝了一口，手机就响了。

是傅其深打来的，宋予连忙将盛着橙汁的玻璃杯放到浴缸沿上，按下了接听键，身体也不禁坐直了一些。

"喂，傅律师。"

"宋小姐，晚上好。"傅其深的话客套又官方，"这么晚打扰你不好意思。"

"没事。"宋予巴不得他打扰她。

傅其深找她肯定是有重要的事，无论是帮她的忙还是找她帮忙，她都是应该的，毕竟之前是傅其深把她从拘留所里保释出来的，让她避免一晚的牢狱之灾。

"刚刚我的老师打电话给我，说她已经在南城了，这几天会一直在南城。"

"是吗？"宋予想到那天那位律师给她发的消息，并没有说这几天就会来南城。想必傅其深是希望她去找他老师吧？

"嗯，这几天她都有空，我帮你约了时间。明天晚上柏悦中餐厅，晚六点，有没有问题？"傅其深办事效率之高，让她感觉到很意外。

她没有想到仅仅一面之缘的傅其深，竟然会帮她安排好跟他老师的碰面。

傅其深是江云琛的朋友，也是他介绍给她的律师，除了江云琛示意傅其深这么做之外，宋予想不到有第二种可能。

她承认她没有办法拒绝江云琛的好意，瞬间又觉得欠了他几分。他好像也不在意她，只是单纯地帮她。

宋予的心软了软，江云琛最近做的很多事情都让她觉得，他好像也不是那么坏……

"我没问题。"宋予含笑说道，"麻烦傅律师了。"

"没事。晚安。"傅其深说晚安时，宋予听到了听筒里传来他太太的声音，一个好听的女声，正在叫他的名字。

宋予以前也听说过傅其深同他太太的事情，不少人说很羡慕，但她不羡慕。她对婚姻从来不抱任何希望，当年人人都说她母亲是小三，她至今都不相信，如果她母亲是小三，为什么她的年纪比宋宋大好几岁？

以讹传讹永远是传播坏消息的好手段，即使是现在的宋予，也拦不住身边人的嘴，到现在也还有人对着她指指点点，说她是私生女。

不过今晚，在听到傅太太叫傅其深的名字时，那温柔的声音让宋予忽然间觉得，好像婚姻也不是那么糟糕的一件事情……

泡完澡，宋予拿着一沓资料，单手抱着笔记本准备去书房看文件，她困意已经很浓了，是强撑着的。

她从卧室出来，穿过长廊走向书房时，看到宋知洺坐在轮椅上，正在书房门口等着她。

无声无息，像是怪物。

宋知洺一直是这个家的怪物，双腿残疾，性格怪异。

"小叔这么晚还不睡，是不是良心难安睡不着？"宋予停在他面前，他的轮椅就放在书房门口，拦住了宋予进书房的路。

她的话刻薄尖锐，想刺伤宋知洺。

"宋氏和计仲秋合作的项目，你没有办法喊停。"宋知洺的一句话，让宋予原本昏昏欲睡的脑袋精神了起来。

她目光灼灼地看宋知洺，不奇怪他怎么会知道她千方百计地要阻止这个项目，他的很多事情她都不知道，他就像是一个躲在暗处的影子，永远见不得光，却在黑暗处横行肆虐。

上一次她去 B 市时，计仲秋就说，宋知洺早就联系过他了。

"为什么？"宋予问。她是真的挺想知道，宋知洺到底是哪里来的自信。

"宋氏和计仲秋的公司，签了六十年的协议。如果协议作废，要赔偿十亿违约金。"

宋知洺对宋氏的合同了如指掌，这要得益于之前宋安见他双腿残疾，怕他做不了别的事情，于是给他在宋氏安排了一个清闲的职位。那个职位专门负责宋氏的各类合同，所有的合同宋知洺都过目过。

那个合同，宋予到现在都没看过……

宋知洺应该不会骗她，因为她只要回公司一查就能查到。

宋予顿时哑然，"十个亿，违约金"这六个字萦绕在她脑中，像棉花一样堵塞了她的思绪。

"计仲秋黑白通吃，如果你单方面毁约，以他的手段，到时候利滚利，可能不止十个亿。"宋知洺挑眉，双手合十放在腿上，胜券在握的样子。

宋予想到，宋知洺既然在她面前说这些，肯定有解决的方法。只不过，他需要利益。

"你的条件。"宋予明人不说暗话。

以前的宋予从来没有想过，宋知洺这样一个双腿残疾的人，有一天竟然有资格跟她谈判。

"给我宋氏百分之五十的股份，我来解决合同的问题。"

宋予冷冷嗤了一声，没有抑制住冷笑，百分之五十，他还真是狮子大开口。

"小叔不觉得自己吃相太难看了吗？"宋予将冷笑瞬间转变成微笑，"还有，你凭借什么让我信你？"

"你可以去试试。撞一撞南墙，再回来求我也不迟。"宋知洺嘴角扬着笑，这种笑让宋予觉得浑身的汗毛都立了起来。

他仿佛确定她解决不了这件事，也知道她会撞南墙，猜到了她之后会来求他。

宋予有一种被人看死了的感觉，她浑身都在排斥这种滋味。

宋知洺伸手放在了轮椅的轮毂上方："给你一周时间。如果你不想宋氏亏损太多的话。"

说完，他坐着轮椅离开，回了他的房间。

宋予看到他消失在走廊的尽头，仍旧挪不动脚。她原本就为计仲秋这件事情烦恼，现在宋知洺又在她最烦的时候雪上加霜，还等着她撞墙，她瞬间没有了看文件的心情，折回了卧室。

宋予回到卧室之后，躺到床上原本想睡了，但是忽然想到傅其深帮她约了律师碰面的事情，觉得还是同江云琛道一句谢比较礼貌，于是又拿起手机找到江云琛的手机号码，编辑了一条短信过去。

"傅律师帮我约了他的老师，这件事情谢谢你。事成之后，我请你吃饭。"宋予原本已经准备发送了，但是看到后半句时，忽然想起来之前江云琛讽刺过她，说中国人最大的谎言就是"下次我请你吃饭"，想了想，她又删掉了，添了一句，"晚安"。

宋予知道江云琛这个点应该还没有睡，他身体不舒服，还在发烧，没有那么容易入睡的。

果然，下一秒她就等来了回复。

他几乎是秒回，是电话，不是短信。

深夜一个电话，将宋予疲惫的神经都惊醒了，她连忙按下了接听键："喂？"

"晚安。"江云琛低沉的声音带着一点吸烟过后的独特沙哑感。

宋予严重怀疑，江云琛去医院外面抽烟了。

"嗯，晚安。"宋予又困了，因为她发现江云琛找她好像没什么要紧事。

她以为江云琛还要说什么，所以等了十几秒，但是那边没有挂断电话，也没有继续说话。

敢情他打过来就是为了说一声晚安？这个人真是越来越奇怪了。

宋予靠在床上，背上靠着软软的垫子，舒适柔软，加上房间里的暖气让她觉得暖暖的，哪怕是在跟江云琛通话，她的心情也不差。

"有事？"宋予又问了一句，不认为江云琛是个无聊的人，更不觉得他是个这么闲的人。

"宋予。"江云琛每一次认真叫她的名字时，宋予都会觉得他有什么重要的事情告知她，每一次都是心头一跳。

"嗯。"

"睡不着。"

江云琛这三个字，让宋予立刻放松下来，甚至有些想笑，他大晚上打电话过来，就是为了告诉她他睡不着？

宋予从旁边扯过一个抱枕抱在怀里，没有立刻开口回答江云琛，一是不知道该怎么接话，二是觉得矛盾。她感觉江云琛很奇怪，又想到卓决说的他这些年身边都没有女人，想着他是不是一个人太无聊了？

而他接触得最多的女人又是她，除了来找她之外，也没有别的人了？

也不乏这种可能性，宋予心想，江云琛哪怕平时架子端得再高冷，城府再深，抛开这些俗世的身份，他终究是个男人，需要用下半身思考的男人。

她严重怀疑，是他的下半身需要思考了……

宋予干脆打开天窗说亮话，她有些困了，不想跟他继续进行睡前谈话："江先生到底喜欢什么样的女人，今天你在医院我不方便帮你找，改天你回家了告诉我，我让我的助理这一次帮您挑几个合您口味的。"

宋予是半开玩笑的口气，但是真心实意的。她是真的怀疑江云琛最近很寂寞。

江云琛的脸都黑了下去。她跟他在悦榕庄碰面，就是她往他的房间里送了两个女人……也是因为这两个女人，他才有兴趣见见她。

"宋予，你跟拉反条的是什么关系？"江云琛的声音听上去比方才多添了一丝寒意。

宋予才不惧怕他，现在他不在她面前，她怕什么？

"亲戚关系吧。"宋予挑眉，下巴靠在抱枕上。她刚刚泡完澡，发梢浸在水池里有些湿了，沾在脸颊上有些痒痒的，她捋了一下头发，继续说，"你说你睡不着 我可以理解为你是寂寞空虚冷吗？"

她问得真切。

"睡不着，头疼。"江云琛也是服了宋予，她这副样子同他在悦榕庄见到她时是两幅面孔。

当时的宋予端着宋氏执行总裁的架子，看似清澈的笑容里实际上隐藏着算计。而现在这副样子，分明就是敞开了，也不屑在他面前伪装。

"以后别给我送女人，我警告你。"江云琛用近乎威胁的口吻压低了声音对宋予说道。

宋予很想朝他吐舌头，但是忍住了。她还不至于跟自己还不算特别熟悉的人撒娇卖萌。她也不擅长，想想就硌硬。

"投之以桃，报之以李，江先生帮了我这么多，我总要回报一下。"宋予开玩笑地说道。

"连投其所好都学不会，还妄图走后门。"江云琛嘲讽了一下她在悦榕庄的行为。

宋予不想提起那件丢人的事情，如果不是那件事情，她也不至于再遇到江云琛，想想她就觉得懊悔。

"谁知道你喜欢什么样的女人……"宋予喃喃。

说出口她有点后悔，生怕江云琛说喜欢她这样的，那她可消受不了，但是说完，江云琛就准备挂电话了。

"睡了。"

"现在睡得着了？"

"说说话就困了。"江云琛的声音的确带上了一点慵懒困倦的味道。

宋予倒是精神了，原本那点困意都被江云琛磨得差不多了："哦。"

两人之间没有多余的闲话，说完就挂了电话。

翌日早上。

宋予去了一趟警察局，去做宋宋那件事情的笔录。

警察盘问的时候宋予都是实话实说，没过一会儿，宋宋也过来了，是在徐媛母亲的陪同下一起过来的，这一次宋知洺没有出现。

宋宋见到宋予时，情绪有些失控，比上一次在会议室时更加难以自控："宋予，你还敢出现？你这个杀人凶手，应该去坐牢，把牢底都坐穿！"

宋予看了一眼宋宋，仍旧戴着口罩、鸭舌帽和墨镜，此时宋宋是站着的，而她正坐在警察面前做笔录。她仰头看向宋宋时，"啪"的一声，一个巴掌重重落在了她的脸上。

宋宋的力道很大，像是将积压在心底里的情绪都打在了宋予的脸上。

幸好宋予是坐着的，才没有跌下去。

宋予的眼泪被逼了出来，连她自己都没有察觉，白白挨一巴掌，于任何人来说都是难堪的，更何况是在警察局这种公众场合。

她是不会还手的，一方面因为这里是警察局，另一方面，是因为她觉得宋宋现在的处境已经够可怜了。单是毁容，就是宋宋无法接受的。如果那天在车上的人是她，她像宋宋一样毁容活了下来，她肯定没有宋宋这样的勇气继续活下去。

"你把爸爸妈妈还给我，还有宋氏，你是私生女，凭什么霸着宋氏不放？！"宋宋沙哑着声音说出这句话，她这句话一出口就已经将徐媛的娘家和宋知洺卖了。

宋宋是不会说出这样的话的，她从小纯良，被徐媛和宋安养得不知道外面的疾苦，不懂宋氏的东西，更别说是对宋予说出"私生女"这样的字眼了。

宋予不想说出难听的话再对宋宋进行二次伤害，她很怕宋宋想不开，上次在会议室是无奈，而这里没有无奈。

她不说话，宋宋就当她是默认了，又抬起手，而徐媛的母亲没有要拦着的意思，就默默看着，坐等宋宋打宋予。

宋予已经做好了再挨一巴掌的准备，眼前忽然出现一个高大身影，挡在了她跟宋宋面前。

"这里是警察局，有话可以好好说，但是动手，就要进拘留室了。"一道清朗的声音传来，平和的话语，却带着让人无法忽视的气势。

宋予抬头，看到了一身警服。眼前的身影高大挺拔，看制服，应该是刑警。

宋宋被惊了一下，往后退了半步，意识到自己的手还被钳制着，仰头看向了这名刑警："你放手……我不打她了。"

宋宋的声音带着一点怯懦，徐媛的母亲伸手扶住了宋宋的肩膀："宋宋，不怕，警察不敢打人的。"

"警察是不打人，但是警察会关押打人的人。"刑警看向了徐媛的母亲，声音仍旧是刚才的语调，不轻不重，却透露着威严。

宋予不是很感激这名刑警，这里这么多警察，包括坐在她对面帮她做笔录的那位，在她被宋宋扇了一个巴掌之后到现在一直袖手旁观，仿佛被告永远是有罪的。

徐媛的母亲剜了刑警一眼，带着害怕得颤抖的宋宋坐到了一旁的椅子上："没事的，他们不会把你怎么样的。"

宋予的目光落在徐媛的母亲身上，为了钱同宋知洺沆瀣一气的人，也不是什么理智的人。果然，单听她跟宋宋的对话，宋予就知道，最近这段时间她肯定也是这么教宋宋的：不要怕，按照我们说的做，宋予不能拿你怎么样。

宋宋惊魂未定地点点头，宋予发现，宋宋劫后余生之后情绪有些不稳定，大劫之后心理创伤在所难免，大多数人需要进行心理治疗和疏导，但是宋知洺和徐媛娘家最想的是拿到宋氏的钱，怎么可能带宋宋去看心理医生？

"薄队，您要的死者生前通话记录。"一个女刑警过来，手中拿着文件，递到了刑警面前。

"嗯。"

女刑警看了一眼这里僵持的场面，又看了一眼脸上有着通红手掌印的宋予："又是家庭伦理剧？"

女刑警在警局已经待了很多年，每次一看到民警在应付脸上有巴掌印的人时，一猜一个准，准是家庭伦理剧的现场。

"悬疑探案剧。"做笔录的民警瞥了一眼女刑警，女刑警用探究的目光扫了宋予一眼，看着她狼狈的样子已经大致明白了，点了点头。

"您老好好干。"女刑警朝民警投去了同情的目光。

民警却放下了手中的笔："别，到时候这个案子可能还要转交到你们刑警队去，是杀人案。"

女刑警顿了一下，点头："行，薄队，听到了没？又来案子了。"

那个被叫作"薄队"的男人转过身来，看向了宋予。

宋予恰好也看向他。

他有着一张典型的军人脸，皮肤偏麦色，英挺的双眉下是一双黑色的眸子，薄唇紧抿着，浑身上下带着不怒自威的气质，一身刑警服穿在他身上妥帖又威严。

"事情经过。"他再次开口，声音比他的外表要清朗一些，没有想象中的低沉。

民警立刻起身，跟他汇报："犯罪嫌疑人宋予，半年前曾经被警方怀疑在自己父亲的车上动了手脚导致车祸，父亲和继母身亡，但是法院判决一审无罪。车祸幸存者，也就是这位，嫌疑人同父异母的妹妹，指证嫌疑人是凶手。"

民警将笔录口供递给了男人，男人迅速扫视了一眼，然后看向宋予。

"宋予。"

"嗯。"宋予不情愿地应了一声，刚才民警念出事情经过时，她觉得耳根子有些红，在陌生人面前被宣读自己的"罪状"是一件极其羞辱的事情，即使这些都是莫须有的罪名。

"跟我来。"

宋予原本想问为什么，但是当她看到宋宋时，知道这名刑警大概是不想看他们再吵起来，所以才会让她跟着他走。

刚才那一巴掌也是这名刑警帮她拦下的，宋予顿时觉得这名刑警比起刚才在座的这么多警察，更加像一个警务人员。

刚才宋宋打她，那些民警竟然连劝都不劝。

宋予起身，看了一眼宋宋，同这名刑警走向了里面的隔间。

他们进了一个房间，进去之后宋予才发现这是这名刑警的办公室，办公桌上几乎没有任何东西，只有一个水杯、一本笔记本和一支钢笔，就连日常的电脑都没有。

奇怪的人。

"坐。"

宋予坐下，目光聚集到了男人身前的名牌上：薄淮安。

她想起刚才那名女刑警叫他薄队，他应该是刑警队的队长。

宋予一直盯着薄淮安的名牌看，忘记了来这里干什么，直到感觉到一道目光，她连忙收回视线，抬头看向他黑漆漆的眼。

"嗯？"宋予问了一声，"问吧。"

"问什么？"薄淮安反问了一句。

宋予心想，不是他把她叫进来问话的吗？但是她没有说出口，只是淡然地说："不用做笔录？"

"外头已经给你做完了。"薄淮安拿起眼前的档案本示意了一下。

"哦。"宋予颔首，"那你没有别的要问我的？"

"没有。你这个案子暂时没有定为刑事案件，不归我管。起码现在你同父异母的妹妹打你，不算刑事案件。"薄淮安说得有板有眼的，但是宋予听不明白。

她微微皱了皱秀眉，眼底尽是狐疑："那你叫我进来干什么？"

她最终还是忍不住问了一句，不是很明白薄淮安的意思。

"在外面，想继续被人打，还是想被人看笑话？"

宋予顿时明白了他的意思，也心领了他的好意："谢谢。"

她含笑："哦，也谢谢你刚才帮我拦着我妹妹。"

知恩图报她还是懂的，她对这个刑警的印象不错，为人挺正直的，不像外头那些人，永远是看客，好像自己没有穿着那一身警服似的。

"不用。"薄淮安的语气很随意。

宋予想等到门外的宋宋和徐媛的母亲离开之后再走，否则又是一出闹剧，等出了这个警察局，宋宋再怎么打她都不会有人管了。

　　她有些不敢出去，想让萧瀚过来接她。

　　"我打个电话。"毕竟是在人家的办公室，宋予还是礼貌地说了一句。

　　"随意。"

第十八章
你是甜味奶糖

宋予起身走到一旁去打电话，但是刚刚打开手机屏幕，就有一个电话拨了进来。

她手快按了接听键，按下之后才反应过来，是江云琛打过来的。

他怎么打她的电话打得这么勤，昨晚不是刚刚打过？

她本不想接听的，想着江云琛也不会有什么大事，但是接听键已经按下，再挂断好像显得有些不礼貌。有求于人就要事事克制……

"喂。"

"晚上柏悦中餐厅，同计仲秋一起吃饭。"江云琛单刀直入，这一次是真的有事，而不像是昨晚一样，只是睡不着无聊。

柏悦中餐厅？宋予觉得这个地点好像被提起过，仔细一想，忽然想起是傅其深通知她，跟他老师碰面的地点……

也是今天晚上。

时间撞上了，宋予烦恼地皱紧了眉心，无论是计仲秋还是傅其深的老师，都是她急需见到的人。见计仲秋是为了利益，见那位老师是为了免受牢狱之灾。

"今晚我有约了。"宋予还是将实情同江云琛说了，她潜意识里，希望江云琛能帮她做一个决定。

江云琛沉默了一会儿，她猜想他应该不悦吧？原本他跟计仲秋吃饭是不需要搭上她的，他只是顺手帮她牵个线而已，她竟然还拒绝他。

"谁？"

"傅律师的老师，帮我打官司的那位。"宋予特意强调了一下，是傅其深介绍的那位。

"我会跟傅其深说，让他改时间。"江云琛果然帮她做了决定，也没有过问她的意见。

但是面对这种霸道的话，宋予没生气，反倒觉得江云琛帮她解决了一件她难以抉择的事情。是好事。

"那麻烦了。"

"五点吃饭，你在哪儿？"江云琛问她，宋予听到他那边的声音好像有些嘈杂，不像是在医院。

她低头看了一眼手表，现在是下午三点多。不知不觉她在警局已经待了两个多小时了。

· "我在南城警察局。"她老实回答，回答得很快。

"二十分钟，我去接你。"

"不用了，萧瀚会来接我。"宋予连忙开口，她不想被江云琛看到她被扇了巴掌的样子，她现在手头上没有遮瑕和粉饼，没有办法用化妆来掩饰脸上的红印，她想先回家去遮一下再去赴宴。

她急促的回答让江云琛起了疑心，他向来多疑，一听就听出她有情况。

"你的助理应该很乐意不过去接你。接了你，你也不会给他加工资。"

宋予很服气江云琛的逻辑，让她没有办法反驳。

纵然如此，宋予还是不希望被江云琛看到她的脸……

"不用了……"她这句话刚刚说完，江云琛已经挂断了电话，不给她继续说下去的机会。

宋予盯着黑掉的手机屏幕，有些哭笑不得。

江云琛要是看到她这副样子，指不定怎么冷嘲热讽。她现在发现江云琛极其喜欢嘲讽她，一点点事情都能被他讥讽。

她转过身，重新回到椅子前坐下，看到薄淮安正在拿着钢笔写东西。

她注意到他的钢笔已经有些老旧，看得出是用了很多年的珍品。这人看上去挺守旧的，估摸着，和老古董差不多。

在等江云琛来的这段时间内，宋予全程没有同薄淮安说话，她也不敢问她可不可以出去了，担心宋宋还在外面。

直到办公室的门被敲响，宋予下意识地回头看了一眼，没有想到推门进来的人竟然是江云琛。

他怎么没有打她的电话让她出去，而是直接进来了？

江云琛穿着一身正装，比在医院时要精神很多。只要他一穿西装，宋予总会觉得他身上的气质凛冽了几分，可能有些人天生就适合穿西装，穿在身上，就有一种气场。

"走了。"江云琛见到宋予后，走到她面前。

宋予起身，下意识地用头发将脸上的红痕遮住，低声问江云琛："外面还有没有一个戴着鸭舌帽、口罩和墨镜的女孩？"

"有。"江云琛回答得极其淡定，他今天的西装外面套了一件深蓝色的呢大衣，他从外面来，身上带着一丝寒意。

宋予有些心累，宋宋和徐媛的母亲就不累吗？为什么还不走，难道她们还打算等到她出去之后再扇她一巴掌？

宋予刚准备离开，忽然想到没有跟薄淮安道谢，转过身看向薄淮安："薄队，今天谢谢你了。再见。"

宋予说完"再见"的时候总觉得有些奇怪，跟一个刑警队长说再见，未免太奇怪了……好像赶着去犯罪似的。

"你最好还是不要见到我。"薄淮安开了句玩笑，但是英气的脸上没有半点笑意。

江云琛看了薄淮安一眼，很快就收回了目光："还不走？"

他又催了她一句，好像赶鸭子上架。

宋予很想瞪他一眼，催什么催……

她朝薄淮安轻笑了一下，刻意用头发盖住脸颊，这样转过身去的时候不会被江云琛看到。

她同江云琛一道出了办公室的门，一出去就看到宋宋和徐媛的母亲仍旧坐在那儿。

徐媛的母亲像是一尊佛一样一动不动，就像是在等着她出来。

宋予心想，幸好江云琛来接她了，否则的话，她该怎么穿过这道屏障……

"哟，你终于出来了，当缩头乌龟？"徐媛的母亲挑眉，身旁的宋宋已经摘下了墨镜，看着宋予的眼神带着很深的恨意。

宋予其实很想单独跟宋宋谈谈，但是又很怕宋宋伤害她。对宋宋，她很矛盾。

她没有理会徐媛的母亲，紧紧跟在江云琛身侧，有江云琛在身边，她觉得很安全。大抵是江云琛身上的气场足够强，强到让她觉得他能震慑住所有人。

　　"这么就想走了？杀人犯。"徐媛的母亲起身，走到了宋予面前，盯着宋予的眼，宋予没有逃避。她问心无愧并不害怕对视，但她是真的不想多说话。

　　下一秒，她听到江云琛凉薄地开口："狗年了，是只狗都要出来遛遛？"

　　江云琛话里没有半点平和感，他眸色冷冽地看着徐媛的母亲，又看了一眼宋宋。

　　宋宋害怕被别人注视，连忙扭过头又戴上了墨镜。

　　徐媛的母亲看到有男人在也不敢再说什么，自动为他们让了道，很懂得看菜吃饭。

　　宋予觉得，像江云琛这样的人无论往哪儿一站，都能让不少人望而却步，气场这东西大概是天生的，学不来。

　　她同江云琛一道出了警察局，经过宋宋身旁时，能感觉到宋宋含着恨意的目光死死地盯着她，她很想告诉宋宋，恨错人了。

　　宋予如鲠在喉，垂首走出了警察局。

　　警察局外不知何时已经飘起了大雪，这是南城今年的第一场雪，绵软的雪花大块地掉落下来，速度很快，砸在肩膀上有些分量。空气骤冷，西北风吹到脸上让皮肤都变得有些紧绷。宋予只穿了件呢子大衣，冷得哆嗦了一下，她忙拢了拢衣领。

　　几个小时雪就积起来了，这场暴风雪来势汹汹。

　　宋予上车，一进车子就感觉到了一股暖意。她发现江云琛的车子一直是发动的，没有熄火。他来时雪已经很厚了，大概是怕冻着，所以才一直开着车内的暖气，等到人坐进来时就会暖和很多。

　　她想，他还挺怕冷。

　　一到车内她就脱下了呢大衣，系上了安全带。

　　她侧过脸，看到江云琛打开了后座的门，脱下了西装外面的厚外套放到后座上之后才回到驾驶座。这个男人极其考究，她想起来了，他是处女座……

"这是我第二次来警察局接你。"江云琛上车，系好安全带之后对宋予说道。

他的脸色看上去比前两天要好一些，许是病情稳定了。

宋予想翻白眼，但想到不能忘恩负义，就看向了窗外："两次都是你自己来的，我又没请你来。"

她话说得柔和，并没有引起他的任何不适感。

"希望下一次，我不是去接你出狱。"江云琛的嘴极其毒，戳中了宋予的心事。

她将视线从窗外收回，转过脸看向他："就算我入狱，也轮不着江先生来接我吧？我有朋友，有助理，不需要江先生。"

其实宋予也只有一个白芨、一个萧瀚而已。万一有朝一日她真的入狱，万一这两人同时有事——

她内心戏丰富极了，可在江云琛面前仍在逞能："另外，我没有罪，不会入狱。"

宋予说话时有些激动，语调微扬，盯着江云琛时双目炯炯，耳畔的头发垂落下来，露出了脸上的巴掌印。

"你脸上怎么回事？"江云琛的目光落在她的脸颊上，宋予立刻抓了一把头发盖住自己的脸颊。

"刚才脸上有点痒。"她撒谎简直信手拈来。

江云琛抬手拨开了她鬓角的头发："谁打的？"

宋予就知道江云琛会问，她觉得他多管闲事，淡漠地回应："我妹妹。你方便先送我回家吗？我去换身衣服。"

"被打了不还手？"江云琛这句话流里流气的，他从来就不正直，永远是黑白参半。

"她打我是她犯法，我打她是我犯法，我已经够倒霉了，不想再犯法了。"于情于理，宋予都是不可能对宋宋动手的。

江云琛拿起手机，宋予看着他拨了"110"，忙开口："你做什么？"

电话已经接通，江云琛说："我报警，刚才南城警察局里有人打人。"

那边不知道说了什么，江云琛的口气越发冷淡："之后我会请我的律师申请调警察局的监控录像，走法律程序。"说完，他挂断了电话。

宋予看着他："你在干什么？"

她根本不想在这件事情上多计较，哪怕再被宋宋打几个巴掌，她也不会还手，甚至不会吭声。

　　"你说不想犯法，就走合法的程序。不对？"江云琛的果断态度让宋予无话可说。

　　她浅浅地吸气："她是我妹妹。"

　　"如果她把你当成是她姐姐，也就不会打你。"江云琛的话在逻辑上没有任何纰漏，在宋予听来却太过冷漠了。

　　"不是所有的亲情都跟你理解的一样。"她脱口而出，话有些尖锐。

　　她知道他厌恶亲情，也知道他不相信亲情的存在，所以故意刺他。她就像是要保护自己的小刺猬，将身上所有刺都展开了。

　　她这句话很奏效，江云琛没有再说话，只是他周身的气压变得低了一些，像是车厢外的凛冽冰雪，久久不融。

　　宋予也不理会他，别过头看向了窗外。

　　过了一会儿之后她心底渐渐有了愧疚感，这样的寂静让她有一种良心难安的感觉。

　　她是不是说得太过了？

　　她看着窗外满天纷飞的雪，柏油马路已经被冰雪覆盖。

　　"我不是故意的。"她连十分钟都没有坚持住，就主动承认了错误。

　　这件事情的确是她的错，他帮了她，她倒是狗咬吕洞宾了。

　　她平日里声音清亮，今天说这句话时，声音含混不清，她并不是很想被听清楚。

　　丢人。

　　"你的普通话是谁教的？"他是在讽刺她含混的咬字。

　　她已经道过一次歉了，不会再说第二次，说过了她就安心了。

　　"自学的。"她怼了一句。

　　这时白芨发来了一条微信，她打开看了一眼。

　　"予予，你那位朋友怎么一直不理我？我好心好意问他前女友的状况，他装作没看见？"

　　宋予看到之后，才想起来还有这么一回事。

　　卓决不理白芨？

　　她抬头看向江云琛，好奇地问："你知道卓决的前女友怀孕了吗？"

江云琛有片刻没有反应，过了几秒，"嗯"了一声。

"白芨你见过的，她是妇产科医生，我介绍她给卓决，建议卓决可以带他前女友去找白芨看诊，结果他不理白芨，难道他不想要这个孩子了？"

宋予不知真相，认真地问道。

江云琛脸上仍没有别的表情，看不出他是什么心思，宋予总觉得哪里很怪，又说不上来。

"或许是不想做单亲爸爸。"江云琛一本正经地回答宋予的疑问，毕竟她看起来是真的疑惑。

宋予点点头："嗯，也有可能是他前女友不想生吧，都分手了，如果没有再在一起的可能，她一个人带孩子需要很大的勇气。"

宋予不知不觉兀自说了这么多。

江云琛缄默着，薄唇紧闭仿佛不打算插话。

宋予想到自己当时怀着蛋黄时心底的挣扎，一个人打算留下孩子是一件需要极大勇气的事情，要忍受四周的目光不说，而且一个人带孩子的辛苦是旁人无法理会的。她还记得怀孕后期时，她手脚肿胀得厉害，很多鞋子都穿不进了，为了瞒住宋家人，只能每天待在家里哪儿都不去。那一段时间，她甚至怀疑自己快要得孕期抑郁症。

"你当初为什么留下孩子？"江云琛一句话打断了她的思绪。

宋予没有料到他会忽然扯到孩子身上去，意识到自己不该在他面前提起卓决的事情。

"不想结婚，又想有个孩子。"她随意说了一句，想搪塞他。

她当时的万千思绪，三言两句怎么可能说得清？没有人能懂她当时的心思，哪怕白芨也不能。

"所以就愿意生下一个生父不详的孩子？"江云琛的话说得直接坦荡，也不管宋予是不是想说这个话题。

宋予渐渐发现，不能跟江云琛提起有关孩子的话题，他能轻而易举地将话题转移到两年前的事情上去。

"生父不详，总好过生父不是个好人。"宋予这句话是特意说给他听的。

"只有在孩子眼里，好人和坏人才有明显的界限。"江云琛的话说得平静，却是在为自己洗白。

宋予觉得他们之间的相处模式越来越奇怪了，江云琛已经知道了她是两年前的女人，而她也很清楚自己瞒不过他，就是不愿意承认。两人像是在进行一场拉锯战，越拉越累，拴着两人的绳子也越拉越紧。

她觉得有些累了，但能拖就拖。在江云琛找到十足的证据之前，她不会松口。

"是啊，我永远十七，永远未成年。"宋予说着俏皮话，但语气没有半分俏皮，而是带着一点乏力。

她不是很想跟江云琛多说话。

累。

车子停靠在宋家别墅门口，宋予下车，江云琛原本在车内等她，但出于礼貌，她还是请江云琛进门喝杯茶，外面天寒地冻的，大雪纷飞，她良心上过意不去。

她亲自给他泡了一杯普洱，请他坐到了客厅的沙发上："等我十五分钟，我补一下妆换身衣服。"

江云琛没拒绝，实际上能让江云琛等的人少之又少。

对做金融的人来说，一分一秒都很宝贵，一秒的时间可能就是几百万甚至几千万的浮动。江云琛即使是病着也没有闲下来过，一直在工作。今天的晚饭他本不需要这么急请计仲秋，因为他的身体还有些不舒服。但是看宋予着急的样子，计仲秋提出今晚吃饭时他就同意了。

江云琛刚刚在车上提起孩子时在想，如果宋予不是当年那个女人，他对她还会不会有这个耐心？

答案他自己也不明了。

宋予上楼换了一身厚一些的衣服，外面天气太冷她不想着凉。

她用遮瑕膏在脸颊上点开，点去了宋宋留下的巴掌印，幸好宋宋手上没有戴戒指，否则以那样的力道，她的脸肯定被剐花。

宋予坐在梳妆台前，四处翻找着一副耳环却怎么也找不到，她打开梳妆台的抽屉仔细找，也没有在意时间。

楼下，江云琛看了一眼腕表，已经过去二十分钟，她还没下来。

他起身，准备上楼去找她，外面大雪路况并不好，如果再迟一些可能会赶不上吃饭时间。于计仲秋而言，这是她失礼。但是他并没有提前告知计仲秋她会去，说了，计仲秋可能会拒绝。

江云琛刚起身，一辆轮椅悄无声息地出现在他面前，宋知洺不知是何时过来的。

江云琛已经同宋知洺见过几面，记住了他的脸和名字，也记得他同宋予势同水火。

"江先生，聊聊？"宋知洺停下轮椅。

江云琛对宋知洺这个人并不感兴趣，无非家族内部的争斗而已，而他对宋氏内部如何并不感兴趣。他感兴趣的是宋予。

"我只把时间浪费在我感兴趣的话题上。"江云琛看了一眼腕表，提示宋知洺，他赶时间。

如果是没有有价值的话题，他不打算跟宋知洺聊。

这是逼迫人开门见山的好办法，宋知洺闻言后点了点头，开口："关于宋予两年前的那个孩子，不知道江先生感不感兴趣？"

江云琛俊眉微蹙，意识到宋家人可能知道当年事情的真相，或许，也是真凶。

"说说。"江云琛放下手，插入西裤口袋，静等着宋知洺说出答案。

宋知洺轻笑，瘦削的脸庞上颧骨处微微凹陷，他的皮肤很白，看上去像西方的吸血鬼。

"两年前，我兄长宋安，也就是予予的父亲，为了商业利益让予予回国，把她送到了宸汕集团总裁的床上。事后他才得知，宸汕集团为了讨好你，把予予转送给了你。后来她怀孕，瞒着宋家上下所有人，藏了六个月，想生下你的孩子。"

宋知洺每个字都清晰地落入江云琛的耳中，江云琛面上云淡风轻，没有半点情绪上的变化，然而放在西裤口袋里的手，已紧握成拳。

"各种经过我们都不清楚，更不知道宸汕集团为什么会把她送给你，但是我知道她为什么想生下你的孩子。"宋知洺慢条斯理地说。

江云琛沉默，等着他说理由。

"她知道你是比宸汕集团更有权势的男人，想借你登顶，先斩后奏生下你的孩子，再利用你的孩子去威胁我兄长给她股份。退一步，如果我兄长不同意，她就会带着孩子去找你，因为她知道你有权有势，跟着你也不吃亏。"

宋知洺字字句句都是在说：宋予是为了钱和权才想生下那个孩子。

江云琛沉眸，他想起来了，当初宸汕集团的总裁同他一起吃晚饭，因为是故交，他就喝了不少酒。他的酒量不算差，但是那天喝了酒之后莫名地醉得很快，事后宸汕的人帮他安排了房间，进了房间后，他就遇到了宋予。

后来宸汕的总裁还问了他一些床笫的细节，虽然像开玩笑，却让江云琛动了肝火，自此以后再也没有同宸汕有过生意上的往来。

如果不是酒水里有药，他绝不是一个喝了酒就会意乱情迷的人。自制力是他一直以来引以为傲的事，只有宋予那次，出了差池。

"你知道我跟予予关系不好。"宋知洺添了一句，直接抹黑了自己，"我说这些话的目的是在你面前诋毁她，让你看清她的真面目。"

江云琛听到这里，才开始对宋知洺的话题感兴趣了。

宋知洺刻意抹黑自己，是因为知道江云琛足够聪明，他骗不了江云琛，所以直接承认了自己的目的。

江云琛也能看出宋知洺的用意，和聪明人说话，让他觉得不累。

"让我看清她的面目，于你而言有什么用处？"江云琛问。

宋知洺知道时间很紧，宋予大概快下来了，所以比刚才急切了一些："于我，她失去了你这个靠山，她争不过我，因为我想要宋氏的股份。"

宋知洺的话越说越直白，江云琛也能感觉到他话里的急切和对功利的憧憬。

"于你，我让你看清了她是什么样的女人，不要被她骗了。她从小最擅长在我兄长面前卖惨博同情，装作清高的样子，实际上对钱比谁都看重。"

宋知洺这一段话，江云琛只认同最后一句。

宋予如果只是在他面前装清高，不至于装到现在。她对钱的确看重，一说到计仲秋的项目，她的眼睛里都在放光。

江云琛听到现在，大致明白了宋知洺话里的意思。宋知洺是不希望他信宋予，免得宋予攀附上他之后，手中的权势更重，宋知洺想跟宋予抢股份的可能性就更低了。

"宋予的孩子，是宋安让拿掉的？"江云琛想问他更关注的事情。

比起宋予当初为什么会出现在他的床上，他更在乎宋予之后的想法。

"是。"宋知洺回答得很直接，"宋家不会要一个不明不白的孩子。"

"孩子不足月，剖腹产之后怎么处理的？"

江云琛的问题越来越尖锐，他记起在B市郊区的温泉酒店里，看到了宋予肚子上的疤痕，分明是剖腹产的痕迹，她却用阑尾炎来搪塞他。

"原本是打算送人，但孩子不足月出生，放进保温箱没几天就没了。"

江云琛没有再说话，此时楼梯上有了动静，宋知洺警觉地回过头，看到宋予换好衣服下来，他也沉默了。

宋予下楼时看到宋知洺同江云琛在一块儿，脸色顿沉。

宋知洺知道太多以前的事情，她生怕宋知洺同江云琛胡说什么。

她连忙走到江云琛身旁，仰头看他："走吧。"

转而她又看了一眼宋知洺："小叔，吃过了吗？"

"还没有。"

"哦，那你可能要饿一会儿了，家里的保姆不在，今天外面冰天雪地的外卖估计也停了。"宋予有一点幸灾乐祸。

她故意这么说的，因为宋知洺双腿残疾不方便，不能自己出门，而恰好今天保姆请假不在家。

刚才宋知洺跟江云琛单独相处，她总觉得心里不舒服，像是有一根刺在那儿拔不出来。

"不劳你担心，出门当心。"宋知洺的语气仍旧平和，还假惺惺地关心她。

"好的，谢谢小叔。"宋予含笑回应了一句，转身离开。

只是半小时，院子里的积雪又厚了不少。

宋予的高跟鞋踩在雪中立刻就陷了下去，高跟鞋容易打滑，她走得很慢很慢，身边的江云琛停下来，转过身看向了走得颤颤巍巍的她。

他伸手，轻轻抓住了她的手腕。

宋予只觉得手腕上一热，被意外抓住的感觉有些奇妙，但是好歹找到了一个平衡点，她立刻加快了脚步。

两人走到院子外的车旁边，江云琛帮她开了副驾驶座的车门，自己却没有上车。

"抽烟，等两分钟。"江云琛帮她关上了车门，侧过身去点烟。

宋予拦都没有时间拦，隔着车窗玻璃，宋予看到江云琛熟稔地点燃了一支烟，热气在冰天雪地里格外明显，香烟的烟雾在空中都形成了袅袅烟迹。今年南城的雪下得格外大，雪花飘落在江云琛的大衣上，很快形成了薄薄的一层积雪，有些融进了大衣中。

他侧着身子，侧脸轮廓极其分明，宋予看着他的脸庞有些出神，心情复杂。

她有些害怕刚才宋知洺同江云琛说了什么不该说的话，万一宋知洺直接告诉他她就是两年前的女人，她就完了……

以宋知洺的为人，她不敢确定他有没有说。

没过一会儿，江云琛掐灭了烟蒂，绕过车头回到车上。他坐进来时身上夹带着外面的寒意，冷得宋予打了一个哆嗦。

"刚才宋知洺同你说什么了？"宋予心急地问。

"想知道？"江云琛发动车子，吊足了胃口。

"否则？"宋予盯着他，"不要轻易相信宋知洺说的话，都是假的。他说什么都有目的。"

"我倒是觉得，他说了不少真话。"江云琛的话让宋予更加不安了，她眨了眨眼，心底慌乱无比。

单从这句话，她就可以判定宋知洺肯定说了什么让江云琛感兴趣的话。

"什么？"

"他否定了你说的假话。"江云琛绕着弯说她在撒谎，他踩下油门，车子驶出了小区。

宋予的心颤了一下。她就知道宋知洺肯定会在江云琛面前随意地抹黑她，意料之中，但又觉得百口莫辩。

"你知道宋知洺的腿是怎么断的吗？"宋予开口问，笑意微深，也不等江云琛回答就兀自说道，"是他小时候撒谎撒太多，被我爷爷打断的。"

宋予信手拈来的谎话，用在这里恰到好处。

"这么暴力。"江云琛也顺着她的话说下去。

"嗯。"宋予挑眉看向窗外，点到为止。

南城柏悦酒店中餐厅。

五点多的南城已经陷入了沉沉黄昏之中，柏悦中餐厅位于柏悦酒店高层，四周都是落地玻璃。这个时间点在这儿吃晚饭，恰好能欣赏漫天雪花。

　　宋予随江云琛一道走进去时，就看到了计仲秋坐在那儿，正在看菜单。

　　侍者拿着平板电脑在同计仲秋说话，宋予同江云琛一起进来时，计仲秋抬了头，让侍者稍等一会儿。

　　"江先生，宋小姐也来了？"计仲秋见到宋予时脸上并没有表现出半分不悦，不会在看到宋予时不给她台阶下。

　　但是宋予隐隐感觉计仲秋是不欢迎她的，人与人之间的气场相和与否，第一次见面就能感觉到。

　　"计先生，晚上好。不介意我一起吃一顿晚饭吧？"宋予含笑说道，江云琛已经帮她拉开了座位让她坐下，就面对着落地玻璃窗。

　　这是四个人的方桌，在大堂内。宋予有点意外，计仲秋竟然没有选择包厢，而是选择了在大堂吃饭，看来是不想谈生意上的事情。一般涉及生意，商人会钟情于包厢，以免隔墙有耳。

　　她觉得，今晚的难度又大了一些。

　　"当然不介意。"计仲秋就坐在她的右首边，而她的左首边，是江云琛。

　　对面的位子是空着的，宋予问了一句："您太太呢，没有一起来南城吗？"

　　上一次在温泉酒店，宋予匆匆见到过计仲秋的太太的侧脸，记得是个美人。

　　"哦，我太太今晚有约了，也是在柏悦酒店。"计仲秋喝了一口水，继续看菜单。

　　他一边看菜单一边回复，宋予并不觉得这是一种礼貌的回复方式。但是计仲秋乐意回复她已经让她觉得舒心了。

　　"这么巧？"宋予也喝了一口水，放下手中的包，"上一次在南城就没有碰面，不知道这次有没有机会见到计太太。"

　　宋予现在是以江云琛的女朋友的身份在同计仲秋说话，以这个身份说这样的话，她并不觉得奇怪。

　　"待会儿有空的话她会过来。"计仲秋轻笑。

　　然后他看向了江云琛："江先生，看一下菜单？"

"你点吧，我随意。"江云琛让侍者将苏打水换成了温热的白开水，喝了大半杯。

宋予知道江云琛的感冒没有好透，他大概是吃什么都没有胃口的。

她看向侍者："有没有清淡一点的？"

"有，这些。"侍者将平板电脑递给了宋予，宋予点了一两个适合江云琛吃的菜品。

计仲秋同江云琛有一句没一句地聊着，宋予根本插不上话，饭至中途，宋予有些按捺不住了，她原本想借着去洗手间的机会同江云琛发个短信，让他是时候在计仲秋面前提一提她的事情了。

但是一想，这样好像太刻意了，于是她用脚踢了踢江云琛的皮鞋。她面不改色的，脚上的力道却不轻。

江云琛看了她一眼，宋予当作什么事情都没有发生一般，继续吃菜。

平心而论，宋予一直如同嚼蜡，根本不知道饭菜是什么味道，她急躁得早就已经到了按捺不住的地步。

"计先生。"江云琛一开口，宋予的心就提了起来，"予予的父亲生前同你一起投资的项目，能结束吗？"

宋予正在吃鸡蛋羹，一听到江云琛的后半句话，差点被呛到。

她强制克制住了自己想咳嗽的念头，连续喝了好几口水才缓过来。

她的确想让江云琛在计仲秋面前帮她说几句好话，至于其他的，她自己来同计仲秋说。

她只打算让江云琛帮她铺垫一下。但没想到，江云琛单刀直入，话说得不能再直白了。

她被迫抬起头，说的毕竟是她的事情，她看向计仲秋时有些没有准备好。

计仲秋大概从一开始就知道江云琛带她来是为了什么，所以并没有表现出太多的惊讶，只是笑着吃了一口菜，放下筷子："宋小姐之前跟我提过，但是很抱歉，这个项目目前仍旧在进行。而且我与你父亲生前签过合同，不能随意停止。"

宋予想到了宋知洺提过的那个合同，很疑惑，为什么宋知洺有办法化解这个合同的矛盾，而她不行？

宋知洺到底给计仲秋喝了什么迷魂汤？

"合同毁约的钱，我来赔偿。"江云琛蓦地开口。

这一次宋予才是真正被震惊到了。她瞪大了眼睛看向江云琛，很想告诉他，那是十个亿，不是一千万、两千万。

但是在计仲秋面前，她什么都做不了。江云琛的话一出口，她又担心计仲秋当真了。她怎么可能让江云琛帮她赔偿？

计仲秋像是捕捉到了什么，眉毛微微一挑："江先生，确定？"

"确定。"

宋予情急之下用高跟鞋用力地踩了江云琛一脚，力道的轻重她自己都控制不了，一脚踩下去她才发现江云琛的脸色变白了一些。

"等等，计先生。"宋予看向了江云琛，"江……"

她刚想叫江先生，连忙收住了口。

"云琛，这件事情你怎么没同我商量过？不是说好今天吃饭只聊天，不谈工作的吗？"

宋予将锅直接扣在了江云琛的头上，因为她不知道该怎么拦住江云琛，只能将今天的计划作废。

她必须拦住他。因为计仲秋和宋氏合作的那个项目，根本就赚不到十个亿。

如果江云琛赔十个亿给计仲秋，便宜他了。

宋予是不可能让计仲秋这样的人占便宜的，她现在对计仲秋表面上维持着平和礼貌，但也只是暂时的。

一旦利益的天平不再平衡，她跟计仲秋之间就是路人了。所以，她怎么可能看着江云琛白白赔给计仲秋十个亿？

"哈哈哈哈哈。"计仲秋笑了，"我开玩笑的。江先生……"

"我没开玩笑。"

江云琛的话让宋予哑然，她和计仲秋都已经给江云琛台阶下了，但是江云琛根本不领情。

宋予知道，计仲秋肯定也是不好意思拿这笔横财的，毕竟给钱的人是江云琛，计仲秋哪怕是想拿，也不敢拿，所以给了江云琛一个"开玩笑"的台阶下。

而江云琛的态度格外认真。

宋予伸手捋了一下头发："云琛，我胃忽然有点不舒服……"

她很难将"云琛"这两个字叫出口，总觉得很奇怪。她咬紧牙关说出娇嗔的一句话后，却遭到了江云琛的反驳。

"今天把这件事情解决。"江云琛是铁了心要今天把事情拍板。

宋予抿唇，紧张和局促感让她不知道说什么好，江云琛太过霸道和专制，这些情况他事先根本没有同她商量过，而且，这明明是她的事。

"计先生，我会让我的秘书详细跟你谈这件事情。予予这几天一直没有睡好，就是因为这件事情。"江云琛的后半句话，是强调，强调他跟宋予之间的关系。

宋予知道，他是说给计仲秋听的。

计仲秋已经放下了筷子，估计也没了吃饭的心情："好。既然江先生开口了，可以谈。"

宋予心想，计仲秋这只老狐狸，现在心底一定乐死了。天上飞来的十个亿，搁谁身上都高兴，脸上还要装出一副勉勉强强的样子，宋予看着就不痛快。

"嗯。"江云琛果断地帮宋予做了决定。

没有经过她这个当事人的同意，他凭什么？

宋予还是想在台面上把话说清楚。然而此时，从她身后传来了一道女人的声音。

听声音应该是中年人，宋予透过落地玻璃窗隐隐约约看到了女人绰约的身影，看身影，好像是计仲秋的太太。

"仲秋。"计太太唤了计仲秋一声，高跟鞋的声音临近。

"这么快就吃完了？"计仲秋见他太太来了，将刚才的事情搁在了一旁。

宋予心底也算是稍微松了一口气。

"没等到。"计太太声音温柔，计仲秋起身帮他太太拉开椅子。

宋予下意识地转过头去，计太太也看到了在座有一位年轻的女性，向她看了过来。

宋予心事重重，原本只是想回过头去简单地打一声招呼，然而当她对视上计太太的眸子时，顿时脸色煞白。

"轰隆"一声，宋予几乎都能听到心里城墙崩塌的声音……

那一双眼睛，宋予时常梦见，小时候也是这双眼睛，在她哭的时候对她笑，在她睡不着的时候静静地看着她……

时间似乎静止了。

她的眼睛酸胀疼痛，她没有掉眼泪，而是迅速将目光从计太太身上挪开，低头拿起包落荒而逃。

"我还有事，先走了。"她甚至没有同计仲秋打招呼，以最快的速度逃离了现场，至于江云琛，她一句话也没说。

江云琛见宋予脸色异常，起身阔步追了上去。

计仲秋见两人行为古怪，看向了自己的太太："怎么了？"

计太太恍惚了一下，但立刻就收了情绪，淡淡地笑了一下："没什么。"

柏悦酒店一楼大堂。

宋予穿着高跟鞋快步走出电梯，刚刚踏出大堂大门时，迎面而来的寒风几乎要将她的脸吹僵。

宋予觉得眼眶里蓄着的眼泪都快要冻住了，她低下头，任由眼泪拼命地往下掉。

她快步走了出去。酒店门口的侍者上前关切地询问："小姐，要叫出租吗？"

"她不用。"宋予刚要点头，江云琛已经帮她回答了。

宋予只想一个人冷静一下，不想再同江云琛坐同一辆车回去。她别过头，在喧闹的酒店门口，冷冷地看着江云琛。

"江先生，谢谢你今天的好意，但是我不需要你帮我赔偿那十个亿。另外我身体不舒服，想自己回家。"

江云琛头一次被一个女人弄得一头雾水，也是头一次体验了女人心海底针这句话……

前一秒她还是好好的，下一秒就泪流满面拎包再走，他开始怀疑是自己强硬的态度惹哭了她。

"不想我赔，至于哭？"江云琛的口气很僵硬，他不擅长安慰人。

宋予没有解释："我想一个人静一静。"

"既然不舒服，我送你回去。"江云琛难得有耐心。

宋予也能感觉到他的耐心，甚至能感觉到他好像有些惯着她。他平日里并不是这样子的，起码对付她时不是这样的。

今天她的眼泪发挥了作用，但是她的情绪都冲到了头上，说话也不经大脑："我都说了我不舒服想一个人静一静，你就不能让我一个人好好待着吗？！你以为你是我的谁？我去哪儿你都要送我，江云琛你就这么喜欢我？！"

宋予在气头上，说出的话根本没经过大脑思考，她残存的一点理智都已经被寒冷给冰冻住了。

最后一句话说出口，她有点想咬自己的舌头。但覆水难收，来不及了。

这个时间点酒店门口有不少人，她的话说出口后大家都看向了这边。

宋予吸了吸鼻子，她知道自己让江云琛丢人了……

"出租。"宋予的声音骤然变得低了一些，对身旁的侍者说道。

侍者帮她叫了一辆车，她从上车到离开，没有看江云琛一眼。她现在的心思完全不在他身上，而是在那位所谓的计太太身上。

那哪里是什么计太太？宋予坐在出租车上，嘴角扬起了一丝冷笑。

窗外还在下大雪，出租车司机的暖气开得不足，宋予觉得冷得哆嗦。她看着窗外的鹅毛大雪，想到了那年她妈妈离开的深夜，也是大雪天……

那天她就躲在沙发后面，静静听着宋安同妈妈吵架，她一个人默默地不敢出声。紧张和害怕将她包裹着，她甚至连出去劝爸爸妈妈不要吵的勇气都没有。

她怕宋安，从小就怕。因为她是私生女。起初几年在宋家，她是见不得光的存在。她母亲将她送到宋家时她才四岁，什么都不懂的年纪。而母亲离开时，她八岁，是懵懂的年纪。

宋予成年之后想过去找她母亲，但是无从下手，她只知道一个名字，其余一无所知。

童年时期对母亲所有的印象都是零零碎碎的，甚至母亲是怎么样的人她都不清楚。

但她记得母亲的脸，跟计太太那张脸完全重合……

宋予说不清心底现在是什么样的感觉，只觉得心脏酸胀得难受，难受到让她无法呼吸。

窗外的雪越下越大，南城原本就堵，遇到大雪天更加堵，出租车堵在路上寸步难移，糟糕的交通状况让宋予的情绪更加崩溃。她干脆靠在车窗上，冷空气遇上暖气，车窗上有一点一点的水珠，她也没顾忌头发会湿直接就靠了上去。

卓决接到江云琛的电话时刚应酬完，喝了不少酒，晃晃悠悠地从酒店里面出来，整个人都散发着酒味。

"喂，刚好，我喝了点酒没法开车，你来接我。"卓决刚才还在愁要不要找代驾，就接到了江云琛的电话，算是被他逮到了。

"认识白芨？"江云琛根本没有理会他的话，开口说的话，让卓决有些应接不暇。

"白芨是谁？"

"宋予的朋友，她介绍给你的妇产科医生。"江云琛如果没有记错，宋予介绍给卓决的"前女友"的妇产科医生应该就是白芨。

卓决皱眉，心想宋予的交友面真是很广啊，上次介绍给他的那位妇产科医生不是个中年妇女吗？

"哦，她叫白芨？"卓决一次都没跟这个女医生聊过。他压根没有前女友也没有孩子，跟妇产科医生聊什么？

"联系白芨，让她去找宋予。"

卓决暂时仍没有消化掉江云琛的话："没听明白。"

"不需要听明白，联系。"江云琛的语气像是命令。

卓决刚喝了酒又刚出酒店，被迎面的风吹了之后头有些疼。

他没有办法拒绝江云琛，于是问清楚："让她去找宋予做什么，宋予怎么了？你在哪儿，你不能自己去找宋予吗？"

卓决喝了酒后话就多，他等来的是江云琛的沉默。

"明白了。"卓决见他不说话，立刻明白了他的意思，"我打。"

卓决挂断电话，站在酒店大堂门口。他今天穿得不多，冷得打了一个哆嗦，想了想又重新走回大堂里找了一张舒适的沙发坐下，暖和了一点之后他才打开微信，找了一会儿找到已经沉入海底的那名妇产科医生。

点开微信，他按了"语音聊天"，他的头昏昏沉沉根本没法打字，语音更方便一些。

此时，南城妇产科医院。

白芨刚刚替了一台手术，回到值班室换下白大褂准备跟同事一起去吃晚饭，饥肠辘辘时手机响了。

这个时间点竟然有人找她微信语音聊天。

她看了一眼手机屏幕，是一个微信名叫"卓决"的人发过来的。

卓决？她好像有点印象……好像是宋予上次让她帮忙的病人，前女友怀孕了的那位……

难不成有突发情况了？孕妇忽然肚子疼也是有可能的，比如宫外孕等危险的情况……

白芨想着人命关天，连忙接听了微信电话。

"喂。"对方只说了一个字，但是白芨明显感觉到……对方喝酒了。

一个人醉酒的状态下说话的语气会与常人不同，比如，拖长音……

"你好。"白芨等着那边说病情。

"白医生，你好，我是江云琛的朋友。江云琛让我找你，告诉你件事。"卓决说话时喝醉的状态越来越明显，白芨蹙起了眉。

对方怎么扯到江云琛身上去了，不是有危险情况吗？

"能说重点吗？"白芨的态度很好，虽然卓决到现在都没说到重点，俨然一副醉鬼的样子，但是看在宋予的面子上，她还是会耐着性子同他说的。

"重点就是，宋予跟江云琛吵架了，心情不好，江云琛担心宋予出事让你帮忙去看着宋予。我寻思着应该是他怕宋予自杀。"卓决醉鬼说醉话。

白芨听了之后不仅没有半点担心，反倒暗自笑了一下。宋予怎么可能会为了江云琛自杀？江云琛也不可能会担心宋予自杀。

两人都不是这种性子的人，绝对是这个叫卓决的人喝醉了之后胡思乱想。

"知道了，麻烦了。"白芨也懒得跟一个醉鬼解释，就当是宋予寻死觅活好了。

她正准备挂断电话，卓决忽然又接了一句。

"我怎么听着你的声音一点都不像中年妇女呢？"

白芨听着这句醉醺醺的话，先是顿了一下，随即笑："谁说我是中年妇女？"

江云琛这个人看上去一板一眼挺正经的，怎么有这种脑回路不正常的朋友？

过了一会儿那边的人竟然挂断电话了。

白芨也没继续搭理，而是拨了宋予的号码。

"喂，予予，刚才江云琛让那位前女友怀孕的男士打电话给我，叫什么卓决的，说你情绪不大好？江云琛让我去找你，怎么了？"白芨已经走向了停车场，"不会真是跟江云琛吵架了吧？"

"嗯。"宋予敷衍地应了一声，没多说。

宋予不打算跟白芨说自己母亲的事情，所以打算用江云琛搪塞过去。

她没有想到江云琛竟然会通过卓决去找白芨……他这是多此一举还是真的关心？

"你跟江云琛发展到哪个阶段了，怎么都吵架闹别扭了？我跟你说这可是情侣之间才会做的事情哦，你要小心点，别陷太深了。"白芨不知情，还提醒宋予。

她不希望宋予跟江云琛有瓜葛，更不希望宋予同江云琛在一起。

因为当年宋予怀孕六月的时间内，只有她亲眼看着宋予挣扎和痛苦。宋予起初知道怀孕时日日都哭，夜夜都梦，那样的痛苦，白芨不希望她经历第二次……

"不会的。"宋予声音哽咽。

"为什么吵架？"白芨跟宋予之间的关系太过亲近了，所以她什么都想问，生怕宋予想岔了。虽然她知道宋予不至于会因为这种感情的小事情就自杀，但也怕宋予不开心。

宋予知道自己是瞒不过白芨的，所以谎话也要说得逼真，沉默了两秒道："计仲秋的项目，他想帮我赔偿毁约金。他当着计仲秋的面说了，我拦都拦不住，给他台阶下也不下，我就生气走了。"

白芨听完傻眼了，拿出车钥匙打开车门进了驾驶座，打火后让车子预热一会儿再出发，天寒地冻的，车子都冷了。

"不是我说，江云琛这个行为，也太……霸道总裁了吧？"白芨忍不住笑道，"直接赔违约金啊，那得上亿吧？"

白芨不懂商，但近两年被宋予耳濡目染，也大致懂了一些，知道违约金一般不会少，尤其是两个大企业之间的项目。

"这是你的重点？"宋予反问了一句，"我堵在路上了，先挂了。"

"嗯，确认你没事就好，那个叫卓决的，还以为你要自杀。"白芨苦笑，见车子慢慢热了起来，踩下了油门。

宋予现在没有心情听这样的玩笑话。

白芨的车子汇入了车流当中，车子的挡风玻璃上已经积上了厚厚的一层雪，她开了雨刮器之后才有了清晰的视线。

雪还在下，她开车的时候小心翼翼的，生怕因为地面结冰而打滑。

然而就在她小心开车的时候，微信电话又打过来了。

她瞥了一眼手机，看到又是那个卓决时倒吸了一口冷气，戴上蓝牙耳机按了接听。

"喂。"那边还是醉醺醺的。

白芨微拧眉，但想着他大概是来问宋予的情况的，或许是帮江云琛问的，于是态度还好："麻烦跟江云琛说一声，放心吧，予予没事，她已经在回家的路上了，我就不过去了。"

白芨虽然不怎么喜欢江云琛这个人，但也觉得江云琛对宋予好像的确挺上心的。

"哦，行。"卓决点头。

白芨刚准备挂断电话，卓决忽然开口："我听你那边，好像是在开车？"

"是，怎么了？"白芨不懂，这个人是不是酒喝多了的缘故，话真多。

"你在哪儿？"

"城西这边。"白芨的眉心更加紧拧了，好在她完全将他当作一个酒鬼来看待，心态好了一些。

大雪天的，心态很容易崩。

"巧啊，我也在城西这边，悦泰酒店。"

白芨想问有什么好巧的？她跟他又不认识，但是下一秒，卓决的话就让她蒙了。

"你方便来接我一下吗？我付你钱。我喝了酒开不了车。"

白芨闻言忍不住笑了，是无奈地笑："开不了车可以叫代驾，去酒店前台让工作人员帮你叫就行了。"

她不相信他连这点常识都不知道，大概是喝醉了之后思维都不正常了吧。

"你看，你是宋予的朋友，我也是宋予的朋友，朋友的朋友，那不就是朋友吗？"卓决嬉皮笑脸地道。

白芨不懂，她只听说过"敌人的敌人就是朋友"。

"你叫出租吧。"

"医生，我有事情要咨询你，你知道的，我前女友……"卓决只是想搭顺风车而已。

他不想叫代驾，因为他不想别人碰他的车，任何人都不行，哪怕是江云琛也不可以。

卓决的自我隐私意识非常强，从小就这样，自己的课桌从来不允许别人碰，哪怕是老师也不可以。

他原本想叫出租回去，但是奈何大风大雪的，酒店把能叫来的出租都给叫来了，他没轮上。

他等了快半小时了，也没有出租过来，刚好听说这位女医生也在城西，恰好能将他捎上。

白芨听着卓决的话有点没有办法拒绝，医者仁心，况且这个人又是宋予介绍的，万一事情真的很紧急呢？

她默默导航了悦泰酒店，对卓决开口："我这边开过去需要十分钟，你等我。"

"行，够义气。"卓决笑着挂断电话，背靠着沙发，心底舒畅得很。

白芨原本以为十分钟就能到达悦泰酒店，但是她低估了风雪的力量，也高估了自己开车的本事。从她所在的地方到悦泰酒店原本真的只需要十分钟，但是今天暴雪，她开了整整半个小时才到。

这期间这个酒鬼竟然也没有催她，看来酒品还不错。

到了悦泰酒店门口，她停好车拨好微信电话过去。

那边很快接听了："哦，你来了？我还以为你不来接我了，我都准备去开一个房间睡在这儿了。"

卓决是真的有这个打算，他并没有把希望寄托在白芨身上。

白芨听到之后有些无语，她虽然没有跟卓决见过面，但不知道自己是哪里给他造成了"不靠谱"的印象。

"出来吧，白色的轿车。"

"好。"卓决挂断电话，打了个哈欠从酒店里面出来，门口就停了一辆白色的轿车。

他走到车门旁边，看到车门把手上的积雪，掸了掸才开门。

一开车门，一股清新的车载香水味便扑面而来，他一闻就知道是女人的车子。

这位中年大妈，还挺少女心啊。

"白医生，谢谢你。"卓决一进车子就先十分讨喜地道了一声谢。

"不客气。"白芨一闻到酒味就觉得不舒服，下意识地打开了车窗。

外面的冷风灌入，冷得她缩了一下身体，又不得不将车窗关上。

卓决上车系上了安全带，关好门笑着转过头去，准备同这位中年妇女打声招呼："白医生……"

一转过头，卓决以为自己看错了，眼神定格在白芨的脸上，以为是天黑看不清，又以为是自己花眼了，于是稍微凑近了一些，凑到了她眼前。

卓决一靠近白芨就闻到了一股浓郁的酒味，这是她最不喜欢的味道。

以前裴珩舟因为工作的关系需要经常应酬，每日回家都是带着酒味的，她从一开始的埋怨，到后来的麻木，她自始至终很讨厌这个味道。

而且卓决身上还带着烟味，一定是他在应酬时染上的，残留在了他的大衣上面，久久没有消散。

白芨不知道他在看什么，也看了他几眼。

这个叫卓决的比她想象中要好看很多，很俊朗的一张脸，尤其是眼睛。卓决是很典型的单眼皮，单眼皮的男人通常很有味道，即使现在在白芨面前的是一个醉醺醺的酒鬼，白芨也觉得他长相不差，还挺好看的。

不过她立刻就联想到了宋予跟她说过他的"案底"，这个男人的前女友刚刚怀孕……

看他这副样子，一定是处处留情的那种男人，白芨心底对他多了一丝防备，这样的人还是防着点比较好。

"别看我了，我要开车了。"白芨提醒了他一句。

"你几岁？"卓决是真的傻眼了。在此之前，从他观察白芨的朋友圈开始，他一直以为这位白医生是一名中年妇产科医生。现在忽然看到这样一个年轻貌美的女人，让他的思维一时之间有些紊乱。

白芨瞥了他一眼，踩了油门："第一次见面就问女人的年龄，是不是不大礼貌？"

"四十岁有了吗？"卓决是真的好奇。

他在醉酒之余残存着的一点理智告诉他，或许是今天晚上天太黑了，他没有看清楚这个女人的皮肤，又或许是他喝醉了眼神不好，再或者是这个女人保养得好，实际年龄已经不小了。

毕竟据他多年观察年轻女人的朋友圈来看，这个年龄段的女人的朋友圈不应该是这样的。

醉酒之下，他问了一句很不礼貌的话，还浑然不自知。

白芨现在甚至有将他扔出车门的心思。她咬咬牙，目不斜视地看着前方的路，道路很不好开，她不能挪开视线。

"是啊，三十九岁了。"白芨冷冷地说道，心想这个人怎么这么无礼？果然是江云琛的朋友，肯定不是什么好人。

有人爱屋及乌，白芨对卓决是"恨屋及乌"。

白芨才二十七岁，偏偏被人问有没有四十岁，心底的气难以消下去，都快要喘不上气来了。她故意诬他，随便他怎么想。

"哦，那你保养得是真的不错。"卓决还莫名其妙地夸了她一句。

白芨有些哭笑不得。

"你家在哪儿？"

"御景别苑。"卓决打了一个哈欠。

白芨拧眉，她家也在御景别苑……

"知道了。"

白芨的话一说完，卓决就靠着车窗昏昏沉沉地睡了过去。

从城西到御景别苑的路，平时只要半个小时，今天白芨开了足足五十几分钟才到小区门口。

"醒醒，到了。"白芨叫了卓决一声，但是他没反应。

没办法，她只能将车子停在小区门口，总不能不知道他家在哪儿就开进去吧，御景别苑那么大，如果他家在别的区，她又先开到了自己家门口，那又要绕很远的路。

今天地上都是冰，她不想绕远路开车了。

"卓先生？"白芨皱眉，伸手推了推卓决，卓决迷迷糊糊地醒了过来。

此时，白芨的车窗忽然被敲了几下。

她撇下了卓决，转过头看向车窗外，车窗上面雾蒙蒙的，她看不大清楚是谁，只能摇下车窗。

当车窗一点点下降，她看清了来人的脸。

裴珩舟撑着一把黑色的雨伞站在风雪里，眼神落在她身上："白芨。"

他为什么会出现在御景别苑？明明分手之后她没有跟他提起过她搬到了这里，他是怎么知道的？

白芨的心顿时乱了，原本她的心情就被这个叫卓决的男人弄得有些糟糕，在她见到裴珩舟的瞬间，全部垮了。

她有多久没有见过裴珩舟了，大概有一个月吧？

时间不长不短，但是白芨觉得自己快要忘掉他了。这个时候他忽然出现，让白芨猝不及防的同时，又觉得极度尴尬。

当初她一声不响地从两人家中将东西全部搬走，算是她单方面地和平分手，所以分手时没有闹。

两人分手时越平静，见面就越尴尬。

"下车。"裴珩舟的口气有一点专制，他一向如此，说话经常是大男子主义。

白芨不知道他来找她干什么，但是她想，既然那么久没见了，他找她肯定有事，于是她打开车门下了车。

她下车时，裴珩舟的目光越过她的肩膀定格在副驾驶座的卓决身上。

她有些尴尬，但也不打算解释自己的车子上为什么会有一个男人。

她的鞋子没入了松软的白雪当中，裴珩舟将手中的雨伞往她身旁挪了挪，两人站在了同一把伞下，她抬头："有事？"

"过两天我爸妈回国。"

"哦。"白芨淡漠地回了一句，她跟裴珩舟在一起那么多年，双方父母一直是支持的。裴珩舟的父母早些年去了意大利，裴珩舟想留在国内发展，二老很少回来。

她大致已经明白了裴珩舟的意思，但是她要听他自己说。

"他们还不知道我们分开了。如果方便，帮我在他们面前演一下。"裴珩舟的声音依旧好听，像她记忆中那样。

白芨鼻尖微酸，心底五味杂陈，开口时语气淡漠。

"怎么，找了个不良少女，怕被你爸妈说，就找我搪塞二老？"

裴珩舟的父母都是典型的学术派，因为工作生孩子晚，裴珩舟现在不到三十，他父母已经年近七旬了，是早年留洋的学者，虽受过新派的思想教育，但思维仍旧比较老派，年纪摆在那边，是不可能接受自己优秀的儿子找一个像尤佳锦这样年纪小、不懂事，又流里流气的孩子的。

白芨微微笑了一下，身旁是冰天雪地，她穿着单鞋，踩在雪地里，凉意从脚底渗了上来，让她打了个寒战，嘴角都被风吹得有些僵了。

"我有空。"白芨盯着裴珩舟如墨一般的眼睛，一片白茫茫的风雪里，他的双眼被衬得尤其漆黑明亮。白芨记得第一次见他时，就是被他这双好看的眼睛吸了魂。

"但我不愿意。"白芨侧过头去，看向远处，"裴珩舟，断了就断得干净点，都分开这么久了回来找我帮忙，你好意思？"

白芨说出口之后发现自己有点心虚感，因为上一次裴珩舟还帮了宋予……即使后来因为江云琛没帮成，但那件事也是跟她有关系的。

"情急之下，下一次我会跟我父母说清楚。"裴珩舟看上去很为难，难得这么坚持。

"那就这次说清楚不好？难道非要让你父母还觉得我是他们的准儿媳妇？裴珩舟，我收费的，而且出场费很贵。"白芨冷冷地怼道。

明明是裴珩舟之前出轨，他为什么还有脸出现在她面前求她？

"多少？"裴珩舟原本没有激起她的怒意，但是在听到"多少"二字时，白芨浑身的倒刺都被激了起来。

她将视线重新挪到了裴珩舟的脸上。

他穿得不多，一看就是刚下班回来的路上，西装笔挺，领带也系得很好。

白芨抬手碰了一下裴珩舟的领带，帮他稍微正了一下，抬眸："记得你第一天上班，领带就是我帮你系的。后来每一天上班前你都会让我帮你系领带，现在是尤佳锦帮你系的？"

在白芨看来，那个小女孩还真不算是什么对手，她甚至不屑将她视作自己男友的出轨对象。

尤佳锦什么都比不上她。

"自己系的。"裴珩舟倒是回答了她，她还以为他不会理会。

白芨眼眶泛红，离开她之后，他好像过得更不错了，领带自己也系得很好。

"你刚才说什么，多少，多少钱吗？"白芨挑眉，"看来你真把我当成卖了？裴珩舟，我不乐意，有本事把你全部身家给我啊，我帮你演戏。我的出场费就这么贵。"

刚才裴珩舟那一句"多少"彻底激怒了白芨，她的话说出口后两人都沉默了。

两人都知道了这件事情没有商量的余地。

"白医生，什么时候开车？冻死了。"车内忽然传来了一声闷闷的男音。

白茨刚才按下车窗之后忘记关上了，冷风灌入车内，将坐在车里的卓决冻得牙关都咬紧了。

白茨忘记了车里还有一个人……

"马上。"白茨淡淡回应了一句。

"男朋友？"裴珩舟忽然问她。

卓决下了车，绕过车头，有些踉跄地走到了白茨身边。

"这谁啊？"卓决喝了酒之后说话带了点天不怕地不怕的味道，话语莫名其妙地变得很冲。

颇有……看到自己的女朋友跟别的男人站在一起时不痛快的口吻。

裴珩舟看到他醉酒踉跄地走到白茨身旁时，才仔细打量这个男人，仔细看一眼，有些眼熟……

是他？

"前男友。"白茨丝毫不吝啬地将裴珩舟的身份"暴露"了出来。

"哦，我怎么看着有点眼熟？"卓决眯了一下眼。

裴珩舟并不想同他自我介绍。

"我问过你同事，明天你调休，中午十点我去接你。"裴珩舟一贯霸道，不容人置喙的口气和态度，让白茨变得更加烦躁了。

"能不能麻烦你不要和我的同事联系了？明天我要休息，不出门。"白茨说完，打开车门上了车。

卓决还在盯着裴珩舟看。

他总觉得裴珩舟很眼熟……

而此时他微微眯着眼，略带着一点点挑衅的眼神，让裴珩舟有些不自在。

"裴珩舟，是不是？"卓决挑了一下浓眉，终于想了起来。

裴珩舟看着卓决的眼神不善，他单手扣了一下西装前的扣子，转身离开了。

但是卓决跟了两步："你跟白医生，是前男女朋友的关系？"

他心想，这人口味挺重啊，年纪轻轻怎么喜欢徐娘半老的女人？

"有事？"裴珩舟停下脚步，侧过身来看向卓决。

"没事，分了挺好的，你们不合适。"卓决喝醉了，思维也变得单一起来，在他看来，这种不合适仅仅体现在他们的年龄上。

他喝醉了就什么都想说，暗自替这位兄弟高兴了一把，分得好。

然而话落入裴珩舟的耳中就变了一番滋味。

现在是晚上，白芨同一个醉酒的男人在一起，还开车载着他回到了自己的小区，是带他回家住？

卓决原本"好心好意"的话落入裴珩舟耳中也变成了现任对前任的挑衅。

裴珩舟单手抄兜，冷冷地看着卓决："你今晚住这？"

卓决回头看了一眼自己的小区："对啊，住这儿啊。"

这是他家，他不住这儿住哪儿去？

裴珩舟会意，颔首，阔步上了自己的车，扬长而去。

卓决回到车上，车内的暖气又开了起来，他一进去就打了个喷嚏："阿嚏！"

"刚才你们在说什么？"

第二十章
你是念念难忘

"打了声招呼。"卓决笑道，"我家在南苑六幢。"

白芨心想，她家在北苑，相差十万八千里了，幸好刚才没有直接开进去，不然又走冤枉路。因为这个人，她今天已经走了太多冤枉路。

宋家别墅。

宋予下了出租，狭小的空间加上暖气，让她觉得有点偏头痛。

打开车门之后她才有了一点舒畅感，呼吸到外边冰冷的新鲜空气，整个人都舒坦了。

她的高跟鞋在雪地里举步维艰，宋家别墅的院子里满是积雪，她走得小心翼翼，好不容易走到客厅，却忽然看到客厅里坐着一个人。

是纪朵。

纪朵原本正在喝茶，看到宋予来时立刻拢了衣服起身："宋小姐，您好。"

宋予记得每一次见到纪朵，她都是温柔沉稳的样子，像极了正妻的风范，但是无论怎么掩饰，她还是小三上位。

宋予不会直接否定一个人，因为毕竟当初她母亲在众人眼中就是个小三，但她至今都不相信。

但是纪朵无论是好也罢，坏也罢，宋予对她都保持着礼貌的态度，毕竟宋予同江家人也没什么关系。

"江太太。"宋予一进门就脱下了大衣外套放在沙发上，随手放下包，卸下了束缚，走到纪朵面前。

保姆刚好从厨房出来准备给纪朵添水，看到宋予时立刻解释："小姐，这位太太说她跟您认识。所以我就请她进来先喝杯热茶，这天寒地冻的……"

"嗯。"宋予并没有心情见任何人，但是人家都找上门来了，也没有拒之门外的道理。

保姆给宋予也倒了一杯热水，宋予暖了暖手之后才喝了一口："江太太找我有什么事情吗？"

无事不登三宝殿，宋予不认为纪朵找她有什么好事。

纪朵今天化了淡妆，唇色是裸色，整体看上去端庄优雅，但是隐隐有一些疲惫感。

"之前宋小姐在医院救了家父，那天没有来得及好好道谢，我今天买了一些水果来想谢谢宋小姐。"纪朵含笑将水果从地上拿到了桌面上。

"谢谢，举手之劳。我之前也是医生，这是应该的。"换作任何人，宋予都会救，"老爷子恢复得怎么样了？"

宋予虽然不待见江儒声，但人家的儿媳妇都到她面前了，总归还是要问一句平安的。

"恢复得很好，还在医院休养。"纪朵的脸上有一丝局促的神色，像是憋着什么话想说却说不出口。

"还有什么事吗？没事的话我就上楼休息了。"宋予不想浪费时间，直接问。

纪朵被逼了一下之后立刻开口："有的。"

宋予又喝了一口水，静静等着纪朵回应，她就知道纪朵冒着风雪前来肯定不会是单纯来道谢的。

她再不说，宋予手中的茶都要凉了。

"是这样的，之前江家在南城城郊有一家工厂，那是我公公白手起家的地方。最开始江氏集团就是靠那一家工厂发家的，前些年……不知道你有没有耳闻，云琛掌握了江氏集团的执行权力后，将江氏卖了，现在我公公手里只有那一家工厂，那家工厂的所有产值，是我们三个人的所有支柱。"

纪朵说话的时候听上去挺为难的，宋予大致已经听明白对方是什么意思了。

她猜测，是那家工厂出了事……

"所以？"宋予接了一句。

纪朵像是下定了很大的决心才同宋予说："因为我公公身体不好，这段时间将那家工厂的权力都给了厂长，前几天厂长联系我说有人用高价买下了那家厂房，是B市的商人，具体是谁不得而知。估计是那位商人给了厂长好处，但怎么都不肯说是谁，只说是有权有势的商人，得罪不起。"

宋予一听到"B市""有权有势"这样的字眼，首先想到的就是计仲秋。

计仲秋这段时间又恰好在南城，宋予觉得这个人就是计仲秋无疑了。

但是她没有同纪朵说，因为她猜测，计仲秋无缘无故是不会去动江家产业的，毕竟他敬江云琛三分。既然计仲秋有这个胆子动，那就说明他背后一定是江云琛在操纵。

虽然宋予也不知道江云琛为什么要这么做，非要绕个弯到计仲秋身上去，但他一定有他自己的想法，他不想被人知道是谁买了那家工厂，宋予自然也不会拆穿。

除非她活腻了。

"所以，江太太找我做什么？"

"我知道，云琛一直记恨着我公公，也不喜欢云扬和我，我也知道工厂被买肯定是他让人做的，所以……宋小姐你跟云琛关系好，能不能帮我劝劝云琛？"纪朵说着说着眼眶里都含着热泪了，她原本就很美，盈盈含泪的样子更显娇丽温柔。

但是宋予不是男人，并不喜欢看温柔的女人。

她的回答仍旧淡漠："劝什么？"

"劝他收手吧。"纪朵因为哽咽声音有些沙哑，"江家已经被他折磨成这个样子了，能不能让他收手，不要再折磨我们了？"

宋予一听，没有被纪朵的话惹出半点眼泪来，她内心平静无波。

相反，她倒是能站在江云琛这边看待这个问题。试问谁能忍受把自己从小赶出家门的人活得风光无限？

"抱歉，我帮不到你们。"宋予也不解释自己跟江云琛之间关系不深。

纪朵咬紧了牙关，眼泪扑簌扑簌地掉了下来："宋小姐，我求求你……"

我公公身体不好，尤其是心脏。他治疗需要费用，自从江氏被卖掉，这些费用全是来自那家工厂的。求你看在救了我公公一次的分上，再帮帮他吧，也帮帮我和云扬……"

宋予的心原本坚硬如铁，但是在听到江云扬的名字时软了软。

那个要帮自己哥哥捐献骨髓的孩子……

宋予虽然不知道江云扬到底是自愿的，还是听了身边大人的意见，总之江云扬愿意为自己哥哥捐骨髓，已经让宋予很动容了。她很少见到像江云扬这么懂事的孩子。

"如果你真的想解决这件事情就去找江云琛吧，找我没用的。"宋予实话实说，"江云琛的事情我做不了主。"

"你帮忙在他面前说说，有用的。"纪朵已经泪流满面，宋予看她哭得伤心，别开了眼。

"时间不早了，我要休息了。"她并不是一直以来就冷漠，只是在需要时才会这样，"江太太，你也早点回去吧，外面风雪大，路上当心。"

宋予说完就起身上了楼。

楼下自会有保姆送，宋予回到房间之后就掩上了门。

晚上九点半。

江云琛在电脑前看文件，这些是计仲秋给他的关于城郊那座厂房的资料。

他的手机就放在电脑旁边，屏幕自始至终是黑的，他不知道宋予有没有安全到家，更不知道她刚才为什么忽然负气离开。

以前江云琛鲜少跟女人接触，念书时因为童年的事情变得很孤僻，即使有女孩子想跟他说话搭讪他也不会理会。后来手中钱权越来越多后，各种女人蜂拥而至，他也没有看到让他提得起兴致的女人。

所以他对女人知之甚少，了解更是不多，不明白明明好好在吃饭，他的所作所为也是好意，她为什么会忽然负气离开？

到现在，他的脚背都还疼，她的力道确实不轻。

手机屏幕忽然亮了，江云琛关掉了电脑屏幕，拿起手机准备接听时，看到了一串陌生的号码，显示的地区是B市。

他按下接听键，那边传来中年女人温柔的声音："喂，是江先生吗？"

"哪位？"江云琛原以为是宋予打来的，看到来电人不是时心底稍显落寞。

"我是计仲秋的太太，魏君禾。"计太太简单自我介绍了一下。

现在已经九点多了，这个时间点一般不应该打扰别人，所以江云琛接到这个电话时有些意外。他相信以计仲秋的素养，绝对不会做出在这个点打电话给他的事青。

"计太太。"江云琛对这个计太太兴致缺缺，他对计仲秋也一样，如若不是计仲秋愿意帮他收购工厂，他跟计仲秋之间不会有任何交集。

江云琛在商界一向以高冷著称，很少会主动同人结交。凡是结交，必然有他的目的。

"不好意思这么晚了打扰您。"计太太的声音带着笑意，"是这样的，今天我在柏悦酒店见到了您的女朋友。"

"嗯。"江云琛亭顿了一下，没有否认。

"我觉得我跟她很有眼缘。您知道的，我跟我先生一辈子无儿无女，我很想认识她。能不能，给我她的联系方式？"计太太也算是单刀直入了。

她想要宋予的电话号码。

江云琛沉默了，他想到了吃饭时，宋予的不对劲就是从计仲秋的太太出现开始的。

从计太太出现，到宋予负气离开，江云琛并没有多注意，但是从宋予的情绪变化来看，这位计太太很可疑。

"抱歉，她睡了。"江云琛的谎话也是信手拈来，让对方一愣。

"哦，这样……那明天等她醒来，您问问她，能给我联系方式吗？"计太太的耐心很好。

江云琛"嗯"了一声之后就挂断了电话。

他起身走到落地窗前拉开了窗帘，窗外满城都是雪白的，从高楼望下去，有些路还堵着，路况极其不好，不知道她有没有安全到家。

江云琛翻到了宋予的号码，指腹在上面停顿了几秒，摩挲到屏幕时，皮肤有些发烫。

迟疑片刻，他放下手机回到了电脑前。

翌日。

宋氏集团。

宋予一夜没睡，整个人昏昏沉沉的，所以干脆下午才去公司。

"宋总，江先生已经将风险评估的结果发到您的邮箱了，今天早上我帮您查收的。"萧瀚会帮宋予处理邮箱，她早上没来，就是萧瀚代替她看的邮件。

"知道了。"宋予头疼难忍，喝了一口秘书帮她泡好的黑咖啡，用力按压了几下太阳穴。

萧瀚看着宋予点开了文件："江先生的速度真快，我以为他起码需要十天。"

"那是你低估他了。"宋予又喝了一口咖啡，想提提神，当她的眼睛定格在文件上时，头脑又有些发胀了。

萧瀚轻笑："宋总很了解江先生？之前江先生来我们宋氏食堂吃饭，现在不少人在传您跟江先生是一对。"

"我们？不可能。"宋予简单直接地回答了萧瀚，"我只是让他帮忙做一个风险评估而已，我跟他一点关系都没有。"

"好。"萧瀚的这一声"好"意味深长。

宋予瞪了他一眼。

等到萧瀚出了房间，她拿出手机翻开通讯录，找到江云琛的号码，不假思索地选择了将其拉黑。

她原本就不想跟江云琛有过多的瓜葛，只是想让他帮她做一个风险评估而已。现在已经做完了，他们两清。

她不拉黑对方留着以后继续烦恼吗，生怕他不找她？

宋予现在巴不得跟江云琛之间切断关系，断得越干净越好。

拉黑对方之后她心底也舒畅多了，喝了几口咖啡，发了一条微信给白芨："我已经把江云琛拉黑了，两清，你不用担心我跟他纠缠不清了。"再配上了一个有趣的表情。

白芨秒回："干得漂亮！"

宋予沾沾自喜于自己的利落果断，忽然接到了一个陌生的电话。

她接听了："喂。"

"喂，宋小姐，是我，纪朵。"宋予没想到纪朵这么快又打给她了。

"有事吗？"她的耐心不是很好，无非那件事情。

"我们做个交易吧。"

宋予想到自己刚才果断地将江云琛拉黑的事，又听到纪朵自信满满的话，心想，如果纪朵知道她拉黑了江云琛不打算跟他有任何关联了，会不会被气到？

思忖片刻她还是决定实话实说："不好意思江太太，我跟江先生之间已经不联系了。电话都已经拉黑了，哪怕是您手头上有我想要的消息，我也帮不到您了。"

她不会白白得了人家的利益却一点忙都帮不上。

纪朵不在意，以为他们只是情侣之间的小打小闹："我相信你能帮到我的。"

"是吗？我自己都不相信我自己。"宋予淡笑，既然都跟江云琛切断关系了，她绝对不会再主动联系江云琛。

纪朵沉默了几秒，应该是在思忖如何才能让宋予同她做这场交易。在她看来，宋予是目前为止最能帮到她的人。

"我先说我知道的，你再思考帮不帮我，好吗？"纪朵算是破釜沉舟，为了表明自己的态度和决心，宁愿先将底牌亮出来。

"不用了……"宋予不想占人便宜。

她的话音未落，纪朵就已经接上："江云琛最近在找他的孩子。两年前他同一个女人生了一个孩子，据我所知道的消息来看，江云琛的孩子还活着。宋小姐，这是我的诚心。"

纪朵并不知道宋予就是当年那个女人，自以为这个就是把柄，急急地亮出底牌。

宋予闻言眉心微沉，心脏瞬间如擂鼓一般。孩子还活着？

不可能……未足七月生的孩子，在保温箱里都没能活下来，怎么可能还活着……

她之前也想过，是不是医生护士联合了宋安骗她，但这概率很小，小到几乎不可能。

还有……江云琛在找孩子？

她的心跳越来越快，耳边几乎都能听到"扑通扑通"的声音，擂鼓一般，重重地敲击着。

"宋小姐，我告诉你这些，是觉得你跟云琛正在交往，就算日后结婚，他肯定也不会告诉你这些的。不知道这些话，对你有没有价值？"纪朵自信满满，觉得自己的话对宋予来说肯定是有用的。

宋予听罢，微蹙了一下眉："江太太，你就不怕我知道这些之后，更加不想同江云琛往来了吗？"

"谁还没有个过去呢？"纪朵的语气有些轻松，"宋小姐，云扬一直很喜欢你，希望你做他的嫂嫂，我真的希望你能帮帮我们。我就不打扰你了，如果你想好了，随时给我来电话。"

纪朵说话时语气始终柔和，不像昨晚那样含娇带泪，看着就累人。

那边很快挂断电话，宋予无奈之余也并没有打算帮纪朵。

她是真的帮不了纪朵，都拉黑了，难不成，还把他从黑名单里移除？

晚七点。

江云琛的手机短信提醒他收到了一笔七位数的金额转账。

很快卓决那边就一个电话打过来了，一直是卓决在帮他管理资金，所以金额交易之后，不仅仅他会收到短信，卓决那边也会。

"喂，深更半夜的怎么忽然来了一笔七位数的钱？"卓决一般收到大数额资金时才会打电话给江云琛。

"不知道。"江云琛很诚实。

卓决听了之后想吐血："你这是要气死多少人，来这么大一笔钱你告诉我不知道？"

"查一下。"

"得。"卓决打开电脑查了一下汇款人，看到"宋予"二字时惊了一下，"喂，你猜是谁？"

江云琛根本没有想猜的意思，沉默地等他说话。

"没劲。"卓决的兴致挺高的，"是宋予汇过来的，她为什么给你这么多钱？"

江云琛闻言，挂断了电话，让卓决猝不及防。

江云琛原本已经洗漱好准备休息，帮宋予做风险评估这两天他连续熬夜，今晚终于能早睡了。

这笔钱，是这次风险评估的酬劳。

七位数，不小的数字。江云琛微微蹙眉，但这小妮子怕是不知道他在华尔街的行情。在也没有离开华尔街时，如果有企业请他做一次风评，的确是这个数字，但不是人民币，是美元。

不过他从来没有想通过她赚得半分利益，也不会要她的报酬。

他拿起沙发上的手机，拨了宋予的号码。

"对不起，您拨打的电话正在通话中……"江云琛挂断，拿了烟盒和火机去了阳台外。

外面风雪已停，夜里仍旧很冷，他点了一支烟吸了一口，顿时烟雾缭绕。过了十分钟，他又拨了一次。

"对不起，您拨打的电话正在通话中……"

江云琛耐着性子，直到抽完一支烟，他又试着打了过去，里面仍旧是冰冷的女声在重复着同一句话。

他察觉到一丝异常，拨了卓决的号码："打电话给宋予，随便找个理由。"

卓决纳闷，还没来得及问为什么，江云琛又挂断了电话。

卓决不知道是怎么回事，难道两个人因为报酬的事情闹别扭了？也是，不是都已经是男女朋友了吗？宋予还同江云琛算得这么清楚，换他是江云琛，肯定也生气。

这么一想，卓决心底就舒坦多了，按照江云琛的意思拨了宋予的号码。

那边很快就接听了："喂？"

"宋小姐，晚上好。"

卓决同宋予随便聊聊，说了一些工作上的事情之后挂断了电话，又拨给了江云琛："喂，我随便找了点事情去找了宋予，怎么，你是想看看她是不是为情郁闷？放心吧，我听她语气挺好的。"

江云琛的脸色骤然沉了下去，挂断电话，又拨了宋予的号码。

"对不起，您拨打的电话正在通话中……"

小狐狸的尾巴越翘越高，现在胆都肥了，敢把他拉黑了？

而此时的宋予一无所知，正在为卓决打给她的那个莫名其妙的电话而烦恼。

卓决这人怎么这么奇怪？

一周后。

宋予这一周都过得很安定，原因是没有了江云琛的烦恼，除了纪朵间歇性地打几个电话给她。每次她都是回绝纪朵的，但纪朵并没有放弃，一直坚持打过来。宋予没打算放过多的心思在纪朵身上，纪朵打过来，她接听但不答应就是了。

与此同时，宋予找了私家侦探查孩子的下落。虽然她不知道纪朵说的是真的还是假的，但总归不能让江云琛占得先机先找到孩子。万一孩子真的还活着，又被江云琛找到了，后果不堪设想……

到时她想见孩子一面都是奢侈。

一周的时间过去，私家侦探那边没有半点线索，宋予严重怀疑纪朵的话有问题。

白芨来找宋予时是下午六点，宋予加了一会儿班，原本是打算回家休息的，但白芨硬要拉着她一起去酒吧。

宋予对酒吧并不感冒，从青春期开始，去过的次数就屈指可数，她也不喜欢那种喧闹的地方。但是白芨说了，要感受一下经常泡吧的女生是怎么一种活法，因为尤佳锦就是这种女生。

如果宋予没有记错，之前白芨说过，尤佳锦同裴珩舟就是在酒吧里认识的。裴珩舟也不是一个经常混迹酒吧的人，那一次也是陪生意伙伴去的，恰好就这么一次，就遇到了经常泡吧的尤佳锦。

白芨不认命都不行。

宋予拒绝不了白芨的这个理由，答应了她。

白芨开了车来接她，当宋予坐进车内，看到白芨今天的装扮时，傻眼了，还以为自己上错车了。

"你穿得跟尤佳锦似的，发疯啊？"宋予看着白芨烟熏妆下的眼睛，问道。

白芨挑了挑眉毛："体验人生啊。我倒是要看看裴珩舟喜欢的女人过的是什么样的日子。"

宋予真是哭笑不得："难不成你还为了裴珩舟这个渣男改变你的人生轨迹？好马不吃回头草。"

宋予虽然觉得裴珩舟很优秀，待人也绅士，但一次出轨终生不容，他有错在先，不可饶恕，这是原则问题。

"不是啊，谁愿意为了他改变我自己？我就尝尝鲜，看看这样的女孩子有什么值得他喜欢的。"

宋予系上安全带："行，我不喝酒，待会儿我来开车。"

"去酒吧不喝酒？不行你得陪我喝。"白芨强势地道，"听到了没？今天不喝醉不许给我回家。"

宋予苦笑："我还真没喝醉过。"

她酒量不浅，是遗传的。

"太狂了。"白芨摇头，"不过江云琛的酒量好像不怎么样吧？"

"干吗无缘无故扯上他？"宋予问了一句，提起江云琛她就觉得硌硬，好不容易清闲了一周，又被白芨提起，她就又想到了。

好在她已经将风险评估的钱全部打给他了，两人也算是两清了。至于计仲秋那边的项目，她再想办法吧……

"之前他不是喝醉了才跟你做了，酒量好的话能喝醉？"白芨说得直白，也只有她跟宋予提起这件事，宋予才不会因此情绪低落。

"傻？他应该是被人下了药。"宋予没有跟白芨说过具体的细节，也不好意思说，那一晚江云琛的疯狂让她记忆犹新，那天之后，她有很长一段时间害怕被人碰……

白芨默然，叹气："行吧，反正就是睡了啊。"

白芨的话粗而不糙，理是对的。

车子停靠在一家酒吧门口，白芨停好车之后潇洒地带着宋予走了进去。

她今天的穿着像极了尤佳锦，但白芨的身材比尤佳锦要好，原本就长得高挑，穿上一身黑之后有一股英姿飒爽的味道。

白芨的头发不长，干脆利落地披在肩膀上，进门时她嫌头发麻烦随手扎了一个高马尾，看上去青春活力。

白芨拉着宋予在吧台喝了点酒之后自己就已经有些醉了，宋予知道白芨的酒量也就这么点，再喝下去估计要醉彻底了。

在白芨又倒了一杯伏特加之后，宋予将酒杯从白芨手中抢过来："体验人生也应该体验完毕了吧？再坐一会儿我们就回去吧。"

白芨挥了挥手："现在就回去，才几点啊？这个点来酒吧的人本来就不多，大多数人的夜生活还没开始呢。"

宋予苦笑："你又不是来艳遇的，你等别人来干吗？"

白芨今晚轴得很，宋予觉得自己是劝不动她了，关键是白芨还不断让侍者给她也续酒，是铁了心想把她也灌醉。

她觉得一定是前几天白芨见到裴珩舟受了刺激，所以今天出来想借酒消愁。

白芨没理她，又喝了一口酒。

宋予正在想该怎么把白芨拖回去时，忽然看到一抹娇丽的身影从门口走了进来。

好巧不巧，是尤佳锦。

宋予严重怀疑白芨知道尤佳锦要来这家酒吧，不然怎么会特意挑了这家？但问题是，她是怎么知道的？

尤佳锦进来第一眼看到的不是白芨，而是宋予。白芨今天穿成这副样子，估计一眼望过去也只有宋予认得出她了。

尤佳锦也知道宋予跟白芨关系好，通常是一起出现的，果然，她稍微走近一点之后就看到了白芨。

"白小姐！"尤佳锦大喊了一声，这里音乐声音嘈杂，尤佳锦的声音也就比平时响了一些。

白芨被耳边突如其来的尖锐女声吓了一跳，酒精作用，她一下子没有分辨出来这是谁的声音。

白芨慌忙抬头，看向尤佳锦时眼神醉醺醺的："尤，佳锦？"

"是我啊，怎么白小姐也来酒吧了？"尤佳锦瞥了宋予一眼，手放在破洞牛仔裤的口袋上，一身随意，"之前我听珩舟说，你很不喜欢酒吧的。"

宋予就知道这个尤佳锦说不出什么好话，她走到白芨和尤佳锦中间，笑着看向尤佳锦："小妹妹，今年成年了吗就来酒吧玩，你家里那位叔叔没看着你啊？"

尤佳锦也认得宋予，笑嘻嘻地看着宋予："大姐姐，你可要把白小姐安全地带回去哦，不会喝酒在外面发酒疯就不好了。还有，一大把年纪了穿成这样，有点不伦不类的，大姐姐你劝劝她。拜拜，我们去喝酒了。"

尤佳锦笑得随意，身边几个朋友大抵也都知道白芨是谁，跟着嘲笑。

白芨被"一大把年纪"给气到了，本来借着点酒意她的负面情绪就都被激发出来了，闻言更是恼了，从吧台的座位上下来，挡住了尤佳锦的去路。

"你刚才说什么？"白芨尽量保持着正常的语调。

白芨近期最不能容忍的就是被人提到她的年纪，她觉得自己输给尤佳锦的很大一个原因就是年纪……

"嗯？"尤佳锦一双大眼睛化着浓浓的烟熏妆，她的眼睛好看又水灵，一张巴掌大的小脸，即使化了烟熏妆也难以掩饰满满的胶原蛋白。

宋予现在还很清醒，起码比白芨要清醒一些，她不想在这里惹事，像尤佳锦这种三天两头来酒吧的人，在酒吧里面肯定认识不少朋友，万一在这里闹开了，她怕自己跟白芨有危险。

宋予上前拦住了白芨，对尤佳锦狠狠扔了一句："见好就收，她喝醉了。"

"我没醉！"白芨闹了起来，"谁说我醉了？"

"我说的。"

宋予瞪了白芨一眼，她知道白芨不敢跟她发酒疯，她又转过头去看了一眼尤佳锦："还不快走？"

尤佳锦大概也不想惹是生非，毕竟裴珩舟都到手了，也没有必要跟裴珩舟的前任纠缠。她耸了耸肩膀，流里流气地笑了一下，同一帮差不多年纪差不多穿着的女孩一起走向了卡座。

"干吗让她走？"白芨见尤佳锦走了，像是泄气了一般，指着卡座的方向问。

宋予拂了一下她的手："你是非得在这里打起来才好过是吧？"

白芨委屈地撇了撇嘴巴，眼眶湿润："我气不过……她刚才说我一把年纪了！"

宋予有些无语，翻了一个白眼："你跟她比起来，确实一大把年纪了。"

"宋予！"白芨被气到了。

宋予在她额头上绘了她一记："我去一趟洗手间，你在这里等我，记住，别惹事。"

喝醉了的白芨气鼓鼓的，因为掉了几滴眼泪，烟熏妆都被破坏了，现在眼妆花了，看上去脏兮兮的。

"哦。"

宋予将白芨安置好之后去了洗手间，准备回去就买单带着白芨叫代驾走人。

五分钟后，她从洗手间出来，回到吧台时，远远地看到了一道眼熟的背影……并且，那人正在跟白芨说话。

是卓……卓决？

她不是很确定，靠近一些之后发现，是卓决无疑。

像卓决这样的人喜欢来酒吧并不是什么奇怪的事情，宋予上前，伸手拍了一下卓决的肩膀："卓经理，巧啊。"

卓决回头，看到宋予的时候，先是愣了一下，随即眼神里有一抹玩味。

宋予不知道他这抹玩味是什么意思，总觉得好像……很讽刺似的。

"哦，巧。我刚才看到白医生在这儿，过来打个招呼。"事实就是如此，卓决刚才在卡座那边，看到吧台这边有一个女人的侧脸有点像宋予介绍的那位妇产科医生。

他心想，现在的中年女人还挺时髦啊，大晚上还来酒吧喝酒，穿得也是……时髦、年轻。

但他还没搭上话呢，宋予就过来了。

"哦，你跟白芨见过了？"宋予觉得有点奇怪，心想看来卓决挺着急前女友的事情，这么主动就去找白芨了。两人私下里见过面，白芨怎么没有同她说？

"是啊，上次我在悦泰应酬喝醉了，是白医生把我送回家的。好人。"卓决还特地强调了一句"好人"，听得宋予觉得浑身的鸡皮疙瘩都要起来了。

白芨什么时候变得这么心地善良了？

"白芨，卓决。"宋予推了推白芨的肩膀。

此时白芨正趴在吧台上，一副昏昏欲睡的样子。宋予觉得，怎么着都应该让白芨跟卓决打个招呼吧？人家都过来了，两人见过一次也算是朋友了。

白芨迷迷糊糊中抬起头来看向卓决，一抬头把卓决吓到了……

白芨的假睫毛已经掉了，黏在了脸上，睫毛膏和烟熏妆都已经花了，整张脸看上去脏兮兮的……

宋予倒吸了一口凉气，心想还真不如不让白芨抬头呢。

卓决大概也是被吓到了，神情古怪。

宋予连忙扯开话题，将白芨的头重新按了下去："对了，你一个人来的？"

宋予终于问出了卓决最想提的话题。

卓决的脸上立刻就露出了不怀好意的笑："没，两个人。"

"哦，那你们继续，我马上带着我朋友走了。她醉得不轻。"宋予根本没有多想，理所当然地说了一句。

卓决也不说什么，只是看着不远处，静静地笑。

宋予被卓决的笑弄得有些瘆得慌，回头看了一眼，看到不远处的卡座上，有一道熟悉的侧影正在喝酒时，她的心顿时就抽了一下。

而好巧不巧的是，当她转过头时，那边的人也看向了她。

四目相对，宋予觉得脊背上渗出了涔涔冷汗……是江云琛。

她刚才就应该想到，卓决肯定是同江云琛一起来的，他同江云琛那么要好……

就在她脑中思绪纷乱时，江云琛已经起身，迈着长腿朝着这边走了过来。

宋予见他过来，第一反应就是逃。她把他的电话都拉黑了，不知道他有没有打电话给她过，但总觉得做贼心虚。

"哎，你去哪儿？"白芨在这个时候抬起头，问宋予。

宋予想，她清醒得还真是时候："去洗手间。"

"你不是刚刚去过吗？"白芨喝醉了，声音很大，宋予可以确定江云琛肯定听见了。

第二十一章
白衣苍狗

　　宋予觉得白芨今晚太闹腾了，刚刚让她清醒时她困顿，现在她不该说话时，她偏偏就清醒了。宋予没有理会她的问话，直接跑向了洗手间的方向。

　　她就是心虚了，心虚到不敢见江云琛。她原以为她跟江云琛之间的交集继那笔七位数的汇款后，就再也不会有了，但她没想到南城这么小，她只是来了一家她平日里不会来的酒吧而已，怎么就遇到他了？

　　宋予是直接从宋氏出来的，七厘米的高跟鞋还没有换下，她匆匆忙忙走向厕所，脚步的确够快了，但是高跟鞋限制了她的速度，哪怕她走得再快，江云琛也很快就追上了她。

　　酒吧里面喧闹无比，宋予听不见江云琛的脚步声，但总觉得身后有危险。她走到女洗手间门口时松了一口气，进门之后立刻就关上了门，甚至想落锁。

　　然而下一秒，门就从外面被推开了，力道很大。

　　宋予同江云琛对视了几秒，四周喧闹，宋予却觉得一片死寂，她甚至能听到自己心脏跳动的声音，像是在打鼓……

　　江云琛一身西装还没换下，大抵也是刚刚办公结束或是有应酬，他今天穿的是最古板的黑色西装，不同于以往他喜欢的墨蓝色，黑色硬生生地将他的年龄拉大了一点，给他整个人加上了岁月的砝码，气质又与往日截然不同了。他今天的头发梳了起来，失了几分平和感觉，整个人凛冽了一些，不那么平易近人……

　　他今天浑身散发的气质让她觉得他不好惹。

"这里是女洗手间，男士的在右边。"宋予装作若无其事地提醒了他一句，一双杏眸盯着他的眼睛，心虚感藏在心底，不敢摆到明面上来。

　　她藏着自己心底的紧张，心想，或许他还不知道她已经把他拉黑了呢？

　　他没事也不会打电话给她的。

　　"我不上厕所，我找你。"江云琛的话还是这样直接，让宋予不知该如何接。哪怕稍微婉转一点，她也会觉得不那么紧张。

　　"那等等我。"宋予想合上门，门沿却被江云琛抓住，力道之大让宋予连忙放开手，像是碰到了烫手的山芋。

　　她浅浅地吸了一口气，挺直了脊背看着江云琛。她不知道自己此时故作冷静的样子落入江云琛的眼中显得有些可笑。

　　"你堵在这儿，万一有人要来上厕所怎么办？"宋予义正词严地指责他，这句话换来的结果是江云琛直接关上了洗手间的大门，单手紧攥住宋予纤细的手臂，抬手打开了一个隔间的门，在宋予毫无防备的情况下将她直接塞了进去。

　　从她被塞进去，到他进来，再到门被他关上，前后不到五秒钟的时间。

　　宋予仍处于惊魂未定的状况之下，她的身体紧绷着，狭小的空间内，挤了两个人，这样逼仄的感觉让她生畏。

　　洗手间内燃着檀木，檀木的香味盖过了洗手间的味道，但这里仍旧是洗手间，她没有办法在这里跟江云琛待太久。

　　"你要干什么？"宋予警惕地问他，声音里带着质问的意味。

　　江云琛直勾勾地看着她，眼神里有着直接而坦诚的欲望，这样的眼神让她发慌，还没等她回复她又添了一句："你别忘了，这里是洗手间……"

　　前段时间她就知道，江云琛对她而言是危险的。上一次在车家，如果不是车蕊忽然闯入，她完全有理由相信江云琛会将她"就地正法"。

　　而这一次，宋予总觉得自己好像惹怒了江云琛，在气头上的人，是没有理智的。

　　江云琛伸手松了松领带，从进来到现在他只说了一句话。但即使他不发一言，他身上的气场也让她望而生畏，怕到觉得背后凉飕飕的……

　　江云琛俯身，准备靠近时，宋予往后退了一些，脊背紧紧地贴在了隔间的墙壁上。

寒意从冰冷的大理石传递到了她的外套上，又穿过外套渗到了她的皮肤上，她浑身都凉透了……

江云琛俯身下来，她以为他会强吻她，略微别过了头，生怕他一个吻直接封住她的嘴唇，就像上次一样。

但是他没有，他俯身将鼻尖抵在了她的鼻梁上，似碰非碰，狎昵暧昧之感迅速在空气中随着檀木香气蔓延开来……

宋予脑中的那根弦绷得越来越紧，只需要再用点力气，那根弦就会断。

气温在逼仄的空间里面急剧升高，尤其是两人的鼻尖处，呼吸交缠，气息滚烫，热气一直烧到了耳根，宋予觉得周遭仿佛是火海，她快被闷得窒息死亡。

江云琛看着她呆住的小脸，轻抬起她的下巴："但这里是酒吧。"

这句话，算是回应了她刚才的话：这里是洗手间……

这里的确是女士洗手间，但这里也是酒吧。虽然宋予不常来这种灯红酒绿的场所，但对这里的荒诞之事有所耳闻，即使这里是洗手间，照样有按捺不住的男女在这里卿卿我我。

他在提醒她这是常态，也是在提醒她，她逃不掉的……

宋予的心越跳越快，她咬咬牙："这里进进出出都是人，我会喊人。"

江云琛笔挺的鼻尖仍旧贴着她的鼻梁，他说话时呼出的气带着浓重的酒味。他应该喝了不少酒，所以行为比往日里更加霸道。

"可以试试。"江云琛掀了掀唇，似是在讥讽她。

宋予顿时明白，在这里哪怕是喊，别人也会以为她是在调情……

"你……"

宋予刚想斥责他，江云琛却附到了她细腻光滑的脖颈上，吻了吻她的脖颈："利用完就跑？宋予，真有你的。"

他的嗓音原本就低沉，压低了嗓音在她耳畔说话时，让她的耳朵都颤了一下。

江云琛这句话，颇有责怪她提了裤子就不认人的感觉。

宋予垂眸，两只手像是灌了铅一样重，根本没有力气去推开他。力量的悬殊，她不会不清楚。

"你在说什么？"宋予装傻，仍旧一脸冷淡，摆明了对他没有任何欲望的样子。

"把我的手机号码拉黑，是在告诉我老死不相往来？"江云琛的声音清冷得像外面的冬风。

但他说话时扑在她耳畔的气息是灼热的，她的皮肤清晰地感觉到烧灼感。她也是喝了点酒的，撇开酒壮人胆不说，酒水还能催人欲望，她的身上都很烫了。

"拉黑？我没有。"宋予为自己狡辩了一句，她很想用一个清澈的笑容来缓解这场尴尬，越是清澈越是代表她没有任何遮掩和躲藏，但是她做不到，她觉得狡辩的时候羞极了。

明明她是做了自己很满意的一件事，在江云琛面前却还是要躲躲藏藏，像是做了亏心事。

江云琛的手已经掐上了她柔软的腰，他的力道很足，猛地掐了她一下，让她差点站不稳。

他这个动作带着惩罚的意味，让宋予更加慌了……

"每一次让你承认都这么难？"江云琛说的每一次里面，包含了让她承认两年前的那一次……

"我没做，为什么要承认？"宋予盯着江云琛的耳郭，她也只能看到他的耳郭。

江云琛大抵是酒精上头了，说话时的口气也比往日里狠戾了不少："我会让你承认。"

一句话落音，宋予的上衣被猛地掀了起来，他的手触碰上她腹部的皮肤。他的手是冰凉的，忽然碰到她温热的肌肤，让她冷得踮起了脚。

江云琛的手停顿在她小腹的剖腹产刀疤上，没有再游走。

宋予屏息静气，脚尖紧绷着，没有半点放松。她心底矛盾，既想让他赶紧将手从她的手术疤痕上挪开，又不想让他随意触碰她……

"你喝醉了。"宋予讷讷地说道。她不知道如何规劝一个欲望正农的男人缴械投降，更不知道该怎么同江云琛心平气和地说话，所以只能用他喝醉了为借口。

"如何？"江云琛大概处于似醉非醉的状态，痞味十足。

宋予的目光瞥向他的喉结处，他喉结凸起的地方格外性感，只是说了两个字，喉结滚动时，仿佛带着荷尔蒙，让她挪不开眼。

被荷尔蒙蒙蔽双眼是最恐怖的，宋予已经沦陷了一半。

江云琛咬了咬她的脖颈，宋予感觉脖颈处传来了一点刺痛，他倒不至于真的咬下去，但是越轻，越撩人。他在她耳畔沉声呢喃，嗓音被耳膜吸纳，她感觉到了喉咙的干涩，咽了一口唾沫就听到他在她耳边说："做。"

　　没有任何情绪铺垫，像是将刀直接架在了她的脖子上，但不是问她做不做，只是用强硬的口气告诉她，必须做。

　　江云琛的手已经从刀疤上挪开，开始往上移。

　　宋予感觉到身前的异样感，心底排斥，但身体欺骗不了自己，她的身体已热，江云琛应该也能感觉到……

　　江云琛的动作极其利落，抬手准备脱掉她身上的外套，然而此时忽然有人打开了隔间的门。

　　刚才落锁时没有落好，门只是虚掩着的……

　　宋予心惊，幸好江云琛没有在这里做什么，不过她想，他应该也不至于真的在这里做什么。

　　外面的女生很显然被里面的二人惊了一下，但是反应过来之后就像看寻常人一样看了他们一眼去了另一个隔间。

　　宋予趁此机会收拾好衣服，钻出了隔间，她以为自己可以逃走，但下一秒，她的手腕被江云琛紧紧扣住，像是封了一道枷锁在她的手腕上，让她逃脱不掉。

　　"我的话不是随便说说。"江云琛的眼神异常坚定，让宋予胆寒的同时有一种要被他牵着鼻子走的感觉。

　　"我要送白芨回家，她喝醉了。"她的话她自己都不相信，但她一时之间无法找到合适的理由和借口。

　　"卓决会送。"江云琛的话可信度很高，卓决很靠谱也不是会动手动脚的人，宋予是信得过他的。

　　但现在的关键不是送白芨回去，而是她不想跟江云琛发生任何关系……

　　哪怕只是接吻，她也拒绝。就算江云琛的吻技足够好，吻到浓时会让她不自觉地沉迷进去，她也拒绝。

　　"不行，白芨……"宋予的话未说完，手臂被紧紧一拽，他借着酒精作用，动作有些粗鲁，带着她穿过酒吧的长廊，到了一个电梯口，进了电梯后，宋予刚刚想说话，他直接俯身吻住了她的红唇。

刚才进酒吧之前她见自己唇色惨淡便涂了一点口红，现在已经被江云琛全吃干净了，甚至蹭了一点在他的脸上……

"嗯……"宋予挣扎时发出的声音像是刺激他的催化剂，电梯很快就到了一个楼层，他直接俯身将她抱起，阔步走向了一个房间。

宋予这才发现这个楼层是一家酒店，江云琛进门后，没有插房卡，漆黑一片的环境下，他直接脱掉了她身上的所有衣物……

宋予不知道他为什么会有这个房间的房卡，也不知道他为什么做得这么理所当然，她只觉得冷。

房间里还没有开暖气，她被脱去衣服之后浑身的鸡皮疙瘩都起来了，冷得打哆嗦。

一片漆黑的环境下，她只听得见窸窸窣窣的衣服摩擦的声音。

借着窗外的光，她看到江云琛已经脱下了西装外套，只剩一件白色衬衫，他的胸肌轮廓隐隐浮现。

江云琛的身材，是任何女人见了都会喜欢的。宋予也在酒精的作用下，吞了一口唾沫。

江云琛单刀直入地吻住了她的嘴唇，用最疯狂的方式进攻着。他的吻比刚才在酒吧时更霸道，也更具有攻击性，他身上自带着的气场震慑住了她所有的恐惧，让她连呼吸都快要忘了。

江云琛见宋予微微合眼，她的红唇微微颤着，他抬手探入了她乌黑的发里，轻而易举地搂住了她的后脑勺，力道不轻不重。他的掌腹稍微用力，她的脸庞便靠近他几分。

唇舌交缠之间，宋予那点怯感开始消散，取而代之的是被酒精催化出来的刺激感和兴奋感。

两年前那件事之前，宋予连接吻都不曾有过，恋爱、结婚、生子从来没有被她列入人生日程，对这种事情，她更是无欲无求。两年的时间里，她也不曾动过这方面的心思，今天情欲却莫名其妙地被江云琛带了起来，让她有一种色欲熏心的感觉……

他的声音在她的耳边厮磨着，让她身上的神经都绷紧了，连带着脚踝……

宋予也不知道自己是从什么时候开始，当江云琛跟她有肢体接触时，她慢慢地从极度抗拒变成了后来的拒绝，再到现在的半推半就……如果是一个月前，江云琛对她做这些，她恐怕会做出自己都难以想象的事情来。她看不懂现在的自己，权当自己也有生理需求……

江云琛拦腰将她从地上抱起，走向了床边。

床上被外面的光洒上了银色，宋予的脊背触碰到柔软的被子时，心思顿沉，这才反应过来自己是在干什么……

"等等……"她哑着声音开口，刚才情绪都挤在了喉咙里，一说话嗓子都哑了。

江云琛看出了她眼底的反悔，根本不给她退缩的机会……

宋予醒来时分不清是几点，睁开眼，房间里还是黑黢黢的，她是翻身时被身上的酸痛感惊醒的。

她试图转身时，发现自己被禁锢着，而且他的身体是滚烫的。

他还在发烧。

宋予昨晚喝的酒不多，后劲有些足，但还没到忘记自己昨晚做过什么事情的程度。

都是成年人，她也不会做出醒来之后偷偷逃走的丢人事情，昨晚做了就是做了，这跟两年前那件事情有天壤之别。两年前的事，打死她也不会承认的。昨晚的，她就当自己被男色蒙蔽了双眼，彼此利用解决一下生理需求而已。

让她意外的是，江云琛竟然紧紧抱着她，她不禁怀疑，他有这么喜欢她？

她从禁锢中挤出一只手，用手背碰了一下江云琛的额头，果然还在发烧。

宋予的手还没来得及从他的额头上拿开，就被他的大掌捏住了手腕，他还没睁开眼，只是睡意蒙眬，加上经历了昨晚后，他的声音听上去喑哑了不少，一片漆黑中，他的声音格外性感、神秘。宋予想起了昨晚他在她耳畔低语的情形，耳郭顿时泛红……

"没发烧。"他猜到了她在想什么，直接反驳了她。

"睁着眼说瞎话？"宋予感觉自己的手背都被他的额头焐热了，温度应该不低。

江云琛似是很困，久久没睁眼，捏着她的手却没有要松开的意思，而且力道很重。

"你松开我，我抬着手很酸。"宋予并没有因为昨晚的事情而对他态度和善，仍旧和之前一样，恨不得时时刻刻怼他。

江云琛将她的手从他的额头上挪开，放到了被子里。她的手臂沾了一些寒意，皮肤上凉凉的。

他将她的手塞进被子之后，仍没有要松开的意思。

"松手。"宋予已经完全清醒了，只是太阳穴有些痛。

"利用完就拉黑，松了手就逃，你最擅长的。"江云琛一句话，直接拒绝了她。

宋予脸都黑了。

他现在是说她在他心里半点值得信任的地方都没了吗？她总有一种感觉，他时时刻刻在说她提了裤子不认人。

虽然……她的确打算这么做。

待会儿穿上衣服，她也没打算认他。

但现在她还是要对他采取怀柔策略，免得他不松手不放人："不会，我还困。"

她是否清醒也只有她自己知道，根本不存在困顿一说。

江云琛闻言，松开了她的手腕，顺势揽住了她柔软的腰肢，这种禁锢更加彻底，她连挪动身体都有困难。

两人的身体再次紧密地贴在一起，她生怕他又起贼心。

昨晚已经足够了，她不想再要第二次。

果然，江云琛的兴致仿佛又被激了起来，他俯身吻了吻她的鼻尖。

宋予心惊之余，听到他说："到现在还不打算承认两年前的事？"

"什么？"宋予蒙了一下，头脑有些发热。

"我知道自己跟谁缠绵过，你跟两年前无异，依旧没什么长进。"

后　记
你是久别重逢

又见面啦！

每次写后记我都觉得很幸福，因为这代表着又一本书马上要跟大家见面了。而每一本书的出版，有多来之不易大概只有我和我的编辑们知道，所以啊，我珍惜每一次写后记的机会。

写《心尖宠》这本书的时候，是我生活中比较消沉的一段时光。人嘛，不顺是常态。但当时或许是因为年轻，每天都郁郁寡欢，现在想想，这些完全是过眼云烟罢了。现在回看这本书，还是会想起那段时光。这大概就是文字的魅力，能够保存下很多记忆，无论好坏。说实话，我真的特别喜欢这本书，主要是喜欢它的人设。我几乎从来没有写过像宋予这样的女强人人设，我喜欢写娇俏可爱的女主，像《有鹤鸣夏》中的阮阮。当然，《非他不可》中的顾和除外。不过宋予和顾和的女强人人设还是有很大差别的。

顾和精明干练，独当一面，是真正意义上的女强人。而《心尖宠》的宋予顶多只能算是顾和的初级版本……宋予性格好强、好面子，想要靠着自己的能力保护自己想要保护的一切。实际上她的内心是脆弱的，甚至不堪一击。我觉得，相较顾和而言，这位"女总裁"要显得更加有血有肉和真实一些。毕竟和顾和相比，宋予是年轻的，是真正意义上的初生牛犊。而江云琛则是一个机关算尽的人，和我其他书中的总裁们不一样，男主是个"病娇"，这也是我第一次尝试这种人设，新奇又喜欢，写的时候也不免心疼男主。

针锋相对，利益纠葛。这八个字用来形容男女主再恰当不过了。

他们的相遇是因为利益，纠缠也是因为利益。和我其他书中的男女主还真的不大一样。之前我形容过阮阮是一只小黑兔，那么宋予可能是小黑兔中的小黑兔。这样的人设写起来，真的是太爽了！

每次写下后记后都要等很久，一本书才能够跟大家见面。我是在2019年的夏天写下的这篇后记，希望《心尖宠》能够尽早跟大家见面，也希望我的文字能够不辜负我们的每一次相遇。

苏清绾

2019.8.2深夜

英国